Sieh ihnen nicht in die Augen

MIX
Papir fra ansvarlige kilder
Paper from responsible sources
FSC® C105338

Aino Trosell

Sieh ihnen nicht in die Augen

Saga Egmont

Sieh ihnen nicht in die Augen
Aus dem Schwedischem von Gisela Kosubek nach
Se dem inte i ögonen

ISBN: 9788726223521

1. Auflage

SAGA Egmont www.saga-books.com und Lindhardt og Ringhof www.lrforlag.dk
– a part of Egmont www.egmont.com

Jemanden zu begraben ist einfach. Jemanden wieder auszugraben ist schlimmer. Wo ist der Arm? Es fehlt ein Stück vom Hals. Wo kommt dieser zusätzliche Fuß her? Und wenn der Kopf nie wieder gefunden wird, kann man dann überhaupt davon sprechen, dass man die sterblichen Überreste dieser Person vor sich hat? Also wenn ausgerechnet der Kopf fehlt?

Was ist eigentlich ein toter Mensch? Knochenreste, Stoffreste und ein Stück erdiger Haarsode?

Oder nur die große Lücke, der Verlust? Die Leere, vollgepfropft mit Gefühlen und Erinnerungen, die den Hinterbliebenen zerreißen? Weil da niemand mehr ist.

Doch vielleicht lügen sie, vielleicht hält man ihn nur gefangen, nutzt ihn irgendwo als Sklavenarbeiter, oder vielleicht versteckt er sich, verstecken sie sich und hatten keine Möglichkeit, eine Nachricht zu senden, und wohin hätten sie die auch senden sollen in dieser chaotischen Zeit? Man kann niemandem trauen auf der ganzen weiten Welt.

Jemanden zu begraben ist einfach. Falls man eine Leiche hat, die man begraben kann, eine, die man wiedererkannt hat. Die man insofern wiedererkannt hat, als es da ein unwiderlegbares Zeichen gibt, einen Beweis.

Das Grab war nicht besonders tief, als sie anfingen. Aber es wurde immer tiefer und tiefer. Würde das denn nie aufhören, würde man nie den Boden erreichen? Reichte dieses Grab bis in die Hölle hinunter?

Diese Hölle wurde sichtbar, als der Himmel sich öffnete und es nass und glitschig wurde und die Gerüche freikamen und alles nur noch ein einziger Morast war.

Er war nur einer von vielen. Er lag mit der Nase in jemandes Schritt und mit auf dem Rücken gebundenen Händen, wie all die anderen auch. Der Lehm war kompakt, jetzt aufgeweicht. Mit einem obszönen Laut bekam man den Körper schließlich frei und steckte ihn in einen weißen Sack. Die Grabwände waren spiegelglatt, aber schließlich gelang es, den Sack auf die Ladefläche eines lkw zu schwingen, und die erste Etappe begann.

Den anderen fand man ein paar Tage später. Der Zusammenhang zwischen beiden war noch unbekannt. Der Letztere war von Granatsplittern durchlöchert, und einer davon war unmittelbar tödlich gewesen, direkt ins Herz und durch die Hauptschlagader gegangen, ganz unverkennbar.

Es war nichts Perverses an diesen Menschen, die hier die bereits Toten ausgruben. Nein, vielleicht waren gerade sie besonders edel, weil sie sich hier abseilen ließen zu den glitschigen Rändern der Hölle und dort am Abgrund Fragen stellten und Antworten suchten für all jene, die es nicht konnten, die es nicht vermochten, aber gern getan hätten, wenn sie nur das Wissen und die Kraft besessen hätten.

Einst war dieser Mann schön anzusehen gewesen, aber das blieb diesen stillen Helden verborgen, denn er war hässlich wie all die anderen, und er stank entsetzlich. Sie hatten aufgehört, sich zu erbrechen. Sie arbeiteten mit verbissenem Trotz.

Und das Grab reichte jetzt bis in die Tiefe, wo das Wasser gegen die Seitenwände drückte, und die Erde kam ins Rutschen und drohte, sie den gleichen Weg gehen zu lassen, jedoch bei lebendigem Leibe, sie zu begraben unter der Last der Lehmmassen.

Der Berg liegt vor ihm, gewaltig.

Wie der gigantische weiße Bauch einer Frau – ja! Bald wird er in sie eindringen – ja!

Er ist scharf, diese verdammte Erektion will sich nicht legen, er kann kaum gehen, das Lachen blubbert in die Nase hoch wie Kohlensäure, Mann, die Nacht ist so verdammt schön, dass er mit ihr lachen, mit ihr weinen will. Die Nacht ist wild. Sie ist wild. Er wird reiten, wird gleiten, an ihrer Seite, er darf jetzt nicht kommen.

Die erste Etappe: das kurze Stück vom Skishop am Hotel bis runter an den Fuß des Berges. Am Fuß des Berges – ha, das ist doch dieser alte Rocksong! Der ist gut. Das Schlauchboot gleitet los, saust den Abhang hinunter, es ist, als gehe es ungehindert über eine Abschussrampe, der Fahrtwind brennt in den Augen, aber am Skilift ist die Reise zu Ende, keinerlei Schlange in dieser Nacht.

Nirgends ein Mensch.

Das Hotel liegt dunkel, nichts zu sehen in dieser Richtung, rückwärtig also. Wie spät ist es? Schon wer weiß wie spät.

Sie liegt dort vor ihm, wölbt sich üppig. Er will auf sie rauf, die Siegesprobe bestehen.

Sie türmt sich auf, alle Scheinwerfer sind eingeschaltet, aufwärts am Lift entlang wie gewaltige Lichtdioden, und der Schnee reflektiert und spiegelt sie tausendfach, ja die Nacht ist zum Tag erleuchtet, und das Licht kommt wie aus dem Urmagma selbst. Er braucht eine Entladung seiner Kraft.

Das Boot lässt sich leicht ziehen, er hat es mit einem Riemen um die Taille befestigt. Was für ein Anblick! Aber alle schlafen. Er müht sich den Hang hinauf mit seinem riesigen Hinterleib, und er denkt an andere Hinterleiber und schwellende Körperteile, und das verleiht ihm Energie, sodass er es weiter schafft, immer weiter. Sie treibt ihn an, dicht neben ihm – Hitze durch alle Schichten.

Der Berg ist höher und gewaltiger aus der Nähe, und die Kuppe entfernt sich unablässig, foppt ihn mit ihrer Unberechenbarkeit, lockt und provoziert – er muss bis dort hinauf! Der Schweiß rinnt. Er wird dort stehen. Er wird sie überwinden.

Und dann.

Natürlich wagt er es. Dazu ist er doch da. Es ist der Sinn des Lebens, Herausforderungen anzunehmen, sie durchzuführen und dann die Belohnungen einzustreichen. Sie gurrt und provoziert. Sie wird nicht müde.

Er keucht vor Anstrengung, die Beine zittern. Kein Ständer mehr. Bestens. Er will nicht zu schnell kommen, er will an der Flanke hinuntergleiten, das heftige Tempo spüren, die milchweiße Bergflanke in berauschendem Fieber. Den Preis.

Nur noch die letzte Steigung. Und sie reagiert. Er sieht das Drehrad des Lifts und die kleine Rampe, wo die Leute abspringen.

Es ist eine fantastische Nacht und ein fantastisches Abenteuer, in das er einfach so hineingeraten ist. Und niemand weiß etwas, er ist kurzerhand losgezogen. Sternenschwärme wölben sich hoch über ihm – Schwindelgefühl. Tief dort unten die leuchtenden Lampen des Hotels, der Hütten und Apartments. Die Straße wie ein schmales, funkelndes Diadem. Kein Auto zu sehen. Alle Fenster liegen dunkel. Ein Fernsehmast in weiter Ferne mit seinen roten Lichtern.

Und der Steilhang, der Steilhang mit dem schlafenden Lift gleich nebenan. Seine Urfrau.

Man braucht sich einfach nur hinzugeben – ja. Das erste Mal soll es genau so geschehen – ja.

Er ist jetzt nüchterner. Er weiß genau, was er tut. Er ist stark, und seine Urfrau sagt ihm, dass er schön ist.

Jetzt steigt er ins Boot. Sie sagt, er soll sich zurücklehnen, die Augen schließen und sich einfach hingeben.

Durch die dünne Haut der Augenlider spürt er, wie ihre Gestalt, als sie breitbeinig über ihn tritt, das starke Licht der Scheinwerfer abschirmt.

Jetzt beginnt die letzte Fahrt – wow!

Die verdammten Zeiger, wie spät ist es? Steht still! Du großer gib Ruhe dort oben auf der Zwölf und der kleine? Drei? Was? Aber da kann er Mossi doch nicht anrufen. Sie wird wütend. Bestimmt wird sie das. Oder ihr Mann geht ran. Und der wird auch wütend.

Und sie noch mehr. Einfach nicht gern gesehen. Analyse abgeschlossen, und das Ergebnis lautet: nicht anrufen.

Nein. Man hat doch schon einiges erlebt, man weiß, was man tut, Mensch, man ruft doch nicht nachts um *drei* bei seiner Assistentin an, um – ja – um zu sagen, dass man sie … vermisst. Und zwar sehr und dass man gern …

Man ist ja wohl kein Idiot, man hat doch alles im Griff. Das muss man schließlich, wenn man der Sicherheitsverantwortliche bei der bevorstehenden Landeskonferenz ist.

Obwohl, warum kann man eigentlich nicht anrufen, wenn man nun schon eine solche Position innehat? Es könnte ja was Wichtiges sein, eine Spionagesache, ein illegaler Transport bereits zerstörter Tretminen, diese verdammte Geschichte, bestimmte

Dinge sollte man einfach nicht erfahren. Darum musste er sich ein andermal kümmern, er sehnt sich nach Mossi.

Ruhig, bleib ruhig, eins nach dem anderen. Denk nach. Der Whisky, wo zum Teufel, ach da. Der traurige kleine Rest fühlt sich total einsam, klar dass er zu den anderen Schlucken will, und man ist ja nicht so!

Also *wringt* man auch den letzten Tropfen aus der Flasche. Wie Bernstein dort im Glas, man dankt – fast halbvoll. Vielleicht ist man das selber ja auch, doch zum Glück hat man alles im Griff, und die Aussicht ist großartig, dieser fantastische Hang, hellerleuchtet wie am Tag, man hat die eleganteste Suite, man ist eine bedeutende Persönlichkeit, man kann anrufen, wenn man will und wenn man Unterstützung braucht, man hat eine Assistentin, eine korrekte, wunderbare kleine Mossi, Greta Mossberg, tief im Inneren wissen wir beide, dass unter den förmlichen Kostümen ein Herz schlägt und ein Puls klopft, Blut, das man in Wallung küssen könnte.

Dieser wundervolle Whisky, ein Göttertrank, man schwebt unter dem Dach des Berges, und man ist einsam auf der Welt, die anderen sind gefahren oder, besser gesagt, noch nicht gekommen.

Nein, aber jemand geht dort, kämpft sich den Hang hoch, scheiß, was hat der da, einen Schlitten oder was, laufen da zwei, verdammte Höllentropfen, womöglich sieht man schon doppelt,

ist nicht so klar, wohin die wohl wollen oder das oder er oder sie?

Irgendwas bewegt sich den Berg hoch, mehr weiß man nicht, und die Scheibe ist voller Eisblumen, na und?

Na und.

Göttliche Tropfen, aber fuck, wie diese letzten doch reinhauen, haben die ganze Fackel in Brand gesteckt, jetzt ist man plötzlich total besoffen, spürt's, es brennt, sticht, geht heiß und geil abwärts,

sodass es rutscht, au das Kinn

an der Tischkante, der Hang, wo ist er geblieben, das Fenster weit oben, hier unten auf dem Fußboden, nein also der Teppich, puh, der stinkt.

Obwohl, wozu ein Bett, Schwerkraft ist alles.

Kalt ist es auch nicht, was man braucht, das gibt es doch hier, jetzt gehörig betäubt, man tritt schon weg beim bloßen Gedanken.

Keine Wahl. Sollte pinkeln, sollte trinken, sollte weiter denken.

Aber der Schwerkraft, der gehorcht man,

folgt dem Gesetz, yes,

man bleibt liegen, sollte das Jackett ausziehen und die Schuhe, pah, die Schuhe, so, weiß man wenigstens, wo man sie hat, gute Nacht all du verdammtes Schuhzeug und Fahrzeug und du weite Panoramaaussicht dort oben über einem. Man ist ein Krieger.

Und man fällt auf seinem Posten.

Natürlich in Stiefeln.

Teil I

Hinter dem eleganten und hellerleuchteten Empfangstresen des Hotels, hinter den bequemen Sitzgruppen und den hohen, kostspieligen Blumenarrangements gibt es einen weiteren Tresen, es ist ein schmaler schäbiger Tisch im Halbdunkel des Gangs, der zum Wintergarten und seinen Toiletten führt, und jeden Morgen um sechs versammelten wir uns dort.

Diejenige, die am weitesten zu fahren hat, kam zuerst, und das war ich. Schließlich war es nicht gesund, mit hundertzwanzig durchs Tal zu preschen, ich wollte genügend Spielraum haben, es konnten Schneepflüge dazwischenkommen, Unfälle oder Matsch auf der Fahrbahn – man musste auf beinahe alles gefasst sein. Aber der Zustand der Straße war im Allgemeinen gut, also traf ich manchmal schon um halb sechs am Ziel ein. Der Nachtportier begrüßte mich stets leicht verwundert, jung wie er war – offenbar dachte er, wie können Leute freiwillig auch nur eine Minute zu früh zu so einer unchristlichen Arbeit erscheinen.

Die anderen trudelten nach und nach fast unbemerkt ein. Die

meisten, die in den Personalapartments wohnten, kamen durch den Hintereingang angeschlichen.

In diesen frühen Morgenstunden wurden nicht viele Worte gewechselt. Die gemeinsame Sprache war noch nicht richtig greifbar, man war nicht im Stande sich anzustrengen, nachzudenken, wie die Dinge hießen und auf Schwedisch ausgesprochen wurden.

Verstohlen betrachtete ich meine Arbeitskollegen. Sie taten mir leid. Die meisten von ihnen waren unter einer heißen Sonne und zunächst ohne jeden Begriff von Kälte und abnehmendem Tageslicht aufgewachsen, jetzt aber verbrachten sie ihre Tage hier zwischen Papierkörben, leeren Flaschen, Reinigungsmitteln und Schnee. Alle aber waren freiwillig hergekommen, und es passierte nicht oft, dass sich jemand beklagte. Anscheinend lebten sie heute besser. Waren sie nicht vor der Armut und Unsicherheit geflohen, dann aufgrund von Gewehrsalven und nächtlichen Razzias. Ich hatte inzwischen so manche Geschichte zu hören bekommen, und einige waren so unvorstellbar, dass die Versuchung groß war, sie als Lügenmärchen abzutun.

Jetzt erschien Muhammad aus Afghanistan, und ich dachte: Wer wird den Roman deines Lebens aufschreiben, wie du gefoltert und halb verhungert über die Berge nach Pakistan entkommen und dann hinaus aufs offene Wasser geflohen bist, ausgerechnet mit dem Ziel Australien und dann weiter über den halben Erdball, vermutlich mithilfe von Menschenschmugglern. Dergleichen hatte er angedeutet. Ich vermutete, dass er ihnen Geld schuldete. Sie hatten ihre Netzwerke, und wenn es Not tat, wurden die Schulden gewaltsam eingetrieben, war mir klar geworden, doch selten las man von solchen Abrechnungen, meist genügten wohl Drohungen. Ingalill behauptete, der übliche Preis würde bei fünftausend Dollar liegen.

Muhammad verdiente nicht mehr als ich. Wahrscheinlich bezahlte er seine Schulden noch immer ab. Und er schickte Unterhalt an seine Eltern. Muhammad könnte Geld gebrauchen, viel Geld. Dennoch grüßte er freundlich und lächelte, als gäbe es keinerlei Sorgen auf der Welt. Vielleicht spielte er ja Toto?

Bea aus Somalia hingegen lächelte nicht, vor allem nicht früh am Morgen. Sie war Mathematikerin, aber hatte sich irgendwie mit dem Regime ihrer Heimat überworfen. Also gehörte sie jetzt der bestausgebildeten Putzgilde der Welt an, nämlich der schwedischen. Glücklicherweise putzte sie gut. Sie ließ ihren Zorn an Bettwäsche und Duschräumen aus und konnte einen Apartmentflügel ganz allein schaffen, wenn es trotz voller Belegung an Kräften mangelte. Ja, Bea war gut, und sie redete auch nicht viel. Wie sie hier gelandet war, wusste ich demnach nicht, aber eins hatten alle meine Arbeitskollegen gemein, und zwar, dass man sie als erste Maßnahme von staatlicher Seite im Asylantenheim Kläppen untergebracht hatte, zwanzig Kilometer weiter unten im Tal.

Das Hotel seinerseits hatte herausgefunden, dass es in Kläppen willige und billige Arbeitskräfte gab. Dank der veränderten Gesetze konnten die Asylbewerber jetzt während der Antragszeit arbeiten, und da sie nicht so unzuverlässig waren wie die aufsässigen Teenie-Girls, die das Hotel früher beschäftigt hatte, so war der Stamm der Putzmannschaft nunmehr stabil. Hin und wieder hörte jemand auf, aber die Löcher wurden rasch gestopft, die anhaltende Konjunkturflaute hatte dafür gesorgt, dass heute jeder Arbeitsplatz Attraktivität besaß.

Draußen war es schneeverhangen und ziemlich kalt, und jetzt trat die Hauptfigur des nächsten Romans aus dem Schatten, nämlich Hedy aus Tschetschenien. Ihrem Mann war es gelungen, sie herzuholen, ich glaubte verstanden zu haben, dass er ein ehemaliger Guerillakämpfer war. Sie wohnten unten im Dorf Sälen und nicht wie die meisten anderen in den teuren Personalapartments auf dem Berg. Ja, auch Hedys Geschichte war ein Roman, aber wer vermochte ihn zu interpretieren, bei diesem fernen, unbegreiflichen Land und obendrein der Sprachbarriere – die Gespräche blieben wahrhaftig ziemlich einförmig. Aber auch Hedy war gut im Putzen, und aufgrund ihrer sympathischen Art fügte sie sich hier gut ein. Über ihren Mann wusste ich nicht mehr, als dass er viel herumreiste, vielleicht wat er Dolmetscher, er weilte ja schon weitaus länger in Schweden als sie.

Der Zeiger näherte sich der Sechs, die Reinigungskräfte trafen jetzt am laufenden Band ein, das Gemurmel wurde lauter, und Ingalill war im Anmarsch, wir hörten, dass sie den Nachtportier begrüßte.

Wo steckte Dunja, sie kam doch immer pünktlich? Aber an diesem Morgen trafen die Russinnen vor Dunja ein. Die Mienen so unergründlich wie die der Sphinx betraten die beiden pompös die Bühne, ließen ihre Taschen schwingen, warfen die lange Mähne zurück, lächelten leicht zweideutig und kauten wie besessen auf ihrem Kaugummi herum. Ich spürte förmlich, wie der Bombenregen auf die arme Hedy niederprasselte, vielleicht war es nur ein kurzer Blick oder eine Bewegung, vielleicht bildete ich mir das aber auch ein. Sie war doch so grau und diese beiden so farbenprächtig mit ihren Strähnchen im Haar, den Ohrringen und dem Eau de Toilette – selbst um sechs Uhr in der Frühe –, sie waren einfach souverän.

Valentina, die Blonde, war beim Putzen nicht ganz zuverlässig. Einmal hatte ich sie erwischt, als sie oben in einem Zimmer saß und eine Seifenoper guckte. Sie stand nicht einmal auf, als ich zufällig die Tür öffnete, sondern kaute nur weiter auf ihrem Kaugummi herum und starrte auf den flimmernden Bildschirm. Sie dachte, ich würde es genauso machen.

Jelena, die Dunkle, war flink. Zu flink, fand ich, aber es war ja nicht meine Angelegenheit, die Qualität ihres Putzens zu kontrollieren, sondern Ingalills. Und Ingalill schien zufrieden. Außerdem war Jelena schön, man übersah sie nicht. Auch bei den Gästen erregte sie Aufmerksamkeit, und offenbar hatte sie nichts dagegen. Diese Sache hatte Ingalill, wie ich feststellen konnte, im Blick. Jelena bekam oft die Endreinigung übertragen, wo keine Gäste mehr in Sicht waren. Vermutlich hatte sie den Grund dafür selber begriffen, aber wie fast immer reagierte sie auch darauf mit einem Grinsen. Ihre Schwedischkenntnisse waren beeindruckend, wir beide aber hatten keinen engeren Kontakt.

Was die Russinnen anging, hatte man das Gefühl, dass sie die Arbeit jeden Augenblick hinschmeißen konnten, ich wusste nicht genau, woran ich bei ihnen war.

Wie mein Arbeitstag aussehen würde, hing meist direkt mit der Effektivität meiner Arbeitskollegen zusammen. Ingalill, unsere Hausdame, hatte mich zu ihrer Favoritin erkoren, und das bedeutete, dass ich oft einspringen musste, wenn etwas schief lief. Daher war ich in ein symbiotisches Verhältnis zu ihr verstrickt und betrachtete die Reinigungskräfte mit denselben Augen wie sie. Das war frustrierend. Ich war eine Art halber Boss, ohne es wirklich zu sein und auch ohne mehr zu verdienen als die anderen. Meine Arbeitskollegen sahen mich genauso. Ich war schließlich die einzige Schwedin, schon allein das, natürlich befand ich mich in einer besseren Position. Es fiel mir schwer, eine wirklich gleichberechtigte Beziehung zu ihnen aufzubauen

– verdammt, war es meine Schuld, dass ich mit keinem fremden Akzent sprach?

Jetzt kam Dunja, wirklich auf den letzten Drücker. Zwei Minuten zu spät. Aber Ingalill sagte nichts. Wenn es die Russinnen gewesen wären – Großangriff. Aber jetzt betraf es Dunja, und bei ihr war es das erste Mal, dass sie nicht pünktlich erschien, also schwieg Ingalill.

Außerdem strahlte Dunja wie ein Weihnachtsbaum, hatte sie Glitzer auf den Wangen, oder waren es schmelzende Schneeflocken? Auch ihre Augen strahlten, und sie bat tausendmal um Entschuldigung in ihrem allerbesten Hochschwedisch, bei dem der Akzent kaum zu hören war. Die am besten ausgebildete Putzkolonne der Welt. Und Dunja war ein Sprachgenie, sie war Lehrerin gewesen, in welchem Balkanstaat auch immer, aus dem sie vor mehreren Jahren geflohen war. Sie konnte Englisch, Deutsch und Französisch nahezu perfekt, wenn ich die Sache richtig verstanden hatte, außer ihrer Muttersprache natürlich, von der ich nicht wusste, wie sie hieß, und Schwedisch nicht zu vergessen.

Dunja sah gut aus, aber sie war nie verheiratet gewesen. Doch würde das eines Tages bestimmt noch werden, wenn sie sich dazu entschloss. Sie war zweiundvierzig und arbeitete eigentlich an einer Schule in Tensta. Der Lehrerjob an der Stockholmer Vorortschule war jedoch so stressig, dass sie jetzt ein halbes Jahr Auszeit genommen hatte, um von dem Ganzen wegzukommen, wie sie sagte. Sie liebte das Skifahren, sowohl Langlauf als auch am Hang. Wir hatten freie Liftkarten, so konnte sie ihrer Leidenschaft nachkommen, sobald sie frei hatte. Sie war hier nach Weihnachten einfach aufgetaucht, und zu dem Zeitpunkt fehlten gerade Leute, also hatte sie anfangen können. In der Putztruppe gab es noch andere aus dem Balkan, aber ich wusste nicht, ob sie mit ihnen verkehrte.

Ich mochte Dunja, sie war intelligent und hatte Humor, und sie arbeitete gut. Niemand war direkt schlecht, aber von all denen, die hier sauber machten, arbeitete ich am liebsten mit Dunja zusammen, da lief die Arbeit wie geschmiert.

Sie war auch diejenige, der ich am meisten glich, bildete ich mir ein. Besonders wenn es ums Aussehen ging, hatte ich aus Spaß zu ihr gesagt – dickes dunkles Haar und ausdrucksvolle große Augen, außerdem schlank. Schön wär's. Aber was das Innenleben anging, waren wir nicht so verschieden, sie wohnte ja schon mehrere Jahre hier, sie war ganz einfach wie eine Schwedin.

Ingalill wirkte müde. Bestimmt lag das wieder an ihrem Kind.

Schlüssel wurden hervorgeholt, Reinigungspläne ausgegeben und Anweisungen erteilt. Eigentlich war die morgendliche Zusammenkunft mehr eine Formsache, wir wussten im Allgemeinen, wie der Tag ablaufen würde. Aber wir mochten es, uns ein paar Minuten zu versammeln, wir bildeten trotz allem eine lose Gemeinschaft. Bei niemandem war es genauso wie bei uns. Außerdem gab es oft etwas, das die ganze Gruppe erfahren musste.

An diesem Morgen hatte es ungewöhnlich viel Hin und Her an der Rezeption gegeben, und jetzt gab uns Ingalill die Erklärung dafür. In der Nacht war erneut ein Matratzenunfall passiert. Eine Person war tot. Schneeskooter mit Polizei und Arzt waren gerade unterwegs den Hang hinauf, und der Pistenpfleger, der den Fund gemacht hatte, stand unter schwerem Schock und war mit dem Krankenwagen weggebracht worden. Nur damit wir Bescheid wüssten. Im Laufe des Tages würden sicher Unbefugte hier auftauchen, vielleicht von der Presse, und auch Angehörige, aber uns sei ja bekannt, worauf es ankomme, oder?

Allgemeines Gemurmel zur Antwort: Klar Ingalill, wir haben eine Dienstleistung zu erbringen, und es ist nicht unsere Aufgabe, Fragen zu beantworten. Aber wir sollen freundlich sein, nicht patzig. Dann machten wir uns bereit aufzubrechen, aber Ingalill war noch nicht fertig – der Restaurantleiter sei mit der Reinigung des Bistros unzufrieden – Gäste hätten über staubige Fußbodenleisten geklagt. Wenn wir selbst hier Gäste wären, hätte es uns dann etwa nicht gestört, eine solche Verwahrlosung zu sehen?

Wir lächelten spöttisch. Wir – hier Gäste? Für mindestens tausend Kronen die Nacht – besten Dank!

Und dann hätten wir da noch die Küche, fuhr sie unverdrossen fort. Dort verschwindet so manches. Sie sagen nicht, dass ihr es gewesen seid, aber es ist schon komisch, dass die verschiedensten Dinge Beine kriegen, besonders wenn die Küche spärlich bemannt ist. Sollte jemand also aus Versehen den Gefrierraumschlüssel mitgenommen haben, so geht es in Ordnung, wenn er völlig inkognito wieder an seinen Haken gehängt wird, und das gilt auch für diverse Küchengeräte wie Suppenkellen, Fischscheren, Fleischerbeile, Filetmesser und feine Salatbestecke!

Die sagen, wir hätten das geklaut?, fragte Muhammad bedrohlich leise, wir, die doch nie in der Küche sind?

Sie sagen es überhaupt nicht, verdeutlichte Ingalill, sie haben uns nur gebeten, diese Information oder diesen Appell oder wie man es sonst nennen will, an alle Personalgruppen weiterzugeben. Das gilt auch für die Direktion.

Her also mit dem Schlüssel! Und mit dem Neusilber-Besteck! Ingalill versuchte zu scherzen. Das kam ganz und gar nicht an. In der Hierarchie des Hotels standen wir am weitesten unten, und es war üblich, bei allem uns die Schuld zu geben. Andere Kategorien des Personals waren schnell mit Kritik bei der Hand, wenn wir einen Papierkorb oder irgendwelchen Glibber am Geländer übersehen hatten, das Gegenteil aber erlebten wir nie – dass man uns für die gut ausgeführte Arbeit lobte. Das war einfach selbstverständlich. Manchmal, wenn ich ein ungewöhnlich verdrecktes Zimmer betrat, hatte ich gute Lust, das Empfangspersonal und die Kellner herzubestellen, um ihnen zu zeigen, wie es vor der Reinigung aussehen konnte. Nach dreiundzwanzig Minuten musste der vorgefundene Schweinestall in ein blitzblankes Königslogis verwandelt sein, mit militärisch gemachten Betten, glänzenden Ablagen und Tischen samt einer gut gereinigten Toilette. Wir waren eine Personalgruppe, auf der man leicht herumhacken konnte, unser Job war nur im negativen Fall sichtbar, also wenn nicht geputzt worden war.

Trotzdem kam ich gut klar. Zu behaupten, ich fühlte mich wohl, wäre wohl übertrieben, aber ich fand die Sache okay. Alles war besser als die öde Arbeitslosigkeit, was die Alternative gewesen wäre, nachdem ich meine Anstellung in der Gerberei aufgegeben hatte. Dafür gab es wahrhaftig gute Gründe, aber es war, wie die Sachbearbeiterin auf dem Arbeitsamt gesagt hatte: Du musst begreifen, wo du hingezogen bist. In diesen Gegenden gibt man eine relativ sichere Stelle nicht einfach auf.

Also hatte ich mir einen neuen Job gesucht und war ganz zufrieden damit, auch wenn es jeden Tag ein Stück hin- und herzufahren galt. Mit Ausnahme von Krisensituationen, da besorgte mir Ingalill eine Schlafgelegenheit, damit ich am Ort übernachten konnte.

Jetzt brach also ein weiterer Arbeitstag an. In der Rezeption lungerte das Rettungspersonal herum und bei uns inzwischen ein ganzer Haufen Reinigungskräfte: Somalier und Türken, Jugoslawen verschiedenster Herkunft, ein Palästinenser und ein Deutscher, der das Skilaufen liebte. Sie füllten den ganzen Gang aus. Schlüssel klapperten, wir nahmen unsere Reinigungspläne und Hauptschlüssel und setzten uns langsam in Bewegung. Take care of yourselves out there, rief Ingalill unseren schlaffen Rücken hinterher. Ja, ja, sie tat ihr Bestes. Aber wir waren nun mal keine coolen New Yorker Bullen. Sie konnte uns nicht besser bezahlen, aber sie versuchte uns ab und an mit Worten zu erwärmen. Sie war in Ordnung. Die Woche über allein mit dem Kind, sie stand genauso unter Druck wie wir. Sie sah müde aus.

Izzadin, der Palästinenser, startete die Poliermaschine, um den riesigen Fußboden aus Älvdalsporphyr in der Eingangshalle zum Glänzen zu bringen, und ich ging zum Empfangstisch, hinter dem ein großer Papierkorb geleert und außerdem gewischt werden sollte. Dadurch bekam ich automatisch die Gespräche der Rettungsmannschaft mit, aus denen hervorging, dass der Verunglückte sich den Schädel gespalten hatte, als er gegen das Liftfundament geprallt war. Weiß Gott kein schöner Anblick, den Pistenpfleger hatte es schließlich total umgehauen. Offensichtlich war der nächtliche Schussfahrer allein gewesen, was wirklich ein Glück gewesen war, solche Suffgeschichten passierten ja sonst meist in der Gruppe.

Ich war nicht direkt neugierig, aber aufmerksam. Ich bemerkte, dass der Nachtportier in seinem Computer nachschaute, er suchte wohl nach einem möglichen Kandidaten, weil er fragte, ob sie genau kontrolliert hätten, dass kein Hotelschlüssel in den Taschen steckte. Da war keiner, bestätigten die Männer, aber der Verunglückte konnte ihn ja verloren haben, so ein Schlüssel sah ja nicht viel anders aus als die Liftkarte, der Bursche konnte ihn sogar weggeworfen, ihn einfach mit einem Zettel verwechselt haben.

Ein Schlauchboot. Ein Rafting den Berg hinunter. Der Gedanke gefiel mir, wie schrecklich das Geschehene auch sein mochte. Ich konnte die Verlockung begreifen.

Der Nachtportier steppte freundlich zur Seite, während ich den Rest fertigschwappte. Notgedrungen steuerte ich danach auf die vielen überquellenden Aschenbecher und Papierkörbe der Lobby zu und konnte damit dem interessanten Gespräch am erleuchteten Tresen nicht länger folgen.

Izzadin warf mir einen raschen Blick zu, so als missgönnte er mir den Zugang zu den Sensationen gleich am frühen Morgen. Es war natürlich typisch, dass die einzige Poliermaschine im Gelände von einem Mann bedient wurde. Bestimmt tat er so, als würde er einen Panzer fahren, dachte ich irritiert, vielleicht gekapert von der israelischen Armee?

Die Herrentoilette des Wintergartens bot einen prächtigen Anblick. Hier hatte ein Fest stattgefunden. Papierhandtücher türmten sich auf dem Boden, und der ganze Raum schwamm. Leere und halbvolle Biergläser bildeten eine modernistische Installation auf dem Waschbeckenrand, auch darunter standen ein paar Gläser, die ins Rollen gerieten, als ich dagegenstieß, mitten in all dem Nassen obendrein Scherben, ja hollahopp, hier komme ich!

Und dennoch verspürte ich gerade in einer solchen Situation Zufriedenheit. Ich hatte noch nicht in den Kabinen selbst nachgeschaut – dort warteten vielleicht weitere tolle Überraschungen –, aber ich wusste, dass dieser Dreck in ungefähr einer halben

Stunde durch blitzblanke, einladende Sauberkeit ersetzt sein würde.

Jelena hatte die Damentoilette übernommen, also konnte sie Dunja später beim Staubsaugen des blauen Teppichbodenmeers im Wintergarten helfen, weil das Saubermachen bei den Frauen viel schneller ging. Jelena hasste Männerklos. Ich hasse Männerklos, mussten die ersten Worte gewesen sein, die sie auf Schwedisch gelernt hatte, und sie wiederholte sie oft.

Okay, Männerklos, davon konnte man ein Lied singen. Aber es gab sie nun mal. Und Männer waren schließlich auch Menschen. Denk an deinen eigenen Sohn, sagte ich immer. Das ist was ganz anderes, bekam ich zur Antwort, er ist kein solches Schwein wie all die anderen.

Gläser, Geschirr und den Inhalt der Papierkörbe raus zum Putzwagen, dann Lappen, Bürsten und Reinigungsmittel zu den Herren rein. Die Arbeit begann an den etwas saubereren Stellen, dann folgten die dreckigeren. Mit meinem ganz privaten Wunderlappen, den ich vom eigenen Geld gekauft hatte, lief das Putzen wie geschmiert – alles war im Nu blitzblank! Ich kam mir so clever vor, dass ich vor Stolz fast platzte. Es war nur ein schöner Traum, dass das Hotel seiner Putzkolonne Wunderlappen aus Mikrofasern besorgen würde, und übrigens wären sie dann sicher gleich wieder geklaut.

Jetzt aufgepasst ihr Becken dort unten, ich spritzte Umweltgifte in grünen Strängen. Schrubbte mit der Klobürste unter der Kante, spülte, wischte und sprang immer wieder zurück, um nichts von den Ekelspritzern abzukriegen, was trotzdem manchmal passierte. An der Lippe, oder es ging ins Auge, und zu dem Zeitpunkt hatte man nasse Gummihandschuhe an, also stand man dann da mit einem Tropfen Pisswasser oder was auch immer da auf der Haut kühlte, scheiß, man fuhr sich mit dem Ärmel übers Gesicht und fluchte laut. Verließ sich einfach auf die eigenen Abwehrkräfte, von so 'nem bisschen Tollwut war noch keiner gestorben oder von Campylobactern oder wie die Dinger hießen. Du anonymer Kacker, du hast mich doch wohl nicht mit der Rinderseuche, aids oder tbc angesteckt?

Ganz zum Schluss widmete ich mich der Pinkelrinne, und dort hatte ich gründlich Duftkugeln ausgelegt, sodass der nur zu gut bekannte Geruch nicht weit kam. Dieses Klo sollte frisch riechen – ich hätte es nicht ertragen, wenn irgendein arroganter Oberkellner mit der Bemerkung angekommen wäre, die Toiletten seien nicht anständig gesäubert und Gäste hätten sich beschwert. Nein, nicht wenn ich Hand angelegt hatte; war ich mit einer Aufgabe fertig, sollte kein aufgeblasener Pinkel die Nase rümpfen und mich herunterputzen können.

Die Besenkammer lag im Eingangsbereich der Herrentoilette. Die Lampe war wie gewöhnlich kaputt und das Wasser aus dem Hahn eiskalt. Dann eben umso stärkere Putzmittel in den Eimer! In der Regel versuchte ich, ein bisschen warmes Wasser vom Handwaschbecken zu holen, aber es war schwierig, den Eimer dort reinzuklemmen, man bekam gerade den Boden bedeckt.

Wegen der Glasscherben fegte ich zunächst alles zusammen und nahm die Splitterreste mit feuchten Papierhandtüchern auf. Dann konnte ich den Boden endlich wischen.

Jetzt sah alles wie neu aus, wirkte wie frisch gestrichen. Wenn nur keiner hereingetrampelt kam, bevor alles trocken war, dann gab es hier wieder eine Herrentoilette, wie sie sich schickte für ein Etablissement wie den Wintergarten mit seiner imposanten Bar, seinen gedeckten Tischen, seiner erlesenen Speisekarte und dem großen Tanzboden. Ich war zufrieden.

Dunja war dabei, die Teppichböden zu saugen, ich hörte sie irgendwo weit weg, während ich den Putzwagen ordnete und einen Moment verschnaufte. Im Foyer war Izzadins Poliermaschine verstummt. Wahrscheinlich war er voll damit beschäftigt, vor dem Eingang Schnee zu fegen, das Festgetretene loszuhacken, wegzuschaufeln und dann Sand zu streuen. Er hatte von Björn eine umfassende Ausbildung im Sandstreuen erhalten, unwissend wie er hinsichtlich der Choreografie des Rutschens nun mal gewesen war. Jetzt beherrschte er die Sache dafür umso besser – kein Gast sollte sich den Oberschenkelhals brechen, solange dieser Palästinenser für das Streuen sorgte.

Jelena kam aus dem Damenklo. Sie war nicht schneller fertig geworden als ich, trotz der geringer verdreckten Örtlichkeit. Sie wirkte froh. Und das war schließlich gut. Doch worüber konnte man sich in dieser frühen Stunde freuen, noch dazu auf einem Damenklo?

Was ist, fragte ich automatisch. Was soll schon sein, erwiderte sie und grinste noch mehr, während sie etwas Eingewickeltes, was auch immer das sein mochte, ganz unten in ihren Putzwagen schob. Ach diese Russinnen – unergründlich wie die weite Taiga, vielleicht hatte sie per Telepathie Kontakt zu einer anderen Toilettenmadam im Ural oder in Murmansk bekommen und würde bald abhauen, irgendwas hatte sie vor, ganz klar.

Gerade als ich die vierte Etage erreicht hatte, wo ich kontrollieren wollte, ob der Flur gesaugt werden musste, ging das Licht aus, und es wurde stockdunkel. Und still.

Ich tastete mich vorwärts, geleitet von den starken Scheinwerfern am Hang, deren Licht durch die weit entfernten Fenster hereinfiel, und jetzt hörte ich Björns feste Stimme, er befand sich in meiner Nähe irgendwo in der Mitte des Flurs. Seine ungemein schöne Stimme und vor allem seine Sprache – typisch für die hiesige Gegend. Konnte man in dieser Mundart überhaupt anders als nett sein? Die Wörter tönten und funkelten, das war Malungs Dialekt im paillettengeschmückten Trikot – ein Eistanz der Redewendungen und doppelbödigen Bedeutungen, in dieser herrlichen Sprache war keine Äußerung zu trivial.

Das ist nur eine Sicherung, die Sache ist gleich geritzt, bleib ganz ruhig, hörte ich ihn rufen. In der Mitte des Flurs befand sich ein Sicherungskasten, und von dort erklang seine Stimme.

In Ermangelung einer anderen Beschäftigung tastete ich mich zu ihm vor und fragte, ob es lange dauern würde. Im selben Moment ging das Licht wieder an, und ich stand beschämt da, war ich noch bei Trost.

Hallo Siv, sagte er. Guck dir das an, da ist doch einer dran gewesen und hat einen Kurzschluss fabriziert, an allem müssen sie ihre Finger haben. Seine Sprache klang wirklich ganz besonders, obwohl er Hochschwedisch mit mir redete.

Ich schaute hin und verstand nichts, jede Menge Kabel, jede Menge Sicherungen und jede Menge Codes und Zahlen – was also?

Jemand hat einen Nagel dazwischengeschoben, erklärte er. Damit die Sicherung nicht durchbrennt. Hast du so was schon mal erlebt? Was die wohl gemacht haben – denn ich vermute mal, einer der Gäste hat in seinem Zimmer irgendwelche elektrischen Manipulationen vorgenommen. Allerdings werden wir wohl nie erfahren, was es gewesen ist. Eine wirklich gefährliche Sache, dadurch kann ein Brand entstehen.

Er war Elektriker und obendrein unser Rettungsanker bei allem, was nicht funktionierte, von den Haustechnikern war er zweifellos der geschickteste, und ich bewunderte ihn vorbehaltlos.

Da ich mir selbst gelobt hatte, nichts mit einem Mann anzufangen, jetzt nach der Misere mit Niels, die schmerzhafte Scheidung von Jan mal ganz außer Acht gelassen, so tat ich es völlig offen, also ihn zu bewundern. Liebe und Erotik waren schließlich nichts für mich, jedenfalls noch lange nicht – vielleicht nie mehr. Du bist ein Spitzentyp, sagte ich zuweilen. Wenn ich meine Meinung in Bezug auf Männer mal ändern sollte, dann weißt du, dass du der Erste in der Reihe bist. Und wie lange muss ich warten, gab er dann scherzend zur Antwort, dir ist ja wohl klar, dass Altsein das allerschlimmste Sein überhaupt ist.

Auch noch witzig, und das in der herrlichsten Mundart.

Ja, er war Spitze, in jeder Beziehung. Unbegreiflicherweise geschieden, wie konnte jemand ein solches Prachtexemplar freiwillig hergeben? Dazu war er noch nett wie kein anderer, sah auch nicht schlecht aus. In diesem Etablissement war er außerdem unentbehrlich und vermutlich unterbezahlt wie wir alle. Genau das wäre dann ja wohl der große Haken. Ich hatte doch beschlossen, es muss einer mit Geld sein. Die unterste Balkenlage der Schuppen hatte sich direkt in die Erde gedrückt und moderte, und das Haus selbst brauchte ein neues Dach und eine bessere Windisolierung. Das waren meine nächsten Projekte, sobald ich genug Geld beisammen hätte. Wenn der Ritter auf dem weißen Pferd eines schönen Tages angaloppiert kam, sollte er folglich keinen Strauß Rosen in der Hand halten, sondern Pfosten, Dämmwolle und frischbehauene Stämme, die er spielend leicht gegen die alten austauschte.

Gut, dass du so schnell wieder für Licht gesorgt hast, sagte ich. Hast du Angst bekommen, wollte er wissen und sah mich an.

Kein bisschen, erwiderte ich. Wirklich nicht, fragte er neckend und machte lächelnd einen Schritt auf mich zu. Aufgepasst, zwar war das alles nur Spaß, aber jetzt war niemand sonst in der Nähe, die lachenden Zeugen fehlten. Also zog ich mich zurück, weiter den Korridor hinunter und sagte, ich müsse dann wohl los. Und er drehte mir den Rücken zu und schraubte, was auch immer es nun war, wieder fest.

Männer wie er sollten nicht frei herumlaufen. Sie brachten alles durcheinander, sodass einem die Gedanken nicht gehorchten und sich im ruhigen Alltagstrott Himmel und Abgründe auftaten. Ja, er sollte eingesperrt werden, hinter einer Plexiglasscheibe sitzen, sodass man gefahrlos hingehen und sich diese Krone der Schöpfung, die er zweifellos war, mit tropfendem Zahn genau anschauen konnte. Wirklich ein Leckerbissen! Fantasieren durfte man schließlich, aber wichtig war, dass es dabei blieb. Sonst hätte das eine unhaltbare Arbeitssituation zur Folge, und was sich daraus ergeben würde, ließ sich leicht ausrechnen. Falls ich überhaupt irgendeine Chance gehabt hätte. Er zog mich doch nur auf. So konnte ich die Vögel glücklicherweise daran hindern, in meinem Haar ihr Nest zu bauen.

Als Nächstes kam die Piano-Bar dran – Party mit Mopp und Lappen. Zu imaginärer Musik!

Ingalill und ich standen vor den Toiletten der Piano-Bar und starrten auf den Marmorboden. Aceton, sagte sie mit Nachdruck. Bist du sicher, dass es Marmor ist, fragte ich. Sie zuckte die Schultern, jedenfalls ist der Boden mächtig hart. Genau weißt du es also nicht, beharrte ich. Sie schüttelte den Kopf. Denn wenn das kein Stein ist, kann Aceton Flecken hinterlassen, ich würde stattdessen Eisstücke und einen Schaber vorschlagen, danach Reinigungsmittel und heißes Wasser, den Dreck zuerst einfrieren, damit er hart wird. Dann lässt er sich wegkratzen.

Die Diskussion betraf die unzähligen Kaugummis, die genau an dieser Stelle immer ausgespuckt wurden. Man musste eigentlich froh darüber sein, die Alternative wäre schließlich der Teppichboden gewesen. Zumindest so viel Benimm hatten die Gäste, dass sie ihren Kaugummi dort nicht allzu oft hinterließen. Umso öfter hier vor den Toiletten. Der Boden war seit anno dazumal nicht mehr richtig gereinigt worden, aber jetzt sollte das endlich passieren.

Wir standen neben dem großen Gestell mit den Moët & Chandon-Flaschen, die zum Glück nicht abgestaubt werden mussten. Es waren mehrere Hundert, und sie sollten so staubig und abgelagert aussehen, obwohl sie leer waren. Wie es hieß, war das Hotel nach dem Staatlichen Alkoholvertrieb der größte Verkäufer dieses edlen Getränkes im ganzen Land. Dann versuche es heute Nachmittag mit deiner Methode, entschied Ingalill. Ich werde dem Barkeeper im *Satelliten* Bescheid sagen, damit du seine Eismaschine benutzen kannst. Aber jetzt möchte ich, dass du mit mir in den Keller kommst, ich habe ein paar Dinge zu besprechen.

Zufrieden schob ich den Putzwagen zur Seite. Ich ahnte, dass Ingalill meine Hilfe vor dem bevorstehenden Ansturm benötigte – ich erlebte das nicht zum ersten Mal und wusste, dass sie viel zu tun hatte. Sie war ja nicht nur für die Reinigung verantwortlich, sondern auch für die gesamte Atmosphäre im Hotel, alle Details, die notwendig waren, damit sich der Gast willkommen und zu Hause fühlte. Ja, das war die Aufgabe der Hausdame. Und das galt mehr denn je während der Landeskonferenz des Verbandes *Volk und Verteidigung*.

Das Hotel war 1936 gebaut worden, und schon damals hatte es achtzig Zimmer gehabt. Nach der Erweiterung gab es jetzt hundertsechs Hotelzimmer und über zweihundert Apartments, aber nur unter dem alten Gebäudeteil befand sich ein Keller. Die Treppe dort hinunter war schmal und schlecht beleuchtet. Ich blieb Ingalill auf den Fersen, die ununterbrochen über die Reinigungskräfte des Apartmenttrakts redete, bei denen zwei Nordkoreaner plötzlich erkrankt waren und einer der Bosnier heute Morgen mit verletzter Schulter erschienen war. Typisch, sie hatte ihn nach Hause schicken müssen, er hatte mächtige Schmerzen gehabt, war offenbar am Abend zuvor ausgerutscht und hingeknallt. Zum Glück waren die Apartments nicht voll belegt, also würde die Sache wohl in Ordnung gehen. Ich kann mich an einem anderen Tag um die Kaugummis kümmern, schlug ich vor. Nein, nein, erwiderte sie, wenn bis zur Konferenz alles tipptopp sein soll, müssen wir jetzt anfangen. Es bleibt ohnehin eine Menge zu tun, und im letzten Moment taucht ja immer noch irgendwas auf.

Ich schwieg. Wie gut. Dann würde ich den Wintergarten heute nach dem Apres-Ski nicht putzen müssen, also wenn ich Glück hatte. Das war bisher nicht sehr oft der Fall gewesen. Es wäre toll, ausnahmsweise mal normal nach Hause zu kommen.

Auch der Kellergang war nur schlecht erleuchtet. Die Decke war niedrig, und überall lag diverses Zeug herum, angefangen von Stapeln eingeschweißter Tischdecken bis zu unausgepackten Reservestühlen, hier landete von jedem etwas. Die Luft war stickig, es gab offenbar keinerlei Ventilation.

Eine massive Stahltür führte zu einem großen Gefrierraum. Ein kleiner Karren auf Gummirädern stand davor, damit die

Hilfsköche das Gefriergut rasch zum Fahrstuhl transportieren konnten, der sich weiter hinten im Gang im Anschluss an die Laderampe befand.

Auch im Gefrierraum wurde manchmal sauber gemacht, aber ich war noch nie dort drinnen gewesen. Bestimmt eine Aufgabe für Leute in voller Skootermontur, und wurde das dann abgetaut, gab es sicher eine Riesenüberschwemmung.

Eine ebenso massive Stahltür im Korridor nebenan führte zu einem anderen, nicht genutzten Gefrierraum. In dem hatte Ingalill einen Teil ihres Magazins. Sie schloss auf, ging aber weiter.

Ein Stück den Gang hinunter befanden sich zwei abgestellte Kühlräume, deren Stahltüren offen standen. Sie waren vom Boden bis zur Decke mit Regalen ausgerüstet, und in diesen wurde Geschirr aller Art, Tischdecken, Servietten, Kerzenständer, Aschenbecher und anderes mehr aufbewahrt. In einem der Kühlräume hatte Ingalill auf einem großen Tisch diverse Dinge ausgebreitet, und rundum auf dem Boden standen große Kartons. Ich sah Stapel von Bienenwachskerzen, große Rollen roten Seidenbands und Kartons voller Gläser, vielleicht Marmelade oder Konfitüre.

Die Geschenke, seufzte sie. Die VIP -Geschenke. Mittwoch müssen sie fertig sein, denn am Donnerstag kommen die Blumen. Ich muss hundertfünfzig Blumenarrangements herrichten, komm, dann zeige ich dir alles.

In dem anderen Kühlraum stand ebenfalls ein großer Tisch, und ich sah, dass sie dort mit der Vorbereitung der Arbeit begonnen hatte. Steckmasse war zerteilt und schon in weite weiße Vasen gedrückt worden. Wir bekommen weiße Lilien, blaue Anemonen und dazu kleine Mimosenzweige, so hat es die Direktorin festgelegt. Die Blumen kommen am Donnerstag aus Mora. Die weiße Blüte steht für den Schnee und die Reinheit, vielleicht auch für den Frieden, und die große blaue und die Mimose symbolisieren die EU – das Thema des Jahres ist ein Europa des Friedens und der Freiheit. Bestimmt wird das richtig schön aussehen, aber was für eine Arbeit!

Sie sind jedenfalls nicht knauserig, sondern stecken eine Menge Geld rein, erwiderte ich, und wenn man all die Geschenke bedenkt. Sie nickte zur Antwort, nur das Beste ist gut genug, die Veranstaltung wird den größten Gewinn des Jahres bringen. Allein die Tatsache, dass das Hotel während der Konferenz vier, fünf Tage lang überbelegt ist. Außerdem sendet das Fernsehen jeden Tag aus der Kongresshalle, und in Presse und Rundfunk kommen kontinuierliche Berichte. Das ist Werbung der allerbesten Art, also bei dieser Konferenz werden wir keine Mühe scheuen. Wenn man auf die Idee käme, die Konferenz woandershin zu verlegen, wäre das ein harter Schlag für uns alle.

Weiß der Himmel, ob ich diesen Schlag nicht ziemlich gut verkraften würde, erwiderte ich bedächtig, und sie lächelte. Okay, wir dürfen uns hier zu Tode schinden, antwortete sie. That's it.

Dass das Hotel Bankrott machen könnte, ist ja wohl kaum wahrscheinlich, fuhr ich fort. Nein, erwiderte sie. Das ist unwahrscheinlich. Aber wenn der Gewinn geringer ausfiele, müssten Leute gehen, und dann würdest du noch mehr zu tun bekommen.

Oder ich müsste auch gehen, antwortete ich.

Kaum vorstellbar, sagte sie lächelnd. Du wirst im höchsten Maße gebraucht, und wenn du all das hier siehst, kannst du wohl verstehen, dass ich dich während der Konferenz erst recht benötige. Ich habe kein Budget dafür, dir was zusätzlich zu zahlen, und außerdem würde das nur böses Blut geben. Aber ich kann dir etwas ganz Besonderes versprechen, wenn du dich dazu bereitfindest.

Bereitfinden wozu? fragte ich beunruhigt. Hier mit anzufassen, fauchte sie. Ich verkrafte diese Konferenz nicht noch ein Jahr, nicht wie es bisher gewesen ist. Jetzt, wo Christer die Woche über weg ist und ich Linus allein zur Tagesmutter schaffen und ihn wieder abholen muss, will ich wirklich zu einer vernünftigen Zeit nach Hause gehen und nicht wie ein Galeerensklave schuften, voriges Jahr war das ja nicht zum Aushalten gewesen. Außerdem habe ich die Absicht, hier aufzuhören. Das war die zweite Sache. Siv, wenn du versprichst, vor, während und nach der Konferenz einen Teil meines Jobs zu übernehmen, dann verspreche ich dir, dafür zu sorgen, dass du nach mir Hausdame wirst, das kann ich ziemlich sicher organisieren!

Ich schaute hinter mich. Ja, da stand irgendeine Kiste. Ich ließ mich einfach fallen. Was, ich sollte Hausdame werden?

Was verdienst du, fragte ich ohne Umschweife. Sie lachte. Achtzehntausenddreihundert, erwiderte sie, bist du jetzt beeindruckt, oder?

Ja, gab ich zur Antwort. Das sind über viertausend Kronen mehr, als ich jetzt kriege. Traufbretter und Isolierung – here I go, Ingalill!

Das Frühstück zusammen mit Dunja und Jelena im Personalspeisesaal tat mir gut, ich musste mich ein wenig fassen und so tun, als sei nichts gewesen.

Eine gute Aussicht hatte sich ergeben, die Chance aufzusteigen. Interessantere Arbeitsaufgaben und bessere Bezahlung. Statt umgekehrt – beschissene Tätigkeit und als Krönung des Ganzen: miserabler Lohn. Es schmeichelte mir, und ich freute mich und musste mich gehörig zusammenreißen, um es mir nicht anmerken zu lassen.

Schließlich war es ja noch nicht so weit. Erst gab es da noch die Konferenz und all das, was ich dafür zu leisten hatte, und danach musste Ingalill erst kündigen und mich als ihre Nachfolgerin durchboxen. Die Besetzung des Postens wurde höheren Orts vorgenommen, und vielleicht hatte jemand einen Joker und konnte mir die Stelle direkt vor der Nase wegschnappen. Ich durfte mich nicht echauffieren, ich musste kühles Blut bewahren, die mögliche Enttäuschung hinnehmen können, ohne gleich zusammenzubrechen.

Obwohl Ingalill normalerweise Wort hielt. Ja, das tat sie eigentlich immer.

Ich verspürte ein Ziehen im Bauch.

Jelena und ich waren auf dem Weg in den fünften Stock, um uns die Hotelzimmer vorzunehmen. Als wir die Eingangshalle durchquerten, konnten wir feststellen, dass das nächtliche Matratzenunglück lediglich einen einsamen Lokalreporter angelockt hatte, der mit über der Schulter baumelnder Kamera als Einziger für Aufregung sorgte. Allerdings drehte es sich ja diesmal um einen Bootsunfall, um einen Schiffbruch, wie wir makaber witzelten. Dumm war die Sache jedenfalls gewesen. Wir fanden, dass es inzwischen so viele Unfälle gegeben hatte, dass die Leute begriffen haben mussten, wie gefährlich es war, auf Luftmatratzen, Planen und anderen glatten Gegenständen den Berg hinunterzurutschen, obendrein noch in stark angetrunkenem Zustand. Anscheinend war die Identität des Opfers auch noch immer nicht geklärt.

Shit happens, wie man sagt, meinte Jelena.

Das war brutal! Ihr gutes Schwedisch – und Englisch! – benutzte sie auf die verblüffendste Weise, ich verstummte.

Wir nahmen den Fahrstuhl, der, wie wir feststellten, ebenfalls gereinigt werden musste, – irgendwas war verkippt worden und dann eingetrocknet. Ich spähte durchs Glas, als wir am vierten Stock vorbeikamen, nirgendwo ein Björn.

Der uns ganz allein angehende Hotelkorridor erstreckte sich lang und gewaltig vor uns, mit seinem roten Teppichboden und den vielen geheimnisvoll geschlossenen Türen.

Die sollten nicht mehr lange geschlossen bleiben. Rasch studierten wir die Putzliste. Bei der Hälfte der Zimmer ging es um Durchsicht – das bedeutete, der Gast wohnte noch dort – und der Rest waren Abreisen, also Endreinigung. Obendrein würde es bei fünf Zimmern eine Anreise geben, dort sollte eine Lampe behaglich leuchten und den neuen Gast willkommen heißen.

Willst du dir die Betten vornehmen, fragte ich großzügig. Jelena schlug sofort ein. Die Bettwäsche abzuziehen bedeutete, von Endreinigungszimmer zu Endreinigungszimmer zu gehen, die Schmutzwäsche zusammenzuraffen und sie in den Wäscheschlucker zu werfen. Sie landete fünf Stockwerke tiefer in bequemer Nähe zu jenem lkw, der die Säcke später in die große Wäscherei schaffte.

Aber diese Arbeit war schnell erledigt. Also würde auch Jelena ihren gehörigen Anteil am Staubsaugen und Toilettenschrubben abbekommen. Sport und Bewegung während der bezahlten Arbeitszeit – nicht jeder hatte solche Privilegien. Man musste es von der positiven Seite sehen. Ja, es hing immer von der Einstellung ab, alles spielte sich im Kopf ab, fühlte man sich entmutigt, dann wurde man auch entmutigt und so weiter. Warum war ich nicht

Berater geworden und verdiente Unsummen wie all jene, die solche Ratschläge erteilten?

Ich nahm mir als Erstes die Zimmer vor, bei denen nur eine Durchsicht anstand.

In einem davon wohnte eine Familie mit Kindern, durch die Aufbettungen war es sehr eng. Ich öffnete das Fenster und zog die Laken glatt. Die Kinder hatten jedes ein Kuscheltier, einen Affen und eine Giraffe. Ich legte sie zurück unter die Decke, nachdem alles fertig war, und zärtliche Gedanken kamen mir in den Kopf.

Die nächste Tür, die ich mit meinem Hauptschlüssel öffnete, führte zu der Suite, die zum Hang hinaus lag. Hier machte das Saubermachen Spaß, es war hell und geräumig. Gediegene, pietätvoll bewahrte Etagenbetten aus der Anfangszeit des Hotels im kleinen Zimmer, im Schlafzimmer ein Doppelbett und eine als Bett verwendbare Couch zusammen mit ausladenden Sesseln im großen Zimmer, dessen Fenster direkt zum Storfjället und auf die Slalompiste hinausging. Die Suite war bereits vergeben an irgendeinen Vortrupp der Konferenz, also ging es auch hier nur um Durchsicht. Ich betrat den Flur und entdeckte zu spät, dass der Gast noch anwesend war. Ein Mann sprang aus dem Sessel hoch, als ich schon fast im Zimmer war. Oh Entschuldigung, stieß ich hervor, ich kann später wiederkommen.

Nein, nein, machen Sie es nur jetzt, bat er und sah sichtlich betreten aus. Hier muss wirklich sauber gemacht werden, und ich bin nicht im Weg. Ich folgte seinem Blick auf den Boden. Ja, hier musste sauber gemacht werden. Ein Schälchen Erdnüsse war verschüttet und darauf herumgetrampelt worden, und die Luft war stickig und irgendwie verräuchert, trotz des Rauchverbots.

Der Mann war leicht übergewichtig und sah aus, als hätte er

die fünfzig schon hinter sich, sein Haar war schütter, und die Augen waren groß und blau, er wirkte nett. Eine kaum spürbare Fahne wehte mir entgegen, aber ich war mir nicht ganz sicher.

Ich zögerte. Es widersprach den Prinzipien, sich an die Arbeit zu machen, solange der Gast noch im Zimmer war. Hauptsächlich geschah das aus Sorge um die jüngeren Mädels, denen diverse nicht sehr schmeichelhafte Dinge zustoßen konnten, angefangen von Blicken, die sie auszogen, bis zu klar ausgesprochenen unanständigen Angeboten. Das betraf zwar nur eine Minderheit der männlichen Gäste, aber alle Neueinstellungen erhielten trotzdem die Instruktion, die Zimmer nicht zu reinigen, solange der Gast anwesend war.

Dieser hier wirkte jedoch völlig ungefährlich, möglicherweise hatte er einen leichten Kater. Ich selbst war auch noch nie durch den geringsten sexistischen Blick belästigt worden, zumindest soweit mir bewusst war. Möglicherweise hatte mal jemand meinen Hintern studiert, wenn ich vorgebeugt arbeitete – Müll aufsammelte oder Verkleckertes wegwischte –, aber dieser Anblick ließ keinen tot umfallen, jedenfalls nicht vor Begierde. Außerdem sah ich, dass er arbeitete, ein Laptop stand aufgeklappt auf dem Tisch, und rundum lagen Stapel von Papieren.

Und ich hatte ja bereits den Eimer mit Lappen und Bürsten abgestellt, also nickte ich und sagte, okay, wenn es dir also recht ist.

Ich sagte du, das taten die jungen Kräfte nicht. Er schien es nicht übel zu nehmen.

Er gab sich den Anschein, irgendein Dokument zu studieren, während ich meine Arbeit machte. Doch war zu spüren, dass er reden wollte, dass er sich meiner Anwesenheit bewusst war und ich für ihn nicht nur eine Putzfunktion innehatte. Der Staubsauger mit seinem undichten Schlauch vereitelte jedoch jede Möglichkeit zum Gespräch. Aber als ich mit dem Boden fertig war, räusperte er sich und fing an zu erzählen, dass er bald umziehen würde, weil der Oberkommandierende diese Suite bekommen sollte. Aha. Dann fragte er zögernd, ob ich etwas über den Zwischenfall der vergangenen Nacht wusste, ein hiesiger Polizist hatte bei ihm angeklopft und sich erkundigt, ob er etwas gesehen hatte.

Oh, das Matratzenunglück, sagte ich aufgeregt. Ja, allerdings war es diesmal ja keine Luftmatratze, sondern ein Schlauchboot, ein tragischer Unfall. Ein junger Mann kam heute Nacht ums Leben, als er den Berg runterrutschte, man kann dabei ungeheure Geschwindigkeiten erreichen, und es gibt keine Chance zu lenken oder zu bremsen.

Wie tragisch, murmelte er.

Ich nickte. Hast du denn was gesehen?, fragte ich mehr aus Höflichkeit.

Nein, natürlich nicht, erwiderte er schnell. Ich … nein, das ist ja wohl spät nachts passiert, und ich habe hier schließlich eine Arbeit, eine Aufgabe zu erledigen, hm. Aber es kann sein, dass ich mal kurz auf war, und der Hang ist ja erleuchtet, hell wie am Tag. Ich weiß nicht richtig. Aber ich habe auf jeden Fall Nein gesagt. Was hätte ich denn sehen sollen?

Der Papierkorb war vollgestopft mit diversen Dokumenten, zusammengeknüllten Notizzetteln und einer Anzahl leerer Erdnusstüten. Ganz unten, versteckt unter all dem Papier, lagen leere Flaschen, die klapperten, als ich die Mülltüte zusammenknotete und eine neue hineintat.

Und auch wenn ich was gesehen habe, fuhr er fort, so kann es nicht stimmen. Wenn ich mir's genau überlege, war ich wohl mitten in der Nacht mal kurz im Bad, warf im Vorbeigehen einen Blick nach draußen und meinte, zwei Leute zu sehen. Aber das kann ich alles auch geträumt haben.

Er war allein, erklärte ich. Hast du zwei Personen den Berg runterfahren sehen?

Nein, habe ich nicht, und wie gesagt, ich war sehr müde, aber ich dachte – oder träumte –, zwei Gestalten den Hang hochgehen zu sehen. Obwohl … Ich habe, wie gesagt, nur einen kurzen Blick nach draußen geworfen, während ich ins Bad ging. Der hiesige Polizist hat nicht sehr viel erzählt, weißt du mehr?

»Der hiesige Polizist?« Mir fiel ein, dass dieser Mann hier vielleicht auch irgendeine Art Polizist war.

Nicht mehr, als dass er sich den Schädel am Liftfundament eingeschlagen hat, als er vermutlich mit zweihundert Sachen dagegengeknallt ist, erwiderte ich. Nicht schön für den, der seine Eltern verständigen muss.

Der Mann seufzte und schaute bekümmert zum Hang. Ich habe sie ja auch nicht fahren sehen, murmelte er, es können ja andere gewesen sein.

Schmutzige Gläser, Krümel auf dem Tisch, aber die Betten im Schlafzimmer waren gemacht, so sorgfältig, als hätte ich es selbst getan, waren sie überhaupt benutzt? Ich lächelte ihm zu und begab mich ins Badezimmer. Sein Handy klingelte, und ich hörte ihn rangehen. Seine Stimme klang gedämpft und eintönig.

Vom Badezimmerspiegel lief noch immer Kondenswasser, und der Boden war nass, der gute Mann hatte heute spät geduscht, aber das ging mich schließlich nichts an. Ich wischte den Spiegel ab und wollte mir gerade das Waschbecken vornehmen, als er plötzlich hinter mir stand, ich begegnete seinem wilden Blick im Spiegel und bekam Angst.

Eine halbe Sekunde lang.

Dann drehte ich mich rasch um und machte einen Schritt direkt auf ihn zu.

Die Notizen, keuchte er, meine Notizen – die im Papierkorb, ich muss sie haben!

Das Adrenalin verließ meine Muskeln mit einem schmerzenden Gefühl. Ich lachte auf.

Wo hast du den Inhalt des Papierkorbs gelassen, fuhr er fort, ich brauch diese Papiere unbedingt, hab sie aus Versehen weggeworfen.

Ich schob mich an ihm vorbei und ging zum Putzwagen hinaus. Jelena drückte gerade etwas in eins seiner Fächer. Schon wieder? Aus dem Müllsack griff ich mir rasch die verknotete Tüte und reichte sie dem Gast. Er lächelte übers ganze Gesicht. Er war ungeheuer froh.

Es hatte nicht meinem Hinterteil gegolten dort drinnen vor dem Spiegel.

Ich bekam einen Lachanfall. Er lachte ebenfalls, tausend Dank, du hast mich wirklich gerettet!

Es war mir gelungen, einen freien Motorwärmerplatz auszuhandeln, sodass meine Kiste beim ersten Versuch startete.

Dort, weit weg, hoch oben am Hang, war der tödliche Unfall passiert, aber ich sah keine Absperrung, nirgendwo solche blauweißen Plastikbänder von der Polizei, die man aus dem Fernsehen kannte. Aus dieser Entfernung konnte ich auch nicht erkennen, um welches Fundament es sich handelte.

Die Leute fuhren wie immer, als sei überhaupt nichts geschehen, glitten elegant abwärts mit weichen Schwüngen, es sah cool aus. Es war keine Absperrung nötig, denn es war keine Ermittlung nötig, weil der Todesfall geklärt war. Aber dennoch, so ein junger Mensch. Ich hoffte, dass dort wenigstens eine Gartenkerze brannte, so viel Achtung sollte man dem Toten schon erweisen, fand ich.

Es war kalt. Auf dem Parkplatz sah ich kleine Kinder, Michelin-Männchen, die von ihren ambitionierten Eltern auf Schlitten gezogen wurden. Die Wangen der Kleinen leuchteten rot wie Stoppsignale. Die Eltern hielten sich warm auf Skiern und mit den Schlitten im Schlepptau, aber begriffen sie auch, wie kalt es für diejenigen werden konnte, die sich nicht bewegten und deren kleine Körper ausreichend Wärme erzeugen mussten?

Es war erst drei Uhr nachmittags, aber die Dämmerung ließ sich schon ahnen. Ich hatte Glück gehabt, dass ich so zeitig weggekommen war. Bea und Dunja sollten gemeinsam die Apres-Ski-Reinigung übernehmen. Wenn die trink- und vergnügungssüchtigen Gäste sich am Nachmittag ausgetobt hatten, sah der Wintergarten gewöhnlich wie ein Schlachtfeld aus und musste dann im Laufe weniger Stunden in ein adrettes einladendes Restaurant zurückverwandelt werden, bereit für die Aktivitäten des Abends.

Dunja und ich hatten zusammen die Toiletten in der Lobby geschrubbt, und mir war es äußerst schwergefallen, nichts von meiner Beförderungschance zu verraten. Deshalb hatte ich ihr lang und breit von meinem Tag erzählt und von meiner Verblüffung, vielleicht sogar Enttäuschung, weil dieser Kerl von *Volk und Verteidigung* nicht die Absicht gehabt hatte, mich sexuell zu drangsalieren, sondern lediglich seine weggeschmissenen Papiere zurückhaben wollte. Dunja hatte mit mir gelacht und gesagt, dass er Bergius heiße, er sei nett, sie habe gestern auch dort geputzt. Ich sagte, dass er heute Nacht anscheinend doppelt gesehen habe, als er zum Klo ging, aber dass man sich fragen musste, ob er nicht einfach besoffen gewesen sei.

Das Wetter hatte in letzter Zeit ständig gewechselt. Es hatte getaut. Darauf war eine kurze Kälteperiode angebrochen. Es hatte geschneit. Und jetzt war es wieder lausekalt, auch hier oben, sonst war es nicht ungewöhnlich, dass zwischen dem kalten Tal und dem Hochfjell ein Temperaturunterschied von zehn bis fünfzehn Grad herrschte.

Eine Gruppe Jugendlicher war in der vergangenen Woche offpiste gefahren und hinter dem Hundfjället fast von einer großen Lawine mitgerissen worden. Hier passierte dauernd etwas, und das war auch kein Wunder. Wenn man nach der Einwohnerzahl ging, befand sich in der Hochsaison jede Woche eine mittelgroße schwedische Stadt hier im Gebirge, also war Sälen in Wahrheit die größte Stadt der Provinz Dalarna. Und diese sechzig-, siebzigtausend Menschen mussten am Ende jeder Woche, an den sogenannten Wechseltagen, bewegt werden. Die Belastung der Gebirgsstraße und der Fernverkehrsstraße im Tal war gewaltig. Ein Großteil dieser Leute sollte auch auf die Bergkämme selbst hinaufgeschleppt werden, und obwohl die Kapazität der Lifte stündlich bei über siebzigtausend Individuen lag, waren die Schlangen an ihrem Fuße zuweilen unerfreulich lang.

Mit anderen Worten eine Großindustrie innerhalb der Grenzen der Kommune, und wohin sollte der Deckel, wenn nicht auf den Topf, natürlich musste ich hier arbeiten, auch wenn das jeden Tag sechzig Kilometer pendeln hieß. Ich hatte auch kaum eine andere Wahl.

Die neue Gebirgsstraße war jedenfalls breit und bequem. Der Höhenunterschied war fast nicht zu spüren. Nur der Druck auf den Ohren teilte mit, dass ich an Höhe verlor. In Gedanken war ich noch immer bei meinem Job. Den Nachmittag hatte ich mit den Kaugummiflecken und dem Bestücken der Putzwagen verbracht. In der letzten Stunde hatte ich nach Ingalills Anweisungen vip-Präsente eingepackt, hatte Geschenkband um Bienenwachskerzen und kleine Begrüßungskärtchen von der Direktorin um exklusive Marmeladengläser geknotet. Es war wohltuend, sich hinsetzen zu können, selbst wenn das Licht im Keller genau wie die Luft schlecht war, ich betrachtete es dennoch als Ruhepause, dort in der Stille sitzen zu können, bevor ich mich auf den Heimweg machte.

Der Verkehr im Tal war nicht weiter störend. Ich kam an Limas Schanzen vorüber und dachte flüchtig an die Karte aus dem 17. Jh., die mir Marianne, meine alte Nachbarin, gezeigt hatte. Die Festung war darauf mit roter Farbe eingezeichnet. Und oberhalb, auf dem Berg, war ein Signalfeuer durch ein kegelähnliches Zeichen angegeben. Signalfeuer gab es da auch auf dem Kastarberget in Transtrand, dem Middagsberget in Malung und dem Hundflen in Äppelbo. Sie hatten zum Signalsystem des Tals gehört, über das in gefahrvollen Zeiten mittels der Feuer gewarnt wurde. Heutzutage leuchteten die Positionslichter von Funk- und Fernsehmasten auf den hohen Bergen. Wenn Gefahr drohte, würde es nicht ausreichen, ein Feuer anzuzünden. Allerdings musste man die Leute wohl dennoch mobilisieren, dachte ich, heute genauso wie damals. Wenn unruhige Zeiten drohten, musste man zusehen, wie man am besten klarkam. Ich war froh, in einer Gegend zu leben, wo es nichts von Interesse gab, das zerbombt oder erobert werden konnte, war froh, einen eigenen Brunnen, einen Holzstapel, Kartoffeln im Keller und den ganzen großen Wald vor der Tür zu haben. Die Zeiten waren unsicher geworden, das wurde jeden Tag im Fernsehen gezeigt, man musste auf alles gefasst sein. Ich würde ziemlich lange durchhalten können, selbst wenn das, was man Infrastruktur nannte, zusammenbrach.

Warum dachte ich an so etwas? Ich schüttelte die düsteren Gedanken ab und begann zu planen. Ich würde in Lima Halt machen, um Lebensmittel einzukaufen. Und ich würde Åsa anrufen, wenn ich nach Hause kam. Meine geliebte dumme Tochter Åsa, die aus Liebe bis nach Skellefteå hochgezogen war. Es schien sinnlos zu sein, sie näher heranlocken zu wollen. Eine tragische Fehlgeburt hatte sie nur noch enger an Kristoffer gebunden. Er hatte seine Eltern und Verwandten dort oben, und Åsa behauptete, dass sie auch ihre Familie geworden seien. Ich hatte die Leute kennengelernt, sie waren nett. Aber ich fühlte mich beiseitegeschoben, ich war einfach eifersüchtig. Andererseits war es für Jan, ihren Vater, der in Göteborg wohnte, genauso weit zu ihr. Aber er war von Berufs wegen eine Menge unterwegs und hatte daher vielleicht das Glück, sie öfter zu treffen als ich. Seltsamerweise war ich auf diese Tatsache nicht eifersüchtig, ich wollte, dass Åsa ein gutes Verhältnis zu ihrem Papa hatte. Unsere Scheidung hatte nichts mit seiner Rolle als Vater zu tun, begriff ich. Åsa brauchte ihren Vater. Für sie war nur das Beste gut genug.

Vieles in meinem Singleleben war besser als während der Zeit, wo ich noch völlig unbewusst und wie schlafend verheiratet gewesen war. Mit den Finanzen stand es schlechter, aber ansonsten gab es niemanden mehr, dem man die Schuld zuschieben konnte, ich traf alle Entscheidungen selbst und war die ganze Zeit voll verantwortlich für meine eigene Situation.

Aber eine Sache, die entschieden schlechter war, betraf die Mahlzeiten und das Essen überhaupt. Uninteressiert und uninspiriert starrte ich in meinen leeren Einkaufskorb. Die Einkaufswagen waren für Mehrpersonenhaushalte vorgesehen, ich hingegen griff jetzt immer nach einem roten Plastikkorb. Die waren meist verdreckt, was mich irritierte, die schmutzigen Einkaufskörbe wirkten wie eine Verhöhnung von uns Alleinstehenden, die wir offenbar nichts Besseres wert waren, da wir nicht genügend Kaufkraft besaßen.

Ich wusste, dass der Kühlschrank leer war, doch mir wollte einfach nichts einfallen. Sollte ich mir Corn Flakes und Milch einverleiben? Oder vielleicht eine Büchse Sardinen? Knäckebrot und Tubenkäse hatte ich daheim vorrätig, anscheinend war kein Einkauf nötig.

Aber ich war schließlich nicht allein. Ich hatte doch Freunde. Ich hatte auch ein Handy. Wie gedacht, so getan – Maja, du meine beste frühere Kollegin, darf ich dich zu einem kleinen Abendbrot bitten?

Sie war gerade von der Arbeit heimgekommen, ich hatte mich offenbar in dem Moment gemeldet, als sie selbst vor dem Kühlschrank stand, um auf eine Idee zu kommen, denn sie sagte sofort jubelnd zu, bevor ich es mir anders überlegen konnte, wie sie es ausdrückte.

Es würde keinen einsamen Abend geben. Voller Energie machte ich mich über die Gemüsetheke her und begab mich dann zur Tiefkühltruhe – Hähnchenkeulen im Sonderangebot, das ließ sich rasch zubereiten, wir würden eine richtige Prassermahlzeit haben, Maja und ich, abnehmen konnten wir später.

Maja und ein paar andere Freundinnen waren heutzutage in Wahrheit meine Familie. Meist am Telefon, es war das Telefon, zu dem ich abends heimkam. Aber Maja traf ich auch immer öfter persönlich. Es war schön, jemanden zum Reden zu haben, jemanden, der mich verstand und mich so akzeptierte, wie ich war.

Maja war eine Superfreundin, ich hatte Glück gehabt. Dennoch gab es eine Menge einsamer Abende vor dem Fernseher, und die hatte ich so satt. Die Fernsehlogik war nicht die meine. Problem für Problem wurde bis zum Überdruss durchgekaut, ohne dass irgendetwas besser wurde, und bei den Filmen ging es fast immer um Mord. Unsicherheit und Angst waren die Gefühle, die das Fernsehen den Leuten suggerierte.

Die Wahrheit sah jedoch anders aus, und ich hatte keine Angst. Tatsächlich gab es nichts zu fürchten, das Fernsehen langweilte mich immer mehr. Ich sehnte mich nach menschlicher Gemeinschaft und persönlichem Kontakt. Natürlich nach einem Mann, aber die wuchsen ja nicht auf Bäumen. Jedenfalls nicht solche, die ich mir vorstellen konnte. Die besten waren vergeben, und die wenigen, die frei waren, konnten aus dem Vollen schöpfen. Björn konnte jede bekommen, die er wollte. Er zog mich nur auf. Zum Glück verstand ich seinen Humor, ja, ich hatte Humor.

Und ich hatte meine Freundinnen.

Der Mann, der bereit war, innerhalb weniger Tage zum Mörder zu werden, hatte in der Nacht einen Traum gehabt, an den er sich noch immer erinnerte, als er nachmittags von der Arbeit kam und die Haustür aufschloss.

Er hatte sonst keine Erinnerung an seine Träume, hatte geglaubt, ihm fehle eine derartige Fantasie. Aber dieser Traum war bedrückend wirklich gewesen. Die Stimmung reine Angst. Er war ein Vogel in einem Bauer – einem viel zu engen Bauer! Er konnte die Flügel nicht voll ausbreiten. Aber er sehnte sich ungemein danach, es zu tun. Die Sehnsucht brannte wie Feuer, und er flatterte mit den Flügeln, immer heftiger und heftiger, obwohl es so eng war. Am Ende waren die Gitterstäbe rot vor Blut, aber er konnte nicht damit aufhören. Er flatterte in Panik und zerschlug die Flügel am harten Eisen des Bauers. Er wusste, dass er nicht aufhören konnte zu kämpfen, bis er tot war.

Ein Vogel. Ein weißer Vogel, vielleicht eine Taube? Aber es

ging nicht um Frieden, seine intensive Sehnsucht – war sie sexuell? Und die Angst, eine erotische Angst?

Er roch bereits im Flur, was auf den Tisch kommen würde, an diesem Freitagabend gab es was Italienisches. Automatisch streckte er die Hand aus, aber kein Seppo. Nein Seppo, sein treuester Freund, war tot. Seppo war sein letzter Hund gewesen; intelligent, gut dressiert und loyal. Die Erinnerung an ihn war positiv. Aber es hatte keinen Zweck, sich ein neues Tier anzuschaffen, noch einmal von vorn anzufangen.

Er hängte den Mantel an die Garderobe und strich sich vor dem Spiegel über den Kopf. Er hätte sich einer plastischen Operation auf Staatskosten unterziehen können – zu der Erfrierung war es schließlich im Dienst gekommen aber er hatte das Angebot abgelehnt. Auch die Haare hatte er nicht wachsen lassen, um die deformierten Ohren zu verdecken. Er trug das Haar kurz und ließ es oft schneiden. Ihm gefiel so viel Gezottel nicht.

Er zog den Schlipsknoten zurecht und ging zu seiner Frau hinein.

Sie hatte im Esszimmer gedeckt, obwohl sie nur zu zweit waren. Anfangs war der feierliche Rahmen ihrer Freitagsmahlzeiten mehr ein Spaß gewesen, aber seit mehreren Jahren hatte ihr Miteinander immer ritualisiertere Formen angenommen. Der größte Teil des Lebens bestand inzwischen aus Ritualen, das war bequem und störte keinen.

Auch an diesem Freitagabend war nichts Überraschendes zu erwarten, sie wussten beide, wie sich die Stunden gestalten würden. Sie hatte sich vielleicht eine neue Nachspeise ausgedacht, um ihn zu erfreuen.

Er küsste sie auf die Wange und sagte, es rieche gut. Sie lächelte zur Antwort und band die Schürze ab, während sie ihn bat, die Schüssel mit dem Salat ins Zimmer zu tragen. Sie hatte Lipgloss aufgetragen, sie alterte in Schönheit.

Er nahm die Streichholzschachtel vom Ofensims und zündete die Kerzen auf der Tafel an. Sie trug den Rest herein, und dann lächelten sie einander zu und setzen sich zu Tisch.

Alles war genau wie immer und dennoch völlig anders. Denn es geschah zum letzten Mal. Aber das konnte er nicht sagen.

Sie plauderten – wie gewöhnlich – über das Wetter, die Kinder und das Essen, und sie erzählte eine kleine Anekdote von ihrer Arbeit, so wie sie es immer tat. Seltener ließen sie das Gespräch zu seiner Arbeit hinübergleiten. Beim Essen wollten beide ihre Ruhe haben, und die Schwierigkeit, die er hatte, seine Frustration in Bezug auf die Verteidigung des Landes zu verbergen, hatte in einigen Fällen zu peinlichen Situationen geführt, besonders in Anwesenheit von Gästen. Er wusste, dass sie nichts davon hören wollte.

Jetzt stellte sie dennoch eine Frage zu der bevorstehenden Landeskonferenz, ob er Sachen fürs Skilaufen mitnehmen wollte, und er bejahte es. Sie war eine loyale Ehefrau, sie dachte bereits ans Einpacken, an das, was in seinen Koffer gehörte.

Den Laufpass. Viele hatten ihn bekommen. Sie hatten ihn allesamt bekommen, als das gesamte, über lange Zeit sorgfältig aufgebaute Verteidigungssystem aufgegeben wurde. Die Verteidigungsdoktrin wurde aufgegeben. Nicht einmal die Landwehr mit ihrem kläglichen Prozentsatz am Verteidigungsbudget ließ man unangetastet. Von der Invasionsabwehr zur Einsatztruppe. Das klang gut. Aber er und viele mit ihm draußen in den Truppenteilen hatten die technische Entwicklung verfolgt, und was hier gesagt wurde, stimmte einfach nicht. Es war keine veraltete Streitmacht, die hier verschrottet wurde, sondern sie war modern, schlagkräftig und vor allem effektiv als Abschreckungsmittel für jeden nur denkbaren Angreifer, der auf die Idee kommen konnte, das Territorium des Landes zu verletzen. Dessen Verteidigung ihre Aufgabe war.

Jetzt lag die Flanke bloß. Und ihn und seine Kollegen hatte man im Spaß mit dem einfältigen Comic-Soldaten Karlsson verglichen. Als hätte die rein faktische Kränkung nicht schon gereicht. Schweden stand offen zur Verfügung für jeden, der es sich nehmen wollte. Während schwedische Truppen in fremden Ländern agierten.

Sollte man denn nicht vor allem sein eigenes Land verteidigen? Oder seine Gruppe, seine Sippe und seine Familie? Was blieb sonst überhaupt noch übrig? Wenn keiner gut und keiner böse war und alle Brüder?

Brüder?

Würde es für das Land Schweden nie mehr eine Bedrohung durch fremde Mächte geben? Würde es nur noch Terroristen und Verrückte geben, die von der cia und unserer Geheimpolizei Säpo bekämpft würden? Waren Gewaltbereitschaft und expansionistische Bestrebungen von Staaten eine Art Krankheit, die für allezeit ausgerottet war? Wenn dem so war, konnte man das dann schriftlich bekommen?

Wer Frieden will, muss für den Krieg rüsten, war gesagt worden. Doch heute galt das nicht mehr. War der Mensch plötzlich gut geworden und jede Gefahr für das Land als solches für immer verschwunden?

Die Kerzen flackerten, als sie aufstand, um den Kaffee zu holen. Es war lange still geblieben, merkte er jetzt.

Er sah sie an, als sie zurückkam. Sie stand beim Einschenken dicht neben ihm. Es war das letzte Mal, dass sie ihm Kaffee eingoss. Fass mich an, wollte er sagen. Sie ging um den Tisch herum, füllte ihre eigene Tasse und setzte sich. Lächelte.

Er dachte an ihren Körper, aber nein, die Sache war seit Langem ausgeschlossen.

Irgendwo tief in sich war er überaus verletzt, ja tödlich verletzt durch die Demütigungen, die er hatte ertragen müssen, bevor er sich schließlich gezwungen sah aufzugeben. Nichts wurde jetzt mehr gesagt, und auch damals war nicht viel gesagt worden. Er hatte nur gefühlt, wie lästig sie ihn empfunden hatte, zudringlich und fordernd. Sie hatte ihn nicht haben wollen.

Wenn sie jetzt Bescheid wüsste, wäre sie dann vielleicht bereit?

Aber er wollte nicht, dass sie bereit war. Er dachte nicht einmal darüber nach, aber tief unter allem verbarg sich der Wunsch, sie möge ihn leidenschaftlich, jenseits aller Beherrschung begehren, ihn besteigen und sich vollständig öffnen, sich bis weit hinein öffnen, doch war das eine Sehnsucht, die so gut versteckt war, dass er sie nicht herauslassen konnte, besonders jetzt nicht, denn mit ihr würde so vieles andere an die Oberfläche dringen, und er musste hart sein. Er musste kalt und professionell sein. Dass ihr Zusammenleben vereist war, dürfte in seiner Generation nichts Ungewöhnliches sein. Er erinnerte sich nicht, dass auch nur einer seiner Kollegen je ein Wort über die Sache verlor, er vermutete, dass es bei den meisten genauso stand. Einige gingen zu anderen, das wusste er, für ihn wäre das weit unter seiner Würde gewesen. Er war loyal und hielt durch, im Arbeitsleben und auch in der Familie.

Er war bereit gewesen, alles zu geben – nicht er hatte sie ins Berufsleben hinausgetrieben –, und nur ein paar Bröckchen hatte er sich zurückgewünscht. Aber nicht einmal die, nein. Und nun war es zu spät. Wenn sie Bescheid wüsste, würde sie ihm an diesem Abend vielleicht entgegenkommen. Was tut man nicht alles für einen Sterbenden. Er wollte solche Opfer nicht.

Sie sah verstohlen auf die Uhr, glaubte, dass er es nicht bemerkte. Sie spielten ihre Spiele. Sie hatten wahrhaftig seit dreißig Jahren nicht gestritten, in der ganzen langen Zeit nicht einmal die Stimme erhoben.

Er lehnte eine zweite Tasse Kaffee ab, dankte höflich für das Essen und stand auf, um ihr zu helfen, das Geschirr in die Küche zu tragen. Sie blies die Kerzen aus. Das war's. Glatte zweiunddreißig Minuten.

Er hatte es all die Jahre durchgehalten. Nun war es das letzte Mal, dass er mit seiner Frau am Freitag zu Abend gegessen hatte, er hoffte nicht auf ein Leben nach dem, was bald geschehen würde. Er war ein Krieger, und es gab Leute, die bedeutend schlimmere Dinge ertragen hatten, die durchgehalten hatten für ihr Land und in Loyalität mit ihrer Gruppe und Familie.

Das Wintermanöver, damals, als er sich die Ohren erfror, hatte den Maßstab gesetzt für seine Ausdauer und seine Fähigkeit, Strapazen zu erdulden. Er wusste, man hatte ihn gewogen und für gewichtig befunden, er zählte zu den Gewichtigsten. Genau deshalb musste er seine Pflicht tun.

Glatte zweiunddreißig Minuten. Er fühlte, dass sie in der Küche allein bleiben wollte. Er ging in den Keller hinunter. Glatt war die Waffe. Happiness is a warm gun, so sang man doch wohl? Ja, Glück. Und Sicherheit – alles erwuchs aus einem Gewehrlauf.

Wer Frieden will, muss für den Krieg rüsten.

Als er wieder nach oben kam, saß sie vor dem Fernseher. Sie fragte, ob er etwas haben wolle, sie meinte einen Kognak, er wusste, sie bot ihm den an, damit er ruhig wurde und vielleicht wegdöste. Er schüttelte den Kopf, nein danke, sagte er. Ich will nichts.

Er setzte sich neben sie. Auf Eurosport zeigte man Tanz, einen Tangowettbewerb. Ist das nicht schön, sagte sie. Er nickte – herrliche Musik.

Er sah den tanzenden Paaren eine Weile zu. Außerordentlich gekonnt und aufeinander eingespielt, genauso sehr Theater wie Tanz. Ein Spiel, sinnliche Bewegungen, Blicke und Temperament.

Sie saß neben ihm auf dem Sofa, und offenbar genoss sie das, was auf dem Bildschirm ablief, in vollen Zügen.

Sein Atem wurde schwer, so als bekäme er kaum Luft. Es war, als würde er einen Vortrag vor zweihundert Offizieren halten, Lampenfieber, man war sich jedes Atemzugs bewusst.

Er wollte aufstehen. Die Frauen auf dem Bildschirm hatten straff zurückgekämmtes Haar, trugen hochgeschlitzte Röcke und spitze Absätze, sie lächelten unentwegt mit halb geöffneten Mündern, während sie sich dem Tanz und der Musik ergaben, sie konnten beinahe alles mit ihren Körpern tun.

Wie unglaublich schön, flüsterte sie entzückt.

Zorn überkam ihn mit stählerner Wucht. Er musste weg von hier, er stand rasch auf, das Zimmer drehte sich. Was denn, willst du schon gehen, fragte sie vorwurfsvoll. Er murmelte nur.

Frische Luft und Neuschnee. Er stand vor seinem Haus und sog die kalte Luft in tiefen Zügen ein. Rasende Wut hämmerte in seinem Brustkorb.

Es tat weh.

Er war gewohnt, Anweisungen Folge zu leisten, er konnte die eigenen Befehle noch im Kopf hören.

Sein ganzes Leben lang hatte er sich nie gedrückt, und auch jetzt gedachte er es nicht zu tun.

Die Dämmerung war immer tiefer geworden, und ein paar vereinzelte Schneeflocken tanzten um meine brennende Außenlampe. Ich stieg aus dem Auto und ging zur Vortreppe. Sie stand dort bereits im Dunkeln und rührte sich nicht. Sie glaubte wohl, ich sehe sie nicht, und wollte mich ein bisschen erschrecken.

Doktor Watson I presume, sagte ich dumpf. Sie lachte. Of course – at Your service Mrs. Holmes. Sie trat ins Licht und half mir mit den Tüten.

Ja, wir waren richtig listige Kumpane geworden. Doktor Watson passte gut – meist war sie es, die mir zuhören musste. Sie war eine gute Zuhörerin und eine gute Analytikerin, eigentlich sollten wir beide in Ministerien und Ausschüssen sitzen und unsere jeweiligen Talente nicht an Klobrillen und schlüpfrige Häute verschwenden. Aber jetzt war es nun mal, wie es war.

Solange ich selbst in der Gerberei gearbeitet hatte, war meine Beziehung zu Maja nicht sonderlich eng gewesen, sie war eine der anderen, damals hielt ich mich meist an Katarina. Doch nachdem

Letztere glücklich mit einem Baggerführer aus Gävunda zusammengekommen war, bestand nicht mehr dasselbe Bedürfnis nach mir. Maja hingegen hatte mich mehrmals zum Kaffee eingeladen, und jetzt waren wir Freundinnen der guten, alten Sorte.

Auch heute begannen wir mit Kaffee, und dann machte ich mich ans Kochen, während Maja auf der Küchenbank saß und ihr Mundwerk laufen ließ. Es war gemütlich und lustig, Maja war eine wunderbare Person. Sie war ein paar Jahre jünger als ich, runder und kleiner und viel fröhlicher, zumindest nach außen hin. Sie hatte blonde, halblange Haare, und ihr Gesicht war offen wie das eines Kindes. Sie war eigentlich sehr hübsch, die Augen waren ausdrucksvoll und schön. Sie versuchte ständig abzuspecken, aber war darin genauso erfolgreich wie ich. Doch wenn der Schnee erst verschwunden wäre, dann. Wir würden Sport treiben, hatten wir beschlossen. Aber bis dahin waren es noch mehrere Monate, und in der Zwischenzeit tranken wir Kaffee und aßen ein paar Muffins, manchmal, wenn es schnell gehen sollte. Einer mehr oder weniger spielte ja wohl keine Rolle, und etwas musste man sich schließlich gönnen. Außerdem hatten wir beide eine Menge Bewegung in unserem jeweiligen Job, wir liefen herum und wienerten, zogen und hoben, fielen auf die Knie, wuchteten und trugen, streckten uns, krochen, eilten und klopften aus, sitzen konnten wir nur in den Pausen. Es war tatsächlich ein Wunder, dass wir nicht klapperdürr wie die Models waren.

Maja lebte allein, aber sie hatte eine Tochter, genau wie ich. Ihre Tochter befand sich jedoch in einer psychiatrischen Klinik, und dieses Trauma war das Einzige, über das wir nicht anders als oberflächlich sprachen. Majas offene Wunde. Ich hätte gewünscht, dass sie auch darüber reden wollte, aber das tat offenbar zu weh. Durch frühere Arbeitskollegen war mir jedoch die ganze

Hintergrundgeschichte bekannt. Die erklärte auch, warum da kein Mann existierte. Denn es hatte einen gegeben, und der war nicht gerade ein Traumprinz gewesen.

Sie hatten in der Gerberei in verschiedenen Schichten gearbeitet, weil das für die Tochter das Beste war. Nur hatte er das Mädchen missbraucht, seine eigene Tochter, hatte sie jahrelang sexuell missbraucht, sodass sie jetzt ein neunzehnjähriges psychisches Wrack war.

Als Maja schließlich die furchtbare Wahrheit begriffen und ihn angezeigt hatte, war es zur Inhaftierung, zum Prozess und totalen Skandal gekommen, und Greger, wie er hieß, war für das, was er getan hatte, zu mehreren Jahren Gefängnis verurteilt worden.

Aber das Thema war tabu. Obwohl die ganze Gegend davon wusste, und obwohl ihr das natürlich klar war und sie daher auch wusste, was man redete, wenn sie nicht anwesend war. Dennoch hatte sie nicht darüber sprechen können. Die Tür war geschlossen worden, und so war es noch immer.

Maja wurde vermutlich von heftigen Schuldgefühlen geplagt, weil sie nicht viel früher verstanden hatte, was da ablief. Bestimmt war das der Grund, weshalb sie nicht darüber reden konnte. Das Reden war doch sonst eine Erleichterung. Sobald man einer wohlwollend eingestellten Person von einem Problem berichtet hatte, konnte man doch viel besser damit umgehen. Man hatte es in Worte gekleidet. Worte ließen die Wirklichkeit schrumpfen, man konnte sie einkreisen und damit bändigen. Sie sollte mit mir über das Entsetzliche reden, was ihre Tochter psychisch krank gemacht hatte. Ich hoffte, dass es allmählich dazu kommen würde, ich wollte ihr so gern helfen.

Allerdings behauptete Maja, ich sei diejenige, die ihr tatsächlich helfe. Du bist meine beste Freundin, sagte sie oft. Der Grund war, dass ich ihr manchmal mein Auto lieh, eben damit sie nach Säter fahren und die arme Viktoria besuchen konnte. Sie wollte den Wagen jetzt wieder ausborgen, in Kürze. Natürlich, nimm ihn nur – ich brauche ihn doch bloß, wenn ich zur Arbeit muss, erwiderte ich.

Ich erzählte von meiner Chance zum Aufstieg. Maja gratulierte mir, und ich spürte, es kam von Herzen.

Plötzlich erkannte ich, dass es nicht so einfach werden würde, falls diese Sache mit der Hausdame tatsächlich Wirklichkeit wurde. Mit Maja auf der Küchenbank begriff ich unvermittelt, dass meine Position in diesem Fall viel Einsamkeit mit sich brachte. Kein lärmendes Frühstück zusammen mit kunterbunten Arbeitskollegen mehr, nein, in diesen Momenten rannte Ingalill immer umher, voller Panik, dass nicht alle Zimmer geschafft werden könnten. Ich käme um die ganz konkrete Scheiße herum, aber landete in einer anderen Scheiße – der des Antreibers. Auch wenn Ingalill uns äußerst selten antrieb, so war das doch die ganze Zeit zu spüren. Wollte ich da wirklich hin?

Natürlich, klar – die Isolierung des Dachbodens! Und die unterste Balkenlage! Ich ließ meine Bedenken fahren und lächelte fröhlich einer sonnigen Zukunft entgegen, im adretten Hausdamenkostüm und mit Entscheidungsweg direkt zur Chefin. Finanzielle Sicherheit war wirklich wichtiger als eine brüchige Gemeinschaft mit ausländischen Arbeitskollegen, bei denen man nicht immer wusste, woran man mit ihnen war. Und meine beste Kollegin Dunja würde nach Saisonende bestimmt nach Tensta zurückgehen, es war absolut nicht sicher, dass ich sie jemals wiedertraf. Auch die anderen verschwanden bestimmt nach und nach, sobald sie eine ständige Aufenthaltserlaubnis erhalten hatten und so viel Schwedisch konnten, dass es anfing interessant zu werden, ihren Geschichten zu lauschen.

Während des Essens erzählte ich von dem Bootsunfall auf der Piste und von Jelena, deren heimliches Gefummel am Putzwagen am Nachmittag seine Erklärung gefunden hatte. Wir waren gerade dabei, den Wagen neu zu bestücken, als ich plötzlich begriff, worum es sich handelte. Jelena roch nach Alkohol. Eine diskrete Untersuchung bestätigte, dass übrig gebliebene Alkoholreste aus den Abreisezimmern in einem Glas gelandet waren, das in einem zusammengerollten Badehandtuch ganz unten auf dem Wagen stand. Zur weiteren Beförderung in Jelenas Kehle. Das ist ja ein Ding, stieß Maja sensationslüstern hervor. Fand ich auch, erwiderte ich. Aber sie hat wirklich überraschend gut gearbeitet. Ein bisschen fahrig war sie zwar, aber das kann man so spät am Nachmittag ohnehin werden.

Was willst du tun, fragte Maja. Ich überlegte, hatte keine Ahnung. Ich sollte natürlich mit Jelena reden, aber vielleicht wurde sie dann wütend oder würde alles abstreiten. Dann stände ich vielleicht da. Mit Ingalill zu reden kam überhaupt nicht infrage.

Aber was, wenn ich nun selbst bald diese Ingalill war – würde ich dann nichts davon erfahren wollen?

Maja lachte vergnügt.

Das tat ich nicht.

Du wirst Boss, Siv, sie ließ die Handfläche auf den Tisch klatschen und fand es wirklich spaßig, ich glaube, ich werde mich dort oben bei dir anstellen lassen, Siv, das kann lustig werden!

Ich erklärte voller Ernst, ich würde beweisen, dass man Vorgesetzte sein konnte, ohne mit dem eigenen Gewissen in Konflikt zu geraten. Wenn es also dazu kommen würde. Bisher war das Ganze nicht viel mehr als eine Möglichkeit. Das geht nicht, konstatierte Maja. Du musst dich für eine Seite entscheiden. Du kannst nicht zugleich auf zwei Stühlen sitzen.

Ich werde beweisen, dass es geht, antwortete ich, aber jetzt reden wir von etwas anderem. Maja kicherte schadenfroh.

Das Essen war gut. Während wir uns beide ein zweites Mal auftaten, erhielt ich die letzten Berichte von den Kalktrommeln und der Enthaarung. Die Leute ackerten und waren loyal. Das Durchschnittsalter erreichte langsam eine ziemliche Höhe, aber Krankschreibungen gab es nur wenige. Es schien schwer zu sein, die Rentabilität richtig anzukurbeln, und keiner wagte es, sich sicher zu fühlen.

Danach nahmen wir uns die nähere Umgebung für einen Lagebericht vor, aber da war nicht viel passiert. Also blieb uns nichts weiter übrig, als in die Berge und zu der bevorstehenden Konferenz zurückzukehren. Die Sache würde hart werden, besonders für mich, die ich Ingalill versprochen hatte, ihr Stand-in und verlängerter Arm zu sein, ich musste mich von früh bis spät bereithalten. Aber es würde auch Spaß machen. Ich wäre für sämtliche Erfrischungen in der Kongresshalle verantwortlich. In manchen Pausen sollte es Obst und Mineralwasser geben, in anderen Kaffee und Kuchen. Man würde mir bestimmt eins von den Frühstücksmädels zur Seite geben, und irgendwie fühlte ich mich ein bisschen aufgeregt. Zwar hatte ich gesehen, wie die Sache im vorigen Jahr gelaufen war, aber jetzt würde ich selber mitten im Schlamassel stehen und die Verantwortung tragen.

Auf einer solchen Konferenz sind ja wohl hauptsächlich Männer, sagte Maja. Das hört man schließlich schon an dem Namen, Verteidigung, das ist ja wohl das Männlichste, was man sich vorstellen kann.

Ich erklärte, dass dennoch ein paar Frauen kommen würden, angefangen bei der Zivilen Fahrbereitschaft und dem Lotta-Verband, also den freiwilligen militärischen Frauenhilfsdiensten, bis zu Politikerinnen, heutzutage gab es sogar weibliche Offiziere, doch vermutlich von viel zu niedrigem Rang, als dass sie hier hineinpassten. Die wichtigen Posten waren natürlich von Männern besetzt. Andererseits stand das Verteidigungsministerium im Augenblick unter der Leitung einer Frau.

Verräterin, knurrte Maja. Wir lachten. Soll man sich denn nicht verteidigen, fragte ich. Maja wurde ernst. Natürlich soll man das, sagte sie still. Aber ich habe das Gefühl, dass sie es nicht tun würden.

Was?, fragte ich, wer würde was nicht tun?

Sie würden es nicht packen, wenn es tatsächlich kracht, verdeutlichte sie, ich glaube es einfach nicht. All die teuren Waffen, von denen man liest, wenn nun all das nur ein riesiger Sandkasten ist, in dem diese Jungs aus egoistischen Gründen spielen. Wenn sie uns bei einem Angriff überhaupt nicht verteidigen würden, wenn das nie ihr Motiv gewesen ist. Wenn sie sich nur gegenseitig beeindrucken und Karriere machen wollen.

Ist ja wohl klar, dass sie uns verteidigen, stellte ich fest. Ich wusste nicht sehr viel darüber, wie diese Verteidigung funktionierte, ging aber davon aus, dass die Militärs ihr Bestes taten. Alle wollten ihre Arbeit ja wohl so gut wie möglich machen.

Man hätte sich mehr damit beschäftigen müssen. Wie auf Bestellung meldeten sich Jans alte Vorhaltungen. Es ist deine Pflicht, Siv, du hast genauso viel Verantwortung für dieses Land wie wir, die gewählten Funktionäre und Politiker. Du kannst dich nicht dahinter verstecken, dass du nichts gewusst hast, du bist volljährig und du hast Stimmrecht – das bedeutet, du hast nicht nur Rechte, sondern auch Pflichten.

So konnte er stundenlang reden, obwohl er wusste, wie es mit meinem Job stand und dem Zuhause, um das ich mich allein zu kümmern hatte, da war keine Rede von irgendwelchen Pflichten, da war seine Arbeit plötzlich so viel wichtiger als meine.

Schließlich kam es aber dann ja auch zur Scheidung. Verdammt, ich wollte nicht an den gut geschminkten Anlass dafür, an diese Ingela Katz und die ganze darauf folgende Hölle denken.

Hallo Siv, ist jemand zu Hause? Maja wedelte mit der Hand vor meinem Gesicht herum. Willst du, dass ich gehen soll?

Nein, entschuldige, antwortete ich. Ich habe nur über die Landesverteidigung nachgedacht. Dass es gut ist, dass es sie gibt, falls wir angegriffen werden, allerdings kapiere ich nicht, was wir in anderen Ländern zu suchen haben.

Das ist doch, weil wir zur nato gehören, konstatierte Maja.

Tun wir das?, stieß ich verblüfft hervor.

Wir froren ständig, als wir uns vorwärts kämpften, Etappe um Etappe, Kilometer um Kilometer, Meter um Meter, es wurde immer schlimmer, je weiter wir kamen, der innere Brennstoff reichte nicht aus, wir bewegten uns immer langsamer, und die Müdigkeit führte zu einem Flimmern vor den Augen. Und überall dieses Weiß, all dieser Schnee.

Niemand, der nicht dort gewesen ist, kann sich die Kältehölle vorstellen, wie es ist, dorthin verbannt zu sein. Dem absoluten Nullpunkt, wo jedes Atom aufgehört hat zu schwingen. Diese Kälte war die reine Bosheit, sie war hart und fraß sich nach innen, man erstarrte unausweichlich. Wir waren dem Kollaps nahe, denn wir litten Mangel an allem: Schlaf, Nahrung und Wärme. Wir hatten Essen, aber es war gefroren, wir leckten Schnee, um unseren Durst zu stillen. Nur eine Sache funktionierte: unser Gehorsam.

Aber am Ende drohte auch dieser schöne Mechanismus seine Funktion aufzugeben. Als es ums Leben ging. Als jeder Einzelne sich selbst am nächsten stand. Soweit er nicht überredet wurde, für ein höheres Ziel zu kämpfen.

Die Methode war, die Persönlichkeit noch weiter zu zerstören, sich über den Teil herzumachen, den der Mangel an Schlaf, an Nahrung, Wärme und Fürsorge nicht hatte vernichten können.

Das Ziel war, sie zu veranlassen, sich an sich selbst zu vergehen. Befehlen zu gehorchen, um jeden Preis. Das Ziel war, sie zu fragmentarisieren, zu erreichen, dass sie ihren eigenen Instinkten zuwiderhandelten, Instinkten, die forderten, sie sollten am Feuer bleiben, sich wärmen, ihre Kleider trocknen, die Essensrationen auftauen, sie verspeisen und sich ausruhen, ausruhen, ausruhen. In dieser Lage würden sie einen Befehl entgegennehmen, den ultimativen Auftrag, der sie sofort wieder auf die Füße und in die noch nassen Sachen jagte. Und sie zogen los, direkt hinaus in die Wildnis bei zwanzig Grad Kälte, dieweil gerade sie ausersehen waren, diesen Spezialauftrag auszuführen – an offer you can't resist unless you're willing to die.

Das waren sie nicht.

Nun befanden sie sich schon außer Sichtweite. Und als sie zurückkamen, waren sie nicht mehr dieselben, ihre Blicke waren erloschen, und manchmal waren sie weniger als beim Aufbruch.

Der nächste Schritt bei dieser Drechselung tauglicher Soldaten bestand darin, den Haufen zusammenzutreiben, die Stimme zu erheben und das Kommando zu übernehmen. Letzteres geschah, indem man etwas opferte.

Oder jemanden. Denn der Haufen sehnte sich nach einem Anführer, und der musste stark sein, das war wichtiger, als dass er gut war. Güte gehörte an einen ganz anderen Ort, nicht in den Krieg. Der Anführer konnte sehr wohl ein Dreckskerl sein, der sich einen aus der Gruppe herauspickte und stichelte, er sei ein

Schwuler. Das trieb die Herde effektiver zusammen als irgendein Stromzaun. Bald hatten wir eine kampffähige kleine Armee mitten in der Schneehölle. Wintersoldat, ja sicher, aber bitte zuerst eine ordentliche Schwulenjagd, und wir machen doch nur Spaß, irgendwas muss man schließlich tun, wenn es so verdammt kalt ist.

Der dritte Akt in diesem Meisterstück, loyale Krieger zu schaffen, bestand darin, dass man scheinbar die Wahl hatte, wodurch mit einer ebenso einfachen wie unlogischen Gleichung Untergebene zu Mitschuldigen gemacht wurden, sodass der Frevel gegenüber der eigenen Persönlichkeit noch überboten wurde durch Frevel am Feind, egal, wer das auch sein mochte: ein älterer Mann, eine Frau oder ein Kind. Ein Terrorist konnte sich heutzutage in einem Kind verbergen. Nicht die Verpackung war entscheidend, sondern der Inhalt. Jetzt wurden die Soldaten zurechtgeschliffen, ja wahrhaftig. Hoch oben in den Bergen, wo der Schnee über Tage und Nächte gefallen war und die Häuser eng beieinander an der schmalen Bergstraße lagen, bekamen wir endlich Verwendung für unser Wissen über den Kampf in dicht bebautem Gebiet. Wir arbeiteten uns systematisch vorwärts, von Haus zu Haus bei einer Säuberungsaktion der guten alten Schule. Hier wurden Soldaten zurechtgeschliffen.

Wenn der Feind dalag, keuchend mit glänzenden Augen, niedergepresst auf den eisbedeckten Fußboden, die Waffe an der Schläfe, dann sollten wir in militärischen Termini denken, uns erinnern, dass das hier unser Feind war, so konnte er aussehen. Wir sollten vermeiden, ihm in die Augen zu blicken, und ihn stattdessen unschädlich machen, genau wie wir es gelernt hatten, und wenn jemand von Zweifel gepackt wurde, so galt es nur zu wählen, wer geopfert werden sollte, der hier oder wir. Dieser hübsche

Junge konnte dir nämlich im nächsten Atemzug einen Schraubenzieher oder eine Ahle ins Genick jagen, der kleinste Riss im Haus konnte eine Waffe verbergen, achte auf die im Tod noch tastenden Finger, zu glauben, man sei sicher, war dasselbe, als erkläre man sich zum Idioten.

Wenn wir fertig waren, sangen wir und sehnten uns nach Frauen, wir waren allmächtig. Denn der Nachgeschmack war zunächst nicht bitter, sondern berauschend wie Champagner – yes! Kommt heraus, wir werden euch nichts tun, wir wollen nur trinken und tanzen und Spaß haben! Das erste Gefühl danach war euphorisches Glück, und das musste ausgelebt werden, Wand an Wand mit dem Wahnsinn. Die Offiziere ließen es geschehen. Hinterher erzählten wir niemandem davon.

Wirst du gefangen genommen, musst du von eigener Hand sterben oder genau wissen, dass du die Sache durchstehst, egal was sie tun. Es ist eine Legende, dass ein Lügner mit dem Blick ausweicht, es ist genau umgekehrt. Der Stärkste zu sein ist nicht dasselbe wie die Wahrheit zu sagen. Schau deinem Feind ins Gesicht. Du brauchst nicht die Wahrheit zu sagen, du darfst sie nicht sagen. Halte es aus, ihn anzusehen, und du hast bereits gewonnen.

Hinterher, wir, die nach Hause kamen. Ist es verwunderlich, wenn einige die Augen ihrer Frauen verdeckten, Tücher davorhängten? Man kann sie jetzt fürchten, diese Augen. Wir brachten Gitter vor den Augen der Frauen an, um nicht unsere eigene Verletzbarkeit und Empfindsamkeit darin zu finden. Empfindsamkeit ist der größte Feind, wenn man ergebene Krieger behalten will.

Wir schlossen sie ein und befahlen den Blumen, mit dem Duften aufzuhören, denn wir kamen direkt aus dem Krieg. Und wir waren böse erfroren.

Wir sind keine Frauenhasser, das ist eine Legende. Unsere Beziehung zu Frauen ist überhaupt nicht so stark, Frauen überschätzen ihre Bedeutung.

Wir legten den Gefühlen Handschellen an, weil sie uns störten, weil sie auf die Idee kommen konnten, nach Belieben zu wachsen, und wir hörten den Frauen nicht zu. Auch in den so genannten zivilisierten Kulturen hörten wir den Frauen nicht zu, denn ihre Stimmen waren so kraftlos, wir hatten gelernt, nur den zu respektieren, der mit Macht sprach und Macht hatte, über uns.

Aber wenn sich zeigte, dass sie dennoch Macht hatten, also Macht über uns. Dann holten wir uns dieselbe zurück. Wir brachten Gitter vor ihren Augen an, und in den so genannten zivilisierten Kulturen rissen wir ihnen mehr und mehr die Kleider vom Leib, sodass man zum Schluss nur noch einen Torso sah, Kopf und Augen verschwanden, wie auch Hände und Füße. Es steckte eine Art Wut in diesem Ausstellen, die Dosis wurde unablässig erhöht, mit Waffen und Phallussen vermischt, ständig härter und härter.

Wir verweigern es ihnen, Macht zu haben.

Ihre Körper, das ist so kompliziert. Sie stören.

Doch das Schlimmste sind die Augen.

Über Nacht hatte ich die Frontscheibe des Wagens mit einer Steppdecke geschützt. Ich hörte die Standheizung im Inneren surren, während ich die Abdeckung ausschüttelte und sie auf den Rücksitz legte. Dann nahm ich den Besen und fegte den Schnee von der Heckscheibe und den Scheinwerfern. Diesmal vergaß ich nicht, das Kabel des Motorwärmers herauszuziehen und es sorgfältig an der Schuppenwand neben der Schaltuhr aufzuwickeln, bevor ich mich auf den Weg machte.

Die Temperatur war gesunken und lag jetzt bei zweiundzwanzig Grad minus. Es war halb fünf Uhr morgens.

Statt des nächtlichen Schneefalls gab es jetzt einen sternenübersäten Himmel mit Vollmond, in einer Welt, die vollkommen mir gehörte, keine Spuren im Schnee, bevor ich die Hauptstraße erreichte. Dort war kein Auto zu sehen, aber der Schneepflug war bereits nordwärts gefahren, ich ließ den Wagen durch den Wall bumsen, bog nach rechts ab und legte einen höheren Gang ein.

Das Schlimmste war jetzt vorbei, der Motor war angesprungen, und ich war nirgendwo stecken geblieben, nun brauchte ich nur mit gleichmäßigem Tempo zu fahren und mich vor entgegenkommenden Autos in Acht zu nehmen, zu dieser Morgenstunde konnten Betrunkene hinterm Steuer sitzen, jetzt während der Touristensaison übrigens zu jeder Tages- und Nachtzeit, ich hatte gelesen, dass dann jeder fünfundzwanzigste Fahrer angetrunken war.

Die Moderatorin vom Nachtradio spielte Dudelrock, und inzwischen war das Auto auch warm geworden, in fünfundvierzig Minuten würde ich auf meiner Arbeitsstelle sein. Ich wünschte meine nächtlichen Dämonen und Ängste zum Teufel, mir ging es schließlich gut, warum in aller Welt diese völlig sinnlose Unruhe?

Das Waldgebiet Limaskogen, alias unser Limskojin, zog sich ermüdend lang hin, aber als die zweite Elchwarnung kam, riss ich mich zusammen, die Schilder hatte man erst kürzlich aufgestellt, es gab wohl Grund zur Vorsicht. Statt eines Elches kam ein Fuchs angeprescht, aber der drehte in letzter Sekunde ab und flitzte wieder hoch auf den Schneepflugwall. Das Fell glitzerte wunderschön. Die Seuche war vorüber, ich hatte diesen Winter mehrmals Füchse gesehen.

Bald tauchten die ersten Straßenlaternen von Tandö auf. Die Häuser waren dunkel, die meisten Leute schliefen noch, nur in einem einzigen Fenster brannte Licht. Voller Neid dachte ich, dass die wache Person vielleicht nur den Skooteroverall überzog und zur Straße hinunterging, um die Zeitung zu holen, dann kroch sie wieder zurück in die Bettwärme neben dem Ehemann, mit einer Kanne heißen Kaffees in bequemer Reichweite.

Das waren noch Zeiten gewesen. Aber so würde es nie mehr werden. Verdammte Scheiße. Ich hatte nicht mal mehr eine Zeitung, die war zu teuer.

Die Rundfunksprecherin vertrieb diese Gedanken, sie berichtete von einem in den Graben gefahrenen Fernlaster und über Matschstreifen auf den befahreneren Straßen, und dann kamen die Nachrichten. Der Vollmond begleitete meine Fahrt genau wie der zugefrorene Fluss, mal versteckte er sich hinter Hügeln und Tannen, dann wieder schmiegte er sich dicht an die Straße, das Mondlicht glitzerte in dem gefrorenen Flitter. Das kalte Bild war kitschig schön, so ganz ohne Leben und in einer begrenzten Farbskala, und ich genoss es ganz allein, wie es typisch für mich war, wenn es um intensive Naturerlebnisse ging.

Die Nachrichten, ja. Wieder diese Zwischenlagerung, erneute Proteste, aber der Beschluss war gefasst, und die Anlagen waren fertig, zum Empfang bereit.

Das war ja wohl nicht so gefährlich. Schlimmer stand es um all die armen Kinder, die auf richtigen Mülldeponien wohnten, wie man aus dem Fernsehen wusste. Hier bei uns übertrieb man bestimmt, und es war wirklich geschmacklos, das schwedische Volk mit diesen armen Teufeln zu vergleichen. Wenn das Zeug herauszusickern begann, falls das überhaupt je passierte, existierte die Erde vielleicht nicht mal mehr. So weit in der Zukunft lag die Sache, hatte jemand gesagt.

In der Bäckerei Renhall herrschte Leben und Treiben, Autos auf dem Parkplatz, und alle Leuchtstoffröhren dort drinnen eingeschaltet, wo die Bleche in hohen Stapeln thronten, die ersten Brote hatte man vielleicht schon weggefahren. Und bei Sixten Jernberg leuchtete eine grüne Lampe, aber das war eine Blumenlampe, also schlief er vielleicht trotzdem noch, der alte Meister, wie alt konnte er jetzt sein? Die Nachrichten waren zum Glück vorbei, und der Nachtsender spielte *Peggy Sue*, ja danke, es war wohl ungefähr damals, als Jernberg in unscharfen, schwarzweißen Wochenschaufilmen Erfolge in der Loipe feierte.

Nach Limedsforsen flimmerte die Abzweigung nach Norra Löten vorbei, und ein paar Kilometer weiter durchquerte ich Lima mit Kirche, Läden, Behandlungszentrum und Fleischfabrik. Nach Torgås folgte die westliche Abzweigung in Richtung Östby in Norwegen, wohin es nur fünfzig Kilometer waren, und dann kamen Limas Schanzen.

Die Sprecherin hatte jetzt einen gurrenden Ton angelegt, umschmeichelte die Zuhörer halbflüsternd und fast unanständig, aber dann spielte sie Jerry Lee Lewis, der Rhythmus war mitreißend, als ich dem Schneepflug direkt vor der Abzweigung zu den Sennhütten von Matsåsen begegnete.

Ja, mir ging es gut. Fünfundsiebzig Kronen die Stunde war kein Jackpot, aber seht doch, was für eine Karriere ich bereits in Reichweite hatte, dank meines Fleißes und meiner Ausdauer. Und meiner weißen Haut, dachte ich beschämt, es bestand kein Zweifel, dass meine total schwedische Erscheinung mir nicht direkt zum Nachteil gereichte, wenn Ingalill über eine Nachfolgerin nachdachte. Aber scheiß drauf, jetzt war es nun mal wie es war. Wenn ich meinerseits die Sache satt haben sollte, konnte ich ja immer noch Bea aus Somalia empfehlen, sie war flink und ordentlich und hatte Sinn für Details, nur Schwedisch musste sie ein bisschen besser lernen. Und vor allem konnte ich Dunja empfehlen, aber sie würde an dem Tag wohl nicht mehr hier sein. Wenn er überhaupt je kommen sollte.

Nordwärts in einiger Entfernung war Licht wie leuchtender Rauch am Himmel zu sehen. Der Fluss schlängelte sich getreu neben der Straße durch ein Waldstück, und dann erschien Kläppen im schönsten Festgewand, eine Flut von Licht über der Einfahrt und oben an den Hängen. Die Scheinwerfer liefen auf Hochtouren, obwohl die Lifte schliefen und kein Mensch zu dieser Tageszeit draußen war. Alle Bungalows lagen dunkel, aber auf den Pisten war es taghell, und die Stromrechnung bereitete in diesem Etablissement offenbar niemandem Kopfzerbrechen.

Ich würde meinen Arbeitskollegen erzählen müssen, dass man mich gebeten hatte, Ingalill während der Konferenz zu assistieren, sie würden sich sonst wundern. Darüber, dass ich in einem Augenblick bis über die Ohren in den Kloschüsseln steckte und mich im nächsten in adrettem Hostessenkostüm zur Kongresshalle und dem Frühstücksraum begab. Aber das war wohl okay, jemand musste Ingalill schließlich helfen, das verstanden sie bestimmt.

Die Kirche von Transtrand tauchte jenseits des Flusses auf, und kurz darauf konnte ich die ersten Gebirgsrücken mit ihren weißen Hauben erkennen. Das Licht der Bergweiten wurde von den zarten Wolken am Himmel reflektiert, sodass ein weißes, strahlendes Feld gewissermaßen frei im Raum schwebte. Ein Harfenton wurde in mir angeschlagen – ich fühlte, wie die Berge lockten, begriff, warum alle dort hinaufwollten.

Das Display am Startplatz des Wasalaufes verkündete, dass wir dreiundzwanzig Grad minus hatten, es fünf Uhr fünfzehn war und noch dreiundvierzig Tage bis zum Beginn des Laufes verblieben. Der Mond war golden und sehr groß, wie er dort auf dem Gebirgskamm ruhte, als ich den Kreisverkehr in Sälen nahm und die Fahrt hinauf zum eigentlichen Fjell begann.

Man hätte an der Stelle Ampeln haben können, aber noch immer gab es den Kreisverkehr, und die Botschaft war einfach: Bieg hier ab, und iss einen Hamburger bei McDonald's. Natur erleben und Fast Food, der Gedanke geriet ins Stocken.

Wie ein glitzerndes Diadem leuchteten Lindvalls Höhenbungalows auf dem Hemfjället, die Sprecherin vom Nachtradio hatte sich in einen Morgenplauderer verwandelt, der völlig inkonsequent Leonhard Cohen spielte. McDonald's war seit Langem in diesem Winterparadies etabliert. Ich spürte, dass Skiausleihe, Après Ski, Take Away und Happy Hour mir wie ein fernes Sonnensystem erschienen, es war nicht meine Kultur. Aber jetzt arbeitete ich da mitten drin, und je höher ich ins Fjell hinaufkam, desto mehr spürte ich das Geld, das in den Taschen brannte und ausgegeben werden wollte, das verdient werden wollte, ja Geld ganz einfach, merkte, dass es viel von diesem Stoff gab und dass nur fünfundvierzig Minuten von meiner unansehnlichen und ziemlich menschenleeren Gegend entfernt eine dröhnende Großstadtkultur existierte, verkleidet als Naturerlebnis.

Alles veränderte seinen Charakter, sobald man ins Fjell hinaufkam, Waffelhäuschen und Bungalows und Skootersafari, nicht ein toter Punkt, nicht ein freies Stück Wildnis. Jedenfalls nicht entlang der Bergstraße.

Der Storfjället lag groß, dominierend und weiß wie ein Sahnebackwerk, eine leuchtende Kuppel vor mir, als ich an der Bergkirche vorbeifuhr, die Scheinwerfer strahlten ihn wie immer an, ich fand es schön.

Ja, das Perlenband der Lichter war wie eine Huldigung. Ich mochte das Fjell. Ich verstand, warum es die Menschen dorthin zog. Es war nicht nur wegen des Vergnügungsbetriebs und vielleicht auch nicht nur wegen des Skilaufens. Es war die Luft und dieses Gewaltige, dass die Berge so groß und so rund waren, dass sie so alt und irgendwie so menschenfreundlich waren.

Ich parkte, bettete die Steppdecke über die Frontscheibe und steckte den Motorwärmer in die Dose.

Ich hörte sie nicht, sie waren völlig lautlos. Sie kamen von hinten angeprescht und jagten dicht an mir vorbei, ohne das geringste Kläffen, obwohl es sicher zehn an der Zahl waren, zwei und zwei im Gespann. Und dazu ein Mann auf den Kufen des Schlittens, ordentlich eingemummt, ich sah sein Gesicht nicht, und er hielt nicht an oder drehte sich um, nachdem er vorbeigefahren war, obwohl er mich gesehen und begriffen haben musste, dass sie mich vielleicht erschreckt hatten.

Ein Hundegespann, so früh am Morgen? Zwei Fackeln waren am Schlitten angebracht, und Funken sprühten rückwärts, als das Gefährt geräuschlos über die Straße glitt und hinter einem Apartmenthaus verschwand.

Hunde – sie gaben zu viel. Man bekam alles, bedingungslos, ob man nun böse war oder gut, ob man sich um sie kümmerte oder nicht. Sie gehorchten auch dem, der sie misshandelte und ihnen nicht genug zu fressen gab. Ein Hund war seinem Herrchen oder Frauchen stets ergeben und freute sich über deren bloße Anwesenheit. Mir taten Hunde leid. So ausgeliefert wie sie waren, so voller Sehnsucht, ihrem Halter zu dienen, in seiner Nähe sein zu dürfen und auch dem kleinsten Wink zu gehorchen. Ich bevorzugte Katzen, deren Zuneigung musste man sich verdienen, und manchmal genügte auch das nicht. Katzen besaßen Intuition und wählten selber. Hunde waren emotional und loyal ohne den geringsten Vorbehalt. Sie taten mir wirklich leid.

Was für Disziplin, was für Zucht, sie waren nicht eine Sekunde langsamer geworden, hatten nicht die geringsten Anstalten gemacht zu schnuppern oder den Störfaktor zu untersuchen. Sie waren nur weitergetrabt, schnell und lautlos und in perfektem Einklang, gelenkt von dem Fahrer, ihrem Führer. Ich hatte keine

Peitsche gesehen, nur diese Fackeln mit ihrem Funkenschweif vor dem taubengrauen Schnee.

Sobald mich der Nachtportier zu Gesicht bekam, zog er einen Zettel vor und wedelte damit.

Die Nachricht war von Ingalill, sie hatte gestern spätabends bei der Rezeption angerufen, weil sie mich nicht zu Hause stören wollte. Auf dem Zettel stand, dass sie und auch der kleine Linus krank geworden waren. Sie bat mich, die morgendliche Zusammenkunft zu übernehmen, sie würde mich später am Tag anrufen.

Jetzt ging es los, das, was ich im Gefühl gehabt hatte. Schon seit Ingalill mich in ihre Pläne eingeweiht hatte, ahnte ich, dass in den nächsten Tagen mehr als genug auf mich zukommen würde, deshalb war sie so genau gewesen, als sie mich mit ihren Arbeitsaufgaben vertraut gemacht hatte.

Ich bezweifelte nicht, dass sie und der Junge krank waren, das war es nicht. Aber sie verließ sich auf mich, sie spürte, dass sie die Sache locker angehen konnte, ich würde mich eher verrenken, als die Arbeit zu vernachlässigen, das wusste sie, darauf konnte sie absolut vertrauen.

Der enge Gang, in dem wir uns versammelten, war schwarz vor Menschen, als der Zeiger auf der Sechs stand. Es war viel zu tun am Tag vor Konferenzbeginn, und ich erklärte, dass Ingalill krank war und ich ihre Vertretung übernommen hatte.

Kein Einziger hob auch nur die Augenbrauen. Ich hatte es mir ja schon gedacht, dass sie mich als ihren Boss akzeptieren würden.

Vor dem Frühstück mussten die öffentlichen Räumlichkeiten geschafft werden, da es noch zu früh war, sich in die Zimmer hinaufzubegeben. Mit Tempo und Schwung teilte ich die Putzbereiche ein und tat so, als würde ich keine verstimmten oder beleidigten Mienen sehen. Die Männer hatten beispielsweise bis zu diesem Tag noch nie eine Herrentoilette geputzt. Meine erste Maßnahme als Chefin der Reinigungscrew war daher, das zu ändern. Ich kann nicht, protestierte Muhammad. Was, du kannst nicht?, rief ich verwundert zurück, und dabei hast du doch denselben Lohn wie wir alle.

Etliche andere hatten ihre festen Arbeitsaufgaben, aber da nahm ich auf eigene Faust ein paar Umdisponierungen vor. Zwei unserer Herren sollten zum Beispiel schon heute von mir persönlich eine Weiterbildung im Putzen erhalten. In den folgenden Tagen wurden kompetente Leute gebraucht, und ich hatte es satt, dass die Kerle immer mit der weniger peniblen Apartmentreinigung betraut wurden. Kompetenzverbesserung, dachte ich und übergab Muhammad die Putzliste für die fünfte Etage, der blickte verwundert um sich, war das nicht irgendwie falsch? Ich komme dann hoch und schaue mir die Sache an, versprach ich lächelnd. Dann blickte ich mich nach dem nächsten Opfer um und bekam den Balkanflüchtling zu Gesicht, von dem Ingalill erzählt hatte, er habe sich an der Schulter verletzt, wie hieß er nun gleich? Er selbst hatte sich offenbar einen Morgen im Wintergarten vorgestellt, denn er war bereits dabei, den großen Staubsauger aus der Kammer zu ziehen, doch das wurde abgewehrt. Nicht mit dieser Schulter, ermahnte ich ihn. Auf meine Frage antwortete er lakonisch, er könne es sich nicht leisten, krank zu machen. Na dann würde er also Muhammads Kompagnon werden, und er hieß jetzt wie? Nenad. Vorname oder Familienname? Vorname, antwortete er kleinlaut. Okay. Mir selbst teilte ich die vierte Etage zusammen mit Dunja zu. Sie war sorgfältig und flink, und das bedeutete, ich würde es schaffen, auch nach dem fünften Stock zu sehen.

Der unberechenbare Schleppkahn, den die Putzkolonne in diesem Hotel darstellte, setzte sich langsam in Bewegung, schwerfällig und nicht leicht zu lenken.

Seid heute ganz besonders gründlich, bat ich, dann wird es morgen nicht so hart. Bestimmt aber wird es das trotzdem, rief ich ihnen aufmunternd zu. Ihr müsst euch nicht einbilden, es würde mit mir besser werden, falls Ingalill weiter krank bleibt – es wird noch schlimmer! Blasses Lächeln zur Antwort, ihnen gefiel mein derber Humor, wie gut.

Ich kniete auf einer Treppe, als die höchste Chefin angerauscht kam, obwohl es erst sieben war. Sie hatte es eilig, blieb aber trotzdem stehen und wechselte ein paar Worte mit mir. Ihr kam es darauf an, dass am nächsten Tag alles so gut wie möglich lief, und sie war ein wenig bekümmert, als sie hörte, dass Ingalill krank war, doch versicherte ich, alles sei unter Kontrolle. Ich würde mit Ingalill tagsüber am Telefon konferieren und mich darum kümmern, dass Blumenarrangements, vip-Geschenke und alles Übrige an Ort und Stelle kamen, die Direktorin konnte ganz beruhigt sein.

Als Antwort erhielt ich ein dankbares Lächeln, und dann eilte sie weiter zu ihrem Büro, der Parfümduft hing noch eine Weile in der Luft. Das Prestige stand auf dem Spiel, selbstverständlich, sie hatte dem Hotel erst ein Jahr lang vorgestanden, und auf ihrer Ebene war es offenbar notwendig, besser als nur gut zu sein, wenn man Frau war. Doch das war nicht mein Problem. Als Reinigungskraft war ich vertrauenswürdig, und zwar weitaus mehr als ein Mann.

Du bist eine miese Putzchefin. Verbindlichsten Dank, wer kam da mit einer solch entzückenden Meinung? Klar doch, Dunja, die mich arme Wehrlose in den Hintern trat, als ich so dahockte und die Gummieinfassungen scheuerte.

Wie kannst du diesen Nenad mit der vip-Etage betrauen, bist du nicht ganz dicht?

Ich stand auf, die Knie taten mir weh. Entschuldige, sagte ich, stammt ihr beide nicht aus demselben Land, wenn es sich hier um irgendeinen politischen Scheiß handelt, dann zieh mich da bitte nicht rein. Nenad hat noch einiges zu lernen, und ich gedachte mich der Sache anzunehmen. Hältst du das für falsch, meine beste Dunja?

Absolut, erklärte sie aufgebracht. Du müsstest nur sehen ... Ich habe es gesehen, unterbrach ich sie. All die Fingerabdrücke auf Türfüllungen und Rahmen, die ihnen entgangen sind, ja. Das Geschmiere auf der Toilettenbrille. Die vergessenen Strümpfe vom letzten Gast unterm Bett. Und die Dusche voller Haare. Ich weiß das alles, aber gerade deshalb hat er den Intensivkurs nötig, den er heute bekommen soll. Wir werden mehr Leute als nur euch Mädels brauchen, die richtig gut putzen können. Ich versuche lediglich, eine eventuelle Katastrophe in den kommenden Tagen zu vermeiden.

Du bist die Katastrophe, schnaubte sie verärgert, aber kniff mich gleichzeitig in die Nase. Wir stammen zwar aus demselben Land, doch Nenad ist nicht der, für den er sich ausgibt.

Keine Politik! Ich hob warnend den Finger, und Dunja senkte den Kopf und ging weiter zur Piano-Bar. Bewundere den Fußboden vor den Toiletten, rief ich ihr nach, das habe ich geschafft – ich meine geschabt – mit meinen eigenen Händen!

Das Putz-Gen war nicht weiblicher Natur, dafür hatte ich den

Beweis. Eine Mexikanerin, aufgewachsen mit Steinfußböden, hatte in einem anderen Hotel sämtliche Parkettböden saubergeschwemmt. Tag für Tag hatte sie ihr Ritual immer verzweifelter ausgeführt, weil sie zu recht fand, dass der Fußboden immer schlimmer aussah. Erst als es zu spät war, entdeckte man, was da passierte. Niemand hatte ihr erklärt, wie verschiedene Arten von Böden behandelt wurden. Dass unsere Professionalität einfach so wenig wert war, obwohl es doch so viel kosten konnte, wenn wir einen Fehler machten.

Sollte ich den Job bekommen, ja dann … Tägliche Überprüfung und gegebenenfalls Behandlung der Möbel war weniger aufreibend, als wenn die Flecken erst festsaßen und vielleicht der ganze Stoffbezug gewechselt werden musste. Überhaupt war die Reinigung entscheidend dafür, wie lange die Dinge hielten, sowohl feste als auch bewegliche, davon aber wurde nie gesprochen.

Unter einem Vorwand begab ich mich zu jener Herrentoilette, die ich Muhammad zugeteilt hatte. Stolz führte er mich herum, und ich musste kapitulieren, es sah gut aus, sogar die Seife war nachgefüllt, die Papierhandtücher lagen richtig rum, und es roch sauber. Prima, sagte ich, hast du so was schon früher gemacht, in Afghanistan? Zur Antwort verdrehte er nur die Augen, und ich lachte. Also nicht. Bist du demnach ein weiterer Doktor der Journalistik oder der Medizin, bist du in deiner Heimat als Hochschullehrer ausgebildet, als Physiker oder Filmregisseur?

Er wich mir aus und gab keine Antwort. Was hatte er? Warum waren es übrigens nur Männer, die hierherkamen, soviel ich wusste, waren Frauen doch weitaus gefährdeter? Aber seine Frau war ja tot, jetzt erinnerte ich mich. Heute darfst du die Suite des Oberkommandierenden putzen, sagte ich, um ihn zu überraschen. Des schwedischen Oberkommandierenden?, fragte er ungläubig. Viele hohe Militärs kommen hierher, sagte ich und nickte bestätigend, es ist eine wichtige Konferenz. Hast du Kinder? fragte ich dann neugierig. Wenn man nicht fragt, bekommt man nichts zu wissen, dachte ich zugleich beschämt.

Er zuckte zusammen und schaute weg. Nein, sagte er.

Was für ein Glück, dachte ich, wo doch seine Frau tot war. Aber seine Eltern lebten, er schickte ihnen schließlich Geld. In ein paar Jahren hatte er vielleicht die Mittel, sie herkommen zu lassen. So schlimm stand es wohl nicht. Dass Asylanten ein bisschen bedrückt waren, gehörte irgendwie dazu. Du wirst sehen, das regelt sich schon, sagte ich munter, aber verzichtete darauf, ihm auf die Schulter zu klopfen. Nach dieser erstklassigen Toilettenreinigung hast du die Kompetenz, für das ganze Militärhauptquartier zu putzen, wird doch wohl Spaß machen oder?

Dieser Bursche hatte keinen Humor, ich sah es jetzt, als er sich umdrehte und mich nur böse anstarrte.

Es hätte merkwürdig ausgesehen, wenn er dort hinunter zu all den Frauen gegangen wäre. Und es war eng da unten, das hatte er begriffen, die Luft war bestimmt stickig. Die Notdurft musste in einer entlegenen Ecke in einen Eimer verrichtet und dann über Bord gekippt werden. Genau wie an Deck, wo er sich mit all den Männern befand. Aber es handelte sich ja nur um ein paar Tage. Sie hatten sich vorgenommen, die Strapaze durchzustehen.

Sie befanden sich vor Australiens Küste, als es geschah. Sie hielt sich zusammen mit der Tochter unter Deck auf. Er war dort oben. Es gab keine Möglichkeit für sie beide, zusammenzukommen und zu reden. Aber sie würden hinterher reden können, wenn sie in Sicherheit waren. Im Augenblick war es das Beste, wenn sie zusammen mit den anderen Frauen war. Außerdem stillte sie noch. Dort unten, wo es windgeschützt war, fiel es Frauen und Kindern leichter, ein paar Stunden Schlaf zu finden, als auf dem windigen Deck. Sie hatten auch ein paar Lebensmittel bei sich, es musste gehen. Sie mussten es nur durchstehen, bald war es vorbei, und sie hätten alle Gefahr hinter sich.

Er hatte so unglaublich viel bezahlt, es konnte nicht schiefgehen bei einem solchen Preis. Sie befanden sich auf der Fahrt in ein neues, menschenwürdiges Leben, er und seine kleine Familie. Die Wunden auf seinem Rücken waren noch nicht verheilt, und er war noch immer ausgezehrt von der mangelnden Ernährung während der Gefängniszeit. An Deck war es auch zu eng, es wäre nicht richtig gewesen, die Frauen und Kinder nach oben kommen zu lassen. Er hatte keinen Fehler gemacht. Die Frage zermarterte ihm stets aufs Neue das Gehirn. Er hatte keinen Fehler gemacht, er hatte nur getan, was er für richtig hielt.

Als der Seegang stärker wurde, fegte es einige von denen, die ganz außen saßen, beinahe über Bord. Anderen wurde übel, und so mancher schaffte es nicht bis zur Reling.

Sie hatten Pech. Der Seegang wurde heftiger. Er begriff, dass das Chaos unter Deck mit all den Kleinkindern schlimmer war, aber in dieser Situation gab es nichts, was er tun konnte. Er wagte es nicht einmal, sich von der Stelle zu rühren, er hätte riskiert, im Erbrochenen zwischen den Männern auszurutschen und vielleicht über Bord gespült zu werden.

Der Wind nahm immer mehr zu. Er begann zu beten. Er hörte es auch die anderen tun. Sie beteten zusammen, immer lauter. Sie legten ihr Leben in Gottes Hände und gelobten ihm ewigen Gehorsam, was immer ER auch mit ihnen zu tun gedachte.

Und Gott antwortete. Eine Riesenwelle spülte mit rasender Kraft übers Deck und riss mindestens zwei Männer mit sich, grässliche Schreie. All die anderen waren durchtränkt und zusammengefegt wie Späne, brutal gegen die Reling gedrückt, die sich weitete, als wäre sie aus Gummi, aber jetzt legte sich das

Schiff auf die andere Seite, und alle schrien, nur wenige hatten etwas Festes zu fassen bekommen, sie wurden in die andere Richtung gewischt.

Dann kam eine weitere Welle. Er dachte in dem Augenblick, dass eine Menge Wasser unter Deck geströmt sein musste, und er dachte auch, dass er trotz allem versuchen musste, dort hinzugelangen.

Aber er schaffte es nicht. Das Schiff hatte von Anfang an tief im Wasser gelegen, und jetzt knackte und ächzte es, und plötzlich verstand er, dass es im Todeskampf lag, dass es im Begriff war zu sinken. Panik erfasste ihn.

Gerade als ihn diese in ein wildes Tier verwandelt hatte, hob ihn eine Welle hoch und warf ihn mit gewaltiger Kraft direkt ins Meer.

Er sank und glaubte zu sterben, denn er atmete Wasser ein, Wasser, Wasser wurde in seine Lungen gesogen, und er begriff, das war das Ende.

Aber er kam dennoch wieder an die Oberfläche und sog Luft in die Lungen, hustete, und dann war wieder Wasser über ihm, er schwamm in Panik aufwärts, immer aufwärts, ohne zu atmen, und er kam erneut über die Wasserfläche und atmete, wurde erstickt und sah die riesigen Wellen, deren weißgeifernde Rachen sich hoch über ihm öffneten. Er sank. Und kam wieder nach oben.

Es war dunkel geworden und er sah das Schiff nicht.

Er sah es nie wieder.

Eine ganze Nacht kämpfte er um sein Leben.

In der Dämmerung schlug er sich den Hinterkopf an einer Palette blutig. Die wurde sein Schwimmgerät.

Er wurde gerettet. Seine Frau und seine winzige Tochter hingegen wurden unter Deck wie Katzenjunge ertränkt. Er überlebte. Sie starben.

Die stummen Blicke der rettenden Besatzung, als sie verstanden, was geschehen war. Niemand sprach sein Beileid aus.

Er bereute es, sich so fest ans Leben geklammert zu haben, er hätte ebenfalls sterben sollen, aber im Nachhinein hatte er kein Recht, diesen Schnitzer zu korrigieren. Nur Gott bestimmte über Leben und Tod. Und einige andere mit scharf geladenen Waffen in den Händen.

Eines Tages wird er an der Reihe sein, eines Tages, wenn Gott es so bestimmt. Sein eigener Wille hat dabei keine Bedeutung, aber er sehnt diesen Tag herbei. Bis dahin wird er durchhalten und seine Pflicht tun.

Sein Leben ist jetzt ganz und gar ein Instrument, er wird den Gesetzen des Herrn gehorchen und seine Pflicht gegenüber Eltern und Geschwistern tun.

An dem Tag, wenn er mit den Toten vereint wird, ist er endlich wieder daheim angekommen. Dann wird er endlich Verzeihung erlangen, hofft er.

Der Personalspeisesaal war proppenvoll, die Küchenkräfte waren ununterbrochen in Bewegung, kamen angerannt mit Sauermilch und Aufschnitt, Brot und Eiern, Brei und Kaffee, das Stimmengewirr war intensiv wie auch das Klappern von Geschirr und Besteck. Hinter einer Glasscheibe saß eine lautlose Schar von Rauchern. Sie lachten wie verrückt, dichte Nebelschwaden hingen dort drinnen.

Während ich mich am Büfett bediente, schaute ich unruhig umher, um zu sehen, ob irgendwo ein Platz frei war. Sonst musste ich wohl im Stehen frühstücken. Mir knurrte der Magen, und es war nicht gesagt, dass es an diesem Tag noch viel mehr zu essen gab. Anscheinend waren die meisten zu demselben Schluss gelangt. Die Russinnen drängelten sich hinter mir, sie kakelten irritiert in ihrer eigenen Sprache. Ich fragte, wie es stehe, und es erwies sich, dass sie beunruhigt wegen des Wintergartens waren – wer würde Zeit haben, sich morgen Früh nach der Disco am Abend und in der Nacht darum zu kümmern?

Bevor ich darauf antworten konnte, klingelte das Handy, das der Hausdame, das man mir vorübergehend verehrt hatte. Es war Ingalill. Nach einem raschen Lagebericht von meiner Seite hörte ich sie seufzen oder aufatmen? Danke Siv, ich wusste, dass ich mich auf dich verlassen kann, und das ist ein Glück. Denn hier sieht es schlecht aus. Sowohl Linus als auch ich haben Fieber, aber vielleicht kann ich ja jemanden finden, der ihn eine Weile betreut …?

Dazu besteht kein Grund, erwiderte ich schnell. Ich gab genau die Antwort, die sie, wie ich wusste, von mir haben wollte. Wozu solltest du herkommen? Um uns anzustecken? Nein, bleib du nur, wo du bist, und pflege dich, hier kannst du ja doch nichts tun, so krank, wie du bist.

Ja aber … dann musst du ja doppelt arbeiten, Siv? Musst meine Arbeit machen und deine auch, schaffst du das denn? Wirst du trotzdem mit allem fertig?

Klar, antwortete ich stoisch, obwohl ich ein heftiges Flattern im Zwerchfell verspürte. Kein Problem, Ingalill. Ruf an, wenn du Entzugserscheinungen hast. Was mich angeht, ist die Lage völlig unter Kontrolle.

Unter gebührenden Dankbarkeitsbezeugungen beendete sie das Gespräch, und ich legte auf, nahm das Tablett und setzte mich zwischen zwei Reinigungskräfte von den Apartments. In der Wäschekammer fehlen Handtücher, sagte der eine. Am Putzwagen ist ein Rad abgegangen, sagte der andere. Was ihr nicht sagt, erwiderte ich.

Als sie einträchtig den Mund aufmachten, um mich zu beschimpfen oder dergleichen, tauchte die Antwort auf alle meine Gebete auf. Darf ich mich hier hinsetzen?

Es war Björn. Die beiden Putzkräfte kamen aus dem Konzept,

als er sich direkt uns gegenüber hinter den Tisch klemmte. Ich habe einen meiner alten Offiziere auf dem Flur getroffen, begann er.

Okay, lieber Erinnerungen aus der Rekrutenzeit als quengelige Putzleute. Wie interessant, Björn, einer deiner alten Offiziere?

Genau, erwiderte er. Er kam mir direkt entgegen, es bestand kein Zweifel. Er hätte mich wiedererkennen müssen, aber er verzog keine Miene. Bergius ist sein Name.

Du bist unsichtbar, Björn, antwortete ich, das sind wir hier alle.

Er hat mich in ein Eisloch geschubst, fuhr er fort. Mit Knarre und allem, damals beim Abschlussmanöver, wirklich ein verdammter Grobian. Wintersoldat - er kann mich mal. Stockholmer waren sie, die ganze Bande, vom Winter hatten sie keine Ahnung. Sobald es kalt wird, kriege ich in dem Fuß immer noch Schmerzen, alles wegen diesem Manöver.

Bergius, das ist bestimmt der Mann, der für die Sicherheit bei der Konferenz verantwortlich ist. Ich finde, er wirkt nett, ich habe nämlich bei ihm sauber gemacht.

Nett! Björn verzog das Gesicht. Aber es würde mich nicht wundern, wenn er seine weitere Karriere beim Staatsschutz gemacht hat, denn er kommt ja von den Feldjägern.

Die Putzleute standen auf. Ich schaue nachher bei euch vorbei, sagte ich, fangt in der Zwischenzeit schon an. Sie verschwanden. Stattdessen nahmen Dunja und Hedy Platz. Die schöne Dunja aus Tensta und die freundliche Hedy aus Tschetschenien.

Björn wirkte befangen, vielleicht wollte er ja trotz allem nicht über Militärerinnerungen reden. Er warf einen scheuen Blick auf Dunja. Natürlich, sie war schön, sehr schön, diese intensiven dunklen Augen. Björn fixierte die Heringshappen auf seinem Teller. Magst du Saibling, Siv, fragte er.

Ja, gab ich zur Antwort. Ich wollte gehen, es gab so viel zu tun, und ich war mit dem Essen fertig. Saibling ist ein Gebirgsfisch, erklärte ich. Ich weiß, erwiderte Dunja, er schmeckt gut. Saibling?, wiederholte Hedy fragend.

Ich muss leider weitermachen, erklärte ich und stand auf.

Kannst du ihn denn zubereiten?, fragte er.

Was antwortet man wohl darauf? Natürlich konnte ich so ein bisschen Fisch zubereiten. Das kann doch wohl jeder, erwiderte ich und sah Dunja an. Sie blickte verwundert zurück.

Ich habe jetzt Ingalills Job zu machen, erklärte ich, außer meinem eigenen. Sie ist krank.

Ich habe mit dem vierten Stock angefangen, sagte Dunja, ist das okay?

Ich nickte, noch ungewohnt in meiner neuen Rolle. Du Ärmste, sagte Hedy. Wie willst du das alles schaffen, fragte Björn, dann geht das ja wohl bis spätabends?

Kannst du mir nicht helfen, Dunja?, fragte ich.

Sie schüttelte lächelnd den Kopf. Nix, keine Chance. Gerade an diesen Abenden gedenke ich freizumachen und nur zu relaxen, es wird tagsüber stressig genug.

Wie wahr. Unsereiner kam wohl erst im Grab zum Relaxen. Aber ich hatte keinen Grund, Dunja Vorwürfe zu machen, sie brauchte sicher ihre Ruhe.

Am Ausgang stieß ich wieder auf die Russinnen. Ich hatte im Gespür, dass irgendwelche Demokratie oder Mitbestimmung nicht funktionieren würde, also packte ich den Stier bei den Hörnern und zeigte, wer hier das Sagen hatte. Also, da ihr selbst das Thema aufgegriffen habt, fing ich an. Ihr beide werdet euch morgen Früh als Erstes um den Wintergarten kümmern, dann kommt die Männersauna und die Frauensauna dran, und vergesst nicht die Solarien, das ist euch ja erst letztens passiert. Sollen wir nicht auch noch die Treppen und alle Toiletten übernehmen, erwiderte Jelena sarkastisch. Gern, antwortete ich, wenn ihr glaubt, ihr schafft das, bitte sehr.

Sie gingen ohne ein Wort. Was für eine großartige Chefin ich doch war, zwei Feinde, nein vier, im Handumdrehen. Bei diesem Tempo würde ich eine ganze Armee zu meiner eigenen Verteidigung brauchen, noch ehe der Tag zu Ende war.

Voller Selbstmitleid schlüpfte ich in den Umkleideraum. Dort war es menschenleer. Und unaufgeräumt. Jetzt war keine Zeit dafür. Die gab es eigentlich nie. Unter den Spinden drängten sich Schuhe im Verein mit ausgetrunkenen Plastikflaschen und großen Staubflusen, die Wäschekörbe quollen über, und fast überall an den Haken hielten fiktive Serviererinnen und Büffetkräfte Modenschau.

Und auf einem für mich ganz besonderen Bügel rief ein sehr schönes Kleid nach seiner richtigen Hausmutter. Oder Hausdame.

Wir hatten dieselbe Größe. Es saß einfach perfekt. Spieglein, Spieglein, was sagst du mir, wer ist die Hausdame im Schlosse hier. Das musste extra designt worden sein, es war aus strapazierfähigem Material und erinnerte an die Volkstracht und auch wieder nicht, an ein Abendkleid und auch wieder nicht. Der Rock reichte bis zur halben Wade, und das Oberteil war ein wenig nach unten verlängert. Ich sah gut darin aus. Es musste so gewollt sein, dass ich es eines Tages für immer trug. Bis dahin musste ich mich damit begnügen, es auszuleihen, wenn ich etwas repräsentativer wirken musste und nicht wie jetzt nur das Toilettenschrubben der beiden Putzkräfte begutachten sollte.

Ich schaute mich um, auch jetzt war noch keiner hier. Ich ließ den Rock vorsichtig schwingen und summte. Ich würde mit dieser Konferenz klarkommen, ganz allein.

Ingalill hielt immer, was sie versprach.

Es wurde ziemlich viel getrunken. Andererseits hatten die Leute ja Urlaub, es war also überhaupt nicht verwunderlich. Zum Putzen gehörte das Klirren von Flaschen und das Klappern von Büchsen. Wenn etwas verschüttet worden war, nahm einem der Alkoholgeruch zuweilen den Atem, aber Alkohol desinfiziert, in diesem Zusammenhang gab es schlimmere Dinge. Ich war selbst keine Abstinenzlerin und verurteilte niemanden.

Ein Gemisch aus Red Bull und Wodka war bei der Jugend noch immer ein beliebtes Getränk, obwohl die Kombination als lebensgefährlich galt. Die jungen Leute tranken auch viel hochprozentiges Bier. Die mittleren und älteren Jahrgänge bevorzugten meist Wein, Kognak und Sekt. Manchmal hatte etwas Romantisches stattgefunden, rote Rosen, Moët & Chandon und ein geöffnetes Schmucketui mit glänzendem Geschenkband drumherum. Dann war ich milde gestimmt und wischte mit besonderer Sorgfalt Staub.

Ein bewohntes Hotelzimmer zu betreten war wie ein Vertrauensbeweis. Ich fand, ich bekam eine Beziehung zu den Gästen, die dort nächtigten. Vielleicht empfand der Gast es ebenso? Ja, ganz bestimmt, ich erinnerte mich schließlich, wie es gewesen war, als Jan und ich in südlicheren Breiten Urlaub machten, natürlich bekam man eine Beziehung zu seinem Zimmermädchen. Für mich war sie überhaupt nicht unsichtbar, sondern sogar ziemlich wichtig, fürs Wohlgefühl.

Konferenzteilnehmer waren dennoch die besten, keinerlei Umstände. Nur ein ungemachtes Bett, weiter nichts. Sie benutzten die Gläser nicht, kochten keinen Kaffee, machten keinen Dreck. Sie schliefen nur, duschten und fuhren los, obendrein früh am Morgen. Perfekt.

Ich arbeitete auf der zweithöchsten Ebene, will sagen dem vierten Stock. Über mir, in der obersten vip-Etage, kämpften Muhammad – wenn er wenigstens einen netteren Namen gehabt hätte – und Nenad. Nenad mit der Schulter, ich hatte gesehen, dass sie ihm wehtat.

Als Dunja von meinem umfangreichen Tagesprogramm erfahren hatte, erbot sie sich, den Keller zu übernehmen. Ich war dankbar, ich hatte mich davor gegrault: all dieses Gerenne auf engen Treppen mit Blumen und anderem Zeug und dann der dunkle Kellergang mit dem vielen Gerümpel. Ich zog es vor, oben im Licht zu arbeiten, und ich hatte Routine, die Hotelzimmer erledigten sich hintereinanderweg, ich musste es schließlich schaffen, nach den Jungs zu sehen. Dunja holte für mich den ganzen Kram aus dem Keller und kümmerte sich darum, dass er an Ort und Stelle kam, also die Blumen und das ganze vip-Tamtam, ich war dankbar.

Nach fünf Zimmern machte ich eine Pause und stieg zur obersten Etage hinauf. Ich sah Nenad am Ende des Gangs Wäsche nach unten verfrachten, und vor einer offenen Tür stand der Putzwagen geparkt. Ich näherte mich und entdeckte Muhammad, der sich dort drinnen bewegte, er bemerkte mich nicht. Er machte die Betten, steckte die Decken in ihre Bezüge und schüttelte das Ganze auf.

Ich empfand einen Anflug von Mitleid und wurde auf mich selbst wütend. Alle wunden Punkte der Welt schienen sich in diesem Hotel versammelt zu haben – zum Putzen! Das Familiengefühl war bei Einwanderern im Allgemeinen stärker als bei Einheimischen, im Guten wie im Schlechten. Ich persönlich hätte den intensiven Kontakt zur Verwandtschaft nicht ausgehalten, mit dem die meisten meiner Kollegen aufgewachsen waren, aber der Behaglichkeitsfaktor war hoch, das gab ich zu. Ich tat ihnen allen leid, als sie verstanden, dass ich alleinstehend war und mit keinem einzigen Menschen zusammenwohnte. Allein zu sein hieß in ihren Augen, wirklich bedauernswert zu sein. Deshalb empfand ich so etwas wie Zärtlichkeit für den armen Afghanen dort drinnen, der jetzt dazu übergegangen war, Kissen zu beziehen und sie einzuknicken. Die ganze Familie weit weg, die Frau tot und keine Kinder. Seine Augen wirkten wie erloschen. War das Herkommen diesen Preis wirklich wert?

Wenn man nicht fragt, erhält man keine Antwort. War es den Preis wirklich wert?, erkundigte ich mich, als ich das Zimmer betrat. Hierher nach Schweden zu kommen, meine ich. Jetzt, wo du das Resultat kennst. Wäre es nicht besser gewesen, dort zu bleiben und zu kämpfen?

Aber genau das habe ich doch getan, antwortete er verwundert und ohne die geringste Aggressivität. Deshalb habe ich doch im Gefängnis gesessen. In einem richtigen Gefängnis. Nicht in solchen wie hier in Schweden. Genau deshalb musste ich doch fliehen. Ich hatte keine Wahl.

Aha, dachte ich. Hat all die anderen zurückgelassen. Und wie war die Frau gestorben? Aber da er es nicht selbst erzählte … Was wenn er sie sogar umgebracht hatte, wenn sie ihm zum Beispiel untreu gewesen war, von so etwas hatte man schließlich gelesen. Wenn also das seine Flucht verursacht hatte.

Wie ist deine Frau gestorben, fragte ich. Sie ist ertrunken, gab er zur Antwort.

Aha. Klüger wurde ich daraus nicht. Er wollte nicht darüber reden, ganz klar, und ich hatte kein Recht, meine Nase noch tiefer in die Sache zu stecken.

Das Badezimmer wurde abgenickt, das Zimmer ebenfalls, nicht einmal Staub auf dem entlarvend blanken Deckel des Wasserkochers, bestens.

Hast du die Suite des Oberkommandierenden geputzt? Er nickte mit leichtem Lächeln.

Warum lächelte er? Ich ging hin, um es mir anzuschauen. Muhammad blieb bei seinem Wagen stehen und sah mir nach, das war mir scheißegal. In diesem Stockwerk durfte keinerlei Schlamperei vorkommen.

Ich zog sogar das Sofa von der Wand und glaubte bestimmt, dass dahinter Schmutz lag, aber nichts. Er hatte gute Arbeit geleistet.

Plötzlich wurde mir klar, dass es ausgerechnet der Oberkommandierende war, der hier wohnen sollte. Und dass es ausgerechnet Muhammad war – wenn er doch bloß nicht diesen Namen gehabt hätte –, der hier geputzt hatte. Zwei Kraftfelder, die zusammentrafen. War das Schicksal? Was wusste man eigentlich über Muhammad? Oder überhaupt über irgendjemanden aus der unsichtbaren Putzkolonne? Vor ein paar Jahren war aufgedeckt worden, dass eine schwarz arbeitende Reinigungsfirma mit illegalen Arbeitskräften im Regierungsgebäude Rosenbad tätig war. Stand es denn hier so viel besser? Morgen würde man mit Bombenhunden alle VIP-Etagen durchsuchen, aber Hass hatte schließlich keinen Geruch. Vielleicht verfugte eine Person wie Muhammad über Waffen, die kein Spürsinn der Welt entdecken konnte?

Die Verantwortung hatte mich hypernervös gemacht. Was ich da dachte, war völlig verrückt, ein Glück, dass niemand von meinen kranken Ideen wusste. Ich ging zurück zu Muhammad und lobte ihn, dann eilte ich zu Nenad weiter, der inzwischen die gesamte Wäsche durch den großen Schacht nach unten befördert hatte, ich hörte, wie der letzte Packen mit einem saugenden Dröhnen tief unten landete. Du schließt doch wohl ordentlich ab, sagte ich. Er klapperte mit den Schlüsseln zur Antwort. Der Wäscheschlucker war kein passender Spielplatz für angetrunkene Snowboarder, so viel Spaß wollten wir ihnen hier nicht gönnen.

Er sollte mit seinem ersten VIP-Zimmer beginnen, es betraf eine Endreinigung. Ich ging vor ihm hinein und sah, dass dort eine Menge zu tun war. Du putzt das hier doch blitzsauber?, fragte ich beunruhigt. Es wird sauber, kein Problem, erwiderte er rasch. Er sprach lustig, ich hätte fast losgelacht, obwohl das, was er dann erzählte, absolut ernst war. Wieder war eine Lawine hinten beim Hundfjället abgegangen, und beinahe hätte sie einen ganzen Trupp junger Leute mitgerissen, vermutlich von ihnen selbst ausgelöst, weil sie abseits der Piste gefahren waren. Izzadin hatte ihm das alles vor einer Weile unten am Empfang erzählt. Das kommt von diesem Wetter, sagte ich, dieser ständige Wechsel, eine Schneeschicht legt sich auf die andere, und dann kommt das Ganze leicht ins Rutschen.

Das Badezimmer war ausgiebig benutzt. Man hätte eine schmale Bürste gebraucht, um beim Saubermachen in alle Ecken zu kommen, wenn ich erst Hausdame war, würde ich die Putzwagen damit ausstatten, die Schwämme waren wertlos. Mach es so gut du kannst, mahnte ich. Stell dir vor, dass die hier wohnen sollen, die dir in deinem Leben am meisten bedeuten.

Sie sind tot, erwiderte er.

Sie auch? Ich meine …

So kam es, dass die nicht auf den Mund gefallene Siv zu stottern anfing. Entschuldige, sagte ich schließlich, aber du weißt, was ich meine – du sollst ganz einfach eine gute Arbeit machen. Er nickte.

Ich konnte nicht begreifen, was Dunja gegen diesen Mann hatte. Es ging wohl um irgendwelche ethnische Scheiße, ich hatte das nie verstanden und wollte es auch nicht verstehen.

Wieder unten auf meiner eigenen Etage fuhr ich mit den Endreinigungen fort. Das Putzmittel aus der Wäschekammer war effektiv, aber sehr stark, ich hustete und dachte, dass ich es schlimmstenfalls noch fünfzehn Jahre einatmen musste, bestimmt nicht sehr gesund. Wenn ich Hausdame wurde, wollte ich auch da etwas ändern. Außerdem würde ich dafür sorgen, dass es das Personal etwas netter hatte. Irgendwas organisieren, damit man die Kehrseiten des Jobs ertrug. Ja, das brauchte man, etwas Nettes. Warum nicht mit ein bisschen Respekt anfangen? Wir hatten ja fast ein genauso intimes Verhältnis zu unseren Gästen wie ein Arzt. Ich würde einen Ausflug mit Hundeschlitten und einem Grand Finale in der großen Lappenhütte veranstalten, dachte ich, etwas im Ganzen Gegrilltes über offenem Feuer und dazu irgendwelche einheizenden Getränke. Das wäre für meine ausländischen Arbeitskollegen ein äußerst exotisches Erlebnis und eine Art Prämie bei diesem undankbaren Job.

Meine Fantasien wurden unterbrochen, als ich das Zimmer von Bergius betrat. Alles stand gepackt. Stimmt ja, er würde in ein anderes Zimmer umziehen, und diese Suite hier musste für einen höheren Dienstgrad in Ordnung gebracht werden.

Im selben Moment kam Hedy mit dem Fahrstuhl angefahren.

Warum gehst du nicht ran, rief sie vorwurfsvoll. Die vom Empfang suchen dich schon die ganze Zeit.

Das Telefon war abgestellt. Hatte ich das gemacht? Kein Wunder, dass der Empfang so ruhig geblieben war.

Der Fahrstuhl war besetzt, ich nahm die Treppe, ohne auf Hedy zu warten.

Die Rezeptionistin trieb mich zur Eile an. Die Verantwortlichen für die Konferenz hatten versucht mich zu erreichen, sie hatten keine Zeit, den Clüversaal herzurichten, da die Bestellung viel zu kurzfristig gekommen war. Seit Weihnachten herrschte dort drinnen ein heilloses Durcheinander, und in Kürze musste alles fix und fertig sein. Außerdem wurde Unterstützung bei den Erfrischungen, den technischen Hilfsmitteln und Ähnlichem gebraucht, Dingen, bei denen Ingalill gewöhnlich zur Hand gehen konnte. Sie selber waren völlig ausgelastet mit der Vorbereitung der Konferenzetage, die Teams von Rundfunk und Fernsehen brauchten Handreichungen beim Datenverkehr, beim schriftlichen Material et cetera, und außerdem klingelte das Telefon ununterbrochen.

Ich gab eine beruhigende Antwort und schichtete meine Truppe um, sodass Hedy meinen Platz im vierten Stock einnehmen und die Russinnen sich trennen mussten. Natürlich gefiel ihnen das nicht.

Eine Menge Spielzeug und Weihnachtsbastelkram, ach ja. Rasch verpackte ich alles zum weiteren Transport in den alten Swimmingpool, der unter der Tanzfläche im Wintergarten lag. Nur wenige wussten davon, und als Lagerraum war er deshalb unübertroffen, sagte Ingalill, mit der ich eine kurze Telefonkonferenz hielt. Ansonsten gehe es nur darum aufzuräumen, Tische und Stühle ordentlich hinzustellen und für Notizblöcke, Stifte und Mineralwasser zu sorgen. Obstschalen auf den Seitentisch. Vielleicht sei da noch etwas, was ihr jetzt nicht einfiele, aber das würde man mir schon noch sagen. Ginge das in Ordnung?

Das geht wie geschmiert, versicherte ich. Sie könne jetzt wieder aufs Kissen zurücksinken. Mit uns steht es wirklich nicht gut, erklärte sie. Ich hörte das Kind im Hintergrund jammern, also die Sache stimmte schon.

KSI, Sund, Säpo, FRA, Must – Sicherheitsdienste auf höchstem Niveau – polizeiliche und militärische –, Bergius inspizierte seine Mannen. Mit seiner zuvor nahezu soften Erscheinung war eine sichtliche Veränderung geschehen, ich erkannte ihn nicht wieder. Und auch er erkannte mich nicht wieder, oder er tat nur so. Dass ich sein Zimmer sauber gemacht hatte, war ihm offensichtlich entfallen. Natürlich, ich war jetzt anders gekleidet. Das hier war ein Mann mit Schärfe und Autorität.

Er wirkte missgestimmt, vielleicht meinte er, der Kreis vor ihm sei zahlenmäßig zu gering oder von falscher Art, was wusste denn ich. Mich sah er überhaupt nicht, er hatte die Zusammenkunft eröffnet, ohne sich darum zu kümmern, dass ich noch immer anwesend war.

Alle Teilnehmer waren Männer, relativ junge, außer einer Frau in meinem Alter, die rechts von Bergius saß. Sie schien eine Art Sekretärin zu sein. Vor sich hatte sie einen aufgeklappten Laptop, dessen kaltes Licht ihr Gesicht dämonisch schräg von unten beleuchtete. Sie trug ein etwas unmodernes Kostüm, eine weiße Bluse und große Ohrringe. Das Haar schien nicht gefärbt, aber vermutlich hatte sie eine Dauerwelle. Von den Männern hatte nur Bergius einen Schlips umgebunden, die anderen waren mit Rollkragenpullovern und Sakkos bekleidet. Sie strahlten Selbstsicherheit aus, diese jungen, gut aussehenden Männer. Vermutlich waren sie bestens trainiert und kundig in verschiedenen Verteidigungs- und, warum nicht, Angriffstechniken. Dass diese Truppe während der Konferenz für die Sicherheit zuständig sein sollte, war nicht schwer zu begreifen.

Zunächst haben wir da die Landespolizeipräsidentin, tat Bergius kund. Drohbriefe kommen zwar unablässig und in üblicher Menge, trotzdem aber dürfen wir uns nicht darauf verlassen, dass hier keiner auf die Idee kommt, ihr ein Ding zu verpassen, wenn er erfährt, dass sie hier vorgeführt wird.

Was für eine Sprache! Die Flaschen mit dem Mineralwasser klirrten unter meinen Händen. Herrschte auf höchster Ebene ein solcher Ton?

Besonders eine Gruppe von Gefangenen müssen wir im Auge behalten, fuhr Bergius fort. Dann besteht ja wohl keine Gefahr, äußerte einer der jungen Männer am Tisch, Gefangene sitzen per definitionem doch hinter Schloss und Riegel. Du bist in Schweden, warf ein anderer ein, hier sitzen Gefangene per definitionem selten hinter Schloss und Riegel, dieweil sie aus Ersparnisgründen Fußfesseln tragen oder Hafturlaub haben.

Bergius kommentierte die Einwürfe nicht. Eine Geiselnahme ist vorstellbar, sagte er. Es ist unser Job, mit allem zu rechnen, wirklich mit allem. Wann kommen die Köter?

Heute Abend um zehn, erwiderte einer.

Du kümmerst dich um sie, fuhr Bergius fort. Und ihr beide dort kümmert euch um die Landespolizeipräsidentin, von dem Moment an, wenn sie morgen aus dem Auto steigt, von da an tragen wir die Verantwortung.

Aber die größte Bedrohung liegt meiner Meinung nach in Demonstrationen, ergänzte Bergius. Wir haben Hinweise darauf, dass es zu Problemen mit Aktivisten kommen kann, die noch fünf Minuten vor zwölf die Zwischenlagerung des Atommülls aus anderen Ländern stoppen wollen, obwohl das neue Gesetz auf demokratische Weise durchgesetzt wurde. Also seid darauf vorbereitet. Die örtliche Polizei wird aufgrund dieser Sache ebenfalls in erhöhte Bereitschaft versetzt.

Weshalb demonstrieren sie denn hier?, fragte einer.

Nach deren verquerer Logik ist es die Aufgabe des Verteidigungsministeriums, das Land gegen jegliche Form von Eindringen aus dem Ausland zu verteidigen, erklärte Bergius. Dass *Volk und Verteidigung* eine Landeskonferenz abhält, bei der ja gegebenermaßen eine große Anzahl von Organisationen vertreten ist, und diese Zusammenkunft vor allem als Kontaktmöglichkeit und Diskussionsforum dienen soll, erhöht nur das Risiko, dass sie auftauchen und sich Gott weiß was einfallen lassen. Ich hoffe, es wird kalt. Das kalte Wetter ist unser Verbündeter, falls es zu Krawallen kommen sollte.

Ich packte, so leise ich konnte, Clementinen und Bananen aus und arrangierte sie hübsch in ein paar Schalen. Ich hatte mir die Zeit genommen, das Hausdamenkleid überzuwerfen, und wirkte wohl in erster Linie wie ein behaglicher Bestandteil der Einrichtung. Ich blickte nervös hinter ein Pult, wo in der Eile ein Berg Spielzeug und Weihnachtskram gelandet war. Die vorhergehenden Stunden waren chaotisch gewesen. Meine Füße fühlten sich an wie gekochte Kohlrüben, und Schultern und Nacken schmerzten nach der vorgebeugten Arbeitshaltung über bestimmt zehn Kloschüsseln sowie dem Schütteln von doppelt so vielen Betten, auf die ich, so kurz geraten, wie ich nun mal war, die Bezüge nicht draufbekam, ohne sie von beiden Seiten durchzuschütteln. Dann hatte ich Jelena zu Hilfe gerufen, um im Clüversaal aufzuräumen, und wir hatten es mit größter Mühe geschafft, alles wegzubringen, Staub zu saugen und Tische und Stühle hinzustellen. Als Bergius aufgetaucht war, hatte ich Jelena weggeschickt, während ich ihm selbst etwas Theater vorspielte: Die Situation sei unter Kontrolle, was ich mit einem Lächeln und einer Begrüßungsgeste unterstrich. Im letzten Moment hatte ich noch ein paar Strichmännchen und alberne Kommentare von der weißen Tafel gewischt, und dann hatte Bergius angefangen. Es blieb nichts anderes übrig als weiterzumachen und so zu tun, als liefe die Sache immer so. Nervös stellte ich Gläser parat und legte Servietten aus.

Und die Verteidigungsministerin, fragte jemand. Die selbstverständlich auch, erwiderte Bergius, sie hat speziellen Schutz, doch ist sie nicht genauso wichtig wie beispielsweise einige ausländische Gäste. Und die Landespolizeipräsidentin.

Die Feminisierung des Politikerstandes verweist nur darauf, dass unsere nationalen Politiker immer mehr an Bedeutung verlieren, sagte jemand mit scharfer Stimme.

Stell dir vor, wenn der Oberkommandierende das nächste Mal eine Sie ist, sagte ein anderer lachend.

Dann begehe ich Harakiri, erwiderte der Erste. Alle lachten, außer der Sekretärin. Ich warf ihr einen verstohlenen Blick zu. Sie tat, als wäre sie voll damit beschäftigt, auf ihrem Computer zu schreiben. Bergius schielte auch in ihre Richtung und beendete die Heiterkeit. An unserer Verteidigungsministerin ist nichts auszusetzen, meinte er. Aber was ihre Person angeht, gibt es keine spezielle Bedrohung. Obwohl die Bedrohung in der Luft liegt. Ihr wisst, was ich meine. Die World Trade Center-Katastrophe war der Wendepunkt. Die richtig große Überraschung wartet vielleicht noch irgendwo in den Kulissen. Wir wissen nicht, wie sie aussieht. Wir wissen nicht, was passieren wird. Und wir wissen nicht, wann es geschieht, ob es überhaupt dazu kommt. Oder wo das sein wird. Aber auch wenn es nicht passiert, so beeinträchtigt es unsere wichtigste Ressource, nämlich unsere Köpfe. Es erzeugt eine kollektive Neurose.

Die Frau sah zu ihm auf. Er schaute zurück. Seine Fingerspitzen streichelten wie zufällig ihren Monitor. Sein Blick war sanft, ja voller Zärtlichkeit.

Die Bereitschaft, gegen das unsichtbare Böse tätig zu werden, lässt wie nie zuvor das Private und Gesellschaftliche zu einer unschönen Mixtur verschmelzen, fuhr er nach dieser kurzen Pause fort, wobei die negative Erwartung selbst eine eigene Explosivität erzeugen kann. Wenn ihr versteht, was ich meine.

Es wurde still, vielleicht verstanden sie nicht, was er sagen wollte. Ich tat es jedenfalls nicht, aber dass hier Stifte fehlten, das verstand ich, wir wollten ihnen doch welche spendieren, auch wenn jeder seinen eigenen besaß. Ich musste mich leise entfernen, um herauszufinden, wo ich sie herbekam.

Ich meine Folgendes, fuhr er fort, dort, wo Männer versammelt sind und wo es außerdem Waffen gibt, kann geradezu ein Pulverfass entstehen, das jeder x-beliebige Funke, der mit Macht zu tun hat, anzünden könnte. Ohnmächtige Männer sind ein Sicherheitsrisiko an sich, das ist euch vielleicht noch nicht klar geworden?

Jetzt begriff ich. Er war erstaunlich klug. Seine Mitarbeiter schwiegen, vielleicht verstanden sie noch immer nicht. Die Sekretärin lächelte ihm zu. Er gab das Lächeln zurück. Oder nicht, Mossi, murmelte er leise.

Vor dem Fenster brachten die schräg fallenden Sonnenstrahlen das ganze Fjell zum Erröten. Liliputmenschen glitten mit weichen Schwüngen an seiner Flanke talwärts, und der Lift führte sie wieder nach oben, militärisch geordnet in Zweierreihen. Bald brach der Abend an, mein letzter freier Abend vor der Invasion.

Diskret und ohne das geringste Geräusch verließ ich den Konferenzraum.

Wenn er aufhört zu zittern? Dann hat der Körper aufgegeben. Dann ist es so weit.

Weiß sein Körper, wann er Schluss machen muss? Weiß er, wann kein Schüttelfrost der Welt ihn retten kann?

Sein Leib zittert vollkommen autonom. Er selbst tut nichts. Er kann den eigenen Körper nicht beeinflussen.

Er sollte sich aus eigenem Antrieb bewegen. Oder stillhalten. Aber sein Körper schüttelt sich noch, in wiederkehrenden Krämpfen.

Es ist so dunkel.

Er würde es auch nicht schaffen. Das Kommando über seinen Körper zu übernehmen.

Die Müdigkeit ist gefährlich. Man schläft einfach ein und wacht nicht mehr auf.

Aber es wäre schön. Ja.

Es wäre schön.

Der Schüttelfrost tut weh. Es ist wie beim Erbrechen. Das Zittern entringt sich dem Körper, Mal um Mal.

Schmerz.

Wenn die Person, die man ist, im Gehirn wohnt und nicht im Herzen? Stirbt dann der Körper vor der Seele? Man kann Gehirne tiefkühlen – Kinder, die in eisigem Wasser ertrunken sind, wurden wieder zum Leben erweckt. Man hat Fälle von Gehirnblutungen tiefgekühlt, und die Leute sind durchgekommen.

Er wohnt in seinem Gehirn. Das Herz schlägt ebenfalls noch, vermutlich.

Bald sind keine Gefühle mehr da.

Leute, die man geköpft hat – wussten sie davon, dass sie in den Korb hinunterfielen? Das Bewusstsein soll angeblich noch mehr als eine halbe Minute existieren. Ich bin körperlos. Welche Gedanken denkt man dann, geköpft wie man ist?

Ich bin körperlos. Der schüttelt sich nur dann und wann. Schauer und Konvulsionen.

Das Zittern flaut ab. Wenn man müde ist. Bin nicht mehr fähig zu all dieser Panik – soeben noch war man völlig wahnsinnig. Wie sinnlos. Panik führt zu nichts.

Ja, sie sind dort drüben, seine Nächsten. Er sollte seine Gedanken ihnen zuwenden, jetzt, wo das Ende näher kommt. Er sollte weinen. Aber seine Gefühle, sie sind mehr ein Brei.

Wenn das Ganze überhaupt stimmt. Wenn es sich nicht nur um einen Traum oder eine Halluzination handelt. Wie kommt er in dem Fall da wieder raus? Hat man ihm eine Droge gegeben, die ihn an dieses Nichtleben glauben lässt? Liegt er in Wirklichkeit auf einem Operationstisch? Was ist passiert?

Seine Nächsten und Liebsten. Sie sind irgendwo. Was kümmert es ihn, er will nur schlafen.

Das Beste ist, dass es nicht mehr wehtut, weder in den Händen noch in den Füßen, die Ohren spürt er auch nicht mehr und nicht das Gesicht.

Er kann ebenso gut einschlafen, er würde doch nie mehr normal aussehen.

Er ist zu jung, um zu sterben. Aber das sagt wohl jeder. Seine Zeit ist gekommen. Alle müssen dahin. Er war nur so unvorbereitet. Er glaubte an Liebe. An Hautkontakt und daran, von jemandem wahrgenommen zu werden, ohne jede Schutzhaltung.

Wenn er sich doch hätte verteidigen können.

Etwas Entsetzliches war mit seinem Kind geschehen. Er will nicht daran denken. Gedanken – ich verbiete euch! Die Ewigkeit nähert sich uns beiden dennoch.

Er kann nicht von hier entkommen.

Werden sie sich fragen?

Er starb nicht aus freien Stücken. Wird das jemand verstehen?

Mein Gott! Hat er geschlafen! Er darf nicht schlafen, dann stirbt er! Er muss weg von hier, warum hört ihn keiner, verdammt, er kann nicht hochkommen, dieser Körper. Dieser verdammte Scheißkörper.

Teufel, beweg dich, hoch mit dir, hoch!!!

Es ist, als könnte er nicht atmen, gibt es keine Luft? Gibt es keine Luft? Er bekommt den Atem nicht in sich, oder ist es die Kälte? Ist sie in seine Lunge gedrungen, ist die Wärme dabei, auch diese zu verlassen – aber er lebt doch? Er denkt! Er existiert, er denkt, er brennt! Es ist so warm! Er muss sich ausziehen

wenn er nicht so unbeweglich wäre. Nein …

das darf ihm nicht passieren er will nicht

er will nicht

Er will leben. Lieber Gott lass ihn leben, egal wie, wenn er nur am Leben bleibt. Er will hier nicht sterben einsam in der Dunkelheit

er schafft es nicht es tut so weh er will nicht

nein

Lieber Gott hilf ihm dem zu entrinnen diesem Feuer zu entrinnen lass ihn entrinnen

warum warum muss er

Er will doch nicht.

Lass ihn entrinnen!

Er kann nicht sterben kann nicht sterben er kann

nicht kann nicht

es tut zu weh seine Glieder brennen

er kann nicht

er kann nicht

er kann nicht loslassen den Körper verlassen sie überqueren die Grenze!!! Leben – um jeden Preis! Nur noch einen Atemzug!

Es geht nicht. Er kann nicht sterben

nein

Ich schälte Kartoffeln, schnitt Zwiebeln und bereitete einen Auflauf vor, den ich in den Ofen schob. Dann begann ich mit dem Putzen, routiniert und effektiv – das will ich wohl meinen.

In der Speisekammer gab es ein paar Dosen Dünnbier und von Weihnachten noch eine Flasche selbst gemachten Punsch, und später am Abend würde im Fernsehen ein guter Film laufen.

Schon bald verbreitete sich der köstliche Duft aus dem Ofen, und ich hoffte inständig, sie möge bleiben. Es war fast so, als würde man den Besuch eines Familienmitglieds erwarten, sauber und schön sollte es sein, und bestimmt hatte sie auch Hunger.

Ich schob noch mehr Holz in den Herd, und es prasselte anheimelnd, wir brauchten wirklich Entspannung, alle beide.

Sie hatte das Auto ausgeborgt und war losgefahren, sobald ich vom Fjell nach Hause gekommen war. Die Fahrt nach Säter dauerte zwei Stunden in einer Richtung, sie würde gegen zehn zurück sein, der Film würde zwanzig nach beginnen.

Kleine Wunden und arme Freunde sollte man sorgsam behandeln. Wunden hatten wir, und reich waren wir auch nicht. Wir brauchten einander, Maja und ich.

Seit der Scheidung hatte ich zwar ein paar tausend Kronen auf der Bank, aber das Auto, die Pumpe oder die Waschmaschine brauchten nur zu streiken, und schon würde der größte Teil des Sparkapitals flöten gehen. Und es würde nie aufgefüllt werden, nie. Ich wollte wirklich sparen, aber bisher war es mir nicht gelungen. Deshalb kaufte ich hin und wieder ein Los.

Ich bekam gut neuntausend Kronen im Monat ausgezahlt, was in meinen Augen viel Geld war, dennoch reichte es nur geradeso. Zuerst war da das Haus: Versicherung, Strom, Holz, Müllabfuhr, Ratenzahlungen und Zinsen. Das machte gut viertausend im Monat. Die restlichen fünftausend mussten für Benzin, Telefon, Essen, Kleidung, Reparaturen und alles andere ausreichen. Das funktionierte mit Mühe und Not, und dennoch lag ich eindeutig über dem Existenzminimum, wie konnte das sein? Ich hatte geglaubt, gut haushalten zu können, wie sehr ich mich doch geirrt haben musste. Dennoch hatte ich eine Menge Dinge gestrichen, die während meiner Ehe selbstverständlich gewesen waren, zum Beispiel den Computer, Tageszeitungen oder Kino. Denn auch hier gab es tatsächlich die Möglichkeit zum Kinobesuch, einerseits war da das Kino im Ort, andererseits Schwedens einziges Hotelkino, nämlich das, was sich im Högfjällshotel befand. Ich hatte dort geputzt, aber noch nie einen Film gesehen. Bisher. Aber kommt Zeit, kommt Rat, bei veränderten Finanzen würde ich eine Überprüfung des Beschlusses erwägen, nicht ins Kino zu gehen.

Seine eigenen vier Wände sauber zu machen war fade, aber als ich fertig war, nahm ich in der Sofaecke Platz und begriff, dass es hinterher doch wundervoll war. Da konnte ich, im Unterschied zu meiner professionellen Tätigkeit, das Resultat genießen. Es war schön, bei sich daheim zu sein.

Vor mir lagen vier intensive Tage, da würde es nicht viel Ruhe geben. Aber danach hatte ich zum Ausgleich genauso lange frei. Und ich würde, solange die Konferenz lief, nicht nach Hause fahren müssen, Ingalill hatte mir in der Praktikantenunterkunft einen Schlafplatz besorgt. Ich brauchte ja nicht mehr, als mich ein paar Stunden auszustrecken, es würde schon gehen.

Der morgige Tag würde mittels zusätzlichem Personal bewältigt werden, nicht nur von Kläppen, sondern auch aus dem örtlichen Gymnasium. Die Qualität dieser Reinigungskräfte konnte erheblich schwanken, das wusste ich, aber wenn ich Glück hatte, strengten sie sich an. Ich würde Dunja bitten, die Leute im Blick zu behalten.

Der Küchenwecker klingelte. Ich holte den Auflauf aus dem Ofen, ja, er war fertig. Nun müsste sie jeden Augenblick kommen.

Draußen schwebten große Schneeflocken zu Boden, aber hier drinnen war es warm und gemütlich. Ich sank wieder in die Sofaecke und genoss die Stille, die Fernbedienung durfte liegen bleiben, wo sie war. Weit weg hinter den Bäumen sah ich ein Stück von dem großen dunklen Haus, dem leerstehenden Haus, in dem Niels früher gewohnt hatte. Ich fragte mich, was wohl daraus werden würde, ob es dem Gerichtsvollzieher je gelingen würde, es zu verkaufen, sodass dort abends wieder die Fenster leuchteten.

Seine Kumpane hatten mich traktiert. Sie hatten angerufen und Post geschickt. Solche, die ich am liebsten vergessen wollte. Am Ende hatte ich eine Art Briefkasten-Phobie entwickelt, das Herz begann zu klopfen, wenn ich nur daran dachte, die Post zu holen. Aber jetzt war es lange her, dass sie ihre Energie an mich verschwendet hatten, Gott sei Dank. Ihr Hass hatte keine Methode, und sie waren weitaus pubertärer und bequemer als zielbewusst. Deshalb war der Job in den Bergen für mich so gelegen gekommen. Sie verloren das Interesse, wenn ich nie zu Hause war.

Aber es war schrecklich unangenehm gewesen. Ich hatte keine Möglichkeit zur Verteidigung gehabt. Und es hat mich auch niemand verteidigt. Natürlich gab es die Polizei, aber was konnte sie schon tun. Die Anrufe kamen immer von irgendeinem vertragslosen Handy, und die Post hatte ich meist schon verbrannt, bevor ich mich beruhigt hatte. Es war ein entsetzliches Gefühl, so gehasst zu werden und solche Briefe zu bekommen. Ich schämte mich ganz einfach.

Offiziell gab es sicher die Möglichkeit zur Anzeige und auch zu irgendwelcher Überwachung, aber ich wollte nicht überwacht werden. Ich wollte etwas anderes, eine Art innerer Verteidigung, die ihnen nie eine Chance gegeben hätte, weil kein Nährboden dafür da gewesen wäre. Eine Art Verteidigung im Volk selbst. Ja – Volk und Verteidigung! So war es natürlich gemeint – dass man sich nicht unterdrücken, nicht entmutigen, nicht manipulieren und nicht ausnehmen lassen sollte, dass man nie zuließ, dass die Freiheit eingekesselt wurde.

Meine Ambitionen waren äußerst bescheiden, ich wollte mein Leben in Ruhe und Frieden leben und mich selbst versorgen können. Ich wollte diesen kleinen Hof gut verwalten, für den meine Vorväter seit Generationen geschuftet hatten. Für die Welt sah er nach nichts aus; ein kleines Haus und ein paar Nebengebäude, aber ich kannte dessen Geschichte und hörte die Stimmen aus den Wänden, direkt aus der Balkenschicht in ihrem Inneren. Früher einmal hatte man dieses Häuschen für ein Schloss, für das

Himmelreich gehalten, es war der eigene Herd, man brauchte nicht mehr mit der älteren Generation zusammenzuwohnen, besaß etwas Eigenes, wo die Kinder aufwachsen konnten. Alte Fotos zeigten einen stolzen Familienvater vor der heimischen Schwelle. Auf einem anderen Foto war das Pferd zu sehen. Es nahm den größten Teil des Bildes ein. Die Frau, er selbst und all die Kinder drängten sich an dessen Maul zusammen.

In den fünfziger Jahren wurde Wasser ins Haus gelegt, und man isolierte die Zimmer auf dem Dachboden, in den sechziger Jahren wurde das Badezimmer hergerichtet und der Boiler installiert, und in den siebziger Jahren kamen Kühlschrank und Tiefkühler hinzu. In den Achtzigern ersetzte man die Badewanne durch eine Duschkabine, und in den Neunzigern konnte sich Ingeborg noch die Mikrowelle und ein schnurloses Telefon anschaffen, bevor sie starb.

Für mich waren die eigenen Wurzeln wichtig. Meine Arbeitskollegen taten mir leid, keiner von ihnen konnte dort wohnen, wo er herstammte, für sie war alles neu. Was machte das mit einem? Hatte man Angst, wurde man aggressiv?

Oder bescheiden und flexibel? Vielleicht war es gar nicht schlecht, sich von der Stelle zu bewegen. Ich dachte an meinen Cousin, der nach Belgien gezogen war und dort geheiratet hatte. Ich war überzeugt, dass er glücklicher war als je zuvor. Und das war er in einer fremden Sprache, seine neue Sprache unterstrich sein neues Dasein noch mit dicken Strichen. Kein Zweifel, er hatte ein neues Leben begonnen. Und dieses Leben war um vieles besser als das alte.

Ich meinerseits aber glaubte, dass Sicherheit und Geborgenheit den Menschen großzügig machte. Die Gastfreundschaft hatte ihren Ursprung in der uralten Kultur von Dalarna.

Jetzt hörte ich das Auto, ich sprang auf.

So dicht, wie ich hinter der Tür stand, gelang es mir sogar, sie zu erschrecken. Wir lachten.

Sie nahm den Geruch wahr. Sie hörte das Prasseln im Ofen und sah die Kerzen auf dem Tisch.

Aber sie wollte nicht hereinkommen, nein. Sie lächelte nach wie vor, aber ihr Entschluss war unumstößlich. Sie musste nach Hause, es war spät.

Na und? Morgen war doch Sonntag. *Ich* hingegen musste extrem früh raus, aber das war egal, ich brauchte jemanden um mich. Einen vernünftigen Menschen.

Aber sie biss nicht einmal bei diesem Köder an. Sie musste nach Hause, es war einfach so.

Ich durfte sie nicht einmal fahren.

Enttäuscht sah ich sie die Straße hinunter verschwinden. Ihr Rücken wirkte so traurig.

Aber sie hatte ihre eigene Integrität, die hatte sie wirklich, und dafür bewunderte ich sie.

Die Situation war einzigartig in der Geschichte. Seit dem Abrüstungsbeschluss im Jahre 1925 war Schweden nicht mehr derart ohne Mittel gewesen. Damals, als die Sache akut wurde, hatte es mehr als zehn Jahre gedauert, bis die Verteidigung des Landes wieder aufgerüstet war. Als Deutschland Dänemark und Norwegen besetzte, lag die Flanke noch immer bloß, man hätte hier einfach eintreten können.

Von der starken schwedischen Armee in den Achtzigern waren nach dem Abbau nur vier größere und zwei kleinere Brigaden übriggeblieben, insgesamt dreißigtausend Mann. Munition von unfassbarem Wert war gesprengt, eine riesige Anzahl Fahrzeuge verschrottet worden, weil sie keinen Katalysator besaßen. Funkelnagelneue Panzerwagen waren denselben Weg gegangen. Bestände zu astronomischen Werten waren weggegeben, verschleudert, verschrottet und auf den Müll gekippt worden. Der größte Teil war jetzt weg. Was man noch hatte, waren kleine, teure, neu produzierte Spielsachen, die um die Elektronik herumgebaut waren. Der IT-Boom in militärischer Verpackung. Aber zur Verteidigung brauchte man Moral, den Willen zur Verteidigung und mutige Soldaten. Keine Elektronik der Welt konnte ein Land besiegen, das Widerstandswillen und Integrität besaß, und umgekehrt konnte ein Land nicht durch das Auffangen von Signalen und mit Computern verteidigt werden. Dazu wurden Menschen gebraucht. Und das, was in den Menschen steckte, in ihrem Verstand und in ihren Herzen.

Der Mann, der bereit war, in wenigen Tagen zum Mörder zu werden, stand verbittert mitten in der Ankunftshalle.

Dieser gigantische Bluff! Wenn es ging, dann ging es. Und es war gegangen. Es war gegangen, die Nation zu verraten, ohne dass dafür jemand hinter Gitter musste.

Auf dem Flughafen herrschte eine ziemlich aufgeräumte Stimmung, Grund war die Chartermaschine mit dem Flugziel Mora, weitere Beförderung nach Sälen per Bus.

Nach der Einstufung zum Kulturdenkmal und der letzten Renovierung war die Fünfziger-Jahre-Atmosphäre auf dem Stockholmer Flughafen Bromma geradezu schmerzlich deutlich geworden. Er wollte hierbleiben, wollte sich zurückversetzen in eine Zeit, als Schweden einen Feind ganz allein an zwei Fronten schlagen konnte. Dieses kleine heroische starke Land. Respektiert von allen, an niemanden gebunden.

Er grüßte nach links und nach rechts. Er war nicht schlecht angesehen. Man hielt ihn für einen pflichtbewussten, wenn auch ein wenig fantasielosen und trockenen Befehlshaber. Er wusste das. Sein Pathos offenbarte er keinem, er hielt es nicht für nötig. Er war loyal, absolut loyal bis in den Tod, falls so erforderlich. Es bedurfte keiner Bezeugungen. Es gab keinen Grund, sich selbst zu überzeugen. Er wusste, woran er mit sich war.

Das galt heutzutage nicht für jeden. Die Besten waren gegangen oder hatten gehen müssen. Sie machten zwar kein Aufheben, aber hielten auch nicht hinterm Berg mit ihrer Meinung, dass, was sie persönlich anging, jedes Vertrauen in die Führung der Landesverteidigung ausgeschöpft war.

Er war sich der politischen Beschlüsse, die hinter dem Ganzen steckten, wohl bewusst. Aber ein Soldat durfte keine Rücksichten auf Parteiinteressen nehmen, er hatte ausschließlich seine Nation zu verteidigen. Dieses Vertrauen zu verraten war das größte Verbrechen. Die Landesverteidigung hatte dafür zu sorgen, dass sich ein präsumtiver Angreifer die Sache lieber zwei-oder dreimal überlegte, bevor er zuschlug. Wollte man Frieden, musste man für den Krieg rüsten, alles andere war Unverstand, das besagten sämtliche historischen Fakten.

Er war bei der Armee geblieben, ohne sich selbst über seine Motive klar zu sein. War er ein Masochist, der diese Schlachtung aus nächster Nähe verfolgen wollte, oder lag es erneut an der ihm eigenen Loyalität? Daran, dass er der Organisation dennoch angehören wollte. Das sinkende Schiff nicht verlassen, sondern versuchen wollte, gegen den Untergang anzukämpfen. Bei einem Gespräch über sein weiteres Fortkommen hatte er unverblümt erklärt, dass er der höchsten militärischen Leitung und der Zukunftsstruktur der Landesverteidigung kein Vertrauen entgegenbrachte.

Nichts war passiert. Er war weder entlassen noch befördert worden. Es war, als würde man in Watte marschieren.

Die Stimmung im Flugzeug war noch aufgeräumter, trotz der frühen Stunde. Hier trafen sich Leute der verschiedenen Gruppierungen, die sich vielleicht ein Jahr lang nicht gesehen hatten, Lachen ertönte, es gab Schulterklopfen und sogar Umarmungen.

Politiker und Militärs, Ehrenamtliche und Festangestellte in einer einzigen schönen Gemeinschaft.

Endlich gingen die roten Leuchtschilder zum Take-off an.

Der Beschluss war in zwei Etappen gefasst worden, wie zufällig im Anschluss an die Weihnachtsfeiertage. Diskussionen gab es nur wenige. Politisch war das Problem schon längst mausetot. Vaterlandsliebe war nicht gerade eine Frage, die auf der Höhe der Zeit war, wogegen die Europäisierung als modern und friedenssichernd galt, was gegen eine starke nationale Verteidigung sprach.

Der Himmel war wolkenlos, ein schöner weißer Morgen. Der Mälarsee war mit Eis bedeckt. Ein Sportflugzeug schwebte unter ihnen. Das Leben dort unten pulsierte: Arbeitsplätze, Kinder und Alte, ein gut organisiertes, aber empfindliches System. Erneut zu mobilisieren im Sinne von Regeneration würde mehrere Jahre in Anspruch nehmen, das vorhandene Personal auf die Beine zu stellen nur ein, zwei Tage, doch was sollte das bringen. Die großen Strompulsadern auszuschalten wäre hingegen in nur einer Stunde erledigt. Stockholm einzunehmen war ein Kinderspiel, besonders zu Lande, nach Luftlandungen in den Provinzen Gästrikland, Närke und Östergötland.

Östergötland und Dalarna, es war kein Zufall, dass man gerade diese, die loyalsten Regimenter, abgebaut hatte.

Der nächste Schritt wäre dann, die Verbindungen nach Südschweden östlich des Vätternsees, die E4, die Eisenbahn sowie wichtige Fernmeldeverbindungen durch Östergötland abzuschneiden. Nach Norden waren neun große Flüsse zu überqueren, neun sensible Übergänge, bevor die Verteidigungskräfte Boden erreicht hätten oder dasselbe in umgekehrter Richtung. Ohne Strom blieben die Züge stehen. Man konnte Schweden innerhalb einer Woche in eine Agrargesellschaft zurückverwandeln. Es war unverantwortlich, eine solche Entwicklung nicht vorauszusehen.

Er verstand sehr gut, wie es in ihren Köpfen aussah. Man wollte sich als Klassenbester beweisen, in der EU und gegenüber den usa. Dann hätte man die Chance, mit den richtigen Schwergewichtlern der Branche und mit Spielzeug aus Platin und Titan umzugehen. Aber diente das Schweden? Die Ja-Seite hatte damals, als es um die Mitgliedschaft in der EU ging, versprochen, dass die Sache keine militärische Vermischung nach sich zöge. Doch jetzt verkehrte man darin auf höchstem Niveau, und alle Zusicherungen waren vergessen.

Er war nicht neidisch. Er war verzweifelt.

Dalarna breitete sich unter ihm aus, eine Industrieanlage tief dort unten rauchte und qualmte, die Schlacht bei Narwa, die Schlacht bei Kliszów, die Schlacht bei Villmanstrand, er beherrschte seine Geschichte. Verstanden die Männer von Dalarna, wie schlecht es bestellt war? Schweden war in strategischer Hinsicht ein wichtiges Land, mit seiner Lage zwischen Ost und West, zwischen dem Polarkreis und dem Gebiet von Murmansk im Norden und dem europäischen Festland im Süden. Außerdem war es nur dünn besiedelt. Heutzutage war es möglich, das Land zu besetzen, da es über eine so schlechte Verteidigung verfügte, die kaum abschreckend war, man brauchte nur die Stromversorgung zu kappen, der Rest erledigte sich von selbst. Schweden war so sehr damit beschäftigt, auf fremden Territorien Gerechtigkeit zu üben, dass man das eigene Hoheitsgebiet einfach seinem Schicksal überließ.

Seine Schultern waren erneut bis zu den Ohren hochgerutscht. Er musste ruhig Blut bewahren, musste seine Nervosität bekämpfen. Es nützte niemandem, wenn er sich psychisch kaputtmachte, indem er diesen Wahnsinn wieder und wieder durchkaute.

Sicher war der Terrorismus eine echte Bedrohung und ein großes Problem. Doch auf das Geprahle über die Effektivität der Terrorismusbekämpfung gab er nicht viel. Und dennoch hatte Schweden Zeit gehabt, seine Kräfte zu ordnen. Als Olof Palme erschossen worden war, hatte sich kein einziger Polizist in Sichtweite befunden, und als der Stellvertreter des Ministerpräsidenten eine Stunde und zwanzig Minuten später im Regierungsgebäude Rosenbad angekommen war, lag das noch immer völlig ungeschützt. Dieser Skandal war unter den Tisch gekehrt worden. Dennoch hielt er es für selbstverständlich, dass deutliche Anstrengungen erfolgt waren. Aber als es zu dem Terrorangriff auf das World Trade Center kam, hatte man Ministerpräsident, Verteidigungsministerin und Außenminister über eine Stunde lang in Unkenntnis über das Ereignis gelassen, weil es als wichtiger galt, die Etikette gegenüber dem König zu wahren, als das Land vor Bedrohungen zu schützen. Selbst einen Monat nach diesem Skandal konnte die Verteidigungsministerin keine zufrieden stellende Erklärung für diese für das Land so gefährliche Situation abgeben. Bei solchen Freunden brauchte man keine Feinde.

Die glatte weiße Fläche des Siljansees rückte näher, sie verloren langsam an Höhe, er gähnte. Nur Finnland und Dänemark hatten dagegen gestimmt, als der Beschluss gefasst worden war, Schweden solle für die Zwischenlagerung eines Teils des europäischen Atommülls sorgen. Welche Ehre – Minister verbeugten sich in Reih und Glied, wer hätte gedacht, dass man zum Gegenstand so großer Aufmerksamkeit würde. Hatte man solche Freunde, brauchte man keine Feinde. Künftige Generationen würden die Rechnung bezahlen müssen.

Genauso wie sie für das Fehlen der Verteidigungskraft würden zahlen müssen, das dem Land jetzt verordnet worden war.

Der Flugplatz von Mora öffnete sich sacht in der Nadelwalddecke, die Maschine glitt zu der schmalen Landebahn hinunter.

Nichts hatten sie umsonst bekommen, nicht die Grenzen des Landes, nicht das Recht, schwedisch zu sprechen und frei zu schreiben, nicht die Demokratie und nicht den Wohlstand – alles hatte man durch Kampf errungen. Die Rolle der Streitkräfte war nicht immer unumstritten gewesen, aber dass das Land um jeden Preis nach außen verteidigt werden musste, darin war sich das schwedische Volk bis zum heutigen Tage einig.

Die Frage lautete nicht, *ob* es gezwungen sein würde umzulernen. Sondern nur wann.

Die Wintersonne vergoldete den kleinen Flugplatz. Er setzte sich die Mütze auf und zog sie ordentlich über die Ohren, bevor er die Maschine verließ.

Die Kälte bereitete jetzt Schmerzen.

Der Berg lag in milchigen Dunst gehüllt, und das Flutlicht brannte noch immer, obwohl der Tag bereits angebrochen war. Die Skifahrer waren nicht zu sehen, verschwommene Lichterkränze um die Scheinwerfer und der wie mit Federstrichen gezeichnete Verlauf des Skilifts sorgten für ein nahezu abstraktes Bild vor unserem Fenster.

Im Stimmengewirr des Personalspeisesaals stand Björn und hielt einen sogenannten Gettoblaster über den Kopf, kannte jemand das Gerät?

Es gehört Dunja, rief eine der Russinnen, ich kann es an mich nehmen.

Jelena hatte ihr Apartment neben dem von Dunja, Björn reichte die schwarze Musikmaschine erleichtert an die Russin weiter und trat dann zur Seite, denn jetzt erschien die Hoteldirektorin auf der Bühne, perfekt geschminkt wie immer und das glänzende blonde Haar zu einer modernen Frisur nach hinten gestriegelt.

Heute ist der große Tag, begann sie.

Küchenhilfen und Rezeptionisten, Reinigungskräfte und Büfettdamen, alle verstummten und waren ganz Ohr. Wir wussten ungefähr, was sie sagen würde, aber hörten dennoch zu.

Uns sei selbstverständlich klar, was man von uns erwarte. Nämlich einen ganz besonderen Einsatz, dass wir unsere Fähigkeiten noch übertrafen in Bezug auf den guten Service und ein tipptopp Högfjällshotel – sie erinnerte uns an die stolze Vergangenheit des Hauses. Um diesen Punkt noch weiter zu unterstreichen, wedelte sie mit der Faksimileausgabe der ersten Hotelbroschüre aus den vierziger Jahren.

An der diesjährigen Konferenz würde obendrein eine Reihe hochrangiger internationaler Gäste teilnehmen. Man hatte intensive Lobby-Arbeit geleistet, um unter anderem den amerikanischen General John Whitewall herzuholen, in letzter Zeit durch seine Vermittlungstätigkeit im Nahen Osten bekannt. Außerdem würde der französische General Bisseau erwartet, der einen reichen Erfahrungsschatz aus friedensbewahrenden Einsätzen in Afghanistan und auf dem Balkan vorzuweisen hatte. Diese Männer seien Berühmtheiten, um die man sich auf die beste Weise zu kümmern hatte. Ihr dürft auch die Sicherheit nicht vergessen, mahnte sie.

Am Tisch hinter mir hörte ich jemanden zischen. Vorsichtig drehte ich mich um. Es war Nenad. Als er meinem Blick begegnete, flüsterte er erklärend: Dieser Scheißkerl, von wegen friedensbewahrend, sie weiß nicht, wovon sie redet!

Weißt du, wer er ist?, flüsterte ich zurück. Nenad nickte, ein Satan, kann ich dir sagen. Er wirkte fuchsteufelswild.

Balkan, ja die Sache war klar. Ich musste Nenad wohl im Auge behalten, damit er mit diesem Franzosen nicht kurzen Prozess machte.

All die Ahnungslosigkeit erstaunte mich, nicht einmal die Direktorin schien genügend Fantasie aufzubringen. Anscheinend hielt man Reinigungskräfte nicht für kompetent genug, um überhaupt etwas anderes fertigzubringen, als Toiletten zu scheuern und Fußböden zu saugen.

Sie berichtete weiter von einem anderen Amerikaner, der ebenfalls erwartet wurde, einem Terrorismus-Experten, sowie von einem hohen russischen Tier irgendeiner Art – die Konferenz würde einen internationalen Anstrich erhalten und das Medienaufgebot dementsprechend groß sein.

Jetzt sprach sie vom Mittagessen, dass es wirklich eng werden würde, ganz zu schweigen vom abendlichen Empfang. Sie wusste, dass mehrere von uns Überstunden eingeplant hatten, und dafür zeigte sie sich äußerst dankbar. Besonders angewiesen sei sie auf das Küchenpersonal, nichts sei so wichtig, als dass die Speisen warm auf den Tisch kamen und gut schmeckten. Und die Serviererinnen – würde das Hotel ohne ihre Flinkheit und ihr freundliches Lächeln überhaupt klarkommen? Letzteres klang fast wie ein Befehl. Ich gähnte. Und was ist mit uns, dachte ich automatisch. Allerdings konnte man saubere Böden ja nicht essen, nein das konnte man nicht.

Ich war bereits müde, noch bevor die Sache überhaupt angefangen hatte. In der Nacht hatte ich unruhig geschlafen, Träume über Träume. Ich fühlte mich einsam und niedergeschlagen mitten in all dem Trubel, man war nichts anderes als Fliegendreck. Vom Scheuerlappen zum JAS-Flugzeug, von Schneeflocken zu Generalssternen, vom Reinigungsmittel zu Milzbrand, vom auf den Punkt genauen Toilettenputzen bis zu koordinatengesteuerten Bomben. Die Gegenwart war Schwindel erregend, ich war eine kleine Schuppe auf ihrer Schulter.

Die Chefin hatte den Raum verlassen, und der Geräuschpegel war wieder gestiegen. Björn nahm die Broschüre zur Hand, die sie zurückgelassen hatte. Hast du gesehen?, fragte er und kam an meinen Tisch. Ja, du hast wohl Erinnerungen an diese Zeit, gab ich zur Antwort.

Nicht ich, aber mein Vater, erwiderte er lachend. Er hat die Straße hier hoch mitgebaut und war auch später dabei, er hatte eine Menge zu erzählen.

Wie gern wäre ich da doch sitzen geblieben und hätte Björn zugehört. Aber es waren nur noch ein paar Stunden bis zum Einchecken der Gäste, ich stand auf. Ein andermal, Björn, sagte ich. Tut mir leid, aber ich habe keine Zeit zum Zuhören, muss jetzt los.

Am Anfang streiften wilde Rentiere auf den einsamen Gebirgsheiden umher.

Die erste Sennhütte wurde unten im Tal von Dörflern aus dem weiter abwärts gelegenen Kirchspiel Malung errichtet. Allmählich begannen die Leute zu überwintern, vermutlich wegen der Entfernung, und so wurde die Sennhütte zur ständigen Behausung. Die ersten richtigen Höfe entstanden. Sälen wurde mit der Zeit zu einem ganzen Dorf. Denn im Malungsdialekt bedeutet *sela* die eigene Sennhütte, ein *säliberg* steht für irgendeine Sennhütte und ein *sel* – mehrere davon selen – ist jenes Vorratshäuschen, das meist der Kühlung halber ein Stück in die Erde eingegraben ist und der Aufbewahrung von Milch dient.

Allmählich benötigte das Dorf Sälen seinerseits Sennhütten, wohin man im Sommer mit dem Vieh ziehen konnte, damit es den mageren Weiden im Tal nicht zu Leibe rückte. Daher wurden Sennhütten oben auf dem Fjell angelegt, und diese waren dann mehrere hundert Jahre in Gebrauch.

Laut einer alten Wahrsagung hieß es, dass man draußen in dieser Bergwelt einmal ein Kurhotel anlegen würde, wo die Gäste keinen Brunnen, sondern Wein tränken, dick wie Blut.

Die Jahre vergingen. Eines Tages dann, zu Beginn der dreißiger Jahre, hatte weiter unten im Land ein rühriger Hoteldirektor norwegischer Herkunft die Lage analysiert und einen Entschluss gefasst. Er nahm die schwedische Karte zur Hand. Wo befand sich Schwedens nächstgelegenes schneesicheres Gebiet?

Sein Finger blieb auf dem Transtrand-Fjell haften. Er ging ans Telefon.

Dort gab es Sennhütten, genutzt entsprechend jahrhundertealter Tradition. Ansonsten befinde sich dort nichts anderes als unwegsame Wildnis, erfuhr er.

Was der Mann vorhatte, war äußerst ungewöhnlich. Financiers und Fachleute hoben die Hände.

Zur gleichen Zeit jagte sich der Zündholzkönig Ivar Kreuger eine Kugel durch den Kopf, der Börsenkrach war eine Tatsache. Also – wo konnte unser Mann Kredite herbekommen?

Zu jener Zeit führte die Eisenbahn noch bis nach Sälen hinauf.

Sie kamen in ihren privaten Salonwagen angefahren, Wallenberg und Co., die sehr Vermögenden, die unserem Mann eventuell helfen konnten. Sie sollten diese Weiten mit eigenen Augen sehen und seine Vision verstehen – denn die war nicht schwer zu verstehen. Hatte der rührige Hoteldirektor doch vor, sich genau an ein Publikum jener Klasse zu wenden, der diese betuchten Männer angehörten.

Es war Spätwinter und der Schnee nur schlecht befahrbar. Die illustre Gesellschaft sollte in sechs Schlitten auf den Berg befördert werden, bequem mit Fellen und Kissen ausgestattet. Das

Wetter war schön, aber die Pferde mussten bis zum Bauch durch den nassen, grobkörnigen Schnee stapfen.

Am Köarån kam es zum Halt, denn das Flüsschen war über die Ufer getreten, das schnell dahinströmende Wasser tanzte und hüpfte über Steine und Eiswülste. Würde die ganze Gesellschaft hier umkehren müssen?

In diesem Fall gäbe es keine Kredite. Ganz sicher nicht.

Die Zukunft befand sich in der Schwebe, welchen Weg würde sie einschlagen?

Der erste Kutscher begriff den Ernst der Stunde und entschied den weiteren Verlauf der Geschichte. Zum ersten Mal benutzte er allen Ernstes die Peitsche für sein geliebtes Pferd, das einen kraftvollen Sprung über die gefährliche Passage machte. Der Schlitten legte sich auf die Seite und war nahe daran umzukippen, und Wallenberg lachte, ausgelassen und beeindruckt. Die anderen folgten dem Beispiel des ersten Gespanns, und nach und nach kamen alle glücklich auf dem Berg oben an, wo man Schnaps und warme Würstchen servierte. Die Herren standen in ihren dicken Pelzen in der strahlenden Gebirgssonne und bewunderten die Aussicht. Es war ein Abenteuer, die Wangen glühten genau wie ihre Zigarren. Und in ihrer Brust wärmten immer stärkere Sonnen.

Natürlich würde er seine Kredite bekommen!

Die Armut war groß, und zweihundert Arbeiter griffen dankbar nach der ausgestreckten Hand. Zuerst entstand die Straße. In der nächsten Saison wurde der Baukörper des Hotels in nur neun Wochen hochgezogen, der Frost biss den Arbeitskolonnen schon in die Fersen, aber sie schafften es.

Die Strapazen waren extrem, Kälte, Schneestürme, zuweilen

benötigte man bis zu vierzig Mann, nur um den Weg freizuschippen. Es gab nirgends einen Ort zum Wohnen, und für die Kost war jeder allein verantwortlich. Der Bau wurde in Rekordzeit fertiggestellt.

Ostern 1937 öffneten sich die Tore für die ersten noblen Gäste, denen ein Luxushotel von internationaler Klasse mit Telefon, Bad, Fahrstuhl, Speisesaal, Swimmingpool, Foyers und Bars mit Kaminen und Tanzböden geboten wurde.

Das Högfjällshotel wurde beim Jetset-Volk jener Zeit bald äußerst beliebt. Im Winter widmete man sich tagsüber dem Skifahren und abends dem Billard, Bridge und Tanz. Zur Sommerzeit betrieb man Fischfang und ging zur Jagd auf Hase oder Schneehuhn. Auch Besuche in den exotischen Sennhütten standen auf dem Programm, wo man die Herrschaften mit dicker Biestmilch, belegten Fladenbroten oder Frischkäse bewirtete, hergestellt nach uralten einheimischen Rezepten.

Zum Dinner war ein Smoking obligatorisch für die Herren und ein Abendkleid für die Damen. Alle Gäste des Hotels nahmen zu jener Zeit das Essen gemeinsam ein. Der Direktor selbst stand am Eingang des Speisesaals und hieß sie willkommen. Der Weinkeller war der beste in ganz Dalarna. Lebhafte Konversationen begleiteten die Mahlzeiten. Wenn die Sennhüttenbewohner nur hätten ahnen können, wie sie durch ihren örtlichen Dialekt und ihre provinziellen Bräuche dem Gesellschaftsleben dieser Herrschaften Farbe verliehen, an diesen zauberhaften Abenden mit Wein, dicker als Blut. Am nächsten Tag leitete Weltrekordhalter Arne Borg die Morgengymnastik am Swimmingpool, und die kräftigende Bergluft und die Sonne förderten Gesundheit und Wohlbefinden der Gäste noch obendrein.

Die stolze Geschichte des Hotels ist auch eng mit Flüchtlingen und deren Aufnahme verbunden. Der Gründer des Hotels war Norweger, und Norweger aus den besten Kreisen, dem Königshaus, der Regierung und dem Reichstag kamen 1940 vom neunten April an ins Hotel geströmt. Sie wurden gut aufgenommen, und der Hoteldirektor persönlich kümmerte sich um die Aufbewahrung der Wertsachen im Safe des Hauses.

Flüchtlinge anderen Rangs wurden in den Sennhütten aufgenommen, wo sie eine Freistatt erhielten und sich auf Matratzen und Kissen ausruhen konnten, die mit duftendem Bergheu gestopft waren, bevor sie weiter ins Land hinein zogen.

Norwegen war okkupiert. Schweden war in Gefahr. Jenseits der Grenze, in Nybergssund, regnete es Bomben über den norwegischen König, und alles, was ihm an Verteidigung zur Verfügung stand, war ein Zivilist mit einem Gewehr. Schwedens Flanke lag offen.

Alle hatten Angst. Ein Gerber und ein hiesiger Kaufmann beschafften ein Maschinengewehr und installierten eine Flugabwehr mitten in Malung. Denn der Verteidigungswillen war stark. Die meisten Flüchtlinge wurden aufgenommen. Vielleicht war man ja bald selbst an der Reihe. Das Volk hatte um diese Sache nicht gebeten, das Volk duckte sich und versuchte die Krisenzeit zu bewältigen. Die Grenzbevölkerung teilte das Wenige, was sie besaß. Das Luxushotel empfing die Oberschicht, in den Sennhütten fanden normale Menschen vorübergehend Zuflucht, und fliehen mussten viele, als der faschistische Wahnsinn schon ungeduldig vor unserer eigenen Tür stampfte.

Auf der anderen Seite des Fjells lag besetztes Land, nichts war entschieden. Schweden war für den Feind vielleicht nur ein Kinderspiel?

Wälder und Berge, die Wildnis gab allen Schutz, die fliehen mussten, egal, wer sie waren.

Ich hatte zum zweiten Mal das Hausdamenkleid angelegt und hielt einen Blumensprüher in der Hand, als ich mich diskret in der Lobby bewegte, wo ich mich um die großen Pflanzeninseln kümmerte, die man dort platziert hatte. Mein eigentliches Anliegen war jedoch ein anderes. Die Rezeption hatte mich gebeten, in der Nähe zu bleiben, sie schafften es nicht, wenn die Massen erst hereinströmten, ich wurde gebraucht, um den Leuten zu zeigen, wohin sie sollten.

Die ersten Gäste waren bereits eingetroffen, und ich hatte sie zum Gepäckraum, zur Garderobe, zu den Toiletten und dem Mittagsspeisesaal gewiesen.

Zwei Schüler waren damit betraut, die Sachen an der Garderobe entgegenzunehmen. Sie bewältigten ihre Aufgabe zur Zufriedenheit. Ich fragte mich, wer die Gäste waren, Männer und Frauen in meinem Alter, sie sahen nach nichts Besonderem aus, vielleicht waren sie Politiker?

Ich hatte große Blockkerzen in dem grandiosen Kamin aus

Älvdalsporphyr angezündet, und am Empfangstresen bot man Konfekt in farbig glitzernder Folienverpackung an – die Lobby war einladend, obendrein minutiös gesäubert.

Eine Gruppe der Organisation *Volk und Verteidigung* war am Vorabend eingetroffen und beschäftigte sich jetzt eifrig an einem langen Tisch. Ich hatte ihnen ein gedecktes dunkelblaues Tischtuch besorgt. Auf diesem reihten sie Stapel mit Material auf, von dem erwartet wurde, dass die Konferenzteilnehmer danach griffen. Eine große, blonde Frau mit Seidentuch schien diejenige zu sein, die alle Teilnehmer auf einer Liste abhaken sollte. Sie nahm Namensschilder heraus und legte sie in alphabetischer Reihenfolge auf die blaue Decke.

Hohe Stapel des Tagungsprogramms wurden aufgeschichtet. Ich ging unter einem Vorwand am Tisch vorbei und stellte fest, dass dort auch Teilnehmerverzeichnisse lagen. Ich nahm eins in die Hand und blätterte darin, und das Personal schien nichts dagegen zu haben.

Viele Leute und viele vornehme Titel, Generalleutnant, Oberregierungsrat, Regierungspräsident, Sachverständiger, General, Oberst, Ministerialdirigent, Professor, Botschafter, du lieber Himmel. Inspektor vom Materialamt der Streitkräfte, Generalmajor, Kapitän zur See, Konteradmiral und Fregattenkapitän, mir schwirrte der Kopf. Journalist, Ombudsmann, Direktor, Landeschefin der Zivilen Fahrbereitschaft, Reichstagsabgeordneter, Militärattache, ich musste mich wohl daran gewöhnen. Der Gebrauchshundeklub und das Rote Kreuz waren die Einzigen, bei denen ich mich einigermaßen zu Hause fühlte. Zum Glück musste ich mich mit keinem von diesen Menschen unterhalten, jedenfalls nicht über ernsthafte Dinge.

Der Bus war noch nicht eingetroffen, aber immer mehr Leute

stampften den Schnee von den Füßen und traten durch die Tür, im Visier die Rezeption, wo sich allmählich eine kleine Schlange bildete. Die Zimmer würden, wie mitgeteilt, nicht vor vierzehn Uhr zugänglich sein, aber alle wollten dennoch einchecken und ihre Schlüssel erhalten. Das Mittagessen stand bereit, hieß es, und nach und nach begaben sich die Teilnehmer in diese Räume.

Ich sah Izzadin in voller Skooterausrüstung die kurze Strecke zwischen Hoteleingang und Kongresshalle mit Sand bestreuen. Der Boden in der Lobby war spiegelblank nach der Bearbeitung durch seine Poliermaschine. Die Gäste wussten sicher nicht, dass sie als Erstes palästinensisches Gebiet betraten, dachte ich amüsiert.

Dunja durchquerte das Foyer, bekleidet mit ihrer üblichen Arbeitsbluse und dazu Jeans, trotzdem sah sie wie immer unverschämt gut aus. Als sie mich bemerkte, hellte sich ihr Gesicht auf, und sie machte eine Geste der Anerkennung, meine Kleidung betreffend. Steht dir nicht gerade schlecht, flüsterte sie übertrieben artikuliert und grapschte sich das Teilnehmerverzeichnis, lass mal sehen!

Guck mal, was für eine Menge Ausländer, sagte ich, das da ist wohl der Franzose, den die Chefin heute früh erwähnt hat. Richtig, du warst ja nicht da, hast du übrigens deinen Rekorder zurückgekriegt?

Sie schaute hastig zu mir hin, ja sicher, antwortete sie. Ich hatte den mal zur Arbeit mit, wollte nur ein bisschen Musik hören.

Einen großen Gettoblaster? Aber das war wohl okay, nahm ich an, sie wusste schon, was sie tat.

Nenad kannte seinen Namen, fuhr ich deshalb fort, er wusste, wer dieser Franzose war, aber er schien ihn nicht gerade zu mögen, weißt du auch, wer das ist, er ist ja wohl auf dem Balkan gewesen. Dunja schüttelte den Kopf und blätterte weiter.

Jetzt fuhr ein Taxi vor den Drehtüren vor. Die Chefin vom Landeslottaverband!, rief jemand am Listentisch.

Die Chefin der Lottas, des freiwilligen militärischen Frauenhilfsdienstes, war groß und prägnant in ihren Bewegungen. Sie war überraschend jung und hatte kurzes, schwarz gefärbtes Haar, das kerzengerade in die Höhe stand, auch ihre Kleidung hatte einen jugendlichen Schnitt.

Weitere Frauen folgten, älter als ihre Leiterin und alle irgendeine Art von Lotta. Sie wirkten fröhlich und erwartungsvoll.

Dunja eilte weiter in die dritte Etage, die bald fertig sein musste.

Plötzlich tauchte Bergius aus dem Nichts auf und mit ihm ein paar der jungen Männer, die zu seinem Stab gehörten. Der Grund dafür kam gerade angefahren, nämlich der Bus vom Flughafen in Mora. Bergius stellte sich in die Nähe des Tisches mit dem Konferenzpersonal, während sich die Männer im Raum verteilten. Einer von ihnen war dick angezogen und verschwand nach draußen hinter den Bus, der jetzt angehalten hatte und dessen Türen sich öffneten.

Bergius sah respektgebietend aus. Ich dachte, dass Björns Urteil über ihn wohl doch recht glaubhaft war, in seinen jüngeren Jahren konnte er durchaus ein Leuteschinder gewesen sein, der seine Männer schikanierte, nur um sich selbst herauszustreichen. Mein erster Eindruck, der positiv gewesen war, hatte sich geändert.

Der Busfahrer stieg aus und öffnete die Gepäckluken, und die Leute begannen den Bus zu verlassen. Der Sicherheitsbeamte, der nach draußen gegangen war, tauchte vor dem Bus auf, grüßte jemanden im Fahrzeug und kam dann zurück in die Lobby.

Die Fahrgäste fluteten herein und begannen sich vor der Rezeption zu drängen. Ein paar begaben sich direkt zum Listentisch und bekamen dort ihre Namensschilder. Ich selbst musste mich sputen, um beim Transport der Koffer in den Gepäckraum zu helfen. Auch die Schüler in der Garderobe bekamen alle Hände voll zu tun, aber sie lächelten dennoch und blieben höflich, ich war zufrieden mit ihnen.

Die Prominenten unter den Gästen gingen die Sache ruhig an, sie blieben draußen stehen und rauchten oder schlenderten ohne Eile herein. Ich erkannte mehrere führende Politiker und auch diesen und jenen, der zuweilen in den Nachrichten auftauchte, einige vermutlich irgendwelche Experten und sicher etliche Militärs, bei den meisten hatte ich Schwierigkeiten, sie unterzubringen. Sie waren alle jenseits der fünfzig, wirklich kein Wunder, bis man so weit auf der Karriereleiter gekommen war, hatte man schon einige Jahre auf dem Buckel.

Die Männer waren in der Mehrzahl, diese aber war dennoch nicht so überwältigend, wie ich geglaubt hatte, es hätte schlimmer sein können.

Die militärische Fasson war in gewissen Fällen deutlich sichtbar, obwohl alle in Zivil waren. Ein ernst aussehender Mann um die fünfundfünfzig bewegte sich militärisch, kerzengerade im Rücken und ein wenig steif und reserviert. Sein höchst ziviler Mantel war militärgrün, und sobald er durch die Tür getreten war, strich er sich reflexartig die Mütze vom Kopf, was mich beeindruckte. Ich fand, es wirkte so vornehm, viel zu wenige zeigten heutzutage ein solches Verhalten. Der Mann sah keinesfalls schlecht aus, aber sein Gesicht hatte einen schwermütigen

Ausdruck, warum diese Niedergeschlagenheit, wenn du hier im Hotel wohnen darfst und all das?

Irgendwie wirkten seine Ohren komisch, sie waren missgebildet – oder deformiert worden? Unter dem Mantel trug er ein makellos weißes Hemd und einen grauen Anzug. Er nickte dem Konferenzpersonal zu und erhielt sein Namensschild. Dann ging er mit kraftvollen Schritten zur Garderobe und gab seinen Mantel ab.

Die Landespolizeipräsidentin erkannte ich hingegen wieder, ihre elegante Erscheinung führte in der Lobby gewissermaßen zu einer Verdichtung der Menschenmenge, oder waren es die Sicherheitsbeamten, die jetzt tätig wurden? Sie winkte dem Konferenzpersonal fröhlich zu, während sich eine Öffnung zum Rezeptionstresen bildete. Das Gemurmel wurde lauter. Ein durchtrainierter Herr schien dort vorn das Kommando zu übernehmen, und sie bekam ihren Schlüssel anscheinend sofort, vor all den anderen. Offensichtlich waren die Bombenhunde im obersten Geschoss mit dem Schnüffeln fertig.

Auch den Oberkommandierenden erkannte ich wieder. Sein schwarzer Bart und seine lange dünne Gestalt konnten niemandem entgehen, obwohl er weniger Aufsehen erregte als die Polizeipräsidentin. Anscheinend waren auch die Sicherheitsmaßnahmen um ihn herum nicht genauso aufwändig. Sein Auftreten war überschwänglich positiv, er reichte Leuten die Hand und begrüßte alle, auch der Mann mit den deformierten Ohren wurde einbezogen. Er grüßte gemessen zurück, und ich bemerkte, dass er wegschaute. Umso mehr lachte der Oberkommandierende über einen seiner eigenen Scherze, die Stimmung in der Lobby kam mir jetzt angestrengter vor, wie stand es eigentlich um seine soziale Kompetenz?

Ich selbst versuchte mich zu beeilen, ohne gehetzt zu wirken, freundlich wies ich Leuten den Weg, während ich hier und da mit anpackte bei Koffern und zusammengeschnürten Skiern. Im Kopf ging ich die Liste durch. Ja, alles war an Ort und Stelle, und die Arbeit lief, wie sie sollte. Die VIP-Räume hatte ich allesamt persönlich kontrolliert, und ich vertraute darauf, dass es Dunja geschafft hatte, die Apartments zu überprüfen.

Jetzt kam die Verteidigungsministerin, im eigenen Wagen und offenbar mit eigenem Sicherheitspersonal, drei Männern mit Kabeln hinter den Ohren. Sie wirkte befreiend natürlich, gekleidet in Rock und Mantel, und die Stimmung in der Lobby hellte sich spürbar auf. Sie würde ihre Suite nur diesen Tag über benutzen. Die Mädels an der Rezeption verhielten sich äußerst professionell.

Muhammad stand hinter einer Ecke, plötzlich spürte ich seine Energie. Er betrachtete die Gesellschaft an dem erleuchteten Tresen. Seine Augen, ich fand, sie wirkten wie erloschen, was war mit ihm? Geldsorgen natürlich, ja so was konnte auch den Stärksten fertigmachen. Und dass er Muslim war, einer aus dieser verfolgten und gehassten Gruppe. Aber was dachte er wohl, wenn er unsere Verteidigungsministerin sah, eine Frau und dazu noch im kurzen Rock? Empfand er Verachtung, hielt er sie für eine Hure? Empfand er Verachtung für ein ganzes Land, das sich nicht zum rechten Glauben bekannte und das obendrein eine Frau auf dem Posten des Verteidigungsministers hatte – die zu allem Übel noch die Beine zeigte? Ich konnte nicht behaupten, dass ich weniger voreingenommen war als andere, und stellte mir also diese Fragen. Gleichzeitig tat er mir auch leid, so allein wie er war, arm und die Frau tot. Aber wenn er sie nun selber erschlagen hatte? Von so was hatte man schließlich gelesen. Ja, was konnte er eigentlich anderes tun, als seine Würdegloriole zu polieren und insgeheim die ganze Welt zu verachten. So wie er von dieser verachtet wurde.

Jetzt zog er sich fast unmerklich zwischen die Schatten zurück und verschwand – um hoffentlich das Wäschereiauto zu beladen.

Die muntere Gesellschaft vorn an der Rezeption unterhielt sich weiter und zog dann lachend in Richtung Restaurant davon.

Auf der glänzenden Oberfläche des Bodens wurde die illustre Prozession reflektiert, schwebte wie bewegliche Stalaktiten an einem porphyrharten Himmel.

Die Luft in der Lobby ließ sich mit Messern schneiden. So viel unterdrückte Spannung und Aggression auf so engem Raum! Man hätte nur ein Streichholz daranhalten müssen, dann wäre alles explodiert. Er sah die Blicke, alle mussten sie sehen, die verstohlenen Blicke in Richtung jener, die höheren Rangs waren. Und diese nichts sehenden Augen, gerichtet auf jene, die tiefer standen. Er sah alles so deutlich, jetzt, wo er die eigene Position nicht länger bewachen musste, wo er nichts mehr zu verlieren hatte.

Nicht einmal die Sicherheitsleute vermochten ihren Blick so zu steuern, wie es die Situation verlangt hätte. Er registrierte, dass sie den Gesichtsausdruck ihrer Oberen öfter studierten als den Ausdruck im Gesicht der Umherstehenden, es war ihnen mehr daran gelegen, zu Willen zu sein, als dafür zu sorgen, dass kein Irrer ihren Schutzbefohlenen zu nahe kam.

Denn woraus konnten sie schließen, dass sich nicht irgendein Verrückter unter die Teilnehmer der Landeskonferenz *Volk und*

Verteidigung gemischt hatte? Die Wirklichkeit war unberechenbarer als jedes erfundene Szenario. Die Wirklichkeit war voller Humor, wenn man diese Sichtweise anlegte.

Bergius, du alter Fuchs!

Bergius kniff die Lippen zusammen, tat, als sehe er ihn nicht. Brauchst nicht solche Angst zu haben, ich werde nichts verraten, du bist nur ein kleiner Fisch, Bergius, es ist mir egal, was du für Pläne hast. Du hast dich auf eine sicherere Eisscholle hinübergerettet, vermutlich hast du damit ganz recht getan. Leistest deinen Dienst jetzt unter der schönsten Landespolizeichefin der Welt, wirklich nicht schlecht. In deine Branche wird investiert, für dich persönlich ist der Terrorismus ein Glückstreffer. Einzelne Verrückte sind jedoch nicht die wahre Bedrohung, sondern es sind jene, die an die Macht wollen. So ist es schon immer gewesen, seit der Mensch in organisierten Staaten lebt. Das nennt man nicht Terrorismus, das nennt man Krieg.

Krieg und Terrorismus waren nicht dasselbe, doch genau wie immer, wenn der Kaiser nackt war, wurde als Erstes die Sprache entkleidet, um den Leuten Sand in die Augen zu streuen.

Als sein eigener höchster Chef Einzug hielt, hatte er selbst es noch nicht geschafft einzuchecken.

Die Körpergröße des Oberkommandierenden war irritierend, weil man so stets gezwungen war, zu ihm aufzublicken, doch noch irritierender war sein Mangel an Würde, dass er ständig scherzen musste, ohne im Geringsten lustig zu sein. Je angespannter die Situation, desto lauter die Späße. Sie wussten schließlich beide, was sie voneinander hielten, dennoch war er jetzt gezwungen, diesem Mann die Hand zu schütteln, den er an den einzigen Ort jagen könnte, wollte und würde, wo er es verdiente zu sein. Der Oberkommandierende spürte die Animosität, aber lachte nur noch schallender. Es war demütigend.

Vieles war demütigend. Etwa dass das Land jetzt für die Ausbildung von Militärs eines anderen Staates, nämlich aus Holland, freigegeben wurde. Ein holländischer Eliteverband sollte hier ein einwöchiges Spezialtraining erhalten, ohne dass seines Wissens auch nur ein einziger schwedischer Militär anwesend war.

Ein freundlich gesinnter Staat, ja sicher. Aber warum diese extreme Gastfreundschaft? Als ob es keine Grenze zwischen den Nationen gäbe.

Ein Bauleiter, der das bestellte Haus nicht errichten konnte, weil das Material gestohlen oder verkauft worden war, würde natürlich die Arbeit verweigern. Aber in Bezug auf die Landesverteidigung sollte man so tun, als würde sie ausgeübt, obwohl man es nicht konnte und vielleicht nicht einmal mehr wollte.

Die Menschen in dieser Lobby waren lediglich eine pathetische Schar. Wie viele gab es denn noch, die wie er adäquate Kenntnisse darüber besaßen, wie man ein Land verteidigte? Er gehörte zu einer aussterbenden und verachteten Spezies. Heutzutage sollten Krethi und Plethi, vor allem Politiker und verschiedene Interessengruppen das Ihre dafür tun, Fundament um Fundament aus den Angeln zu heben, umzustoßen, abzureißen und zu entsorgen. Die Zerstörung war nicht das Werk eines einzelnen Mannes, nicht mal das einer einzelnen Partei, es war im Einvernehmen erfolgt, geschah aber auch schleichend, clever und halb im Geheimen, obwohl an der Oberfläche alles untadelig erschien.

Doch gab es Personen, die eine größere Verantwortung als andere trugen, und es gab Personen, die bewusst mitwirkten, verwalteten und verwüsteten.

Niemand wagte aufzubegehren, alle hielten den Mund in der Hoffnung, nicht selbst mit weggespült zu werden.

Wenige besaßen so viel Kampferfahrung wie er selbst. Wenige wussten, wozu sie in der Lage waren, ob sie den Ansprüchen genügten, falls es wirklich darauf ankam.

Er selbst war bereits gewogen, er kannte seine Verantwortung.

Die niemand sonst zu übernehmen wagte.

Die Musik drang ins Foyer vor der Kongresshalle hinaus, drinnen auf dem Podium spielten drei regionale Talente auf der Geige und stampften den Takt dazu, irgendeine Art Hüpftanz oder eine Polka, in Kürze sollte die Veranstaltung eröffnet werden, und die Leute strömten an mir vorbei zu ihren Plätzen. Das Podium war mit Blumen und Fahnen dekoriert, der EU-Fahne und der schwedischen Fahne, und außerdem mit einer Anzahl Dalapferde größeren Formats. Auf einem riesigen Projektionsschirm stand in mächtigen Lettern *Volk und Verteidigung – ein Europa des Friedens und der Freiheit 2005*. Ein Rednerpult sowie ein Tisch mit Mikrofonen vor den Plätzen ergänzten die Szene.

Ich war rechtzeitig vor Ort gewesen und hatte den Arrangeuren im Foyer beim Aufstellen großer Tische behilflich sein können, auf denen die verschiedenen Organisationen ihr schriftliches Material auslegen wollten. Aus einer Kammer hinter dem Podium hatte ich weitere Kleiderständer herbeigeschafft, damit die Konferenzteilnehmer nach dem kurzen Spaziergang vom Hotel ihre Mäntel aufhängen konnten. Das Foyer war weiträumig, und es bestand kein Grund, mit diesem einfachen Service zu geizen.

Jetzt grübelte ich darüber nach, wie ich die beiden restlichen Tische am besten eindecken konnte, damit das Kaffeetrinken in der Pause so effektiv wie möglich ablief und die Leute nicht Schlange stehen mussten. Das junge Frühstücksmädel, das ich zu meiner Hilfe bekommen hatte, stand gelangweilt am Tisch herum, und vielleicht war das am besten so, ich wusste ja selbst noch nicht genau, wie ich das Ganze organisieren wollte.

Die meisten hatten jetzt ihre Plätze eingenommen, und die Musik verstummte. Ich blickte in den Saal – überwiegend Männer und ihre Kleidung überwiegend dunkelblau.

In der plötzlichen Stille war das brummende Geräusch eines Hubschraubers deutlich zu vernehmen. Ein Raunen ging durch den Saal. Das ist Whitewall, hörte ich jemanden sagen. Bewegung entstand am Eingang, dem Eingang, der wirklich einem Gang glich, vom Schnee matschig und nasskalt, Windfang und Schleuse zwischen dem trockenen kalten Außenklima und dem Inneren dieses großen, ursprünglich provisorischen Riesenzelts, das zur festen Einrichtung geworden war, nachdem man die Baugenehmigung erhalten und einen ordentlichen Fußboden hineingelegt hatte. Am Eingang war das zunächst provisorische Arrangement noch zu erkennen, man hatte eine mit derben Noppen versehene Plastikmatte auf den Asphalt gelegt, wo jetzt mit Sand vermischter Schnee langsam schmolz. Zur Zeit standen dort im Gang ein paar Männer mit dünnen Kabeln hinter den Ohren. Ihre Blicke waren nach draußen gerichtet.

Der amerikanische General legte einen blitzschnellen und effektvollen Auftritt hin. Plötzlich stand er einfach im Foyer, auf seinem ordentlich frisierten kreideweißen Haar schmelzende Schneeflocken. Nachdem er die für den Ort und das Klima zweckmäßige Außenbekleidung rasch abgelegt hatte, betraten er und sein Team die Kongresshalle. Hier und da erklang Applaus.

Die Eröffnung nahm ihren Anfang. Die Sprechanlage war außerordentlich gut, ich würde jedes Wort verstehen, das man dort drinnen sagte.

Der Chef von *Volk und Verteidigung* eröffnete die Konferenz und richtete sofort ein paar englische Begrüßungsworte an den eminenten Gast. Danach übernahm die Person, die während der Konferenztage den Vorsitz innehaben sollte, die Leitung. Wie sich zeigte, besaß sie die einzigartige Fähigkeit, mit wenigen Worten für gute Stimmung zu sorgen, ein trockener Scherz ganz nebenbei, die Leute lachten, und plötzlich war die Konferenz im Gange. Der Vorsitzende übergab an den Amerikaner.

Ich wusste doch, dass ich etwas vergessen hatte. Schnell winkte ich das junge Frühstücksmädel heran und bat sie, Servietten zu holen. Aber sonst war wohl alles da, sogar Zitrone für die Teetrinker.

Er redete von rma und SA, und nach einer Weile verstand ich, dass *Revolution in Military Affairs* gemeint war. Na so was, wo ich doch immer gedacht hatte, Militärs seien konservativ. Offenbar änderten sich die Zeiten, jetzt ging es wahrhaftig um Revolution. Und um eine *Situation of Awareness*, ja das wurde ganz sicher gebraucht, also dass man auf der Hut war in nahezu jeder Situation, so wie die Welt heutzutage aussah.

Der Amerikaner bekam herzlichen Beifall. Ich hatte nicht besonders viel verstanden, andererseits hatte ich aber an die fünfzig

Kaffeetassen mit Untertassen aufgestellt, die Henkel alle in dieselbe Richtung, auch das musste erst mal erledigt werden.

Jetzt war die Verteidigungsministerin an der Reihe, und das Frühstücksmädel kam zurück mit einem ganzen Berg Servietten. Würden wir es schaffen, die alle zu falten? Ich forderte sie zum Wettkampf auf, sie lächelte zur Antwort, und wir legten los.

Die Verteidigungsministerin machte einen gescheiten Eindruck, und sie sagte gute Sachen. Mein Problem war nur, dass ich immer dem letzten Redner zustimmte, ich war leicht zu überzeugen und fand meistens, dass alles, was gesagt wurde, gut klang. Ihre Rede handelte von Einsatzkommandos und friedensbewahrenden Einsätzen in anderen Ländern. Deren Anzahl die Tendenz hatte, immer größer und größer zu werden. Wie konnten wir uns das leisten? Aber sie wusste ja wohl, was sie tat, man musste seinen gewählten Politikern vertrauen. Die Neutralität war unumstößlich, sagte sie, und damit war ich zufrieden.

Sie sprach lange, die Leute saßen still auf ihren Plätzen und lauschten. Manchmal warf sie einen Satz auf Englisch ein, eine Höflichkeitsgeste gegenüber dem amerikanischen Gast. Aufgrund der zusammenhängenden Wirtschaft, erklärte sie, erstrecke sich der Schutz der verschiedensten Interessen jetzt über die nationalen Grenzen hinaus, und dass sie selbst für ein freies, demokratisches Europa eintrat, so viel verstand ich. Und für ein freies neutrales Schweden, soufflierte ich im Stillen. Das eigene Land war ja wohl die wichtigste Aufgabe der Landesverteidigung? Das Telefon an meiner Hüfte surrte leise.

Es war Maja. Ich freute mich, obwohl die Situation keine längeren Erläuterungen zuließ. Sie dankte für gestern und sagte, dass sie nun ausgeschlafen sei und sich besser fühle. Wann hätte ich frei? Könnten wir uns da nicht etwas einfallen lassen, egal was? Übrigens könnte ich mir vielleicht vorstellen, das Auto noch einmal zu verborgen? Viktoria ging es besser, Maja hatte die Erlaubnis erhalten, sie zu einem kürzeren Urlaub mit aus der Einrichtung zu nehmen, und wenn das gut lief, würde es öfter und auch länger möglich sein. Sie atmete geräuschvoll, froh und erregt.

Auch mir wurde warm ums Herz, Maja hatte sich einen Spaltbreit geöffnet und mich eingelassen! Nie zuvor hatte sie die Tochter überhaupt beim Namen erwähnt. Sicher würde sie sich bei mir als loyaler Zuhörerin bald alles von der Seele reden, und ich würde sie trösten und erklären, dass sie aufhören müsse, sich selbst Vorwürfe zu machen wegen dem, was damals vorgefallen ist.

Natürlich kannst du das Auto haben, flüsterte ich, Mittwochnachmittag bin ich wieder zu Hause.

Wir kamen überein, uns für diesen Tag etwas vorzunehmen, etwas, das uns aufmunterte, auch wenn es mitten in der Woche war. Samstag und Sonntag würde sie dann wieder nach Säter fahren.

Die Leute begannen aufzustehen! Hastig beendete ich das Gespräch und stellte mich an den Tisch. Meine junge Assistentin stellte sich an den zweiten, wir wechselten einen Blick und begannen dann mit dem Einschenken.

Der Kaffeedurst war groß und die Intelligenz der Leute nicht gerade beeindruckend, denn keiner rührte sich vom Fleck, nachdem er seine Tasse und seinen Kuchen erhalten hatte, weshalb die später Kommenden nicht bis zu uns vordrangen. Es war unangenehm, die Leute unentwegt bitten zu müssen doch weiterzugehen. Ich versuchte auf irgendeinen militärischen Befehl zu kommen, der als Scherz funktionieren konnte, aber mir fiel nichts ein. Am Ende bat ich die Gäste, beiderseits des Tischs Schlangen zu bilden, und da ging es etwas schneller, auch wenn ich mich selbst so klein wie möglich machen musste, um nicht beiseitegestoßen zu werden.

Prominente, Halbprominente und gar nicht Prominente mischten sich miteinander und verteilten sich allmählich über das ganze Foyer. Ich sah, wie jemand für den amerikanischen General Kaffee holte, die Verteidigungsministerin aber stellte sich brav an der Schlange an. Um mich herum wurde geredet, laut und leise, über die Fahrt, die Außenpolitik, die Straßenverhältnisse, wie es mit der Tochter stand, über das Pferd, über Krankheiten und Urlaubsziele. Dann hörte ich jemanden von dem französischen Gast sprechen, dass er offenbar bereits eingecheckt hatte, aber das wüssten die Verantwortlichen ja bestimmt. Er konnte sogar mit demselben Hubschrauber wie der Amerikaner gekommen sein.

Nach der turbulenten Pause, in der unser Kaffee zum Glück ausgereicht hatte, waren die Politiker an der Reihe, ihre Reden zu halten.

Ein einheitliches Prasseln ertönte, ich schaute in den Saal. Wie auf ein gegebenes Zeichen blätterten die Versammelten alle gleichzeitig um. Die Reden waren bereits gedruckt, erwies sich da, so stand es also mit der Spontaneität. Doch das Auditorium war jedenfalls auf Zack und ging mit. Mehr Pech hatte Redner Nummer zwei, der seinen Manuskriptpacken fallen ließ, der offensichtlich nicht nummeriert war. Alles geriet durcheinander. Als er am Ende der aktuellen Seite angekommen war, fuhr er mit der nächsten fort, was falsch war. Und auch beim nächsten Mal lief es falsch. Am Ende skandierte das Publikum mit tiefer Bassstimme die Worte, die im Anschluss zu folgen hatten. Alle lachten, ich auch. Ich sah, dass einer im Publikum sich erbarmte und dem Mann eine geheftete Rede reichte, und so konnte auch dieser Redner glücklich zu Ende kommen.

Ich fand, alle hatten in ihren Reden etwas Entscheidendes zu sagen, angefangen von den Rechten bis zu den Linken. Aber aus der Zeit mit Jan wusste ich, dass die wirklichen Schwerpunkte in dem lagen, was verschwiegen wurde. Man musste in dem suchen, was ausgeschlossen wurde, wenn man die wahren Standpunkte erfahren wollte.

Schwedens Neutralitätspolitik wurde kritisiert, sie existiere doch gar nicht mehr, warum höre man nicht mit der Heuchelei auf?

Schwedens Neutralitätspolitik sei unumstößlich und bilde das Fundament; das dem internationalen Renommee des Landes zu Grunde liege.

Renommee sei nicht mehr das richtige Wort nach der skandalösen Abrüstung, in deren Folge unser stolzes Erbe aus der Zeit Hammarskjölds und Palmes nunmehr veruntreut sei, denn wer kümmere sich um ein Land, das seinen Worten keine Kraft verleihen könne.

Das Problem seien die ewig Gestrigen, die nicht begriffen, dass eine neue Zeit angebrochen sei, wo die Grenzen fließend waren und die Wirtschaft der Länder unwiderruflich zusammenhing. Nun ginge es um Demokratie, die müsste verteidigt werden, unabhängig von nationalen Grenzen.

Demokratie für einige ja und auch nur in gewisser Weise, wie wäre es, wenn man erst mal vor der eigenen Tür fegen würde, bevor man andere schulmeistere? Waren übrigens unsere jungen Burschen wirklich bereit, ihr Leben zu riskieren, um auf fremdem

Boden irgendeine Räuberbande zu stoppen, sollte sich die Verteidigungsbereitschaft wirklich so weit erstrecken?

Was die Verteidigung angehe, könne man ja damit anfangen, die Anlage von Wärmequellen auf der Grundlage fester Brennstoffe zu initiieren, anstatt diese zu verbieten, eine terroristische Attacke genügte und schon wäre die Stromversorgung außer Funktion – sollten wir auch noch erfrieren?

Es war nichts auszusetzen am Tempo der Beiträge, die unterhaltsam und auch sarkastisch waren. Ich gab den Rednern allesamt recht, während ich Servietten vom Boden auflas und vergossene Milch wegwischte.

Da die wichtigen Namen bereits das Ihre mitgeteilt hatten, waren die Zuhörer undisziplinierter geworden, das Rein und Raus nahm immer mehr zu, und das Obst ging zu Ende, die Wasserkaraffen leerten sich, ich hoffte, dass die Sache bald überstanden war.

Es regnete Plastikstückchen. Ich schaute nach oben.

Auf einem Stahlträger unter dem Polyesterdach hing Björn. Er winkte und warf Handküsse – und Plastikstückchen, kleine Kabelfetzen und Teile von Verbindungsdosen.

Niemand bemerkte ihn außer mir. Er hingegen konnte alle beobachten. Ich blickte umher und sah die knallharten Männer mit ihrem Kabel hinterm Ohr, ausdrucksvoll wie Schaufensterpuppen und total auf der Hut in alle Richtungen.

Doch nicht in wirklich alle.

Hinter den präparierten Pisten setzte die Wildnis überraschend schnell ein. Vereinzelte Skooterspuren, sonst nur sturmgebeugte Bäume, die sich unter ihrer Schneehülle duckten. Der Fahrtwind pfiff, und die Kufen knirschten, die Hunde hechelten geduldig, und ihre Pfoten rissen kleine Wölkchen aus der Spur, der er folgte. Obwohl sie ihn nicht kannten, gehorchten sie ihm vom ersten Augenblick an, und der Leithund verstand all seine Befehle.

Sie brauchten das, sie brauchten es, in Anspruch genommen zu werden, zu ziehen, zu arbeiten und ihrem Herrn zu folgen. Eine Armee musste gebraucht werden, sonst bestand die Gafahr, dass die ständige Untätigkeit nach innen wirkte und an den eigenen Kräften zu zehren begann.

Heterothermie hieß das Phänomen, das die Tiere befähigte, über lange Zeit starke Kälte zu ertragen. Sie erfroren sich nicht die Pfoten, die Schnauze oder Ohren, weil das Blut die Wärme wechselte, bevor es zu den Gefäßen ganz außen gelangte. Das Blut zirkulierte wie gewöhnlich, aber jenes, das zum Herzen zurückkehrte, war von so niedriger Temperatur, dass ein Menschenherz vermutlich stehen geblieben wäre. Das Herz des Polarhundes jedoch fühlte sich wohl durch die Belastung. Optimistisch wedelten sie mit dem Schwanz, jetzt waren sie ganz in ihrem Element.

Er brauchte die Berge, große Weiten und frische Luft, das hatte er gemerkt, sobald der Oberkommandierende auf der Bildfläche erschienen war. Direkt nach dem Mittagessen zog er sich um und mietete ein Gespann. Es war nicht das erste Mal, er mochte es, mit Hunden zu arbeiten. Deren psychische Eigenschaften waren oft ehrlicher und angemessener als die des Menschen.

Die Männer aus der Provinz Dalarna hatten immer dem Vaterland gedient, auch dann, wenn es den Beschlüssen der Obrigkeit einmal zuwiderlief. Es war nur recht, dass die Schändlichkeit hier, tief drinnen in Dalarna, im Grenzgebiet zu Norwegen, vergolten werden sollte. Hier, in der armen Gebirgsgegend, wo die Aushebung von Soldaten noch brutaler erfolgt war als im restlichen, dem Vaterland ohnehin sehr ergebenen Dalarna. Als Grund dafür, dass dieser arme Landstrich so viele kriegstaugliche Männer hatte opfern müssen, war angegeben worden, dass der Boden so unfruchtbar und die Gegend so arm war, dass die Männer daheim ohnehin nicht gebraucht wurden.

Am 30. Juni 2000 war die Fahne zum letzten Mal eingeholt worden, und die 375-jährige Geschichte des Regiments war beendet. Schwedens Streitkräfte wollten die Loyalität der Männer Dalarnas nicht länger haben. Weil diese unbeirrbar war. Genau wie seine eigene, obwohl er nie in Dalarna gedient hatte.

Unter Freunden würde sein Nachruf ehrenvoll ausfallen, das wusste er. Man würde sie beiseitenehmen und es ihr sagen. Dass er seinen Idealen nie untreu geworden ist, niemals.

Er durfte jetzt nicht an sie denken.

Das Wort wenn war ein gefährliches Wort.

Die Kraft ihrer Nicht-Liebe war nicht aussprechbar, nicht angreifbar, nicht sichtbar, sie war nicht vorhanden.

Ich verstehe nicht, wovon du redest, wir haben es doch wohl gut.

Es gab keine Möglichkeit zurückzukehren.

Sein Leben ruhte auf zwei Fundamenten. Ehemals ruhte es fest und sicher. Jetzt – nur Wind und Staub. Die Karrieristen wollten ihn nicht. Und seine Familie war doch intakt, nach allem zu urteilen. Er hatte keine Worte und keine klaren Gedanken dazu. Er wusste nur, dass er nicht umkehren konnte. Umkehren zu was? Zu bettelnder Demütigung, einer Rolle, die nicht die seine war.

Er würde sich erheben.

Die Dämmerung streifte ihre blaue Decke über die Welt. Er rief den Leithund. Ja – der Hund gehorchte, machte kehrt, und die fünf anderen folgten. Deutliche Kommandos, direkte Befehlswege, nichts war kompliziert und die Aufgabe klar.

Er bremste, als es talwärts ging. Es wurde rasch dunkler, als er unterhalb der Baumgrenze ankam. Aber die Hunde kannten den Rückweg, er konnte sich auf sie verlassen.

Die Lichter des Hotels brachten das Freiheitsgefühl in ihm zum Erlöschen. Das Gebäude strotzte vor Parteigängern und Verrätern, das Speichellecken war zum System geworden, und in wenigen Stunden würde das Herumscharwenzeln bei irgendeiner Art von Dinner seinen Höhepunkt erreichen.

Keiner würde es merken, wenn er nicht erschien.

Die Verteidigungsministerin war in einer Limousine zusammen mit ihren Sicherheitsbeamten zur weiteren Beförderung nach Stockholm verschwunden, aber alle anderen hohen Tiere waren noch anwesend.

Ich warf einen Blick in den Wintergarten. Die Tische waren mit aufrecht gefalteten Servietten gedeckt, und ein Kellner ging umher und zündete mit dem Feuerzeug die Kerzen an. Oben auf der Estrade blätterte ein Orchestermitglied in den Noten, und aus der angrenzenden Bistro-Bar hörte man munteres Stimmengewirr von einem Empfang, der dort jetzt mit Drinks und Häppchen stattfand. Jemand hielt am Mikrofon eine Rede, dennoch wurde das Gemurmel nicht wesentlich leiser. Hinter dem großen Tresen des Wintergartens waren zwei Barkeeper damit beschäftigt, Flaschen zu entkorken und Gläser auszuwischen. Es versprach, ein festlicher Abend zu werden.

Der Kellner dämpfte die Beleuchtung, sodass die schön gedeckten Tische mit ihrem flackernden Kerzenlicht zur Geltung kamen. Der Musiker verschwand von der Estrade. Dann öffnete sich die große Tür, und die Herrschaften strömten herein.

Die Gäste waren für den Abend gekleidet, mehrere Damen trugen lange Kleider und fast sämtliche Herren dunkle Anzüge. Dass es einige nicht für nötig gehalten hatten, sich zum Dinner umzuziehen, unterstrich nur die leicht unbekümmerte Atmosphäre. Die Damen wurden eskortiert, während die übrigen Männer in Gruppen hereinschlenderten. Der Amerikaner war als Ehrengast unter den Ersten, begleitet von der Landespolizeipräsidentin, dicht gefolgt vom hochgewachsenen Oberkommandierenden, an dessen Arm die flotte Lotta-Chefin. Sie plauderten angeregt und, wie es schien, ungezwungen.

Neugierig studierte ich die Szene in allen Einzelheiten, doch dann schloss ich die Seitentür und ging zurück zur Lobby. Von dort machte ich mich durch die hinteren Gefilde langsam zur Bistro-Bar auf, die sich rasch leerte. Die Nachzügler stellten ihre Gläser ab, und ich betrat unauffällig das Lokal, denn bald sollte meine Arbeit beginnen. Das Gemurmel aus dem Restaurant war hier aufgrund des Teppichbodens nur gedämpft zu hören.

Als der letzte Gast das Lokal verlassen hatte, schloss ich diskret die Tür. Jetzt hieß es, sich zu beeilen. Als prompte Erhörung meines Gebets tauchte, wie verabredet, Valentina auf. Zusammen machten wir uns flink daran, Aschenbecher zu leeren, Gläser und Schalen mit Snacks einzusammeln sowie Abfall vom Boden aufzulesen, an einer Stelle kamen auch Schaufel und Besen zum Einsatz. Es würde nicht lange dauern, bevor die ersten Raucher hier herausgeschlichen kamen, und dann würde sich der Raum erneut mit immer mehr Leuten füllen, die sich eine anstecken, einen zusätzlichen Drink nehmen oder einfach ungezwungen plaudern wollten. Dank Ingalill wusste ich, wie die Sache lief.

Valentina konnte wirklich fix sein, wenn es darauf ankam und wenn es keine Chance zum Rückzug gab. Danke, sagte ich, das hier sollst du nicht zum letzten Mal gemacht haben. Ihr Gesicht verfinsterte sich. Bloß eine Redensart, fügte ich hinzu. Man sagt das so, aus Spaß. Wir hatten den Abwasch auf einen Wagen gestapelt und wischten nun beide mit einem Lappen die Tische sauber.

Genau in diesem Augenblick flog die Tür zum Restaurant auf, ein Hauch von Essensdunst, Rasierwasser und Wein drang zu uns herüber, bevor sie sich wieder schloss und zwei aufgeregte Herren dicht vor ihr stehen blieben, erbost, aber leise diskutierend. Ich erkannte Bergius wieder, jetzt unverkennbar rot im Gesicht, vom Alkohol, vor Wut, oder hatte er hohen Blutdruck, neben ihm irgendein hoher Militär, den ich vom Fernsehen kannte, vielleicht der Armeechef oder ein General, jedenfalls durchtrainiert, hochgewachsen und mit prägnanten Zügen; dazu kräftigem, graumeliertem Haar. Worüber stritten sie? Es sah aus, als würde der General dem Bergius drohen, oder vielleicht machte das nur seine Größe, er konnte sich über seinen Gesprächspartner beugen, der ihn seinerseits wohl von etwas zu überzeugen suchte. Obgleich meine Ohren zu dem Zeitpunkt groß wie Parabolspiegel waren, konnte ich nicht hören, was sie sagten, und übrigens war die Aufräumarbeit von Valentina und mir erledigt. Wir nahmen den Wagen zwischen uns und rollten ihn, zum Abwaschraum hinüber. Valentinas Schicht war gleich zu Ende, und meine Schicht Nummer zwei oder drei würde beginnen.

Es schneite von Neuem. Die Autos auf dem Parkplatz waren bereits von flauschigen Decken umhüllt. Hinter dem Dach des ica-Ladens sah man die gelben Rundumleuchten der Schneeräumung. Ein Mann stand am Personaleingang des Hotels und rauchte, und neben ihm befand sich, ja, es war Hedy. Ihr Mann, erklärte Valentina, was er wohl hier macht?

Er holt sie vielleicht ab, schlug ich vor. Sie hat ja heute wirklich das Ihre getan und muss müde sein, die beiden sind ja wohl auch Muslime, vielleicht darf sie im Dunkeln nicht alleine nach Hause fahren. Valentina warf mir einen gelangweilten Blick zu: Sie ist wochenlang hintereinander allein, wenn er auf Reisen ist. Er scheint sich nicht gerade Sorgen um sie zu machen, wirklich nicht, nein, irgendwas stimmt mit diesem Mann nicht.

Das sagst du nur, weil er aus Tschetschenien kommt, erwiderte ich.

Und ich bin ja wohl von der russischen Geheimpolizei, oder?, entgegnete sie empört. Was glaubst du eigentlich, warum ich nach Schweden gekommen bin?

Um Geld zu verdienen, schlug ich vor, und vielleicht, um einen reichen Schweden zum Heiraten zu finden. Sie schnaubte nur verächtlich und zerrte den Wagen weiter. Die Zigarette glühte dort draußen im Dunkeln, und ich gratulierte mir zu einem erneuten Volltreffer in der höheren Diplomatie. Wo sie doch so gut gearbeitet hatte, was wenn sie morgen Früh überhaupt nicht erschien, obwohl so viel zu tun war. Entschuldige Valentina, sagte ich. Ich hätte mich an deiner Stelle selber hierher abgesetzt, ich will dich wirklich nicht kritisieren, und du wirst doch gebraucht, merkst du das nicht?

Es könnte besser bezahlt sein, brummte sie, es ist schließlich teuer, in Schweden zu leben.

Sie war untröstlich, die Schminke war zerlaufen und die Nase gerötet, so kann ich doch nicht wieder reingehen, schluchzte sie, ich sterbe.

Das Chaos in der Küchenregion war nicht gerade geringer geworden durch Anna-Lenas Missgeschick, die anderen versuchten, ihre Irritation darüber zu verbergen, dass sie die ganze Offensive bremste – die Vorspeise war serviert, und das Hauptgericht sollte raus, sie stand im Weg.

Fantastischerweise hatte gerade ihr Tisch die Ehre erhalten, den Anfang beim Auftragen zu machen, und da war es passiert – und das bei ihrem ersten wirklich bedeutenden Servierjob. Direkt vor der Ehrentafel angekommen, war sie, ja worüber eigentlich?, gestolpert, und die große Platte voller Krustentiere und cremiger Soße hatte einen Hüpfer gemacht. Ein Raunen war durch den Saal gegangen, und dann war man in fröhliche Zurufe und das eine oder andere Klatschen ausgebrochen, und sie selbst war zusammengebrochen, nachdem sie schmählich wieder abgezogen war.

Ich war die Einzige, die im Augenblick nicht alle Hände voll zu tun hatte, also umarmte und tröstete ich sie und bot mich an, für das Aufwischen im Saal zu sorgen. Konnte sie es denn nicht ein bisschen mit Humor nehmen, ein Glas Wasser trinken, sich etwas pudern und dann weitermachen, als sei nichts geschehen? Denn eigentlich stimmte das doch, es war nur ein kleines Malheur.

Der Oberkellner kam mit der fallen gelassenen Platte angerannt, er wischte sich irritiert die klebrigen Finger ab und eilte weiter in die Küche. Ich drückte Anna-Lena auf einen Schemel und eilte in den Saal hinaus, um zu versuchen, die Sache ungeschehen zu machen.

Diskret ging ich in die Hocke, ich erregte keinerlei Aufmerksamkeit, der Teppich war mit irgendwelchem Mayonnaisegemisch vollgeschmiert, ich sprühte und wischte, arbeitete so schnell ich konnte. Die Geräuschkulisse am Tisch über mir war normal, Besteck klapperte, und jemand lachte.

Plötzlich sah ich direkt mir gegenüber, wie sich ein Frauenbein an einem Männerbein rieb.

Es war die Assistentin von Bergius, jetzt im langen schwarzen Kleid.

Aber das andere war nicht das Anzugbein von Bergius, das sah ich sofort.

Wie man sich doch irren konnte. Ich hätte schwören können, dass zwischen den beiden etwas im Gange war, nach den Blicken, die ich am Tag zuvor im Clüversaal aufgefangen hatte. Jedenfalls war seine Schwäche für sie offensichtlich gewesen.

Vorsichtig schaute ich nach oben.

Der, mit dem sie ihren Fußflirt betrieb, war der grau melierte General, mit dem Bergius soeben in der Bistro-Bar einen Disput gehabt hatte.

Sie lächelten sich mit glänzenden Augen an und prosteten sich schweigend zu.

Ich hätte nicht so vorsichtig zu sein brauchen. Sie hatten nur Augen füreinander.

Die Arbeit in der Küchenregion war genauso hektisch wie während einer im Gang befindlichen Feldschlacht, bei der Anna-Lena ein Teil des Kanonenfutters war. Der Jargon in der Küche war schonungslos, zuweilen auch unbegreiflich, die Branche hatte ihre eigenen Fachausdrücke.

Trotz der Hitze und Hetze schafften sie es, interne Liebenswürdigkeiten und Klatsch über die Gäste auszutauschen: Hilfe, was für 'ne Armbanduhr dieser Ami hat; der Linkenchef trinkt keinen Tropfen; dafür aber der Oberkommandierende; ein Trupp Körnerfresser hinten beim Grünzeug will Halbstarkensoße zum

Hauptgericht; Gott wie beknackt; bisschen Karacho, ihr Kanacken – jalla, jalla; mach's doch selber, Scheiß-Pizzaschwenker; musst du grade sagen, du Giftnudel; guck an, jetzt kommt Jesus; 'ne neue Runde, ihr Spinatstecher!

Anna-Lena kam aus meinem Dorf, und ich kannte ihre Eltern. Wie nicht gerade wenige der Küchenkräfte war sie Praktikantin, sie besuchte am Gymnasium in Malung die Ausbildungsklasse Hotel und Restaurant. Meine mütterliche Fürsorge hatte eine wohltuende Wirkung gehabt, und jetzt stand sie ungeduldig da und wartete auf die nächste Servierplatte, während sie lachend den Kabbeleien zuhörte.

Ich verließ das lautstarke Durcheinander und begab mich in den zweiten Stock, um die Piano-Bar zu kontrollieren.

Der Barkeeper grüßte fröhlich. Als ich noch meine Putzkleidung trug, hatte er mich überhaupt nicht gesehen. Ich grüßte zurück und sah, dass die Blumengestecke an ihrem Platz waren, genau wie Dunja versprochen hatte. Auf dem Flügel stand ein Riesenstrauß Tulpen.

Der Raum war so gut wie leer. Ein Feuer brannte im großen Kamin, und Teelichter in Glasschälchen leuchteten auf den Tischen. Nach dem Ausbau war die Piano-Bar wirklich flott geworden, viel Raum und schöne Aussicht.

Ganz hinten am großen Panoramafenster musste ein Baum hochgebunden werden. Ich untersuchte meine Tasche, ja, da steckte tatsächlich ein Stück Schnur. Ich ging hin und befestigte den Zweig am Stamm. Vor der Scheibe fiel der Schnee noch immer sacht. Die Scheinwerfer leuchteten voller Schönheit auf dem menschenleeren Hang, und auf dem Parkplatz kam eine einsame Gestalt mit dem Schneeskooter angefahren. Sie parkte oben auf einem Schneewall und stieg ab, kein Helm.

Das war ja Dunja. Ich wusste nicht, dass sie Skooter fahren konnte.

Allerdings war das ja auch nicht so schwer, ungefähr wie Moped fahren, wenn jemand das wusste, dann ja wohl ich. Und sie hatte schließlich frei, wollte nur ausspannen, hatte sie gesagt.

Sie fuhr gern Ski, warum also nicht auch Schneeskooter, sie hatte ihn natürlich geliehen bekommen. Das ging mich ja auch nichts an.

Mit entschlossenen Schritten begab sie sich in Richtung der Personalapartments. Ansonsten war es still, nirgendwo ein Mensch zu sehen.

In der Bar begegnete mir ein bekannter Fernsehreporter in Begleitung eines ebenso bekannten Politikergesichts. Der Reporter war sichtlich angetrunken. Warum sollen wir eine Politik aufgeben, die uns über zweihundert Jahre Krieg erspart hat, und warum gerade jetzt?, fragte er lauthals. Der Politiker erwiderte nichts. Gib mir eine Antwort darauf, dann lade ich dich zu einem Schnaps ein, drängte der Reporter. Der Politiker murmelte irgendetwas. Der Barkeeper zwinkerte mir zu. Aus dem Untergeschoss war fröhliches Lachen zu hören, sie dürften jetzt beim Dessert angelangt sein. Einschließlich *Kaffee Brutal*, was, wie ich hatte lernen müssen, Kaffee ohne Kognak war, während *Kaffee Normal* dasselbe mit Kognak war, gemäß dem ungeschliffenen Küchenjargon, den die Gäste zum Glück nicht hören mussten, so sexistisch und rassistisch wie er nun mal war, leider aber auch sehr unterhaltsam. Man durfte nur hoffen, dass frisch eingetroffene Asylanten nicht mit solchen Wörtern in ihre neue Sprache starteten, die da lauten konnten: Büffetflittchen, Schlampe, Spritthexe, Kaffeetülle, Herdmuffe, Schienenluder, Geier, Rausschmeißer, Kellnerpiepel, Nachtwächter, Nigger oder Garderobenlackel.

Als Neuankömmling in einem fremden Land hatte man kein Gefühl für die Wertigkeit der Wörter. Normale anständige junge Svenssons, die in die usa gefahren waren, hatten sich schwer blamiert mit ihrer derben, vulgären Sprache, die sie über amerikanische Filme und Fernsehserien erworben hatten, in denen man hörte, wie sich die Unterwelt ausdrückte: fuck you, motherfucker, son of a bitch – mehr war es wohl eigentlich nicht, was man mit absoluter Sicherheit auf Amerikanisch sagen konnte.

Auf der Treppe begegnete ich Björn, der in Arbeitskleidung aus dem Obergeschoss getrabt kam. Geht es schon wieder um diesen Sicherungskasten, fragte ich, überrascht und froh, ihn zu sehen, ich hatte es für selbstverständlich gehalten, dass er nach Hause gefahren war. Nein, nein, versicherte er, ich war nur auf dem Dach, um nach den Lüftungsschächten zu sehen, damit sie nicht etwa vereisen. Ich dachte, ihr habt schon Schluss?

Ich bestätigte, dass alle anderen heimgegangen waren, aber dass ich hier bleiben und mich bereithalten würde, so lange es nötig war – Nachfeiern, Zimmerservice, die Rezeption brauchte heute Abend und auch später Unterstützung. Ich würde hier übernachten.

Du wirst also nicht nach Hause fahren? Ich schüttelte den Kopf.

Dann kannst du doch bei mir vorbeikommen, wenn du fertig bist, am Kreisverkehr einfach links und dann noch einen Kilometer, ich dirigiere dich per Handy, wir könnten ein Bier trinken und Musik hören. Ich verspreche, dich rechtzeitig zu wecken, ich muss ja auch hoch.

Er war nicht wenig unverfroren. Ich lachte.

Und er war nicht wenig anziehend. Eher viel. Ich schluckte.

Ein ungemein großzügiges Angebot, sagte ich schließlich und

nickte bestätigend, ungemein großzügig, muss ich sagen. Aber es wird zu spät, so lange schaffst du es nicht, wach zu bleiben. Ich schaffe wer weiß wie viel, behauptete er, und das war ein Versprechen, ohne Frage, seine Augen funkelten. Ich schluckte von Neuem.

Komm lieber irgendwann zu mir nach Hause, sagte ich munter. Wenn du in der Nähe bist, meine ich. Bring bei der Gelegenheit einen Saibling mit, dann werde ich ihn zubereiten. Wir können auch Dunja dazu einladen.

Ach ja, und wer soll dann ihr Kavalier sein?, erwiderte er. Mir fiel keine gute Antwort ein, und so konnte ich nur lächeln.

Weißt du eigentlich, ob sie ihren Gettoblaster zurückgekriegt hat?

Ja, eine der Russinnen hat sich wohl darum gekümmert, antwortete ich, erleichtert, dass die Unterhaltung zu praktischen Fragen überging. Anscheinend hat sie bei der Arbeit Musik gehört.

Ach so? Ich habe ihn allerdings von einem der Köche bekommen, der ihn irgendwo im Keller gefunden hat.

Sie hat mir geholfen, die Blumenschalen von dort hinaufzuschaffen, sagte ich nickend. Bei der Gelegenheit muss es gewesen sein, aber viel Zeit zum Hören kann sie nicht gehabt haben, das war ja ein ewiges Gerenne.

Du kommst also nicht mit? Ich schüttelte den Kopf.

Was soll ich denn noch tun? Du hast doch gesagt, dass ich den ersten Zug habe.

An dem Tag, wo ich es mir anders überlege, ja. Es ist keineswegs sicher, dass der wirklich kommt. Übrigens muss mein nächster Kerl reich sein, und das bist du ja wohl nicht?

Reich an was?

Er drückte mir einen raschen Kuss auf die Wange und verschwand.

Warum veralberte er mich? Machte es Spaß, sich über ein ausgehungertes Weib, das seine besten Tage gesehen hatte, lustig zu machen – er sollte sich schämen.

Auf zittrigen Beinen stieg ich zur Lobby hinunter.

Der Tanz war in vollem Gange. Der Männerüberschuss war offensichtlich. Diejenigen, die nicht um die wenigen Damen konkurrieren konnten oder keine Lust dazu hatten, sammelten sich in der Piano-Bar oder der Bistro-Bar, etliche streiften durch die weitläufige Lobby mit einem Glas in der Hand. Informelle Gespräche, unter anderem deshalb hatte die Konferenz ja genau diesen Rahmen, und mit zunehmendem Promillegehalt wurden die Diskussionen immer lebhafter.

Ich schaute bei der Damentoilette vom Wintergarten vorbei. Eine Frau um die fünfzig stand vor dem Spiegel und zog ihre Wimperntusche nach. Der Papierkorb war kaum halb voll, und es gab sogar freie Toiletten, wie gut. Wo ich nun schon mal da war, nahm ich ein Papierhandtuch und fuhr damit über die Waschbeckenränder und die Wasserhähne.

Wenn ich aus anderem Holz geschnitzt wäre, hätte ich jetzt zu den Herren hineingeschaut, mein Gefühl sagte mir, dass es nötig sein könnte, aber es gab wirklich Grenzen. Mir fiel auch niemand ein, den ich hätte bitten können. Vielleicht den Nachtportier, später, wenn er seinen Dienst antrat? Aber der war neu, ich kannte ihn noch nicht, und bestimmt war er sich zu fein für so was.

Kannst du das begreifen, sagte die Dame mit der Wimperntusche plötzlich, ohne ihr Tun zu unterbrechen. Stell dir einen kleinen, ziemlich fetten Typen mit beginnender Glatze vor. Der außerdem erzählt, dass er fünf Kinder, zehn Enkel und zwei Zuchtpferde hat und dazu noch bei der Landwehr arbeitet. Dazu im reinsten Clownsjackett und kaum fähig zu tanzen – na, was hältst du davon? Sie schaute plötzlich hoch und begegnete meinem Blick im Spiegel.

Nicht viel, erwiderte ich wahrheitsgemäß. Nein, genau. Sie nickte bestätigend und legte eine kleine Kunstpause ein, in der sie die Wimperntusche wegsteckte und einen Lippenstift vorholte. Aber verstehst du, er ist sexy! Ist es wirklich. Vermutlich hat seine Frau die wunderbare maskuline Ausstrahlung, die er hat, noch nicht einmal bemerkt.

Allerdings würde ich ihn nicht ertragen, seufzte sie dann und begann sich die Lippen anzumalen. Verdammte Kerle, sie sollten zum Abschuss freigegeben sein. Eigentlich kann man sie nur für eine Sache gebrauchen, und die ist normalerweise viel zu schnell erledigt. Sie presste die Lippen hektisch aufeinander und drückte sie dann auf ein Papiertaschentuch, worauf sie ihren Krimskrams in die Handtasche steckte, die sie krachend schloss. Dann schaute sie mir das erste Mal in die Augen. Danke für das Gespräch, sagte sie militärisch und ging mit großen Schritten zurück in den geräuschvollen Tanzsalon.

Als ich mit dem Lachen fertig war und meine Gesichtszüge geordnet hatte, konnte ich sie in dem dunklen Saal nirgendwo entdecken, obwohl ich ihren Landwehrmann doch so gern gesehen hätte. Das Orchester spielte ein Sven-Ingvars-Stück, und der Tanzboden war fast voll. Viele hotteten, und es schien ihnen Spaß zu machen, mir begann es in den Füßen zu zucken – wie lange das doch her war!

An den Tischen waren spürbare Umgruppierungen erfolgt. Lachen ertönte. Feiern können die wirklich, dachte ich neidisch. Soweit ich sehen konnte, war bisher keiner aus dem Rahmen gefallen. Diese Menschen verstanden es, ausgelassen zu sein, ohne die Sau rauszulassen. Die Feste, die ich selbst erlebt hatte, wären zu diesem Zeitpunkt bereits in die verschiedensten Peinlichkeiten ausgeartet, sofern sie nicht völlig alkoholfrei waren. Entweder oder, irgendein Dazwischen schien es für Leute meiner Sorte nicht zu geben, und ich persönlich hatte auch nicht bemerkt, dass das pure Saufen durch irgendwelche südlicheren Sitten ersetzt worden wäre, möglicherweise hatten sie sich einfach darübergelegt. Kummer und Trübsal ließen sich nicht ertränken, sie konnten ja schwimmen, und soviel mir bekannt war, schwammen sie sowohl in Wasser als auch in Wein.

Man wollte schließlich Spaß haben. Das ging sicher auch ohne Alkohol, aber wer Geld und Verstand hatte, um sich das Beste auszusuchen, war nicht so dumm, es darauf ankommen zu lassen. Sie hatten einige Generationen Zeit gehabt, um den Stil zu polieren, der ihnen ein Maximum an Spaß garantierte. Wir anderen mit den geerbten zwei, drei großen Festen des Bauernjahrs, an denen alles auf einmal rausgelassen werden musste, konnten einiges von ihnen lernen, wenn es um die Kunst des verfeinerten Genusses ging.

Die Arbeit des Servierpersonals hatte jetzt neuen Schwung bekommen. Ich registrierte, dass sie allmählich auch Gläser aus der Bistro-Bar wegschafften. An einem Tisch hielt der Oberkommandierende Hof für eine Schar andächtig lauschender Männer. Vermutlich allesamt Militärs. Ein Glück, dass das Verteidigungsministerium eine Frau an der Spitze hatte, genau wie die Landespolizei. Letztere hatte ich mit dem Amerikaner tanzen sehen. So sollte sie natürlich vonstattengehen, die Verteidigungsarbeit.

Ich begab mich zur Rezeption. Auf einem Sofa in der Lobby saßen ein paar Herren und zechten. Es war spät, sie wurden vielleicht langsam müde. Sie machten einen etwas mitgenommenen Eindruck.

Ich schlüpfte in die große Garderobe, weil ich hinter dem Tisch eine gewisse Unordnung bemerkt hatte, das junge Volk hatte wohl keinen Blick für so was. Ziemlich viele Taschen und Beutel, sogar ein großer Karton, umwickelt mit grober Schnur – hätten da nicht die Bombenhunde dran schnüffeln müssen? Ich schaffte Ordnung, hängte heruntergefallene Mäntel zurück auf ihre Bügel.

Die Herren auf dem Sofa hatten anfangs ziemlich leise gesprochen, vermutlich weil sie meinten, was da diskutiert wurde, sei eine besondere Sache, vielleicht sogar geheim. Doch ihr Engagement und die Promille ließen sie die Diskretion vergessen, und sie redeten immer lauter. Verdammt, er sollte wirklich zurücktreten. Ja und wie er dich behandelt hat, das ist doch der reinste Skandal. Er ist noch nicht mal in der Nähe einer Waffe gewesen, hat keine Ahnung, wovon er redet. Das aber tut er, die ganze Zeit, überall muss er seine Nase reinstecken und alles bestimmen. Jemand sollte es ihm mal zeigen. Zeigen, was denn? Na, ein bisschen was über Waffen. Da hast du recht. Jemand sollte das tun, ihn ein bisschen in näheren Kontakt damit bringen.

Ich fragte mich, wessen Kopf sie hier verlangten. Aber die Garderobe sah jetzt ordentlich aus, ich ging weiter zur Rezeption. Ein großes Anschlagbrett war extra für die Konferenz angebracht worden, und an dem hingen jetzt diverse Zettel. Der Nachtportier hatte seinen Dienst begonnen, ein junger Mann, adrett und gut frisiert, und im Moment sprach er gerade am Telefon. Ich würde mich nicht getrauen, ihn zu bitten, mal bei der Herrentoilette vom Wintergarten vorbeizuschauen.

Stattdessen ging ich den Gang weiter bis zur Halle vor dem

Kino, wo eine der Türen zu Ingalills kleinem Büro führte, in dem sie die Dienstlisten und anderes aufbewahrte. Ich schloss auf und ging hinein. Erschöpft sank ich auf den Bürostuhl. Es war nach Mitternacht. Ich war völlig am Ende. Aber noch war das Eröffnungsfest zugange, und, wie mir Ingalill erklärt hatte, konnte es auch zu Nachfeiern kommen, vielleicht mit verkippten Schnäpsen oder anderen kleinen Malheurs, wo man mein Servicegefühl brauchte.

Ein paar wärmende Worte, ein wenig Trost – ich hätte das jetzt gebraucht, aber es war zu spät zum Anrufen. Und wen eigentlich? Maja natürlich, meine treue Freundin, sie wäre nicht sauer, wenn ich sie weckte, aber ich war selber auch eine ziemlich gute Freundin und machte solchen Unsinn nicht.

Åsa lag natürlich ebenfalls im Bett und schlief, und außerdem war sie mein Kind, und das würde sie bleiben, egal wie alt sie werden mochte. Wenn ich starb, würde sie sicher traurig sein, ihre Liebe war unbestreitbar, aber sie war mein Kind. Ich war es, die sie zu beschützen hatte.

Hätte man doch ein paar warme Arme zum Hineinkuscheln und eine kratzige Wange gehabt, um die eigene daran zu drücken.

Ich zog eine Schreibtischschublade auf, wo Ingalill, wie ich wusste, stets etwas Essbares aufbewahrte, und richtig, da lag eine halbe Tafel Schokolade. Danke liebste Ingalill, nur ein Stück.

Es schmeckte himmlisch, ich kaute und dachte an nichts.

Die Schokolade war alle. Ich suchte. Es gab nichts mehr. Ich steckte den Zeigefinger in den Mund und biss eine Ecke vom Nagel ab.

Alles war noch immer unter Kontrolle. Ich hatte ihn geschafft, den ersten Tag. Aber noch lagen drei vor mir.

Die Konferenzteilnehmer wussten sich zu benehmen, sie waren interessante Menschen. Ich würde es schaffen, alles. In Gedanken ging ich die Arbeit des nächsten Tages durch. Es würde nicht sehr viele Stunden Schlaf in der Praktikantenunterkunft geben, aber, machte ich mir selber vor, wenn am Morgen alle erschienen, konnte ich mich vielleicht nachmittags ein paar Stunden ausstrecken.

Die Schreibtischunterlage bestand aus einer eingeschweißten Weltkarte. Der Sand der Sahara hob sich strahlend gelb von den blauen Wellen des Atlantiks ab.

Wo ein altes Fischerboot mit zerrissenen Segeln schaukelte, und das Netz, das hochgezogen wurde, war voller zappelnder silbriger Fische, ich ging mit ins Netz zu den silbrigen

Fischen hoch zu …

Das Armband der Uhr drückte schmerzhaft gegen die Stirn, das Gesicht war feucht von der ausgeatmeten Luft, ich wachte mit einem Ruck auf. Es war genau eins. Ich fuhr vom Stuhl hoch und betrachtete mein Gesicht im Spiegel über dem Waschbecken.

Ich sah beschissen aus, stellte ich verärgert fest. Aber das ließ sich ändern. Ich schwappte mir Wasser ins Gesicht und kämmte mich sorgfältig, trug Lippenstift auf und lächelte mir selbst zu, aber nein, der da würde ich nicht mal einen Zehnkronenschein leihen. Trotzdem musste es gehen. Ich schaltete das Licht aus und machte mich auf den Weg zur Rezeption.

Die Musik war verstummt, aber die Leute standen noch immer in Grüppchen herum und redeten, doch einige waren anscheinend unterwegs nach oben zu ihren Zimmern. Ein Mann lümmelte am Tresen und sprach interessiert mit dem Nachtportier, und auf der Eingangstreppe vor der Drehtür standen ein paar diskussionsfreudige Herren und rauchten.

Da der Portier beschäftigt war, begab ich mich zum Wintergarten, wo noch immer keine Lampen eingeschaltet waren und Gäste saßen. Die Bedienung räumte ab, jedoch rücksichtsvoll und ohne die noch brennenden Kerzen zu löschen. In der Bistro-Bar hatte sich eine Anzahl Raucher zum letzten Zug zusammengefunden. Der Fernsehreporter schlief, tief in einen Sessel gesunken, sonst waren, soweit ich sehen konnte, alle Promis verschwunden.

Ich schaute in der Küche vorbei. Die Köche waren nach Hause gegangen. Eine Büffetkraft aß ein Eis. Vom Spülraum hörte man Geklapper und Flüche. Das Bedienpersonal stand tatenlos herum, sie waren fast fertig und warteten aufeinander. Anna-Lena sollte mit ein paar anderen mitfahren, die nach Malung hinunterwollten. Sie war müde. Alle waren müde. Wenn diese Militärkerle doch irgendwann mal schlafen gehen würden!

Ich kehrte zur Rezeption zurück und begrüßte zum ersten Mal den Nachtportier. Er gab mir eine Liste, es gab einiges für mich zu tun. Gäste wollten ein extra Kissen oder eine extra Decke und vor allem extra Gläser für die verschiedensten Zimmer, da hieß es anzufangen. Einige hatten einen Nachtimbiss bestellt, der stand fertig in der Küche und musste nur geholt werden.

Ich hätte die Liste in der Reihenfolge abarbeiten müssen, wie sie zu Stande gekommen war, stattdessen überflog ich sie rasch und gab feige den Gästen im vierten und fünften Stock den Vorrang, den vip-Leuten. So korrupt war ich.

Der OK hielt nach wie vor Hof, jetzt in seiner Suite, und diesmal mit gleichmäßiger Geschlechterverteilung, drei von jeder Sorte, von den Damen erkannte ich die Lotta-Chefin, die beiden anderen sahen aus, als kämen sie vom selben Haufen oder vielleicht von der Zivilen Fahrbereitschaft? Die Herren waren mit Sicherheit irgendwelche Militärs. Sie jubelten bei meiner Ankunft, denn die Not war groß, hier hatten sich die Damen ein Glas teilen müssen, und der höchste Verantwortliche für die Streitkräfte des Landes war gezwungen gewesen, direkt aus der Flasche zu trinken!

Die Ausgelassenheit war jedoch größer als die Trunkenheit, ich registrierte, dass der Blick des Oberkommandierenden fest und klar war. Sie spielten betrunken, vermutlich voreinander. Aber wenn sich etwas ereignen sollte, wären sie bestimmt fit for fight und voll im Stande, Beschlüsse zu fassen.

Der Amerikaner hatte Hamburger und Bier bestellt. Ich beeilte mich, damit das Essen nicht kalt wurde, und klopfte an. Er öffnete, den Schlips gelockert und das Hemd am Hals aufgeknöpft. Als er das Tablett zu Gesicht bekam, schien er seine Bestellung zu bereuen, aber bat mich dann leise und höflich herein, damit ich es auf den Couchtisch stellen konnte. Er war allein. Mir tat das leid, der Oberkommandierende hätte ihn doch auch zur Nachfeier einladen können. Vielleicht aber meinte man, dass eine Nachfeier, bei der es mitgebrachten Whisky gab, zu vulgär sei?

Er fragte, wann das Frühstück serviert würde, vielleicht nur, um etwas zu sagen, und ich antwortete in meinem holprigen Englisch. Es ging gut. Ich wagte mich sogar zu erkundigen, ob sonst noch etwas sei. Er lächelte und erwiderte, da sei schon etwas, doch würde er nicht im Traum daran denken, mich mit solchen Sorgen zu belasten.

Man ist nicht glücklicher, weil man reich ist, dachte ich und lief in den vierten Stock hinunter, wo ein russischer Militärattaché jetzt mitten in der Nacht die Sauna benutzen wollte.

Die Saunatür der Suite war zum Glück völlig sicher, sie konnte sich absolut nicht verklemmen. Ich zeigte ihm, wie man die

Wärme anund abstellte, und in meinem Schulenglisch, das nicht besser war als sein eigenes, betonte ich das Risiko, dort drinnen einzuschlafen. Er versicherte, er habe darin Erfahrung. Zweifellos hatte er getrunken, aber er ging, ohne zu schwanken, es bestand wohl keine Gefahr. Die Integrität des Gastes und die Sicherheit – das war ein ständiger Balanceakt.

Vor der Suite der Landespolizeipräsidentin herrschte Ruhe, sie schlief wohl schon längst. Eine intelligente Frau, die sicher gesund lebte, um alles bewältigen zu können.

In der Lobby herrschte jetzt auch fast völlige Stille. Ich griff über den Tresen und schnappte mir die Liste noch einmal – bloß noch ein paar Zimmer zu bedienen. Der Portier lächelte mir freundlich zu und widmete sich dann wieder seinem Computer.

Als ich mich umdrehte, sah ich das Glas der Drehtür aufblitzen und dahinter in der Dunkelheit eine Person verschwinden. Die Björn war?

Das da eben war ja wohl Björn, sagte ich laut. Wer, fragte der Portier und blickte auf, Björn?

Der Haustechniker, verdeutlichte ich, weißt du nicht, wer das ist?

Doch, doch, erwiderte der Portier, wie ich gehört habe, gab es in der Küche wohl irgendein Stromproblem mit dem Geschirrspüler, eine Zeit lang herrschte da ziemliches Chaos, aber nun ist es ihm anscheinend gelungen, das hinzukriegen.

Er musste mich gesehen haben. Warum war er nicht stehen geblieben, um zu reden? Es war natürlich spät. Aber eine Minute oder zwei mehr, was hätte das schon gemacht? Vielleicht fürchtete er, dass ich mich aufdrängen würde. Aber hatte ich je solche Tendenzen gezeigt?

Ich musste aufhören, von diesem Idioten zu träumen. Es gab

andere Idioten, an die ich meine Energie ebenso gut verschwenden konnte. Männer waren am besten im Kino oder gerahmt hinter Glas oder hinter kugelsicheren Scheiben, im richtigen Leben waren sie störend und ruinös für alle weiblichen Ambitionen, deren Ziel es war, Ordnung ins Chaos zu bringen und die eigene Integrität zu schützen. Man sollte ihnen solche Burkas überstülpen, damit man ihre aufreizend intensiven Blicke und die verlockend kantigen Körper nicht sehen musste. Das Leben wäre um vieles einfacher, wenn die Männer nicht so viel Platz einnehmen und sich nicht so deutlich hervorheben würden. Wenn man nicht ständig an sie erinnert würde, sondern sich auf wesentliche Dinge konzentrieren könnte.

Doch nicht etwa eine fundamentale Feministin? Aber sicher. Das Leben hat mich dazu gemacht oder, genau genommen, eine Anzahl Schnösel sowie der Mangel an Liebe.

Trotzdem war es merkwürdig, dass er nicht stehen geblieben war und ein paar Worte gewechselt hatte. Das wäre ganz natürlich gewesen. Dachte er wirklich, ich hätte ihn nicht vorbeigehen sehen? Wovor hatte er Angst?

Ich begab mich noch einmal in den Wintergarten, wo die Deckenbeleuchtung jetzt brannte. Es war menschenleer, still und total unaufgeräumt. Ich musste mich zusammennehmen, um nicht sofort loszulegen, es war schon spät, und morgen Früh lag es bei Dunja, sich um diesen Mist zu kümmern. Bei uns gab es eine Art Hierarchie, Dunja war die Nummer drei. In diesem Moment vermisste ich ihre Gesellschaft und ihre Schlagfertigkeit.

Eine Decke unterm Arm fuhr ich in den fünften Stock. Aber der Gast hatte anscheinend nicht schlimmer gefroren, als dass er eingeschlafen war, nach dem dritten Klopfen legte ich die zusammengefaltete Decke einfach vor die Tür.

Aus einem Zimmer erklang Lachen, es waren männliche Lachsalven, obwohl es schon halb drei Uhr nachts war. Für die dort drinnen würde es am nächsten Morgen wohl kein Skifahren geben.

Im Treppenhaus sammelte ich ein paar ausgetrunkene Biergläser ein und ging dann weiter zur vierten Etage. Der Sicherungskasten stand halb offen. Und ich, die geglaubt hatte, dass Björn so ordentlich sei! Mit einem Faustschlag erreichte ich, dass der Kasten geschlossen wirkte.

Ansonsten lag der Korridor still und ruhig da. Aber als ich an einem der Zimmer vorbeikam, ließ mich etwas den Schritt verhalten, ein Windzug, ja, die Tür war nicht richtig geschlossen. Die auch nicht? Sollte ich auch der einen Schlag versetzen, oder stand sie absichtlich offen? Wie dem auch sein mochte, so war es bestimmt nicht mein Business.

Im selben Augenblick hörte ich eine Frauenstimme mit schonischem Dialekt im Zimmer argumentieren: Sie wären ja doch nur zerstört worden, keiner wird etwas merken, und keiner hat einen wirtschaftlichen Schaden davon, es trifft doch wirklich niemanden.

Das war doch das Zimmer von Bergius. Ich selbst hatte mitgeholfen, sein Gepäck dorthin zu transportieren, weil der Oberkommandierende dessen Suite übernehmen sollte.

Es ist Diebstahl, hörte ich ihn antworten. Früher oder später wird es herauskommen, und welche Garantien gibt es überhaupt, dass sie nicht weiterverkauft werden? Stell dir mal schwedische Tretminen in den Händen irgendeines machtgierigen Diktators vor, wir reden hier doch nicht von überzähligen Fahrrädern.

Hier zu bleiben war lebensgefährlich – vermintes Gelände, gelinde gesagt. So schnell und leise wie möglich eilte ich auf dem Korridor weiter.

Und was erblickten da meine Augen – ja, den Wäscheschlucker, auch der stand offen! Ich wurde ärgerlich, ja wütend. Jetzt reichte es wahrhaftig mit all dem Bockmist. Wenn nun jemand in betrunkenem Übermut dort hineingeklettert war und dann … Ich wagte den Gedanken nicht zu Ende zu denken. Mit einer Hand die Kante des Wäscheschluckers umklammernd, beugte ich mich vorsichtig hinunter, um in den tiefen Schacht zu blicken. Dort war es stockfinster und still.

Ich kontrollierte den Griff mehrmals, nachdem ich abgeschlossen hatte, damit es keine Möglichkeit mehr gab, die Klappe wieder aufzubekommen. Nenad hatte die Wäsche hinunterbugsiert, das hatte ich selbst gesehen. Natürlich war er es, der hier geschlampt hatte, vielleicht hatte er geglaubt, abgeschlossen zu haben, obwohl der Riegel nicht richtig eingeschnappt war, womöglich war es so passiert.

Ich hastete ins Erdgeschoss hinunter. Nirgendwo war ein Mensch zu sehen, aber die Beleuchtung war zum Glück eingeschaltet. Auch vor dem Kino war es still und leer. Ich griff nach dem Schlüsselbund und holte tief Luft. Was sollte ich tun, falls …? Ja, dann würde ich rennen, rennen, was das Zeug hielt, zurück zur Rezeption, das war nicht weit.

Ich schloss die Tür zum Raum unter dem Wäscheschlucker auf.

Ein leerer Stoffsack war ordentlich unter den großen Zylinder gespannt. Keine Leichen. Das kam nur von meiner überreizten Fantasie.

Beschämt machte ich mich auf den Weg zur Rezeption, um zu kontrollieren, ob alles an Zimmerservice erledigt war.

Der Portier legte gerade den Hörer auf. Aus der Vierhundertacht ist angerufen worden, sagte er. Es ist vielleicht das Beste, wenn du hochgehst, er antwortet nicht, wenn ich zurückrufe, aber ich habe einfach nicht kapiert, was er wollte.

Vierhundertacht, als ich im vierten Stock ankam, begriff ich, dass es das Zimmer von Bergius sein musste. Aber diesmal war die Tür ordentlich geschlossen. Ich hob die Hand, um zu klopfen.

Genau in dem Moment hörte ich ein lang gezogenes Stöhnen aus dem Zimmer. Und noch eins. Ein weiteres. Und ein Wimmern in Leidenschaft – und hier stand ich, nun konnte ich doch nicht anklopfen, es war ja offensichtlich, was dort drinnen vor sich ging!

Der Damenbesuch hatte eine andere Phase erreicht. Was auch immer der Grund für seinen Anruf gewesen sein mochte, so war er offenbar nicht mehr aktuell. Ich blickte verlegen umher und schlich dann zurück zum Fahrstuhl.

Es war nichts, erklärte ich dem Portier, falscher Alarm. Spricht was dagegen, wenn ich jetzt schlafen gehe? Er schüttelte den Kopf, ich gab ihm meine Nummer, und er versprach, in aller Frühe anzurufen, um mich zu wecken.

Schwankend vor Müdigkeit schlitterte ich auf dem schneebedeckten Boden rüber zur Praktikantenunterkunft, wo die Doppelstockbetten in Reih und Glied standen, zwei in jedem Zimmer. Ich tastete mich zu meiner unten gelegenen Schlafstätte vor. Es lag jemand im oberen Bett, ich wollte ihn nicht wecken.

Hatte es überhaupt einen Sinn zu schlafen?

Aber man ruhte sich aus, auch wenn man wach lag, hatte ich gehört.

Im Spiegel siehst du nur dich selbst, aber die Magd sieht dich von hinten, pflegte meine Mutter zu sagen, und damit lehrte sie mich, dass man durch und durch sauber und ordentlich zu sein hatte, dass alle Arbeitsaufgaben gründlich erledigt werden mussten, selbst wenn niemand sonst es bemerkte. Ein reines Gewissen ist das beste Ruhekissen, wiederholte sie auch oft. Sie hatte ständig Sprichwörter bei der Hand, und die kamen mir immer im passendsten Moment in den Sinn. Ich wurde von einer Frau manipuliert, die seit dreißig Jahren nicht mehr lebte, einer Frau, die obendrein nicht einmal viel für mich übrig gehabt hatte. Meine Herkunft fesselte mich mit langen Stricken, aber es gab die Freiheit, ich kämpfte jeden Tag darum.

Das Tageslicht hatte die morgendliche Dunkelheit verdrängt, und die ersten Skifahrer waren bereits im Lift unterwegs nach oben.

Auch hohe Herren mussten duschen, scheißen, Nägel schneiden und Zähne putzen. Im selben Tempo, wie sich die Zimmer in Richtung Frühstückssaal leerten, rückten wir in den Korridoren vor, den Wäschewagen als mobilen Schutzwall vor uns, von dem aus wir unsere Angriffe starteten. Ich hatte die Truppe, so gut ich konnte, platziert, Dunja und Hedy in der fünften Etage, Muhammad und Izzadin eine tiefer, Valentina und Jelena im dritten Stock und Azuk und Nenad im zweiten. Bea sollte das erste Geschoss allein erledigen, dazu auch die parterre gelegenen Zimmer zwischen Rezeption und dem Eingang beim Kino.

Ich achtete darauf, Frauen und Männer nicht zu mischen, jeder musste seine eigene Last tragen, hier sollte sich keiner auf Kosten eines anderen schadlos halten. Ich selbst war überall im Hotel zugange, um dort entspringen zu können, wo es vonnöten war. Ich war überhaupt nicht müde trotz des Schlafmangels, das Gefühl der Verantwortung hielt mich auf Trab, und nach einem kräftigen Frühstück im Personalspeisesaal mit der Erinnerung an die bestens bekannte Szene – take care of yourselves out there – lief ich auf Hochtouren.

Hedy rief aus einem Zimmer nach mir. Sie zeigte auf den Couchtisch, wo ein minimales Handy hysterisch herumwirbelte, wie ein auf dem Rücken liegender Käfer. Was tun? Ich zuckte die Schultern, sie konnte ja wohl kaum rangehen, lass es klingeln, das ist schließlich nicht unser Problem.

Dunja befand sich in der Suite des Oberkommandierenden, die trotz der nächtlichen Aktivitäten in akzeptablem Zustand war, sie hatte das Fenster zum Hang geöffnet und war beim Bettenmachen.

Der Oberkommandierende hatte an diesem Morgen beschlossen, sich den Bart und eventuell auch die Haare in Ohren und Nase zu beschneiden. Störrische schwarze Härchen im ganzen Waschbecken. Eine Locke – wenn auch aus der Nase – vom höchsten Befehlshaber des Landes, was für ein Fang. Wäre ich eine richtig gerissene Person, würde ich dieses Relikt an mich nehmen und zum gentechnischen Klonen einreichen. Oder mir irgendeine andere Teufelei einfallen lassen. Aber so eine war ich nicht, war einfach nur lieb und nett.

Soll ich mich auch um deren Blumensträuße kümmern, rief Dunja. Natürlich, antwortete ich. Und füll die Obstschalen auf, hol dir was aus der Küche – nur das Beste ist gut genug.

Im vierten Stock beteuerte Nenad, dass er die Klappe vom Wäscheschlucker am Tag zuvor ordentlich verschlossen hatte. Das Mysterium blieb, nur wir besaßen Schlüssel dafür, wie sollte das dann wohl passiert sein? Er gab keine Antwort, zog nur eine beleidigte Miene.

Die Russinnen waren bester Stimmung, sie lachten und amüsierten sich über irgendetwas. Fast wäre mir herausgerutscht, dass ein Landsmann von ihnen im vierten Stock wohnte. Zwei männliche Gäste kamen in schweren Slalomstiefeln angestapft, es klang, als wären Dinosaurier im Anmarsch. Sie nahmen Jelena interessiert in Augenschein, bemerkte ich. Dann stieg ich eine Treppe tiefer.

Azuk und Nenad, was für ein Paar. Mir kam der Gedanke, dass sich die Russinnen vielleicht auf ihre Kosten amüsiert hatten, denn hier im zweiten Stock war absolut nichts in Ordnung.

Ja, irgendeine Erklärung musste es wohl dafür geben, dass sie nicht weitergekommen waren. Eine Weile hörte ich mir ihre Klagen an: über die Putzausrüstung, das Verhalten der Gäste und die Bestückung des Wagens.

Die Müdigkeit machte sich bemerkbar. Glücklicherweise wurde ich nicht wütend. Ich hoffe, ihr werdet rechtzeitig fertig, sagte ich nur. Denn danach wartet die Durchsicht von zwanzig Apartments im Olympiadorf – und wenn ihr das erledigt habt, dann könnt ihr euch noch die zehn am Berg vornehmen. Ich ging, bevor sie antworten konnten.

In der Rezeption herrschte viel Betrieb, die zahlreichen Lämpchen der Informationstafel waren durch weitere ergänzt worden, das Ganze ähnelte langsam einem Knüpfteppich. Eins der Mädels hinter dem Tresen schien erfreut, als sie mich sah und gab mir eine Mitteilung: »Immer noch krank. Kannst mich jederzeit anrufen. Machst das toll./ Ingalill.« Ich faltete den Zettel zusammen und steckte ihn in die Tasche. Die des Hausdamenkleids. Nur schade, dass ich nicht wie die anderen ein eigenes Namensschild aus Messing besaß.

Ein Mann um die fünfzig war im Begriff einzuchecken, ein paar einzelne Apartments waren durch Absage frei geworden. Er war ein rötlicher Typ und kleiner als der Durchschnitt. Ich bemerkte, dass er sich unentwegt die Augen wischte, vermutlich liefen sie nach dem Aufenthalt draußen in der Kälte. Die Rezeptionistin wollte ihn dazu bringen, das Apartment mit jemandem zu teilen, aber das lehnte er ab. Die ganze Zeit fuhr er sich über die Augen, vielleicht litt er an einer Allergie?

Die Landespolizeipräsidentin war auf dem Weg ins Freie, bekleidet mit Skidress und Wollmütze, offenbar hatte sie die Absicht, eine Langlauftour zu unternehmen. Der Himmel war bedeckt, aber es schneite nicht. Ein Mann stand draußen und reichte ihr ein Paar Skier. Sie schnallte sie sofort unter.

Militärische Krisenbewältigung, sagte jemand mit gereizter Stimme. Ich drehte mich um. Es war der Fernsehreporter, heute im Norwegerpullover. Militärische Krisenbewältigung, verdammt, diese Wörter hängen mir bald zum Halse raus, habt ihr nichts anderes zu bieten, das ist doch nur eine Floskel genau wie friedensbewahrende Operationen – Schnickschnack das alles!

Sein Opfer war auch an diesem Tag ein Politiker, und so cholerisch wie er selbst auftrat, würde er für die Abendsendung bestimmt eine geeignete Reportage zu Stande bringen, denn der Politiker antwortete: Irgendwas müssen wir uns doch einfallen lassen, wir können doch nicht nur dastehen und zusehen, wenn sich die Leute gegenseitig abknallen. Und weshalb haben wir dann also keine Streitkräfte in Israel und im Westjordanland, fuhr der Reporter unverdrossen fort, kannst du mir das sagen? Nein, das kannst du nicht, denn ihr habt natürlich Angst vor den usa, ihr tanzt alle nach deren Pfeife. Der Politiker protestierte erfolglos, der Disput ging weiter, und auch ich wollte weiter, nämlich zur Badeabteilung, als der Graumelierte, dessen Fußflirt mit Bergius' Sekretärin ich am Abend zuvor beobachtet hatte, ein paar Zettel von der Informationstafel riss. Jetzt erhob er die Stimme über das Gemurmel und brüllte die Rezeptionskräfte an: Was heißt, ihn nicht gesehen – er hat doch eingecheckt, wie Sie sagen! Zum Teufel, jemand muss ihn doch gesehen haben, haben Sie das Zimmer kontrolliert?

Da ich die Verantwortung für die Zimmer hatte, begab ich mich zum Tresen. Wir haben das Zimmer kontrolliert, hörte ich das Mädel am Empfang sagen. Das Gepäck ist vor Ort, er ist im Haus, ganz klar, vielleicht ist er frühstücken?

Aber Sie haben ihn nicht gesehen?, polterte der Mann. Ich schielte auf sein Namensschild: Georg Sällström, Generalmajor. Sie schüttelte den Kopf, wir sind hier mehrere, die am Empfang arbeiten, erklärte sie, als spreche sie zu einem Kind. Er ist sicher irgendwo in der Nähe, im Augenblick sind hier so viele Leute, dass es schwierig sein kann, jemanden, den man sucht, zu finden.

Entschuldige, mischte ich mich ein, hast du gesehen, ob das Zimmer benutzt war?

Ja, es war benutzt, erwiderte das Mädel, ich bin selber nach oben gegangen, und als niemand auf das Klopfen reagierte, habe ich mit dem Hauptschlüssel aufgeschlossen, aber es war benutzt, ganz eindeutig. Er ist bestimmt im Frühstückssaal, oder vielleicht auch draußen beim Skifahren.

Der Generalmajor wirkte noch immer unzufrieden.

Ich kann noch einmal nachsehen, sagte ich. Dann komme ich mit, entschied Sällström.

Unter drückendem Schweigen nahmen wir den Fahrstuhl in den fünften Stock. Der Wäschewagen war ein gutes Stück vorangekommen, und aus einem Zimmer ertönte ein Staubsauger, wir gingen vorbei und den Korridor bis zum Zimmer 514 hinunter.

Ich klopfte zweimal und steckte dann meine Schlüsselkarte in den Schlitz.

Das Zimmer war noch nicht in Ordnung gebracht, und es war offensichtlich bewohnt, wir gingen durch den Flur hinein und sahen uns um. Ein halb ausgetrunkenes Wasserglas stand auf dem Tisch, und in dem benutzten Bett bemerkte ich die Fernbedienung des Fernsehers. Auf einem Gestell lag ein offener Koffer, dessen Inhalt eine gewisse Unordnung aufwies. Ein Pullover hing über einem Stuhl. Das vip-Geschenk, das in diesem Fall – neben den Blumen und der Flasche Champagner – aus einer großen Schachtel Pralinen bestand, war geöffnet, und ein paar Stück fehlten, das leere Papier lag daneben.

Ich bitte um Entschuldigung, dass ich Sie bemüht habe, offenbar hatte ich Unrecht, sagte der Generalmajor. Das macht nichts, erwiderte ich, ich wollte ohnehin hier hoch.

Er verschwand mit einer kaum merklichen Verbeugung. Ich schob die Tür zum Badezimmer auf und machte Licht. Ja doch, die Handtücher lagen auf dem Boden, und die Dusche war nass.

Gewissermaßen.

Ich zögerte einen Moment vor dem Zimmer, in dem Dunja beim Staubsaugen war. Ich wollte sie wegen einer Sache fragen, die das Zimmer des Franzosen betraf.

Ich wurde von Hedy gestört, die aus dem Zimmer des Russen kam. Er war demnach nicht in der Sauna verschmachtet. Ich fragte, ob das Zimmer fünfhundertvierzehn auf ihrer Liste stände. Sie nickte. Und den Gast, der dort wohnte, hatte sie ihn gesehen? Sie wusste es nicht.

Ich trabte zum vierten Stock hinunter, um zu sehen, wie es bei Muhammad und Izzadin lief.

Als ich den Korridor betrat, standen zwei Männer vor einer Tür, ich erkannte sie wieder als Bergius' Sicherheitsbeamte. Und es war auch Bergius' Zimmer, vor dem sie standen. Der eine klopfte, und der andere hielt sein Ohr an die Türritze. Bo-Erik, rief der eine, Bo-Erik.

Der andere klopfte erneut. Schließlich ging er dazu über, mit der Faust an die Tür zu hämmern. Der andere holte sein Handy aus der Tasche und wartete auf Antwort. Gab dann auf und steckte es wieder ein.

Sie sahen sich an – resigniert.

Plötzlich entdeckte mich der eine. Hallo, entschuldigen Sie, Fräulein, könnten Sie uns hier behilflich sein?

Sind Sie sicher, dass das in Ordnung geht?, fragte ich. Die Männer nickten. Sie hatten mir ihre Ausweise gezeigt, meine Frage war lächerlich. Schließlich waren sie ja die Polizei.

Mein dünner Hauptschlüssel im Schlitz erzeugte ein Piepen, und die Tür ging auf.

Sie sind jung. Sie sind ahnungslos. Sie sehen aus wie Männer, aber sie sind keine Männer, noch nicht. Sie vertrauen euch, wie sie uns vertrauen, ihren Eltern. Denn genau wie wir habt auch ihr versprochen, für sie zu sorgen, und genauso wie bei uns leben sie auch bei euch aus Notwendigkeit und aufgrund eines gewissen Zwangs.

Sie wissen nicht, dass sie zur gefährlichsten Arbeitsstätte des Landes gekommen sind. Sie wissen nicht, dass die Gefahr, dass ihnen ein Unglück zustoßen könnte, sechsmal größer ist als auf einer normalen zivilen Arbeitsstelle, und sie wissen nicht, dass sie ihr Leben riskieren. Mein Gott, es herrscht doch Frieden, Papa bleib ruhig, außerdem haben wir doch einen Helm.

Auch ich habe mich auf euch verlassen. Ihr hattet mein volles Vertrauen. Dass es nicht ganz gefahrlos war, wusste ich, aber diese katastrophale Statistik war mir nicht bekannt, und ich war stolz. In meiner Generation ist man stolz darauf, seinen Wehrdienst geleistet zu haben. Ich erzählte ihm Anekdoten, wir lachten, er sagte, ich sei total altmodisch, aber ich sah, dass er beeindruckt war. Heutzutage ist es doch beinahe freiwillig, sagte er. Man soll seine Pflicht tun, erwiderte ich als Echo ganzer Generationen vor mir, stolze Worte und stolze Traditionen.

Wir hatten unsere Freude an ihm. Er betrug sich gut, hatte keine schlechten Noten, konnte programmieren und eine Homepage einrichten, und er hatte viele Freunde. Die Nachbarn mochten ihn, er war hilfsbereit. Er jobbte nebenbei und sparte, nach dem Militär wollte er auf Reisen gehen.

Er war unser Ein und Alles.

Und er ist unser Ein und Alles und wird es immer bleiben.

Zwei Hauptleute leiteten das Abschlussmanöver. Die Sicherheitsbestimmungen der Gewerbeaufsicht gelten jederzeit und überall. Dennoch war die Führung so miserabel, dass die Gruppe, in der er sich befand, mit scharfer Munition beschossen wurde. Er verblutete.

Die Hauptleute hatten die Verantwortung, und doch hatten sie sie nicht. So sieht die schwedische Gerechtigkeit aus. Jemand hat die Verantwortung, doch letztlich hat sie niemand.

Die Wahrheit ist, dass sich keiner dafür interessiert.

Und es wird wieder geschehen. Falls niemand etwas tut.

Man hat nicht einmal mit uns geredet, hat das Geschehene nicht bedauert und versucht, eine Erklärung dafür zu geben. Da waren nur die unpersönlichen Prozesse, wo uns keiner ansah und auch nicht unsere Hände in die seinen nahm. Wo keiner weinte wie wir und keiner sagte, dass er völlig unnötigerweise gestorben sei, dass es nicht hätte passieren müssen. Wo niemand sagte, wir seien gute Eltern gewesen und er sei ein großartiger junger Mann gewesen, mit dem man fahrlässig umgegangen war, dass es völlig sinnlos gewesen sei und niemals wieder passieren dürfe.

Uns gibt es nicht. Keiner sieht uns. Keiner spricht mit uns. Wir sind unsichtbar wie Tretminen.

Er war nackt und lag auf dem Bauch, der Oberkörper im Flur, der Rest des Körpers im Bad. Die Männer stürzten nicht zu ihrem Chef, wie es natürlich gewesen wäre, sondern fuhren zurück, und ich verstand, weshalb. Wir wussten alle drei sofort, dass er tot war.

Schließlich ging der eine zu Bergius hin und drückte einen Finger an seinen Hals. Kein Puls.

Beide gingen nun ins Zimmer hinein, wobei sie über den Toten steigen mussten. Ich blieb in der Tür stehen. Kommen Sie rein, sagten die Männer, und machen Sie die Tür hinter sich zu.

Ich machte einen großen Schritt über den Kopf des Toten, stolperte über ein paar Skistiefel und blieb dann fragend gleich hinter der Zimmertür stehen, was wollten sie, dass ich tun sollte?

Sie gaben keine Antwort. Sie schienen aus der Fassung gebracht, waren sicher geschockt, weil ihr Chef nicht mehr am Leben war.

Ziemlich rasch fanden sie sich jedoch in ihrer Berufsrolle wieder. Ich registrierte ihre Falkenblicke, die durchs Zimmer fuhren, und dann setzten sie sich in Bewegung. Schweigend durchkämmten sie Zimmer, Garderobe, Badezimmer und Trockenschrank.

Sieh mal, was ich gefunden habe, sagte der eine. Ausgerechnet im Trockenschrank. Er hielt irgendeine große Tube in die Höhe. Gleitmittel, erklärte er. Es schien, als wollten sie anfangen zu lachen, und ich spürte, wie mir das Blut in die Wangen schoss, als ich mich an die nächtlichen Geräusche aus genau diesem Zimmer erinnerte.

Es sieht gut aus, sagte der eine schließlich, und der andere nickte, ja, es ist völlig okay.

Erst jetzt sprachen sie zu mir. Machen Sie sich keine Sorgen, sagten sie. Es scheint, als sei er eines natürlichen Todes gestorben. Doch das wissen wir natürlich nicht genau, bevor ein Arzt nach ihm gesehen hat, aber es gibt keine Anzeichen eines Kampfes, keine Drogen, keine Waffen, überhaupt nichts, was auf etwas Unnormales hinweist. Und er hat nie Sport getrieben, aber war ständig im Stress. Da kommt es, wie es kommen muss.

Während der eine sprach, führte der andere ein Telefonat: Sag ihm, er soll sofort nach Zimmer vierhundertacht kommen, es ist akut.

Wir brauchen eine Weile Aufschub, sagte der Erste erklärend zu mir. Wir werden die örtliche Polizei selber von dem Geschehenen unterrichten, aber wir möchten, dass Sie diese Sache noch kurze Zeit für sich behalten, können Sie das versprechen? Der Ton klang bittend.

Was konnte ich erwidern. Ich war geschockt durch die Anwesenheit des Todes. Der nackt und obszön hier im Flur lag, und der Tod roch auch, ein schwacher, aber äußerst eindeutiger, harscher Geruch, der seit undenklichen Zeiten dem Menschen mitgeteilt hatte, was geschehen war. Ein Schauder überlief mich, der Tote musste weg, er musste raus aus diesem Hotel, das Haus war nicht dafür geeignet, eine Leiche zu beherbergen! Ich kann doch nicht einfach hier rausgehen und so tun als sei nichts, antwortete ich.

Dann bleiben Sie hier, erwiderte der eine. Es dauert nicht lange, wir wollen nur eine Bestätigung unserer Analyse erhalten, dann steht nichts mehr im Wege, davon zu erzählen, was passiert ist, und die notwendige Routine anlaufen zu lassen.

Im selben Moment wurde die Tür aufgerissen, und ein weißhaariger Mann im braunen Anzug und mit Schlips trat über die Schwelle, offenbar jemand, der nicht vorgehabt hatte, den konferenzfreien Vormittag mit Skifahren zu verbringen.

Aha, ja. Aber ich finde, hier ist das Licht zu schlecht, war seine erste Bemerkung, nachdem er einen raschen Blick auf die Szene im Flur geworfen hatte. Er machte einen gefährlich effektiven Eindruck. Auf seinem Namensschild las ich: Ludvig Sylvén, Generalarzt. Er schien alt zu sein, aber war offenbar vital, er hatte kein Problem damit, in die Hocke zu gehen und den Toten aus verschiedenen Winkeln zu betrachten. Schließlich versuchte er, die Leiche umzudrehen, aber die war zu schwer. Helft mir Jungs, dann legen wir ihn aufs Bett, befahl er.

Die beiden Sicherheitsbeamten zögerten.

Das hier ist kein Tatort, so wahr ich der höchste verantwortliche Mediziner der schwedischen Streitkräfte bin, stieß der Generalarzt als Antwort auf eine Frage hervor, die nie gestellt werden konnte – hier ging alles zack, zack. 1984 habe ich in Stockholm und Umgebung fünfhundertdreiunddreißig Gehirnblutungen untersucht, und wenn das hier nicht eine solche ist, dann dürft ihr mich öffentlich in Stücke schneiden, falls sich irgendwann etwas anderes herausstellen sollte, das verspreche ich.

Sollen wir ihn wirklich woanders hinlegen?

Das ist ein Befehl! Los jetzt, würdet ihr denn eure alte Mutter so liegen lassen, zum Kuckuck, zeigt mal ein bisschen Pietät.

Sie gehorchten. Im Flur wurde gestöhnt, und ich schaute zum Bett. Das war zerwühlt. Ich dachte an das, was dort während der Nachtstunden passiert war, ziemlich unwürdig, so wie sich die Dinge jetzt entwickelt hatten. Eilig riss ich Zudecke und Kissen aus dem Bett und glättete das Laken. Die Männer hatten den Toten jetzt vom Boden hochbekommen. Legen Sie ein Handtuch oder irgendwas unter, wies der Generalarzt an – es kann einiges abgehen.

Es dauerte zwei Sekunden, bis ich begriff, was er meinte, dann drängte ich mich an ihnen vorbei und griff mir das Badetuch vom Fußboden und breitete es auf dem Bett aus.

Die Augen waren nur halb geschlossen – war er wirklich richtig tot? Ja, das war er. Der Körper war bleich und wirkte starr, sein Geschlecht lag wie eine Schnecke in einem Wust grau melierter Haare, ich schaute rasch weg.

Der Generalarzt richtete den Körper aus, betrachtete ihn dann genau, drückte mit den Fingern am Hals herum und hob die Augenlider an.

Er muss selbstverständlich obduziert werden, sagte er. Aber ich kann euch versichern, dass er den barmherzigsten Tod gehabt hat, den man sich denken kann – ich bin tatsächlich neidisch, abgesehen natürlich vom Zeitpunkt im Leben. Er hat eine einzige große Gehirnblutung erlitten, die ihn in zwei Sekunden auslöschte, ungefähr so, wie wenn die Hauptsicherung durchbrennt – alles wird einfach schwarz. Man schafft nicht, irgendwas zu begreifen, und höchstwahrscheinlich spürt man nichts. Alle sollten auf diese Weise enden dürfen.

An der Rezeption nahm ich zwei Polizisten und zwei Krankenwagenfahrer in Empfang und lotste sie zu Bergius' Zimmer hoch. Als wir dort ankamen, stand die Tür sperrangelweit offen, und eine Anzahl Militärs befand sich im Raum. Mit der falschen Autorität, die ich mir als Hausdame zugelegt hatte, schob ich mich vor dem Rettungspersonal ins Zimmer.

Gott sei Dank hatte jemand ein Laken über die Leiche gebreitet, sodass nur der Kopf sichtbar war, es schien auch, als hätte ihm jemand die Augen zugedrückt, sodass man deren irreführenden Glanz nicht länger sah.

Die Männer standen geradezu stramm, die Blicke auf den Toten gerichtet. Jemand räusperte sich. Jemand schluchzte auf. Der harsche Geruch des Todes war nicht mehr zu spüren, stattdessen roch es nach Seife, Rasierwasser und Tabak.

Plötzlich stürzte einer der Männer aus dem Zimmer. Wir hörten alle, wie er sich ins Toilettenbecken erbrach. Merkwürdigerweise wurde ich dadurch ganz ruhig. Ja, so sollte die Landesverteidigung, die ich haben wollte, sein – alles gefühlvolle Menschen, die den Tod nicht ertrugen.

Der Generalarzt erklärte den Polizisten freundlich, warum Bergius' Leiche im Bett lag und nicht dort, wo man ihn gefunden hatte. Sie nickten und sagten nicht viel, der eine notierte etwas auf einem Block. Und wer hat ihn gefunden?

Die beiden Sicherheitsbeamten wiesen aufeinander und auf mich: Sie hat für uns aufgeschlossen.

Ich hielt den Hauptschlüssel in die Höhe – er sah aus wie alle anderen Schlüssel. Sie nickten erneut. Und was ist mit Ihnen, also den Übrigen hier?

Einer nach dem anderen zogen die versammelten Militärs mit kaum merklichen Verbeugungen zum Bett hinab.

Dann sind vielleicht jetzt wir an der Reihe, sagten die Krankenwagenfahrer und stellten ihre Trage bereit.

Im selben Augenblick wurde die Tür aufgestoßen. Bergius' Assistentin kam ins Zimmer gestürzt. Ihre Augen waren weit aufgerissen und die Wangen hochrot. Mein Gott, stieß sie hervor, als sie Bergius' Leiche erblickte. Danach begann sie zu weinen. Sie ließ sich gegen den Türpfosten fallen, und die Tränen strömten. Die Männer blickten sich betreten an.

Sie! Der Generalarzt nickte mir befehlend zu. Ich verstand den Wink.

Kommen Sie, sagte ich und legte der Frau den Arm um die Schultern, kommen Sie, ich werde mich um Sie kümmern. Ich bringe Sie auf Ihr Zimmer, ist schon gut, Sie haben einen Schock erlitten.

Sie war untröstlich, ging aber willenlos mit mir den Korridor hinunter. Ich schloss ihre Tür auf. Im Zimmer roch es angenehm nach Kosmetika. Setzen Sie sich hier in den Sessel, sagte ich, dann werde ich jemanden rufen, mit dem Sie reden können, gibt es irgendeine Person auf der Konferenz, die Sie gern bei sich hätten? Sie schüttelte den Kopf, weinte und schluchzte. Vielleicht einen Geistlichen? Sie schüttelte erneut den Kopf, doch war das Weinen nicht mehr ganz so verzweifelt. Soll ich vielleicht darum bitten, dass man Ihnen eine Tasse Tee bringt? Sie nickte. Schien sich zu beruhigen. Ich rief bei der Rezeption an, die versprach, die Bestellung umgehend zu erledigen.

Soll ich so lange hierbleiben?, fragte ich. Sie nickte. Setz dich, sagte sie. Ich setzte mich neben sie und ließ meine Hand auf ihrer Schulter liegen. Sie schnäuzte sich geräuschvoll.

Er war ein wunderbarer Chef, sagte sie. Es ist so ungerecht, dass er nicht mehr dabei sein soll. Was wird seine Frau sagen, ich hoffe, man bittet nicht gerade mich, sie zu unterrichten, glaubst du, dass sie das tun werden?

Sie rufen bestimmt jemanden dort in der Nähe an, der dann bei ihr vorbeigeht, war meine Meinung, so was kann man doch nicht am Telefon sagen. Sie schien erleichtert.

Entschuldige, sagte ich, sie jetzt auch duzend. Nicht dass es mich etwas angeht, aber warst du nicht heute Nacht bei ihm im Zimmer?

Sie fuhr aus ihrer zusammengesunkenen Haltung hoch und starrte mir ins Gesicht. Wer hat das gesagt?

Ich habe das gesagt, erwiderte ich mit einem angedeuteten Lächeln, um sie zu beruhigen. Ich sage es, weil ich euch zufällig gehört habe, als ich an seinem Zimmer vorbeiging, ihr seid ziemlich laut gewesen.

Ja, sagte sie, das sind wir wohl geworden, das war nicht beabsichtigt. Hast du auch gehört, was wir gesagt haben?

Nein, nein, versicherte ich. Bin nur dort vorbeigekommen, aber ich erkenne deine Stimme wieder.

Aber du hast nicht gehört, was wir gesagt haben?

Nein. Spielt das eine Rolle? Es klang, als wärt ihr uneins gewesen?

Äh, wir haben – hatten – ein bisschen unterschiedliche Ansichten zu ein paar verteidigungspolitischen Dingen, weiter nichts. Tatsächlich waren wir die besten Freunde.

Ihr habt euch wirklich gemocht?, fragte ich vielsagend. Sie schien es nicht übel aufzunehmen.

Das kann man durchaus sagen, antwortete sie freiweg. Und jetzt ist er tot! Sie begann wieder zu weinen.

Ich zögerte. Vielleicht muss ich der Polizei erzählen, was ich gehört habe, sagte ich schließlich.

Mach das ruhig, sagte sie rasch. Ich kann es selbst tun, wenn du willst. Falls das irgendeine Bedeutung hat. Er ist ja eines natürlichen Todes gestorben, so natürlich wie er in einem solchen Alter überhaupt sein kann. Und selbst wenn ihn jemand umgebracht haben sollte, so würde doch wohl keiner glauben, dass ich es getan habe, hoffe ich jedenfalls. Wie sollte das übrigens vor sich gegangen sein? Und warum?

Nein, sie sah wirklich nicht aus wie eine Mörderin, und ich glaubte auch nicht, dass sie es war. Außerdem hatte ich die beiden ja bei ihrer heißen Umarmung gehört, kurze Zeit nach ihrem Streit, aber wagte ich zu erzählen, dass mir auch das bekannt war?

Er hat offenbar in der Rezeption angerufen, versuchte ich.

Ach so, ja davon weiß ich nichts, erwiderte sie. In der Nacht, meinst du?

Als du bei ihm warst.

Nein, daran kann ich mich nicht erinnern, das müsste ich doch noch wissen. Du, das hier klingt langsam nach einem regelrechten Verhör. Vielleicht ist es das Beste, wenn wir gleich mit der Polizei reden?

Das kann ich tun, sagte ich. Im selben Moment klopfte es an der Tür, und ein Mädchen aus der Küche kam mit dem Tee.

Das Rettungspersonal war auf dem Weg zum Fahrstuhl, die Trage zwischen sich rollend. Die Leiche war mit einer gelben Decke verhüllt. Die Polizisten waren schon gegangen, sagte man mir.

Ich schaffte es, sie am Ausgang einzuholen. Moment, ich muss noch was sagen.

Ich packte den einen beim Arm, gerade als er aus der Tür verschwinden wollte. Es geht um den Todesfall.

Er hob verwundert die Brauen und sah seinen Kollegen an. Okay, was ist es?

Leute liefen um uns herum. Das schien mir unpassend.

Vielleicht hat es keine Bedeutung, begann ich unsicher. Aber heute Nacht, als ich an Bergius' Zimmer vorbeikam, hörte ich Stimmen. Und zwar seine, und dann die seiner Sekretärin, die dort oben gerade zusammengebrochen ist.

Und?

Ja, sie argumentierten, es klang, als wären sie sich nicht einig. Die Diskussion wirkte ziemlich hitzig.

In dem Fall ist genau das vielleicht die Erklärung – irgendwas hat ihn wohl wütend gemacht, erwiderte der eine der Polizisten. Er sprach mit deutlich dialektaler Färbung. Hoher Blutdruck und dann – bum. Deshalb hat sie wohl so herzzerreißend geweint, sie hatte vielleicht ein schlechtes Gewissen.

Ich verschwieg, was ich noch weiter gehört hatte. Es schien nicht sinnvoll, es den hiesigen Polizisten, zumal in dieser konfusen Situation, zu erzählen. Entschuldigt, dass ich euch behelligt habe, sagte ich nur. Keine Ursache, erwiderte der eine ritterlich.

Ein unbestimmtes Gefühl peinigte mich. Wie heißt ihr, wollte ich wissen, bevor ich sie gehen ließ. Instinktiv spürte ich, dass ich vielleicht noch einmal mit ihnen Kontakt aufnehmen musste.

Sie hatten beide einen Gehöftnamen, und ich war sofort milder gestimmt. Einige Gehöftnamen verleiteten die Schweden aus dem übrigen Land zu glauben, dass die Männer hier oben auch Frauennamen hatten: Britt Olle Simonsson, Annika Karl Hansson, Ingeborgs Valfrid Olsson, Karla Jonas Mattson, Gunnil Erik Eriksson, Mait Olof Oskarsson, Lisbet Nils Eriksson, Ingri Erik

Nilsson, Wahlborgs Erik Jonsson. Darüberhinaus existierten auch Gehöftnamen mit sozusagen doppeltem Geschlecht wie Karilass, Pellisa, Pellkari, Päsbritta und Annamats. Ich mochte das mit den Gehöftnamen, und als sich zeigte, dass diese beiden Polizisten Mor Lennart Persson und Harskari Olof Eriksson hießen, war mir sofort besser zumute.

Du kannst uns jederzeit auf der Dienststelle erreichen, ruf einfach an, sagte der mit dem Namen Olof. Er wirkte nicht älter als um die dreißig, doch hatte er sich seine ursprüngliche Identität offenbar trotzdem bewahrt. Das Übliche war ja sonst, dass sich die jungen Leute möglichst schnell davon entfernten, sie weigerten sich, den hiesigen Dialekt zu sprechen, und distanzierten sich auch auf andere Weise von ihrer Ursprungskultur. Wir wissen schon, wer du bist, fuhr er fort, und ich begriff, dass er natürlich die Geschichte mit Niels meinte, kein Wunder, ich war dabei ja fast draufgegangen. Als wollte er seine freundschaftlichen Absichten unterstreichen, ging der zweite, Lennart, dazu über, in dem für Schweden anderer Gegenden völlig unverständlichen Malungdialekt zu sprechen: E ä fäktut te värô pi e slickä hjer ôpphävja? Låttä värô ô lâ värrô te kringô däg siso da.

Ja, sicher war es für mich stressig in diesem Trubel, und natürlich sollte ich aufhören, mir einen Kopf zu machen und mich so zu überschlagen.

Und ebenso gut konnte ich auch alles erzählen, was ich wusste, dann war die Sache aus der Welt.

Später in der Nacht haben die beiden was miteinander gehabt, ja, ich meine es genauso, zufällig habe ich auch das gehört, sagte ich einfach.

Sie wechselten einen Blick und konnten sich gerade noch das Lachen verkneifen.

Lennart antwortete, diesmal Hochschwedisch: Dann war wohl die erste Auseinandersetzung, die du gehört hast, nichts anderes als Gekabbel unter Liebesleuten?

Ich glaube, einen solchen Tod möchte jeder haben, ergänzte Olof lächelnd, und das sagt man nicht nur so dahin. Wie wir gehört haben, hatte er ja null Kondition und um die zwanzig Kilo zu viel. Dieser Militärarzt schien zu wissen, wovon er redete. Aber wenn du willst, können wir natürlich eine formelle Anzeige aufnehmen. Ich meinerseits glaube jedoch, dass deine Beobachtungen das Bild höchstens noch ergänzen. Möglicherweise wäre die Sache für einige der Beteiligten etwas peinlich. Aber, wie gesagt, erstatte gern Anzeige. Und sollte die Obduktion wider Erwarten etwas Verdächtiges ergeben, so tauchen wir sowieso wieder auf.

Die Situation war unerfreulich und absurd, in der Zwischenzeit waren wir langsam nach draußen geschleust worden, sodass wir am Ende vor dem Haus standen. Ich fror. Autos und Skifahrer kamen und fuhren. Nein, es gab wohl nichts mehr zu sagen. Ja dann tschüss und danke, dass ihr mir zugehört habt.

Sie salutierten scherzhaft und stiegen in ihren Wagen.

Drüben am Kinoeingang war das Wäschereifahrzeug rückwärts vorgefahren. Aus dessen Innerem wurde saubere Wäsche ausgeladen. Und aus dem Haus schleppte Nenad schwere Säcke mit der Schmutzwäsche.

Er war stark und muskulös, dieser Nenad.

Nachdenklich kehrte ich ins Warme zurück.

Das Stimmengewirr an der Rezeption wurde spürbar leiser, als die Trage aus dem Fahrstuhl gerollt wurde, ein Raunen ging durch die Versammelten, alle blickten scheu, einige Mützen fuhren vom Kopf.

Aber als der Rettungswagen abgefahren war, stieg die Geräuschkulisse erneut an, obwohl sich die Gespräche größtenteils um den Verstorbenen zu drehen schienen. Seufzer und Worte des Bedauerns erklangen, »viel zu früh« hörte man wiederholt als Kommentar, Köpfe wurden geschüttelt, aber anscheinend waren es nicht viele, die Bergius persönlich gekannt hatten, es schien hauptsächlich der Todesfall als solcher zu sein, der eine leicht gedrückte Stimmung erzeugte.

Die Mädchen an der Rezeption lächelten professionell, auch in meine Richtung. Ich fühlte mich unbehaglich und brachte es nicht fertig zurückzulächeln. Jetzt sei die Situation unter Kontrolle, was den Franzosen angehe, teilte die eine freudig mit. Dunja habe erzählt, sie hätte gesehen, wie er auf Skiern weggefahren sei.

Ich fand sie mit Lappen und Desinfektionsmitteln in der Frauensauna, die nach dem gestrigen Abend noch immer warm war. Wir setzten uns auf die unterste Bank. Ich fühlte mich aufgewühlt und musste mit jemandem reden, dem ich vertraute. Du hast also den Franzosen gesehen, begann ich, weil ich nicht wusste, wie ich anfangen sollte, um das Chaos in meinem Inneren zu beschreiben.

Sie nickte. Er bat mich, Bescheid zu sagen, dass alle Journalisten abgewiesen werden sollten, weil er sich vorbereiten musste, vermutlich für irgendeinen Auftritt. Bestimmt macht er sich deshalb so rar. Er ist auf Skiern weggefahren. Aber was ist denn mit dir, Siv?

Ich erzählte ihr von Bergius' Tod und von meinen nächtlichen Beobachtungen. Ich sah, dass die Sache auch ihr an die Nieren ging.

Du siehst blass aus, wie fühlst du dich eigentlich, fragte sie dann teilnahmsvoll und legte mir den Arm um die Schultern.

Ich sackte zusammen und lehnte mich an sie. Die Tränen waren nicht weit. Es war ein aufreibender Morgen nach einer unruhigen Nacht gewesen. Ja, wie fühlte ich mich eigentlich?

Es war belastend, gelinde gesagt. Es war belastend gewesen, den Toten zu sehen und auch, dass ich mich um seine Assistentin hatte kümmern müssen. Außerdem fühlte ich mich schlecht als Mensch, weil ich den Polizisten von den intimen Geräuschen erzählt hatte, die mir in der Nacht aufgefallen waren, es aber nicht fertiggebracht hatte, derjenigen davon zu berichten, die es selber betraf, nämlich der Assistentin, oder war sie Sekretärin, ist ja auch scheißegal.

Du brauchst es ihr doch nur zu sagen, meinte Dunja.

Kann ich das wirklich, fragte ich, wirkt das nicht indiskret?

Es ist das Beste, was du tun kannst, fand Dunja, sonst rennst du wegen der Sache nur weiter mit schlechtem Gewissen rum. Wenn du es jetzt sofort sagst, ist sie vielleicht sogar dankbar, aber wenn sie es wider Erwarten von anderer Seite erfährt, kann sie mit Recht empört sein.

Dankbar drückte ich Dunjas Arm. Was für ein Glück, dass es dich gibt, sagte ich. Ich werde jetzt sofort zu ihr gehen. Eigentlich bedeutet es ja nichts, sein Tod kam zwar unerwartet, aber er hat seine natürliche Erklärung, trotzdem werde ich es erzählen, weil ich es der Polizei gesagt habe. Wie steht's übrigens mit dir selbst, versuchte ich Interesse zu heucheln.

Bestens, antwortete Dunja wie erwartet. Es sind ja ordentliche Gäste, nirgends irgendwelche Katastrophenfälle. Wenn du bei irgendwas Hilfe brauchst, dann sag es einfach.

Vor Dankbarkeit wurde mir warm ums Herz, Dunja war nicht

nur eine gute Freundin, sondern auch eine loyale Mitarbeiterin im Unterschied zu den faulen Russinnen und den mimosenhaften Männern, den Latinos und Muslimen. In meinen Augen waren sie jedenfalls überempfindlich, man musste ständig aufpassen, damit man ihrer sonderbaren männlichen Würde nicht zu nahe trat. Ein Luxus, den ich mir selber nie hatte leisten können: Würde, meine ich. Glaubst du, dass die Burschen pfuschen?, fragte ich.

Nicht Muhammad, antwortete sie bereitwillig. Er lernt schnell und ist ordentlich. Nenad hingegen …

Ja?

Ach, es ist nichts.

Ach so, es ist nichts. Nur mal wieder der Balkankrieg oder?

Du verstehst das nicht, erwiderte sie leise und stand auf.

Ich erhob mich ebenfalls. Nein, ich verstand es nicht, und in diese Scheiße wollte ich auch nicht verwickelt werden. Aber sie war die beste Arbeitskollegin der Welt, das war sie wirklich. Mir war jetzt bedeutend besser zumute, und ich begab mich sofort zu Bergius' Assistentin.

Ich hatte Glück, sie war noch auf ihrem Zimmer. Ihre Augen waren rot und verquollen, aber sie hatte aufgehört zu weinen und ließ mich herein, ohne besonders verwundert zu sein, so als begriffe sie, dass ich etwas auf dem Herzen hatte. Setz dich, sagte sie wie beim letzten Mal.

Als ich zu Ende geredet hatte, schaute sie mich verblüfft an. Du bist nicht bei Trost, sagte sie, sollte ich …? Du meinst doch nicht, dass ich es gewesen bin, die …? Also nein, das ist doch völlig absurd, wie bist du denn darauf gekommen? Ich bin doch verheiratet. Und Bo-Erik sollte …? Ich kann es einfach nicht glauben! Mit wem denn nur?

Ihre Verwunderung und Bestürzung waren so echt, dass ich ihr tatsächlich glaubte.

Also ist nichts dergleichen passiert?, fragte ich verlegen.

Sie wurde rot.

Ich meine mit Bergius, verdeutlichte ich.

Natürlich nicht, erwiderte sie und massierte mit den Fingerspitzen die Haut unter den Augen. Unsere Beziehung war herzlich, aber rein beruflich, und übrigens war Bo-Erik verheiratet, wie ich sagte, auch zu seiner Frau habe ich ein gutes Verhältnis.

Wirklich?

Absolut, versicherte sie.

Als ich sie verließ, wusste ich nicht, was ich glauben sollte. Und was hatte es eigentlich für eine Bedeutung? Bergius war schließlich tot und konnte nicht mehr zum Leben erweckt werden. Er war durch eine Gehirnblutung gestorben, ein Militäroberarzt hatte sein Wort darauf gegeben. Und ich war eine verrückte Frauensperson, die anscheinend nichts lieber tat, als mitten in Probleme und Unglück zu geraten. Aber nun war es schließlich so, dass wieder jemand über die Säuberung des Speisesaals geklagt hatte, also warum konzentrierte ich mich nicht auf die Arbeit, anstatt Privatdetektivin und Fräulein Besserwisser zu spielen?

Björn stand erneut am geöffneten Sicherungskasten, ich sah, dass er mich bemerkt hatte. Auf halbem Weg machte ich Halt und steckte den Schlüssel ins Schloss der Vierhundertacht.

Es war noch nicht in Ordnung gebracht. Die Stiefel standen im Flur. Jemand hatte die Tagesdecke über das Bett gebreitet, das war alles. Es roch muffig, aber es roch Gott sei Dank nicht nach Tod. Der Koffer von Bergius lag aufgeklappt auf seinem Gestell. Jemand würde seine Siebensachen zusammenpacken und sie weiter zu der armen Witwe befördern. Und den Kindern, die, wie ich gehört hatte, erwachsen waren.

Im Flur hingen zwei Sorten Außenbekleidung. Der Skidress war dunkelblau. Eine rote Strickmütze lag hochgeworfen auf der Hutablage. Ich befühlte die Stiefel, sie waren noch feucht nach der Skitour des gestrigen Tages.

Im Badezimmer war es nach wie vor nass. Er hatte mit dem Oberkörper im Flur gelegen. Der Trockenschrank stand halb offen, außen war er beschmiert und innen staubig. Das Gleitmittel lag noch immer dort. Ausgerechnet im Trockenschrank. Ich nahm die Tube in die Hand, das Mittel basierte auf Wasser, die Tube wirkte klebrig.

Bald würde ja jemand kommen und Bergius' Sachen zusammenpacken. Ich stellte die Stiefel in den Trockenschrank, schloss die Tür und drehte am Schalter.

Nichts passierte. Ich öffnete den Trockenschrank von Neuem und versuchte herauszubekommen, wo sich der Anschluss befand. Die Emaille war hier und da abgestoßen, das Zimmer hatte schon ein paar Jahre auf dem Buckel.

Was machst du da gerade, fragte ich, als ich bei Björn angelangt war. Mit dem Strom stimmt schon wieder was nicht, behauptete er. Weißt du, dass der Trockenschrank in der Vierhundertacht nicht funktioniert?, fragte ich.

Nein, das hat mir keiner mitgeteilt, erwiderte er erstaunt, gut, dass du es sagst, ich werde gleich mal nachsehen.

Es ist dasselbe Zimmer, in dem der Verstorbene gewohnt hat, dein alter Offizier.

O verdammt. Ja, wie bedauerlich, dass so was passieren musste, meine ich. Aber so ist das Leben. Es kann schneller zu Ende sein, als man denkt. War es schrecklich, also für dich?

Er wirkte aufrichtig mitfühlend. Ja, es war schrecklich, antwortete ich. Aber jetzt ist es vorbei, für uns jedenfalls. Die Familie tut mir leid. Kann es bei so einem Trockenschrank passieren, dass er elektrisch leitet?

Was?

Ja, sodass man einen Stromschlag kriegt?

Die sind geerdet, es besteht keine Gefahr, Siv. Und wenn das der Fall wäre, würde die Sicherung durchbrennen. Du glaubst doch wohl nicht …? Siv, meine Liebe, jetzt siehst du schon Gespenster am helllichten Tag.

Es war schon weit nach der üblichen Zeit, aber im Personalspeisesaal herrschte genauso viel Trubel wie immer, auch andere waren spät dran und frühstückten jetzt zur frühen Mittagsstunde. Draußen hatte sich der leichte Nebel verzogen, der Hang war gesprenkelt vor Skifahrern. Ich fand einen leeren Platz neben Hedy.

Sie hatte mit der Endreinigung eines Apartments geholfen, und gerade als sie alles fertig hatte, war der neue Gast aufgetaucht, erzählte sie. Er hatte richtig komisch gewirkt.

Komisch?

Ja. Er hatte geweint. Sobald die Tür hinter ihm zugefallen war, hatte er zu weinen angefangen, sie hatte es gehört. Es musste doch wohl wegen dieses Mannes sein, der heute Nacht gestorben ist, oder?

Ich schüttelte verwirrt den Kopf. Hatte er heute eingecheckt, das Apartment bezogen und war gleich darauf in Tränen ausgebrochen? Ohne auch nur darum zu bitten, den Toten sehen zu dürfen? Unbegreiflich, soweit ich verstehen konnte, sie musste sich verhört haben.

Sie räumte ein, dass es möglich war. Aber er hatte schon draußen auf dem Laubengang Tränen in den Augen gehabt, sie hatte gesehen, wie er sich mit einem großen Taschentuch die Augen wischte. Und als sie dann von dem Todesfall hörte, zog sie ihre Schlüsse. Übrigens war ja nicht gerade viel Zeit vergangen seit dem letzten, denk doch an den jungen Burschen in dem Schlauchboot am Hang.

Ich nickte. Offenbar war über Interpol eine Suchmeldung nach ihm rausgegangen, weil man festgestellt hatte, dass er Ausländer gewesen war, es ging irgendwie um eine Zahnfüllung, hatte ich gehört, etwas, das man in Schweden nicht machte. Seine Eltern konnten einem jedenfalls leid tun, ich hoffte, die Behörden hatten ihn inzwischen identifizieren können, sodass seine armen Angehörigen nicht länger in Ungewissheit schwebten. Glaubte sie vielleicht, dass der weinende Mann mit diesem Fall zu tun hatte?

Ich frage mich nur, warum er geweint hat, fuhr Hedy fort. Er hat richtig laut geweint, so als wäre es ihm egal, ob ihn jemand hört.

Du hast doch gesagt, du könntest dich geirrt haben.

Das hast du gesagt. Und ganz sicher kann man ja nie sein. Ich hätte mich überhaupt nicht darum gekümmert, falls dieser Mann nicht gestorben wäre. Ich dachte, dass es da einen Zusammenhang gibt, er könnte ja ein Bruder oder so was Ähnliches sein?

Nein, keiner seiner Hinterbliebenen war bei Bergius gewesen. Natürlich war seine Sekretärin völlig aufgewühlt, auch seine Untergebenen waren betroffen, das konnte man schließlich verstehen.

Plötzlich erinnerte ich mich an den Mann mit den tränenden

Augen, ich hatte ihn ja selbst beim Einchecken gesehen! Das war bestimmt irgendeine Augenentzündung, erklärte ich. Ich habe ihn auch gesehen, seine Augen tränten einfach, er konnte bestimmt nichts dagegen tun.

Wir gaben das Thema auf, da Hedy mit dem Frühstück fertig war und sich auf den Weg machte. Ich schaffte es, mir eine Lokalzeitung zu greifen, die gerade zurückgelegt worden war, genau das Richtige, um die Gedanken zu vertreiben.

Neugeborene und Gestorbene, niemand, den ich kannte. Jede Menge Häuser zum Verkauf, keins über fünfhunderttausend. Die Lokalseite von Malung: Vor einigen Wochen war bei der Sozialfürsorge ein Antrag auf finanzielle Unterstützung eingegangen, für ein Flugticket in Höhe von fünftausend Kronen, damit der Antragsteller nach Hause zurückkehren und den Rest seiner Strafe im Tidaholmsgefängnis ableisten konnte. Er befand sich im Augenblick auf den Philippinen, wohin er vor zwei Jahren geflüchtet war. Aber jetzt bereute er die Sache und wollte von jetzt an in Schweden im Gefängnis sitzen inklusive der Strafverlängerung, die auf ihn zukommen konnte. In seinem Schreiben hob er besonders hervor, dass er das Geld selbstverständlich zurückzahlen wolle, sobald er sich ein Einkommen verschafft habe, und nach Beendigung der Strafzeit hoffte er, bald auch seine philippinische Ehefrau samt der gemeinsamen kleinen Tochter herholen zu können. Danach beschäftigte sich der Artikel mit der Strafsache, die den langen Gefängnisaufenthalt seiner Zeit veranlasst hatte, nämlich der in der hiesigen Gegend viel beachtete sexuelle Missbrauch der eigenen minderjährigen Tochter.

Mein Gott?! Das konnte doch nur … Der Ort war doch so klein. Das war doch bestimmt Greger?

Viele waren schon gegangen, es herrschte nicht mehr so viel Lärm. Ich wählte die Nummer von Marianne, meiner alten Nachbarin. Hast du die Zeitung gelesen?

Ja, das hatte sie. War mir denn nicht bekannt, dass er sich abgesetzt hatte? Sie hatte geglaubt, das wüssten alle. Ja, bestimmt war er das. Dort hatte er sich also verkrochen, und jetzt passte ihm das nicht mehr in den Kram. In einem schwedischen Gefängnis war es natürlich bequemer als im entbehrungsreichen heißen Dschungel auf den Philippinen.

Was für ein Schwein!

Schwein ist noch geschmeichelt, erwiderte Marianne. Die arme Maja. Aber man hat es schon abgelehnt.

Ich überflog den Schluss des Artikels, ja, es stimmte, die Angelegenheit war vor mehr als einem Monat abgeschlossen worden. Was für ein Glück. Jetzt würde er seine Sünden richtig bereuen können. Eigentlich hätte man ihm eine Briefbombe schicken müssen, jetzt, wo man wusste, wohin.

Marianne war derselben Meinung. Hier gab es, Gott sei Dank, für ihn nichts mehr zu holen, in unserer Gegend vergaß man nicht, er wäre seines Lebens nicht mehr sicher gewesen, wenn er zurückgekommen wäre. Stattdessen durfte er jetzt dort unten ein bisschen am Hungertuch nagen, geschah ihm recht.

Björn tauchte plötzlich auf und machte eine fragende Geste. Ich freute mich, verabschiedete mich rasch von Marianne, legte auf und wies auf Hedys leeren Platz.

Er saß ungeheuer nahe. Ich hätte ihm um den Hals fallen können. Ich hatte auch gute Lust dazu, wollte einfach meine Nase in seinen Kragen bohren, um seinen Geruch begierig einzuziehen.

Da hätte er vielleicht geguckt.

Jetzt ist dieser Trockenschrank repariert, sagte er leichthin und beschmierte seine Brotscheiben dick mit Butter, da saß nur eins der Kabel nicht richtig fest, jetzt funktioniert er wieder, kein Problem mehr. Wird übrigens niemand das Zimmer sauber machen, dieser Schrank war doch dreckig, total beschmiert?

Ich erklärte, wir warteten darauf, dass sich jemand um das Eigentum von Bergius kümmerte, danach würden wir eine Totalsanierung vornehmen. Nicht weil die Gefahr von Ansteckung oder so bestünde, sondern mehr wegen der guten Sache.

Wie ist das, wenn man zweihundertzwanzig Volt durch den Körper kriegt?, fragte ich dann. Ich dachte vor allem an Greger – das verdiente dieser Bursche wirklich, das würde ihn bestimmt kirre machen.

Björn schaute mich interessiert an. Man steht total unter Spannung, erwiderte er. Man erleidet Krämpfe. Wenn man Glück hat, fällt man um und kommt los. Sonst stirbt man. Aber Bergius ist eines natürlichen Todes gestorben, wie du vielleicht weißt.

Seine Augen waren schön. Er wusste es sicher. Andere Frauen hatten es ihm bestimmt gesagt.

Ich frage mich nur, erwiderte ich, ob man im Stande ist, etwas zu sagen oder so?

Kaum. Zu stöhnen vielleicht, denn man bekommt bestimmt nicht mal die Kiefer auseinander. Zum Glück habe ich das noch nie ausprobieren müssen.

Ach ja, zu stöhnen?

Es passiert nicht, Siv, die Sicherung brennt durch, habe ich doch gesagt.

Seine Hand streichelte beruhigend die meine, aber ruhig machte mich das am allerwenigsten. Unter Spannung. Elektrischer Nervenkitzel.

Das Mittagessen war in vollem Gange. Durch das Panoramafenster des Speisesaals zum Storfjället flutete weißes Licht herein, und um den Salattisch und die Anrichte mit dem Hauptgericht herrschte viel Betrieb. Fast alle Mittagsgäste waren Konferenzteilnehmer und trugen ihre Namensschilder pflichtschuldigst so, dass sie gut sichtbar waren. An den Tischen wurde eifrig geredet, hin und wieder ertönte Lachen. Viele hatten rote Wangen und wirkten unverkennbar vitalisiert nach dem Vormittag in der frischen Luft. Das Stimmengewirr wurde von einer unschönen Symphonie piepender, bimmelnder, düdelnder und quäkender Handys umrahmt, die bei jedem Klingeln eine Hand voll Gäste erschrocken in ihren Kleidern und Taschen wühlen ließ. Ich begriff, dass all diese Handys während der eigentlichen Konferenz abgeschaltet gewesen sein mussten, was das Maß an Wohlerzogenheit und Zivilisation bewies, das diese Menschen besaßen.

Ich räumte diskret das Geschirr von einem Tisch, weil ich sah, dass die Mädels es nicht schafften. Ich fühlte mich total unsichtbar, keiner schaute mir in die Augen, ich war Teil der Einrichtung, und das kam mir sehr entgegen. In aller Ruhe konnte ich interessanten Gesprächen lauschen, ohne durch Neugier aufzufallen.

Mir gefiel das Wort Neugier nicht, es hatte einen negativen Klang. Ich war interessiert, so war es, interessiert am menschlichen Leben, je mehr ich über andere lernte, desto mehr erfuhr ich über mich selbst. Zwei Herren standen in der Schlange zum Hauptgericht. Für zivile Wehrbereitschaft sorgen Menschen in Netzwerken, sagte der eine. Zweifellos, erwiderte der andere, aber das reicht nicht. Die erhöhte Verwundbarkeit der gesellschaftlich wichtigen Infrastruktur ist ein nationales Sicherheitsproblem, das du mit größerer Kompetenz u.a. in besagten Netzwerken lösen musst.

Bullshit, dachte ich im Stillen, während ich etwas verschütteten Salat aufnahm. Zwar kann ich nicht behaupten, dass ich begreife, wovon ihr da schwafelt, aber der Mensch ist nie so einsam gewesen wie heute. Je dichter wir uns zusammendrängen, desto größer scheinen die Abstände zwischen uns zu werden. Die Netzwerke, in dem Maße es sie überhaupt gibt, bestehen meist nur aus zwei, drei Personen. Die Leute sterben hinter verschlossenen Türen, Familien sehen sich jahrelang nicht, man ist autonom und funktioniert selbsttätig, man braucht kein Netzwerk mehr. Glaubt man.

Er ist wahrhaftig zum richtigen Zeitpunkt gestorben, hörte ich eine Frauenstimme überdeutlich flüstern. Es war die Lotta-Chefin, die sich zu ihrem Tischnachbarn vorbeugte. Ich bückte mich zu dem Schrankteil unter den Kaffee- und Wasserkannen und holte Teebeutel und Zucker hervor.

Er hatte gerade den Anstoß zu einer Untersuchung gegeben – natürlich ohne jegliche Voraussetzung – in Bezug auf einen Posten Tretminen, die zerstört worden waren, aber dann plötzlich von den Toten auferstanden sind, voilà, und auf lkws angetroffen wurden, die sich ihrerseits auf einer Fähre nach Polen befanden.

Solange niemand etwas sagt, entgegnete der Tischnachbar, ein älterer Mann in gemusterter Strickweste, eine solche Versuchung muss ja die ganze Zeit bestehen, es widerspricht doch der menschlichen Natur, vollwertiges Material flöten gehen zu lassen, jedenfalls ist das meine Meinung.

Weitere Leute waren ins Restaurant geströmt, ich sammelte so viel Geschirr zusammen, wie ich tragen konnte, und begab mich zum Abwaschraum.

Er stand mit dem Rücken zu mir, aber ich erkannte ihn sofort.

Schick war er, in Anzug und weißem Hemd, dieser nur allzu gut bekannte Nacken, seine Schultern.

Ich lief eilig zum Spülen hinein und war nahe daran, meine Last fallen zu lassen. Blitzschnell packte ich Besteck, Gläser und Teller in ihre verschiedenen Behälter zur weiteren Beförderung in die Maschine. Ich blieb stehen, die Hände auf den Tisch gestützt, keuchend wie nach großer Anstrengung. Mein Gott, er war es! Die Abwäscher nahmen keine Notiz von mir. Es war Jan, mein Ex-Mann, was machte er hier? Er musste erst am selbigen Tag gekommen sein, sonst hätte ich ihn schon vorher gesehen, ein Flugbus traf genau um diese Zeit hier ein, es stimmte, und jetzt würde er mittagessen.

Das Teilnehmerverzeichnis, wo war es?

Ich fand eins in der Rezeption, die Mädels hatten es hinterm Tresen, ich bat, einen Blick hineinwerfen zu dürfen.

Jan Dahlin, Reichstagsabgeordneter, dass ich es nicht vorher bemerkt hatte? Aber das lag am Titel.

Er war aufgestiegen, wahrhaftig! Und niemand hatte mir davon erzählt. Wo es mich doch schon ungemein beeindruckt hatte, als er Gewerkschaftsfunktionär geworden war. Aber sieh an, wie gut es jetzt bei ihm lief, wo er seine alte, ungebildete Frau nicht länger mitschleppen musste. Wirklich schade, dass seine schöne Freundin, die Juristin Ingela Katz, gestorben war, sonst wäre sie die passende Partie gewesen in dieser Position, die er sich jetzt beschafft hatte.

Eifersucht macht den Menschen hässlich, hatte jemand gesagt, böse und hässlich. Ja danke, ich wusste es, aber was half das. Außerdem hasste ich ihn, also konnte ich ja auf keinen Fall eifersüchtig sein. Aber irgendwas war mit mir, das war völlig klar, meine Hände zitterten, und das Gehirn war wie Brei.

Ich schielte hinter einem großen Hibiskus hervor. Er hatte an einem Tisch mit zwei Frauen von der Zivilen Fahrbereitschaft Platz genommen, ich sah, dass sich alle drei unterhielten, er lächelte und sah fröhlich aus. Ja, er war genau wie immer, war keinen Tag älter geworden, eher jünger. Mein Mann, mit dem ich das halbe Leben geteilt hatte.

Heute befanden wir uns in verschiedenen Sonnensystemen. Wie hatte es dazu kommen können?

Das Leben musste weitergehen. Ich wollte nicht, dass er mich sah, aber es war ja wohl unausweichlich. Ich hatte einen Job zu machen, hatte weder Zeit dazu, noch konnte ich es mir leisten, Versteck zu spielen.

Mit entschlossenen Schritten ging ich in Richtung Kongresshalle. Ich fühlte mich froh und begriff verwundert, es lag daran, dass er gesund und munter wirkte! Mit Wehmut erinnerte ich mich an all unsere Jahre, an lange wohlige Sonntagvormittage in der Horizontalen, wie können zwei Menschen, die sich so nahe waren, plötzlich aufhören füreinander zu existieren?

Er hatte nie aufgehört für mich zu existieren. Tränen stiegen auf, als ich mir das eingestand. Ich war aus der Ehe geflohen, weil er mir wehgetan hatte. Aber jetzt, als ich ihn wiedersah, begriff ich, wie tief mich der Verlust getroffen hatte.

Aber er sollte nie wieder die Chance bekommen, mir noch einmal wehzutun.

Große Vorsätze, und außerdem hingen die Trauben für den Fuchs zu hoch. Es bestand nicht gerade die Gefahr, dass er mich zurückhaben wollte.

Die Landespolizeipräsidentin leitete die Beratungen des Tages mit einer schlichten, wohl formulierten Gedenkrede ein, Anlass sei das plötzliche, unerwartete Ableben ihres nahen Mitarbeiters Bo-Erik Bergius am ersten Tag der Konferenz. Die Trauer und Bedrückung, die jetzt alle verspürten, könnten lediglich durch das Wissen gelindert werden, dass Bo-Erik sich bis zuletzt mit ganzer Kraft für die schwedische Sicherheitspolitik eingesetzt habe, sowohl in nationaler als auch in internationaler Hinsicht.

Das Ganze wurde mit einer Schweigeminute beendet, worauf sich alle wieder setzten.

Ich beeilte mich, Tassen und Löffel bereitzustellen, einige wollten vielleicht auch Tee oder Juice, und zum Auspacken des Plundergebäcks war ich auch noch nicht gekommen. Irgendein Frühstücksmädel hatte sich bisher noch nicht blicken lassen, doch sei eins unterwegs, teilte die Rezeption mit.

Irgendwo dort drinnen im Saal saß Jan. Ich hatte nicht vor, meinen Tag von dieser Tatsache verdunkeln zu lassen, man war schließlich Profi. Schwung und Spannkraft war mein Motto, ich tanzte förmlich um den Tisch herum, während ich die Dinge auf ihren Platz stellte. Aus dem Saal war jetzt die ruhige Stimme des Tagungsleiters zu hören, der mit trockenem Humor eine Art Minidebatte ankündigte, die man entsprechend der auf früheren Konferenzen geäußerten Wünsche ins Programm genommen hatte, weil es nach Ansicht der Teilnehmer auf jenen viel zu wenig Raum für die Diskussion gegeben hatte. Das Thema für die nächsten Minuten lautete deshalb: Grünes Licht!

Dankbares Gemurmel war zu hören, und die Diskussionsfreudigen wurden aufgefordert, sich hinter den im Saal verteilten Mikrofonen aufzustellen, sozudagen lebendige Rednerlisten zu bilden. Von irgendwelchen Nachwehen aufgrund des Todesfalls war nicht das Geringste zu spüren. Die Diskussion sollte exakt vierundvierzig Minuten dauern, und danach würde das verehrte Auditorium dem lauschen dürfen, was der Oberkommandierende zu berichten hatte.

Als Erste meldete sich eine Politikerin zu Wort, die eine bestimmte Ausbildung infrage stellte, die ohne die Anwesenheit eines einzigen schwedischen Militärs auf schwedischem Territorium stattfinden sollte. Die Holländer konnten doch wohl bei sich daheim ausgebildet werden, sie begreife wirklich nicht, wofür das gut sein solle. Der nächste Redner schlug in dieselbe Kerbe, er meinte, die Holländer, um die es ginge, wären nicht gerade Unschuldslämmer, unter anderem wären sie bei der Verteidigung einer gewissen Stadt in Bosnien-Herzegowina involviert gewesen und hätten bei ihrer Aufgabe total versagt. Viele Zivilisten waren getötet worden, weil es ihnen nicht geglückt war, das Gebiet zu verteidigen, und was noch schlimmer war, sie hatten obendrein – wenn auch unbeabsichtigt – zur ethnischen Säuberung beigetragen.

Die EU muss über ein operatives Krisenmanagement verfügen, meinte der nächste Redner, aber die Zusammenarbeit bezüglich Kapazität und Technologie des Kampfflugsystems und der unbemannten Signalaufklärung sollte Schweden in bedeutend größerem Umfang begünstigen.

Die Diskussion nahm immer weitgreifendere Formen an, und ich war mit dem Meinen voll beschäftigt und hörte deshalb nicht so genau hin, die Beiträge wurden zu einer absurden Kakofonie von Wörtern: Wirkung, Leitung, Operation, Umweltverständnis, Echtzeitnetzwerk, Kampfmittel, Kommunikationsstrukturen, Sonarbojen, Radarflugzeuge, uva, Amphibienbataillone, Korvetten, Telekommunikationsprobleme, Berechnungsinstrumente, Bestellerkompetenz, abc, Einsatzmilieu. Wie konnte es den Leuten nur Spaß machen, sich über so etwas zu unterhalten? Die

Kaffeetafel aber war jetzt jedenfalls fertig, weit vor der festgesetzten Zeit, ich war zufrieden.

Der Tagungsleiter ergriff wieder das Wort und gab die brandwichtigen Gesichtspunkte an den nächsten Redner weiter, nämlich an den Chef himself – den Oberkommandierenden!

Ein Krachen war zu hören, und alle fuhren zusammen, aber es war nur der Schnee, der sich gelöst hatte und vom glatten Dach gerutscht war.

Der Oberkommandierende stieg mit kraftvollen Schritten aufs Podium, und das Auditorium applaudierte.

Ich stellte mich in den Schatten beim Eingang und schaute in den Saal. Die Aufmerksamkeit aller war aufs Rednerpult gerichtet. Der OK war groß und dunkel, er sah gut aus, auch wenn er irgendwie unpersönlich wirkte, aber so war es ja häufig bei Leuten mit Macht, sie waren nicht in erster Linie Menschen oder Personen, sondern stellten eine Funktion dar.

Jan konnte ich nicht entdecken, aber andererseits waren hier ja so viele Leute. In einer Ecke ganz vorn hob sich hingegen der Amerikaner inmitten eines Gefolges von Simultandolmetschern und Leibwächtern ab. Er saß mit seinen Kopfhörern da und lachte die ganze Zeit, was sagten eigentlich die Dolmetscher?

Das Overhead-Bild mit dem Logo der Konferenz wurde gegen eine bunte Europakarte ausgetauscht, auf der Schweden ein Stück eines Puzzles war. Der OK begann mit ein paar Worten über Bergius, den er äußerst geschätzt hatte und dessen gutes Beispiel in Bezug auf die professionelle Sicherheitsarbeit er als nachahmenswert hervorhob. Dann begann er sofort von der totalen Europäisierung zu sprechen, die jetzt vor der Tür stände. Nach schmerzlichen, aber erfolgreichen Umstrukturierungen der schwedischen Landesverteidigung wäre es nun an der Zeit, das Fundament selbst zu überprüfen, nämlich das Wehrpflichtgesetz, und er hoffe, dass künftige Gesetzesänderungen in Bezug auf diesen wichtigen Faktor den Druck verringern würden. Schweden hinke, was das angehe, im internationalen Zusammenhang hinterher, und es würde höchste Zeit, das schwedische Volk an eine flexible Denkweise zu gewöhnen, wenn es um eine teilweise professionell ausgerichtete Armee ginge, mit Männern, die in der heutigen modernen, komplizierten Waffentechnologie über Kenntnisse und Erfahrungen verfügten. Doch bei all dem wolle man nicht im Geringsten die ausgezeichnete Methode zur Auffindung echter Spitzentalente abwerten, welche die vorhandene Musterung darstelle. Man müsse sich nicht zwischen dem einen oder anderen entscheiden. Man könne beides haben, wenn man seine Möglichkeiten gut nutzte.

Er sprach lange über Umweltanalysen und strategische Streitkräfte, und ich fand das alles todlangweilig. In Nebensätzen auf Englisch unterstrich er die enge und gute Zusammenarbeit mit den usa, und der Amerikaner lachte erfreut über das verbale Schulterklopfen. Mir taten langsam die Beine weh, und ich wollte irgendwo einen Stuhl finden, um mich zu setzen, aber da war die Rede endlich zu Ende. Nachdem der Beifall verklungen war, bat der Tagungsleiter den Oberkommandierenden, am Rednerpult zu bleiben, damit die Teilnehmer die Möglichkeit hatten, aus dem Saal Fragen zu stellen. Der Oberkommandierende nickte und stellte sich breitbeinig hin, die Hände auf dem Rücken verschränkt, so als hätte ein unsichtbarer Vorgesetzter »Rührt euch!« befohlen.

Ein Mann ging energischen Schritts zum hintersten Mikrofon und begann zu sprechen. Er hatte eine schöne, wohlmodulierte Stimme, und jedes Wort war zu verstehen. Jetzt wolle man die

Diskussion in Gang bringen, jetzt, wo der Abbau der schwedischen Gesamtverteidigung bereits eine Tatsache war, das sei nicht anders, als würde man nach Ladenschluss einkaufen wollen, die Streitkräfte selbst und das schwedische Volk hätten nicht die geringste Chance gehabt, ihre Meinung zu äußern, als der Beschluss seinerzeit gefasst worden war. Wenn jetzt keiner darauf hinweise, dass der Kaiser nackt sei, würde Schweden früher oder später der erstbesten Banditendiktatur zum Opfer fallen.

Die Stimme des Mannes wurde immer lauter und die Worte immer härter, das Mikrofon verstärkte jede Silbe, und die Stimme füllte jeden Zoll des großen Saales aus, die Sprache war prägnant, die Worte waren bestechend, präzise, wahnsinnig.

Der Tagungsleiter trat einen Schritt vor und bat den Redner, eine Frage zu stellen.

Ich war jetzt auf der Hut. Die Atmosphäre im Saal verdichtete sich in wenigen Sekunden, mir gefielen die harten Worte nicht, aber jetzt bewegte sich dort vorn auf dem Podium ein roter Laserpunkt, und ich dachte, er wollte den Teilnehmern etwas auf der großen Europakarte zeigen. Der Tagungsleiter ging einen weiteren Schritt vor

im selben Augenblick fuhr der rote Punkt über das Podium

und landete beim Oberkommandierenden, während der Redner zugleich seine letzten Sätze vorstieß: Du hast dazu beigetragen, unser Land zu verraten und dessen Verteidigungspotential zu verschleudern. Eine Tat, für die es nur eine einzige adäquate Bezeichnung gibt, nämlich Landesverrat! Und wie du sehr gut weißt, gibt es für Landesverrat nur eine Strafe!

Es klang wie ein dumpfer Stoß. Der Oberkommandierende verschwand hinterm Rednerpult. Sicherheitsleute warfen sich auf den amerikanischen Minister.

Ich verstand überhaupt nichts.

Ein Drittel der Zuhörer, diejenigen, die trainiert waren und instinktiv reagierten, warf sich in den Bankreihen zu Boden. Der Rest, unter anderem viele Frauen, schaute verwirrt umher. Die meisten der Frauen hatte man in den verschiedenen Freiwilligenorganisationen ebenfalls geschult. Deshalb zogen sie die Schlussfolgerung, dass auch das hier eine Übung war, eine ganz besonders diffizile.

Kurz darauf hörte man eine einsame Patronenhülse deutlich über den harten Holzfußboden rollen. Der Redner machte auf dem Absatz kehrt und verließ seinen Platz am Mikrofon. Er kam mit raschen Schritten auf mich zu. Ich wich zur Seite. Er ging dicht an mir vorbei und verließ den Saal.

Er trug denselben grauen Anzug wie bei der Ankunft, aber ich dachte jetzt nicht an seine Ohren – ich sah nur sein strahlendes Gesicht.

Teil II

Er ist der Soldat im Feld. Das Leben strömt brennend in ihn von der Waffe durch die Hand in den Arm, die Brust, das Herz, die Atmung tief und intakt. Endlich intakt. Der Soldat im Feld. Das, wovon sein Leben im höchsten Maße handelt. Die Nebel lichten sich, der Rauch verweht von den Schlachtfeldern bei Lützen, Leipzig, Narva, Düna, Kliszow, Holovczyn, Mieskowitz, Gadebusch, Poltawa, jetzt kann er die ganze Landschaft sehen, und er sieht weit, er sieht seinen eigenen Anteil an dieser stolzen Tradition harter Krieger hier im Herzen von Dalarna, wo die Verteidigung des Vaterlandes letztlich der Verteidigung der Freiheit galt. Die Geschichte wird ihr Urteil über ihn sprechen. Sein eigentliches Leben ist zu Ende, aber seine Tat wird weiterwirken, und er ist jetzt der Soldat im Feld, er hat getan, was getan werden musste, und er hat es gut getan.

Man kann das Volk nicht anlügen. Erklärt man offiziell, die Gefahr eines Krieges sei so gering, dass Stockholm und das Gebiet um den Mälaren keinen Schutz benötigen, dann hat man die

Wahrheit über seine eigene Kompetenz offenbart, weil man dafür plädiert, die gesamte Verteidigung aufzugeben, und dann soll man abtreten. Aussteigen. Manchem muss bei dieser Kleinigkeit nachgeholfen werden.

Sechzehn voll beladene Fernlastzüge Tag für Tag, die Ausplünderung hatte groteske Proportionen angenommen. Alles, was man für unmodern hielt, sollte weg. Spaten, würde man sie nie mehr brauchen? Was kostete es, die Spaten zu behalten, war das zu teuer? Er persönlich wird den Tag nicht erleben müssen, an dem das Volk ohne Spaten dasteht. Oder ohne Sandsäcke. Die waren bereits weg, als es zu der Überschwemmung kam.

Man hatte ihn stets für förmlich und langweilig gehalten. Das kann schon stimmen, aber über eine Gabe verfügt er trotz allem, nämlich über Fantasie. Die Spaten sind unentbehrlich. Seine Fantasie sagt ihm auch, wenn man eine starke, gut funktionierende Landesverteidigung hat, dann ist sie letzten Endes nicht nötig. Das ist das Entscheidende an der Sache, ja der springende Punkt ist schlichtweg die Kontraproduktivität, doch für die Machthaber stellt eine solche Ordnung viel zu große Anforderungen an eben diese Fantasie. Was vorhanden ist, soll ganz konkret benutzt werden, ansonsten erachtet man es für überflüssig. Dieses manische Tun und Lassen, dieses Pusseln und Fummeln mit Dingen, auf die sie sich nicht verstehen.

Der Pulverrauch verzieht sich, und er kommt zu dem Schluss, was er getan hat, ist gut. Er schwebt, er ist ein freier Mensch, und er ist ein Mann. Er hat nicht versagt. Er ist weder besonders mutig noch besonders tapfer, solche Eigenschaften sind lediglich Firlefanz für ichbezogene Einfaltspinsel. Er ist seinem Auftrag treu geblieben, und er ist loyal bis in den Tod, und das erfüllt ihn mit Demut. Er hat heute das ganze Ausmaß seines Verantwortungsbewusstseins bewiesen, die Geschichte wird über ihn urteilen, und das Urteil wird eine vollständige Rehabilitierung und vermutlich mehr als das bringen, er fühlt es in der starken Lebenskraft, die über die Waffe in ihn strömt durch die Hand den Arm direkt ins Herz – nämlich, dass er seine Pflicht getan hat.

AK 5 David, Laservisier, digitale Videokamera, Display, Beleuchtungskörper, Entfernungsmesser, Laserpunkt, Night Vision Goggles, Satellitennavigationssystem kompatibel mit anderen nato-Ländern, EU-Ländern. Sicher ist es gut, ordentlich ausgerüstete Soldaten zu haben. Aber diese Herren haben nicht genügend Fantasie, um die wichtigste Variable zu beachten – den Soldaten selbst, seine Persönlichkeit, seine Einstellung, sein Engagement und seine Spiritualität. Der Soldat im Feld ist keine gemietete wandernde Computeranlage, sondern ein vaterlandsliebender Sohn, Vater oder Bruder. Der zusammen mit anderen seine Pflicht tut, um die schwedische Freiheit zu wahren. Ihr Lohn ist der Stolz darüber, diese Pflicht tun zu dürfen. Weil es wichtig ist und nicht, weil es gut bezahlt wird.

Eine selbständige, starke Verteidigung verleiht Schwedens Worten Glaubwürdigkeit und Kraft in den Krisenherden, wo es noch immer als Vermittler fungiert. Bald ist diese Glaubwürdigkeit aufgebraucht. Schweden ist zu einem unterwürfigen Zwerg verkommen, und er ist nicht bereit, auf diesem sinkenden Schiff weiter mitzutun. Heute ist sein Tag. Die Rauchwolken werden vertrieben, Verräter von Vaterlandsfreunden geschieden, Schweden muss verteidigt werden, um jeden Preis und an allen Fronten, und wenn nötig, mit der Waffe in der Hand.

Wie seltsam leicht er sich fühlt, wie glücklich er ist. Das hier hätte er mit seiner Frau teilen wollen, sie wäre neben ihm geschwebt und hätte ihn angesehen, vielleicht hätte sie ihm sogar ihre Arme entgegengestreckt? Ja.

Er hat seine Pflicht getan.

Seine geliebte Frau, sie erfüllt sein ganzes Herz.

Sie weiß es.

Er schenkt ihr jetzt den Stolz.

Darüber, dass er nie versagt hat.

Es ist, als gleite er, ja schwebe auf den Ausgang zu, die Waffe noch in der Hand. Wenige Sekunden lang herrscht atemlose Stille. Sein Gesicht ist ausgeglichen, die Augen brennen, wie eine Lichtgestalt schwebt er vorwärts – ein strahlender Sieger. Er kommt so dicht an mir vorbei, dass ich seinen Geruch spüren kann, seinen frischen Duft nach Schnee und Birken. Er ist untadelig gekleidet, und er flieht nicht, er geht völlig aufrecht, gleitet zum Ausgang – das einzige bewegliche Element in einem aschgrauen Stehbild erstarrter, tödlich Erschrockener.

Dann bricht das Chaos los. Im Windfang holen ihn zwei Sicherheitsbeamte ein, packen ihn und ringen ihn zu Boden, obwohl er keinen Widerstand leistet, sie schreien und treten ihm die Waffe aus der Hand, drücken seinen Kopf nach unten, das Gesicht wird in den sandigen Schneematsch der Plastikmatte gepresst, sein weißes Hemd verdreckt, und sie schreien unentwegt, aber er bleibt stumm, und nun höre ich auch, wie aus der Totenstille Gemurmel aufsteigt, das rasch immer lauter und lauter wird, sich dann in eine klappernde Kanonade verwandelt, und ich drehe mich um und schaue in den Saal. Ich bemerke Bewegung in den Bankreihen. Das Podium ist Furcht erregend leer.

Plötzlich sehe ich die Lotta-Chefin, wie sie sich aus ihrer hockenden Stellung irgendwo dort vorn aufrichtet, sie erhebt sich gleich einer Kriegsgöttin mit erhobenen Händen, roten Händen, und der Rock trägt eine riesige blutrote Blume, sie schreit etwas, aber der Lärm im Saal ist jetzt so groß, dass ich nichts höre.

Mit drei langen Schritten ist der Generalarzt zur Stelle, noch immer in seinem braunen Anzug, und zusammen mit der Lotta-Chefin verschwindet er hinter dem Rednerpult außer Sichtweite. Eine Erste-Hilfe-Tasche taucht von irgendwoher auf, und ein amerikanischer Leibwächter greift danach, springt aufs Podium zusammen mit anderen Leuten, die vermutlich mit Krankenpflege zu tun haben.

Alle sind jetzt von ihren Plätzen aufgestanden, und alle haben nur einen Wunsch, sie wollen raus aus dem Saal, die Bereitschaft zum Handeln erzeugt einen Überschuss an Adrenalin und Energie. Unweit von mir breitet ein Sicherheitsbeamter die Arme aus und mahnt zur Ruhe: Nehmt wieder Platz. Die Lage ist unter Kontrolle. Wir haben ihn. Es gibt keinen Grund zur Panik. Geht zurück auf eure Plätze, habe ich gesagt.

Die Menschen zögern. Vorn am Podium drängen sich jetzt die Leute. Die Bankreihen sind fast leer, viele wollen nach draußen, aber die Türwachen an den drei Saalausgängen schieben alle wieder hinein. Setzt euch auf eure Plätze, und beruhigt euch. Der Attentäter ist gesichert. Es darf sich ohnehin keiner von hier entfernen.

Im Windfang hat man den Attentäter tatsächlich gesichert, die Hände in Handschellen auf dem Rücken. Die Sicherheitsleute zerren ihn auf die Füße, ich sehe eine Verletzung an seiner Wange, oder ist es nur Schmutz? Er ist völlig passiv, aber sie behandeln ihn rücksichtslos und brutal. Ich verachte mein eigenes irrationales Mitleid mit diesem Verbrecher, wie kann ich nur! Während der Oberkommandierende dort vorn in seinem Blut badet! In der Welt des Krieges würde mich meine Empfindsamkeit auf gefährliche Wege führen, war es damals vielleicht doch richtig, Afghanistan zu bombardieren? Aber wie kam es dann, dass die New Yorker am wenigsten an Rache dachten und sagten: Wir müssen die Blicke nach draußen richten – was haben wir getan, um all diesen Hass auf uns zu ziehen? Ich empfinde tiefes Mitgefühl mit dem Mörder in dem nasskalten Windfang, der voll mit halbgetautem Schnee und eisiger Luft ist. In einer kristallklaren Vision verstehe ich die Hölle, begreife, was damit gemeint ist. Wird dieser Mensch je wieder von dort zurückkehren können?

Der Oberkommandierende muss leben, damit niemand hier zum Mörder wird!

Die Menschenansammlung vorn am Podium, ich kann nichts erkennen. Alle anderen stehen entlang der Saalwände und vor den energischen Türwächtern, wo es zu Diskussionen gekommen ist über die Gefahr weiterer Attentate, ja sogar eines Staatsstreichs, die Stimmung ist aufgeheizt, aber nicht hysterisch.

Aber nicht alle reagieren auf die gleiche Weise. Einige stehen in Gruppen und führen murmelnde Gespräche, und ganz vorn auf dem Nadelfilzteppich neben einem Lautsprecher sitzt ein einsamer Mann mit gesenktem Kopf auf einem Stuhl. Betet er vielleicht?

Ich höre jemanden den Namen des Attentäters nennen, es scheint, als würden ihn viele kennen. Da ist eine Eiterbeule geplatzt, höre ich jemanden flüstern. Er steht jetzt an die Wand gedrückt draußen im Gang, die Wächter vor sich, sie warten offensichtlich auf Verstärkung.

In den Lautsprechern ertönt nun die wohlbekannte Stimme des Tagungsleiters. Wie erwartet, mahnt er zu Ruhe und Besinnung, die Rettungskräfte sind unterwegs, und es gibt professionelle Hilfe vor Ort, der Oberkommandierende ist verletzt, aber die Situation den Umständen entsprechend unter Kontrolle. Alle werden gebeten, hierzubleiben, um die Arbeit der Polizei zu erleichtern.

Endlich sind Sirenen zu hören, ein Raunen geht durch den Saal, Erleichterung.

Aber vorn am Podium ist die Lage ernst. Eine Frau stürzt von dort los: Verdammt, lasst mich durch, geht zur Seite! Sie presst sich an den Menschen vorbei und ignoriert die Sicherheitsleute. Als sie den gedeckten Kaffeetisch zu Gesicht bekommt, hält sie abrupt inne und greift nach dem Stapel Servietten. Sie drückt ihn mir in die Arme. Hier, nach vorn! Sie weist befehlend zum Podium und verschwindet darauf durch den Gang nach draußen, ohne auch nur einen Blick auf den Täter und seine Bewachung zu werfen.

Ich boxe mich durch die Menschenmenge und eile zum Podium, wo ich dem Erstbesten auf den Rücken klopfe. Er dreht sich um und greift wortlos nach dem Serviettenstapel. Ich höre Laute, durch die sich auf meinen Armen die Härchen sträuben, jemand zählt laut, Herzmassage, künstliche Beatmung, mein Gott!

Ich gehe entlang der Bankreihen zurück. Bei einem der Lautsprecher sehe ich den betenden Mann, er schaut auf. Unsere Blicke begegnen sich. Es ist der Mann mit den tränenden Augen. Aber sie tränen nicht länger, er wirkt ruhig.

Sirenen verschiedener Tonarten ertönen jetzt ganz in der Nähe. Die Hilfe ist hier.

Aber die Hilfe ist doch schon hier drinnen. Die Spitzenschicht der Landesverteidigung, von Polizei und Politik weilt in diesen vier Wänden, aber die Atmosphäre strahlt dieselbe Ratlosigkeit und dasselbe Unwirklichkeitsgefühl aus, das ich selber empfinde.

Sanitäter kommen durch das Foyer gelaufen. Der Tagungsleiter fordert die Leute auf, Platz zu machen, was auch geschieht, die Männer in den orangefarbenen Anzügen eilen in den Saal und aufs Podium hoch, wo alle außer dem Generalarzt und der Lotta-Chefin zur Seite weichen, woraus ich schlussfolgere, dass sie Krankenschwester oder möglicherweise auch Ärztin ist. Ich kehre zu meiner Position direkt vor dem Saal zurück, der Türwächter macht mir Platz.

Zwei weitere Sanitäter erscheinen, dicht gefolgt von vier Polizisten sowie einem Mann in Zivil, ich vermute, ihr Vorgesetzter. Ich beobachte, dass er von einem der Sicherheitsbeamten, vermutlich ist es Bergius' Nachfolger, über die Lage informiert wird, und dann erteilt er seinen Männern eine Anzahl Befehle. Alles geschieht mit äußerster Ruhe.

Noch mehr Polizisten strömen herein. Der Attentäter wird von Uniformierten umringt, er steht mit gesenktem Kopf, sein Anzug hat Flecke bekommen. Die Laute, deren Zeuge ich soeben am Podium war, legen sich über die Szene, der Kampf um jeden Herzschlag, jeden Atemzug, ein geräuschvoller Kampf um ein Leben, das dieser Mann versucht hat auszulöschen. Und dennoch wirkt er harmlos, ja fast weich – auch ein wenig verletzlich mit diesen missgebildeten Ohren. Aber natürlich verrückt, komplett wahnsinnig, und das war ja auch zu hören gewesen, an den Worten, die er kurz vor dem Schuss hervorgestoßen hatte.

Geht beiseite! Die Frau, die sich hinausgedrängt hatte, ist zurückgekehrt und steht jetzt vor den Sicherheitskräften, mit dem Gesicht zum Saal. Ich drehe mich um. Die Sanitäter sind mit ihrem Patienten unterwegs durch den Raum. Der Generalarzt und die Lotta-Chefin gehen neben der Trage, die eine mit einem Tropf hoch in der Luft, der andere darauf konzentriert, dem Oberkommandierenden über eine ihm übergestülpte Maske Atemhilfe zu erteilen.

Seine Augen sind geschlossen, das Gesicht ist weiß, fast grau, die Brille verschwunden. Der Brustkorb ist entblößt, jemand hat Hemd und Weste mit einem einzigen Schnitt geöffnet. Über dem Herzen sind Elektroden befestigt. Ich kann nicht die geringste Bewegung bemerken, aber er kann wohl nicht tot sein, dann würde das alles doch nicht getan, und dass Eile geboten ist, zeigt die beherrschte Ungeduld der Helfer. Im Foyer breiten die Sanitäter eine glänzende Rettungsdecke über die Trage und verschwinden nach draußen. Es vergehen nur wenige Sekunden, bevor man wieder die Sirenen hört und dazu Motorengeräusch. Er lebt, sonst herrschte nicht solche Eile.

Eine fremde Männerstimme ertönt jetzt in den Lautsprechern. Ich drehe mich in Richtung Podium. Es ist der Polizeiobere. Er drückt sein Bedauern über das Geschehene aus, aber er will auch die hier anwesenden Sicherheitsbeamten unterstützen. Es ist nämlich wichtig, dass niemand den Raum verlässt, bevor jeder eine erste kurze Zeugenaussage abgegeben sowie Namen, Adresse und dergleichen hinterlassen hat, die Handynummer vielleicht, damit der Betreffende leicht zu erreichen ist. Beim Ausgang wird man eine Art Schleuse errichten, wo einer nach dem anderen durchgelassen wird, nachdem er zunächst seine Angaben gemacht hat.

Im selben Augenblick ist Lärm vom Eingang zu vernehmen, Gekeife und Geschrei. Eine Frau versucht sich in die Halle zu drängen, aber wird vom Sicherheitspersonal gehindert, sie schreit mit schriller Stimme und weint: Lasst mich. Ich muss rein. Ich habe ein Recht darauf. Lasst mich rein, habe ich gesagt. Ich habe mehr Recht als ihr, dort drinnen zu sein.

Ihre Frisur ist in Unordnung, aber sie ist kostspielig gekleidet, die Tränen laufen, doch ist die Schminke augenscheinlich von so guter Qualität, dass sie nicht zerfließt. Ihre Schreie sind gellend, und die Worte werden immer vulgärer: Verdammtes Packzeug, Scheiß-Mitläufer. Erkennt ihr mich nicht wieder. Ich weiß jedenfalls, wer ihr seid.

Wer ist sie?

Die Frau des Sicherheitschefs, sagt jemand sofort erklärend zu einem anderen. Sie ist wohl aus dem Gleichgewicht gebracht durch die Nachricht vom Tod ihres Mannes, von Bo-Erik Bergius, das kann man schließlich verstehen. Aber dass sie gerade jetzt kommen muss?

Eine andere Frau drängt sich durch die Menge und eilt zum Ausgang – Bergius' Assistentin. Arme Gunborg, höre ich sie ausrufen, während sie zugleich die Arme ausbreitet. Der Tumult an der Türöffnung hört auf. Man erlaubt der Assistentin in den Gang hinauszugehen, wo sie die Frau ihres Chefs umarmt. Die es ihr jedoch nicht gleichtut, registriere ich. Unter der Aufsicht von mindestens zwei Polizisten sowie einer Anzahl Sicherheitsbeamter in Zivil sprechen die beiden dort draußen, wo man den Attentäter soeben noch gefangen hielt.

Plötzlich strömen Leute ins Foyer, und ich höre gleichsam als Echo, wie der Polizeiobere dem Auditorium die Erlaubnis erteilt, sich im ganzen Gebäude zu verteilen, einschließlich der Toiletten und der Eingangshalle, die ersten Verhöre würden dann gleich beginnen.

Ich werde mit gerissen und bemerke die gierigen Blicke auf meinen gedeckten Tisch. Natürlich, was passt besser in einer Situation wie dieser. Brav stelle ich mich an den Kaffeeautomaten und beginne die Tassen zu füllen. Meine Hände zittern, sodass ich mich fast verbrüht hätte, aber schon bald läuft es besser.

Ich hätte jetzt selbst eine Tasse Kaffee gebraucht, aber kommt Zeit, kommt Rat. Aus den Lautsprechern verkündet jemand, dass vier sogenannte Stationen eingerichtet würden, wo die Leute sich anstellen sollten, danach dürften sie das Gebäude verlassen, sich aber nicht vom Hotelgelände entfernen.

Die Medien hatten die ganze Zeit aus der Kongresshalle gesendet, und jetzt läuft ein Team durch den Raum, der Reporter geht rückwärts vor der Kamera und spricht aufgeregt ins Mikrofon: Die Stimmung hier drinnen ist gedrückt. Wie schwer verletzt ist der Oberkommandierende, und was hat der Täter eigentlich für ein Motiv? War es die Tat eines kranken Gehirns, oder stecken dahinter tiefere politische Motive? Hier kommen unsere Filmaufnahmen von der Rede des Attentäters kurz vor dem Schuss.

Der Reporter senkt das Mikrofon und entspannt sich. Er blickt sich um, und sein Blick fällt auf mich. Er kommt heran und nimmt sich einen Kaffee. Danke. Das tut gut. Könnte ich ein kleines Interview mit dir machen, du brauchst nichts Besonderes zu sagen, nur wie es ist, hier zu stehen und mitten im Zentrum des dramatischen Geschehens Kaffee zu servieren?

Ich finde das Ganze anstößig, obwohl ich nicht erklären kann wieso, es ist ja klar, dass die Medien ihre Arbeit machen müssen. Aber für irgendein Interview stehe ich nicht zur Verfügung. Er dringt nicht in mich, aber ich sehe, dass er dem Kameramann Anweisungen erteilt. Ich drehe ihm den Rücken zu, die einzige Verteidigung, die ich habe.

Das Plundergebäck ist alle. Manche haben zwei Stück genommen, das ist wohl die Nervosität. Auch das Obst geht zur Neige, und die Wasserautomaten müssen nachgefüllt werden. Es ist noch Teewasser da, aber jetzt ist auch beim Kaffee das Ende erreicht. Auch ich bin am Ende und hätte es nötig, eine Weile wegzugehen.

Siv?

Wie ich es so oft gehört habe. Langsam drehe ich mich um.

Was machst du denn hier? Mein Gott, du arbeitest hier! Wie schön, dich zu sehen. Wie geht's dir?

Wie geht's dir selber? Glückwunsch muss ich wohl sagen, du bist ja jetzt wohl Reichstagsabgeordneter?

Ja. Ich sitze im Verteidigungsausschuss, deshalb bin ich hier. Und hier passiert ja wirklich einiges, man kann nicht glauben, dass es wahr ist. Wie fühlst du dich?

Mit mir ist alles in Ordnung.

Ich denke, dass ich noch mehr sagen möchte, irgendwas Neutrales und Distanzierendes. Aber ich bleibe stumm.

Sein Blick fährt über mein Gesicht, er nimmt es in sich auf, mein ganzes Gesicht, den Mund, die Wangen, die Augen.

Wir sehen uns in die Augen.

Wir sehen uns dort drinnen. Er und ich.

Kristallklare Augenblicke, stoppt, haltet inne.

Ich will mich hinlegen. Liegen wie eine Kranke.

Können wir heute Abend nicht zusammen einen Drink nehmen, wenn wir das hier hinter uns haben, sagt er langsam.

Ich arbeite, entgegne ich, es geht nicht, ich vertrete die Hausdame. Eigentlich bin ich Reinigungskraft. Du kannst mit einer Reinigungskraft keinen Drink nehmen.

Er lacht auf.

Die Geräusche kehren zurück, und das Licht wird wieder normal. Ach so, kann ich das nicht, was du nicht sagst. Dann muss ich mich wohl über das Saubermachen beschweren, vielleicht kommst du dann?

Auch ich lache. Du riskierst, dass stattdessen ein bärenstarker Bosnier kommt, der dich total in die Mangel nimmt.

Du willst also nicht?

Ich verstehe nicht, wozu das gut sein soll.

Vielleicht wegen der zwanzig gemeinsamen Jahre?

Die waren nicht besonders gemeinsam, wie sich herausgestellt hat.

Er steckt die Hände in die Hosentaschen. Ich sehe, dass er den Impuls unterdrückt zu widersprechen, vielleicht wütend zu werden.

Arbeite dich nicht tot, sagt er dann und verschwindet in der Menge.

Seit dem Tod von Bergius hatte ich ein immer stärkeres Unbehagen verspürt, so als kündigte sich etwas an, rückte immer näher. Das Unbehagen wollte mich warnen, wollte mir etwas sagen. Dann, als der Schuss abgefeuert wurde, dachte ich, das war gemeint. Bald würde sich die Nervosität geben, würde verschwinden, meine Intuition hatte mich darauf vorbereiten wollen.

Aber dieses Unbehagen war noch immer da. Und es wurde

ständig stärker. Vielleicht lag es an Jan? War seine Anwesenheit daran schuld, dass ich jetzt Angst empfinde?

Ich weiß, dass dem nicht so ist.

Es ist etwas anderes.

Eigentlich habe ich keine Zeit, dem Gefühl nachzugehen. Ich räume das Geschirr zusammen und belade den Küchenwagen, den ich demonstrativ in die Nähe des Eingangs stelle. Das Ergebnis ist tatsächlich, dass ich in einer Schlange vorgelassen werde.

Aber ich kann mich nicht ausweisen. Ich muss warten, während einer der Polizisten anruft: Zwei Leute, die ihre Identität bezeugen können, reichen, danke. Sobald wie möglich, ja.

In der Zwischenzeit muss ich meinen Bericht abgeben. Ich bin eine von vielen und habe nicht mehr gesehen als jeder andere. Ich sage, mir sei bekannt, dass der Attentäter seit gestern Gast im Hotel ist, wo ich ihn beim Einchecken gesehen habe, und ich bestätige, dass ich vor dem Attentat nichts Ungewöhnliches bemerkt habe und eigentlich auch nicht danach, die Leute reagieren schließlich verschieden.

Eins der Mädels vom Empfang erscheint nun zusammen mit Björn. Sein Blick sucht sofort nach mir, und sobald sie ihn durchgelassen haben, kommt er direkt auf mich zu und fasst mich bei den Oberarmen: Siv, du Ärmste! Er zieht mich heftig an sich, ich hätte fast einen Schraubenzieher ins Auge gekriegt, und irgendein Messinstrument drückt sich in meine Wange. Dann lässt er mich los und schaut mich an: Wenn du wüsstest, was ich mir für Sorgen gemacht habe, als ich hörte, dass du hier drinnen bist!

Danach küsst er mich. Ich verliere die Fassung. All die Menschen um uns herum! Aber ich müsste doch glücklich sein.

Das bin ich nicht. Ich werde wütend. Er hat kein Recht, mich zu küssen. Ich stoße ihn weg: Jetzt ist das einfach so!

Was?

Was heißt was?

Jetzt ist das einfach so? Was meinst du damit, Siv? Komm jetzt. Das ist sie, ja das ist Siv Dahlin, er nickt den Polizisten zu und zieht mich mit sich. Das Mädel von der Rezeption nickt zustimmend.

Ich fühle, dass er mich ansieht, aber ich schaue nicht hoch. Ich fühle seine Hand um meinen Ellbogen. Sie zittert. Jetzt ist das einfach so, denke ich im Stillen, verdammte Scheiße.

Wie ein Einwurf vom Schicksal selbst steht Jan neben dem Ausgang. Ich Idiotin, warum hatte ich nicht an ihn gedacht, er hätte doch bezeugen können, wer ich bin. Er hat sicher Björn und das alles gesehen. Aber was machte das schon.

Als ich an ihm vorbeigehe, begegnen sich unsere Blicke, das lässt sich nicht verhindern.

Björns Hand auf meinem Arm.

Mit festem Griff entferne ich sie. Der Wagen, sage ich, ich muss ihn mitnehmen. Oh, entschuldige, sagt er, und jetzt sehe ich ihn an.

Schweißtröpfchen glitzern auf seiner Oberlippe. Der ganze Mann zittert. Er ist nervös. Das kann doch nicht an diesem kleinen Intermezzo liegen, nein, es musste etwas anderes sein. Allerdings war er doch gar nicht hier, als der Oberkommandierende erschossen wurde? Aber hier ist so viel passiert, und alles wusste ich schließlich auch nicht. Er hat das Messinstrument in der Brusttasche, er hat die Spannung an irgendeiner Leitung kontrolliert. Er hat Bergius gehasst, das hat er selber gesagt, als er von diesem Abschlussmanöver erzählte!

Aufwühlende Ereignisse ließen mich immer klarsehen, die Gedanken machten große Schritte quer über die normalen Bahnen und gingen direkt ins Ziel. Ein Nagel in der Sicherung – denkt er, ich habe das vergessen!

Draußen auf dem Hof stehen die Polizeiwagen dicht gedrängt, und ein Fernsehteam mit mobilem Scheinwerfer ist vor Ort, die Dämmerung ist inzwischen hereingebrochen. Wir machen sofort einen Bogen. Komm jetzt mit zu mir nach Hause, sagt er. Du brauchst Ruhe, und ich habe mir solche Sorgen um dich gemacht, alle werden es verstehen. Du bist nicht bei Trost, sage ich, übrigens dürfen wir das Gelände nicht verlassen, jedenfalls ich nicht. Fahr du nur, wenn du für heute fertig bist.

Die Farben sind erloschen. Wie Wasser, das zwischen den Fingern zerrinnt, verschwindet alles, ich kann es nicht festhalten, obwohl ich es will.

Ich möchte weinen. Aber das würde zu Missverständnissen führen.

Machs gut, sage ich und schiebe den widerspenstigen Wagen zum Personaleingang. Er bleibt zurück. Alles, was er bekommt, ist mein schlechtes Gewissen.

Es wäre mir ja doch nicht gelungen, ihn zu behalten.

Die Küche ist leer, genau wie der Spülraum. Ich lade alles ab.

Umso mehr Trubel herrscht in der Lobby. Ein Fernseher läuft, davor hat sich eine Menschentraube gebildet. Ich sehe mich selbst aus der Kongresshalle kommen und schnell aus dem Bild verschwinden.

Ein Politiker auf einem Sofa wird von einem Rundfunkreporter interviewt. Die Öffnungen der Drehtür entlassen Leute ins Haus, die nach dem kurzen Weg von der Kongresshalle hierher zurückkehren.

Plötzlich erscheint die Direktorin. Sie stellt sich mitten in die Lobby und bittet die Herrschaften lächelnd um Aufmerksamkeit.

Sie bedauere wirklich, dass die Konferenzteilnehmer unverschuldet in so außerordentliche Umstände geraten seien, und als kleines Pflaster auf die Wunde wolle sie jetzt mitteilen, dass das Hotel eine Treppe höher in der Piano-Bar zu einem Nachmittagsdrink einlade, sie hoffe, dass sich die verehrten Gäste dadurch ein wenig behaglicher fühlten. Sie bitte auch darum, dass die Anwesenden, ebenso wie das Personal der Rezeption, diese Mitteilung an alle später Herüberkommenden weitergeben möchten, und bedanke sich für die Aufmerksamkeit.

Ein knapp hörbares Raunen und ein verbales Dankeschön von den nächststehenden, eine fast leichtsinnige Stimmung, da sei Gott vor, und das Gefühl an etwas Spannendem teilzuhaben. Die Gäste strömen zu den Treppen, einige stellen sich beim Fahrstuhl an.

Im selben Augenblick kommt eine Kellnerin aus der Küche und packt mich beim Arm. Du bitte, das hier geht total schief. Die Mittagsschicht ist nach Hause gegangen und die Abendschicht noch nicht gekommen, wir schaffen das nicht, und wir können in so kurzer Zeit auch keine Leute herholen, kannst du helfen?

In der Küche stehen zwei einsame Frauen. Ich werde mit dankbaren Kommentaren überschüttet, und richtig angezogen bin ich in meinem Hausdamenkleid ja auch. Im Warenaufzug waren Kästen mit Flaschen aus irgendeinem Lager im Keller eingetroffen. Hier gibt es Gläser, stell sie auf Tabletts, Alkoholfreies wollen bestimmt nur etwa zehn Prozent, in der Bar herrscht voller Betrieb, die Leute wollen was Starkes nach dem starken Erlebnis. Was für eine entsetzliche Sache! Warst du da drinnen, erzähle!

Aber dazu komme ich nicht. Serviert habe ich noch nie, nicht bei offiziellen Anlässen, aber es bleibt mir nichts anderes übrig, als mit dem Tablett hinauszugehen und ein fröhliches Gesicht aufzusetzen. Die Konferenzteilnehmer sitzen bereits in Reih und Glied, erwartungsvoll wie Kuckucksjunge, und ich gehe herum.

In der Küche flucht das spärliche Personal über die Schnapsidee der Direktorin: Nicht mal gefragt hatte man sie! Aber ich finde die Sache ziemlich clever. Goodwill für das Haus, und außerdem beruhigten sich die Gäste, das war wirklich bestens. Selbst wenn an der Oberfläche alles ruhig erschien, konnten darunter heftige Gefühle brodeln. Nun musste man nur darauf achten, dass die Leute nicht zu viel in sich hineinschütteten, denn dann konnte der clevere Schachzug genau das Gegenteil bringen.

Die neue Arbeitsaufgabe nimmt meine ganze Aufmerksamkeit in Anspruch und tut mir gut. Es ist angenehm, die Leute zu erfreuen und sich nützlich zu fühlen, mir bleibt keine Zeit, an das Vorgefallene zu denken. Und an all das andere.

Als jeder ein Glas in der Hand hält und das Gemurmel in der Piano-Bar einen ruhigen, behaglichen Ton angenommen hat, atmen wir auf. Die diensthabende Küchenchefin lädt zu Käsekrüstchen und Tee ein. Wir nehmen den Imbiss um die Anrichte herum im Stehen ein. Ich erzähle den neugierigen Mädels ein bisschen was über den Vorfall.

Die Ruhe währt genau vier Minuten. Dann steckt Dunja den Kopf zur Tür herein: Siv, es wird Hilfe gebraucht bei der Vorbereitung des Clüversaals – dort gibt es eine Pressekonferenz!

Journalisten waren bereits im Begriff, ihre Plätze einzunehmen. Da drinnen werde ich mich besser nicht sehen lassen, sagt Dunja, aber ich kann Wasser holen.

Nenad ist vorn an der weißen Tafel beschäftigt, es geht irgendwie um die Beleuchtung. Er hat Kabel freigelegt und schraubt an etwas herum. Was machst du, frage ich. Repariere den Anschluss, erklärt er, Björn hat mich darum gebeten.

Kannst du denn so was?

Er nickt. Bin ausgebildet. In meiner Heimat also, kein Problem.

Rasch setzt er die Dose wieder an ihren Platz und schaltet die Beleuchtung ein. Dunja kehrt mit einem Kasten Mineralwasser zurück. Die beiden sehen sich nicht an. Ich verteile die mitgebrachten Gläser und schaue mich im Saal um, dann haste ich durch den Raum, organisiere Sitzplätze, weise die Leute ein. Kameras werden aufgestellt und Mikrofone. Notizblöcke tauchen aus den Taschen auf, und aufmerksam stelle ich eine Büchse mit Stiften bereit.

Der Polizeiobere ist jetzt in Uniform, er geht nach vorn und setzt sich vor die Journalisten. Ein Mann, den ich auf der Konferenz gesehen habe, kommt herein und stellt sich neben ihn.

Ich heiße Sie alle zu dieser ersten improvisierten Pressekonferenz willkommen. Mein Name ist Axel Mutigh, und ich bin Stellvertretender Oberkommandierender, neben mir sitzt Sven Lagerkvist, Polizeikommissar und Chef der Polizei hier im westlichen Dalarna. Wie Sie alle wissen, ist heute während der Konferenz auf den Oberkommandierenden geschossen worden. Er wurde ins Krankenhaus von Mora gebracht, und als Letztes habe ich gehört, dass man ihn von dort nach Uppsala ausfliegt. Sein Zustand ist ernst, das ist alles, was ich sagen kann, aber stabil, soweit ich verstanden habe, dazu sollten sich vielleicht die behandelnden Ärzte äußern. Der Täter, also die Person, die dieser Tat verdächtigt wird, ist ein fünfundfimfzigjähriger Berufsoffizier, im Dienst seit 1973, wenn ich mich recht entsinne. Sie haben sicher Fragen dazu, aber ich kann leider seine Identität nicht preisgeben. Bevor ich das Wort freigebe, will ich noch mitteilen, dass wir in der jetzigen Situation keinen Zusammenhang mit den terroristischen Attentaten vermuten, unter denen die Welt in den vergangenen Jahren zu leiden hatte, die Sicherheit hier im Land ist stabil. Als Weiteres möchte ich bekannt geben, dass die Landeskonferenz von *Volk und Verteidigung* hiermit abgeschlossen ist. Grund sind ausschließlich die extremen Umstände. Die Polizei wird erläutern, wie und wann die Leute heimfahren dürfen. Aber wie gesagt, wir brechen die Konferenz hier ab. Fragen dazu?

Wieder habe ich vergessen, mein Telefon anzustellen. Sobald ich es tue, ruft Maja aufgeregt an, sie hat die Nachrichten gehört und ist völlig Ohr. Aber ich habe keine Zeit, verspreche ihr jedoch, sobald wir uns treffen, einen detaillierten Bericht abzugeben. Ich habe jede Menge zu erzählen und bin gespannt auf ihre Einschätzung. Direkt nach ihr ruft Ingalill an, aus demselben Grund. Sie fühle sich jetzt außerdem gesund, obwohl der Junge noch immer kränkle, eine Nachbarin könne sich um ihn kümmern, also werde sie mich nun ablösen, ja? Ich meine ihrer Stimme eine gewisse Sensationsgier zu entnehmen und wehre die Bedrohung ab, denn als Bedrohung empfinde ich es, nun, wo ich so viel geschafft hatte, würde es gerade fehlen, auch nur die geringste Schwäche zu zeigen. Womöglich würde sie mich dann nicht für die Stelle empfehlen. Nimm die Gelegenheit wahr, bei Linus zu bleiben, bis er ganz gesund ist, sage ich. Es stimmt schon, dass hier eine gewisse Turbulenz herrscht, aber sie ist nicht schlimmer, als dass ich mit ihr fertig werde. Bist du denn nicht müde?, fragt sie erstaunt. Ich antworte der Wahrheit gemäß, dass ich keine Zeit gehabt habe, darüber nachzudenken.

Aber als ich aufgelegt habe, begreife ich, dass etwas passieren musste, wenn ich einen weiteren Abend durchstehen wollte, der vermutlich zur Nacht werden würde, bevor ich alles erledigt hatte.

Ich stehe lange unter der Dusche. Das heiße Wasser spült Anspannung und Stress Schicht um Schicht von mir ab.

Eine Stunde später gehe ich durch den knirschenden Schnee zur Rezeption. Die Polizeiwagen sind noch immer da, und vor der mit gestreiftem Plastikband abgesperrten Kongresshalle stehen zwei Polizisten Wache. Drinnen in der erleuchteten Lobby scheinen sich noch immer ziemlich viele Leute zu befinden. Ich friere leicht, aber rieche gut und fühle mich frisch, ja, ich fühle mich in der Tat munter, jetzt brauchte ich nur eine Kleinigkeit essen, dann war ich wieder fit for fight.

Als ich direkt vor den Apartments des Olympiadorfes bin, höre ich plötzlich ein Schluchzen. Es kommt von oben. Ich bleibe stehen. Jemand kommt den Laubengang entlang, steigt die Treppen hinunter. Und weint?

Es ist der Mann mit den tränenden Augen, und er weint wirklich, Hedy hat also richtig gesehen, er ist traurig.

Er trägt einen Koffer, es wirkt, als sei er im Begriff aufzubrechen. Ich halte ihn auf. Entschuldigung, sage ich, Sie wollen doch jetzt nicht etwa los?

Er zuckt zusammen und schaut mich an. Ich habe ausgecheckt und bezahlt, sagt er, das habe ich schon vorher getan … bevor … das da passiert ist.

Aber ich habe doch gesehen, dass Sie heute Morgen eingecheckt haben?

Plan geändert, erwidert er kurz. Ich habe einen Bescheid erhalten, muss fahren.

Ich glaube, das geht nicht, antworte ich. Es wurde doch gesagt, dass wir hierbleiben sollen, bis man mit all den ergänzenden Verhören fertig ist.

Ich bin fertig, erwidert er. Ich meine, ich habe alles gesagt, was ich zu sagen hatte. Und jetzt fahre ich.

Ich finde, dieser Abgang wirkt irgendwie überstürzt, warum muss er sich unbedingt zum Abend auf die Straßen begeben? Aber vielleicht stimmt es ja auch, was er sagt, dass er irgendwohin gerufen wurde. Warum aber dieses Weinen?

Sie scheinen traurig zu sein, sage ich.

Er schaut mich genau an. Dann hebt er den Kopf und stellt in feierlichem Ton eine Frage. Was wäre das absolut Schlimmste, das Ihnen passieren könnte?

Ich denke nach. Dass meinem Kind etwas zustößt, erwidere ich nachdenklich. Er nickt. So ist es, sagt er, so ist es.

Ich bin unfähig, noch mehr zu fragen, schweige einfach.

Wir sind bei einem Auto angelangt. Er steckt den Schlüssel ins Schloss. Gibt es keine andere Ausfahrt von diesem Parkplatz, fragt er dann sachlich und zeigt auf das Durcheinander von Polizisten und Wagen vor dem Eingang. Ich schüttele den Kopf.

Er greift sich ans Kinn.

Ich habe ja immerhin bezahlt, sagt er dann und zieht den Schlüssel wieder aus dem Schloss. Guten Abend.

Dann geht er auf direktem Weg zurück zum Apartment im Olympiadorf.

Die Medien halten sich im Zaum, und an der Rezeption ist es bedeutend ruhiger geworden. Ich bleibe beim Tresen stehen. Nichts Neues. Die Polizei verhört die Leute schichtweise in der Kongresshalle, im Clüversaal und in zwei kleineren Konferenzräumen. Die meisten Gäste bleiben hier, einige wenige haben die Erlaubnis erhalten, auf Wunsch heimzufahren.

Sämtliche Kopfschmerztabletten der Rezeption sind ausgegeben, die Direktorin hat persönlich versprochen, sich um weitere zu kümmern. Die Mädchen haben gerade ihren Dienst angetreten und sind wie immer positiv und munter. Das Abendessen wird man wie vorgesehen servieren. Nach einigem Zögern haben die Organisatoren auch beschlossen, den Tanz ganz nach Plan stattfinden zu lassen. Das Gegenteil würde den Eindruck vom baldigen Ableben des Oberkommandierenden erwecken, was eventuellen feindlichen Kräften in die Hände spielen konnte.

Ich steige in die zweite Etage hoch und betrete die Konferenzabteilung. Die Konferenzhostess begrüßt mich. Ein Polizist sitzt zurückgelehnt in einem Sessel, und alle Türen sind geschlossen. Wir nicken einander zu und ich gehe ans Fenster.

Die Abendszene ist imposant, die Umgebung ist erleuchtet, als läge hier eine Großstadt mit Kneipen und Restaurants. Der Storfjället selbst ist verbrämt mit leuchtenden Dioden, und er ist groß, wie schon sein Name besagt, Großfjell, und jenseits der Pisten breiten sich Schatten aus, je weiter weg desto bedrohlicher, verursacht durch das kalte künstliche Licht, blauer als das des Mondes.

Ich sehe Hedy und ihren Mann dort unten, er hat sie heute Abend erneut abgeholt. Sie gehen in Richtung der Personalapartments, aber sie wohnen doch unten im Dorf? Vielleicht wollen sie jemanden besuchen? Hedys Mann hat jetzt offenbar eine Phase, wo er zu Hause ist, ansonsten ist er ja meist auf Reisen, soviel ich begriffen habe, als Dolmetscher für Tschetschenisch oder wie ihre Sprache nun heißt.

Mein Verhör geht schnell. Man hört, dass der Polizist aus dem Ort stammt, aber er verhält sich korrekt und förmlich, und ich kenne ihn nicht. Ich habe dem, was ich schon früher am Tag gesagt habe, nichts hinzuzufügen. Sie haben also nichts Besonderes bemerkt, vorher oder nachher? Nein, nicht soweit ich mich erinnern kann.

Etwas total Besonderes war natürlich, dass Jan anwesend war. Aber das sage ich nicht. Das würde nur die Aufmerksamkeit auf mich lenken, und dafür gibt es keinen Grund.

Er liest vor, was er nach meinen Worten aufgeschrieben hat. Ich nicke. Vorgelesen und bestätigt, sagt er und unterschreibt selbst, damit steht mir frei, wenn ich es denn wünschte, das Gelände zu verlassen.

Die Piano-Bar ist nur spärlich besucht, man zieht sich vielleicht zum Dinner um. Eine jüngere Frau, bereits in Abendrobe, lehnt mit einem Glas in der Hand am Flügel, während der Pianist Evergreens spielt. Und an der Bar sehe ich Bergius' Assistentin, auch sie herausgeputzt, diesmal in einem glänzenden lila Kleid, mit langen Ohrringen, breitem Gürtel und ebenso glänzenden Stiefeletten, kaum die richtige Kleidung für eine, die trauert, denke ich ironisch. Sie redet mit jemandem – mit Nenad! Der dort vorn an der Bar steht wie ein ganz gewöhnlicher Gast. Im roten Putzhemd des Hotels, mit Jeans und Turnschuhen!

Beide bemerken mich, als ich ohne Eile vorübergehe, aber keiner von ihnen lässt sich etwas anmerken, sie sind in ein lebhaftes Gespräch vertieft.

Ich packe in der Wäschekammer Bettbezüge und Laken aus, die Regale sind hoch, ich muss auf eine Kiste steigen, und mir wird warm. Die Aufgabe ist nicht im Handumdrehen erledigt. Als ich wieder in die Lobby komme, ist es an der Zeit, in der Bistro-Bar bereitzustehen, wohin man die Herrschaften auch an diesem Abend zu einem einleitenden Drink gebeten hatte. Ich halte mich taktvoll im Hintergrund, reiche Gläser, stelle Flaschen beiseite und warte darauf, dass sich die Gäste in den Wintergarten hinüberbegeben, damit ich mit dem Aufräumen anfangen kann.

Als jeder seinen Drink bekommen hat, klopft ein Herr an sein Glas, und das Gemurmel nimmt ab. Er heißt alle auf dem abendlichen Empfang willkommen und sagt, er begreife, dass die meisten, genau wie er selbst, anlässlich des Geschehenen erschüttert und betroffen sind. Aber um die Situation ein wenig aufzuhellen, habe er das große Vergnügen, jetzt eine Überraschung zu präsentieren.

Vom Wintergarten herein kommt niemand Geringeres als die Verteidigungsministerin persönlich! Ein Raunen geht durch den Saal, und dann erklingt spontaner Beifall.

Sie erhält ein Glas und klopft daran. Ja, ich habe beschlossen, wieder hierher zu fliegen, sobald man mich von dem Geschehenen unterrichtet hatte. Ich halte es für wichtig zu betonen, dass man Terrorattacken, aus welcher Richtung sie auch immer erfolgen, konsequent begegnen müsse. Der Oberkommandierende ist schwer verletzt. Aber ich weiß – auch wenn es ihm selbst im Augenblick nicht möglich ist, diesem Gedanken Ausdruck zu verleihen –, dass es keinesfalls sein Wunsch wäre, die so wichtige Arbeit fiir eine starke und einheitliche Europaverteidigung aufgrund des Vorkommnisses einzustellen. Vielmehr ist er der Ansicht – genau wie ich selbst es bin –, dass es von großer Wichtigkeit ist, Kontrolle und Gleichgewicht, zwei Dinge, die Schwedens moderne Verteidigungs- und Außenpolitik prägen, klar zu markieren und zu festigen. Deshalb habe ich das große Vergnügen, Ihnen nun mitzuteilen, dass der früher gefasste Beschluss des stellvertretenden Oberkommandierenden – mit seiner Zustimmung und seinem Segen – hiermit aufgehoben und die Landeskonferenz des Jahres 2005 weiter fortgesetzt wird!

Beherrschter Jubel ertönt. Die Verteidigungsministerin erhebt ihr Glas. Alle prosten sich zu.

Also zwei weitere Tage oder, genau gerechnet, anderthalb. Wo ich doch geglaubt hatte, morgen heimfahren zu können!

So leicht bist du uns nicht losgeworden. Und mich auch nicht.

Es ist Jan, er hat sich von hinten herangeschlichen, ich zucke zusammen.

Er sieht gut aus im weißen Hemd und mit Schlips, er sollte immer so gekleidet sein, und vielleicht ist er das heutzutage ja auch.

Ich überlege, ob ich mich zurückziehen soll. Aber wenn Nenad an der Bar stehen und mit der Assistentin von Bergius plaudern kann, dann kann ja wohl ich bleiben, wo ich bin, ich habe nichts Schlimmes getan.

Es scheint uns auch keiner zu sehen, das Stimmengewirr hat erneut zugenommen, offenbar gibt es viele Möglichkeiten, Kontakt aufzunehmen.

Jan weiß anscheinend, wer all die Leute sind. Wir kennen einander so gut, dass er meine Blicke mit wenigen Worte lenken kann. Er weist auf Befehlshaber und Chefs von Marine, Artillerie, Luftwaffe, Heer und Ehrenwache hin, und er macht mich aufmerksam auf Gruppen bürgerlicher Würdenträger sowie auf Sozialdemokraten und Vertreter der Linkspartei aus verschiedenen Komitees und Ausschüssen. Einige erkenne ich wieder, aber die meisten sind mir unbekannt. Er beschreibt flüsternd die Spannungen und unausgesprochenen Konflikte, die unter diesem Dach vibrieren und von denen ich nichts spüre. Ich finde, es macht den Eindruck, als würden sich alle gut unterhalten. Er lacht freudlos über meinen Kommentar, viele würden nicht zögern, sich gegenseitig den Hals abzuschneiden, wenn sie nur Gelegenheit dazu hätten. Überleg doch mal, hier drinnen gibt es Leute, die für eine starke nationale Streitmacht eintreten, und andere, die eine Reduzierung derselben auf ein Puzzlestück befürworten, das sich in das große europäische Friedensprojekt einfügt.

In was?

Ja, so wird das von uns genannt, Friedensprojekt. Und hier hast du Leute, die Gefahr laufen, bei der nächsten Rationalisierungswelle weggespült zu werden – zwar reichlich entschädigt, aber was soll's, die Schande schmerzt, egal wie gut abgepolstert der Fall auch ist. Dann gibt es hier Leute, die ihre Chance sehen, mit einem neuen genialen Schachzug und einer richtig cleveren Idee, am besten mit Spareffekt, eine höhere Position zu ergattern. Während andere mit Händen und Füßen darum kämpfen, auf ihrem Platz zu bleiben und nicht als nächste weggerempelt zu werden. Hier gibt es auch Idealisten, blauäugige Romantiker, die meinen, es genüge, wenn man glaubt, an den Abbau der Militärindustrie, die Abrüstung und an zivilen Ungehorsam. Das sind die wirklich Gefährlichen, denn die kann man nicht mit Geld kaufen.

Aber die anderen *alle?*

Das habe ich nicht gesagt. Nein, so ist es nicht. Doch vielleicht erzeugt die eigene Ideologie einen Dunst, in dem man nicht mehr richtig klar sieht. Man hält sich an seine Gruppe, bei der man sich zu Hause fühlt, während die Kommunikation zwischen den Gruppen aus Konfrontation besteht. Man will sich nicht einigen, denn das ist nicht günstig für die eigene Partei. Und damit auch nicht für die eigene Position in der entsprechenden Parteienhierarchie. Du siehst. Wir landen auf jeden Fall dort.

Er hat sein Glas weggestellt. Er mag bestimmt nicht trinken, wenn ich kein Glas in der Hand halte. Die Umstände sind somit nicht eben angenehm für ihn. Dennoch lächelt er mich unverdrossen an, und er führt eine Konversation mit mir! Die Situation ist irreal.

Als Sozialdemokrat ist man hier nicht sonderlich gern gesehen, obwohl sich das niemand anmerken lässt, fährt er fort. Doch die wirklich Verabscheuten sind die Leute der Linkspartei, einerseits ist da die gesamte Zeit des kalten Krieges, wo man sie als Renegaten betrachtet hatte, und andererseits sind da ihre Anträge auf Kürzungen und Einsparungen, die bedeutend radikaler sind als die unseren, und es war ja auch die Linkspartei, die das mit der F16 in Uppsala vermasselt hat, weil man nicht zwischen Verteidigungs- und Regionalpolitik unterscheiden konnte.

Mein Gott, er redet schon Fachchinesisch, ich verstehe kein Wort von dem, was er sagt. Aber ich begreife plötzlich, dass dieses Land hier keine einheitliche Nation ist, ja es nie gewesen ist, Schweden besteht aus mehreren Ländern mit verschiedenen Sprachen und Gewohnheiten, und mein Land ist auf dieser Konferenz nicht vertreten.

Und du selber, frage ich, wo stehst du?

Es gibt dunkle Kräfte, beginnt er. Der Mord an Olof Palme, an Carl-Fredrik Algernon. Da ist vieles, was wir nicht wissen, vieles, was vielleicht nie aufgeklärt wird. In Schweden gibt es zu viel Inzucht. Ich glaube an das internationale Friedensprojekt, das tue ich tatsächlich.

Und Schwedens Verteidigung?

Unter uns gesagt, glaube ich nicht, dass sie noch gebraucht wird, nicht seit der Ostblock gefallen ist. Aber genau kann man das natürlich nicht wissen. Und man soll auch niemals nie sagen, eine gewisse Invasionsverteidigung müssen wir vielleicht haben.

Aber persönlich meine ich, es ist vollkommen richtig, dass wir uns nun auf internationaler Ebene engagieren, du siehst doch, wie es draußen in der Welt zugeht. Wenn wir auch nur das Geringste dazu beitragen können, dem Töten Einhalt zu gebieten, dann hat eine superausgerüstete Verteidigung wohl ihre Berechtigung.

Mit Söldnern?

Nein. Aber nicht aus ideologischen Gründen, sondern weil die Substanz zu schlecht ist, wir würden die falschen Leute bekommen. Die Wehrpflicht ist die absolut beste Methode, um fähige Männer zu finden, starke, physisch und psychisch geeignete Führerpersönlichkeiten. Aber wie ist denn deine Meinung, Siv?

Ich finde, wir sollten eine starke Verteidigung haben.

Ach ja? Und warum?

Deshalb. Wir müssen sie einfach haben. Wir haben sie immer gehabt.

Immer?

Vielleicht nicht immer. Aber lange. Wir hatten eine starke Landesverteidigung, und dadurch konnten wir neutral bleiben.

Du meinst blockfrei? Okay. Und gegen wen sollen wir uns verteidigen?

Ein kleines Lächeln umspielt seine Mundwinkel. Ich habe dieses Lächeln geliebt, aber jetzt werde ich wütend.

Gegen wen? Wie soll ich das wissen? Auch ich kann mir das Unvorstellbare ja wohl nicht vorstellen. Und guck mich nicht an, als wäre ich eine Idiotin. Denn ich kann denken. Beispielsweise benutze ich den Sicherheitsgurt, obwohl ich in den fünfundzwanzig Jahren mit Führerschein noch nie in einen Autounfall verwickelt war – so sieht mein Sicherheitsdenken aus, meine Verteidigung gegen das Unvorstellbare. Du sollst dich nicht über mich lustig machen, sondern mir zuhören, denn du bist nicht cleverer als ich, auch wenn du das wegen deines neuen vornehmen Jobs glaubst.

Ich mache mich nicht lustig über dich, Siv. Ich wollte nur wissen, wie deine Meinung ist, und ich frage mich wirklich, wer heutzutage unsere territoriale Souveränität verletzen sollte, um es mal formell auszudrücken.

Verdammt Jan. Was war mit den Indianern. Man kann sich das Unvorstellbare nicht vorstellen. Die Indianer. Wenn sie sich hätten vorstellen können, dass große Schiffe – Bautakanus, die ihnen selbst im Traum nicht eingefallen wären – dort, wo die Sonne aufgeht, direkt aus dem Meer auftauchen würden und dass auf diesen Schiffen Männer mit einer Hautfarbe wären, die sie nie zuvor gesehen hatten und mit Waffen, die sie nie gesehen hatten, und mit Tieren, die sie genauso wenig gesehen hatten, und mit Krankheiten, die ihnen nie begegnet waren. Ja, dann hätten die Indianer Columbus natürlich nie an Land gelassen. Und wäre es ihm trotzdem geglückt, dann hätten sie ihn aus ihren Forts und Festungen bekämpft, die diese Indianer natürlich gebaut hätten. Wenn sie sich das Unvorstellbare hätten vorstellen können, heißt es. Denk an Hitler. Wenn die Juden gewusst hätten, dass sie nicht in irgendeinem Dorf, wo sie in Frieden leben konnten, landen würden, sondern in Vernichtungslagern, dann wären sie mit ihren Kindern doch wohl nicht in die Güterwagen gestiegen. Wenn die usa gewusst hätten, dass der Vietnamkrieg zum Scheitern verurteilt war, dann hätten sie ihn ja wohl gar nicht erst angefangen und fünfzigtausend Mann verloren. Vietnam hingegen hätte sich in jedem Fall verteidigt, trotz der Millionen, die starben. Verstehst du? Man kann sich das Unvorstellbare nicht vorstellen.

Mein Gott Siv, du stehst ja noch weiter rechts als die Rechten.

Du, die doch immer noch linker war als ich. Die Linkspartei will doch abrüsten, sage ich.

Das ist mir scheißegal. Jeder muss für seine Dummheiten selber geradestehen.

Ist das der Grund, warum du dich nie politisch engagiert hast? Entschuldige Siv. Alter Groll, ich weiß. Ich begreife nur nicht, warum du, die sich doch immer für die Frauenfrage interessiert hat, nicht Pazifistin bist, das wäre doch das einzig Logische.

Die Wirklichkeit ist nicht immer logisch. Ich drücke es nur krass aus. Solange es Männer mit Waffen gibt, die auf Macht aus sind, solange brauchen wir eine starke Verteidigung, leider. Und leider müssen alle ihre Pflicht dabei tun, auch wenn ich nicht behaupten kann, dass ich mich danach sehne, und es sind ja auch nicht die Frauen, die diesen Mist angerichtet haben.

Du meinst also, es ist okay, wenn Åsa Wehrdienst leistet? Und vielleicht auf den Balkan oder nach Afrika geschickt wird?

Ich weiche einen Schritt zurück. Weiß keine Antwort. Daran hatte ich nicht gedacht.

Bitte Siv – du hast doch selber gehört, was er gesagt hat, bevor er auf den Abzug drückte. Du hast genau dieselben Ansichten wie er.

Ich? Wie der Mörder?

Hör mir zu, Siv. Die sich für den Frieden einsetzenden Frauen, die du immer bewundert hast, du weißt, welche ich meine. Sie wollen alle unsere Verteidigung abbauen und stattdessen mit Diplomatie und Abrüstungsverhandlungen weitermachen. Du kannst doch nicht warten, bis jeder einzelne Schurkenstaat verschwunden ist, bevor du dem Frieden eine Chance gibst?

Ich meine nur, dass doch nicht wir, die so klein sind, in die Bresche springen müssen. Weshalb sollen gerade wir abrüsten und uns anpassen, wo doch schon jeder, der es tatsächlich will, uns einsacken kann. Wäre es nicht besser, dass jemand von den Großen vorangeht?

Du sagst es selber, Siv, wir sind zu klein. Sie können uns einsacken, wenn sie es wollen.

Aber das soll Mühe machen. Wir legen uns nicht freiwillig hin. Selbst wenn wir klein sind, so muss unsere Landesverteidigung eine abschreckende Wirkung haben. Aber antworte mir jetzt – warum sollen gerade wir in die Bresche springen, warum nicht lieber die Großen?

Die brauchen ihre Waffen, um den Weltterrorismus zu bekämpfen, Siv.

Ach ja. Ich glaube eher, bei diesen Typen weckt die Faszination für alle hochtechnologischen Waffen eine Sehnsucht. Sie wollen sehen, wie die Dinger in der Praxis funktionieren. Sie kämpfen lieber, als dass sie verhandeln. Erinnerst du dich nicht an diese Broschüre, sie hieß *Und wenn der Krieg kommt?*. Zu Hause hatte Mama sie zusammen mit dem Bankbuch und der Versicherungspolice aufbewahrt, sie war wichtig. Man musste auf das Schlimmste gefasst sein, auf das Unvorstellbare.

Ich sehe, wie er den Kopf dreht, sich verlegen umschaut. Und es ist wahr, wir sind laut geworden, wir erregen Aufmerksamkeit, die Leute schauen zu uns herüber. Aber blicken hastig weg, wenn wir uns umdrehen. Ich fühle, wie meine Wangen glühen, er hat sich verändert, wir haben jetzt so unterschiedliche Ansichten. Was für ein Glück, dass wir geschieden sind, sonst hätten wir uns wohl gegenseitig die Haare ausgerissen.

Du hast Unrecht, sagt er. Die Fiktion ist die Voraussetzung für sowohl diese Konferenz als auch für die gesamte Landesverteidigung. Wenn du wüsstest, was für Investitionen vorgenommen wurden, du hast nur vom Abbau gehört, aber was weißt du eigentlich über Flugzeuge und Korvetten, Signalaufklärung und Netzwerktechnologie?

Nichts.

Genau. Du musst uns vertrauen, Siv. Die Landesverteidigung ist wirklich für etwas da, das es nicht gibt, und die Organisation ist ein lebendiger, denkender Organismus. Der sich das Unvorstellbare vorstellt.

Ich habe keine Antwort. Ich hoffe, dass er recht hat, früher hatte er immer recht.

Zwischen seinen Brauen hat sich eine verwunderte, unzufriedene Falte gebildet, warum hast du deine Meinung geändert, Siv? Du warst doch immer gegen jede Gewalt?

Ich habe so einiges gelernt, ich bin nicht mehr dieselbe wie zu jener Zeit, als wir zusammenlebten. Da war ich naiv.

Du warst nicht naiv. Du hast genau richtig gedacht.

Das hast du damals nicht gesagt.

Ja, vielleicht nicht, ich kann auch Fehler machen. Was ist mit dir passiert?

Du weißt, was passiert ist. Wenn du bedroht wirst und deine Machtlosigkeit am eigenen Leibe spürst, dann verändert sich dein Denken. Gesegnet seien alle, die meine Erfahrungen nicht zu machen brauchten.

Du musst vergessen. Und diese Leute sind doch nur wenige.

Es waren genug, um mir tausend Ängste einzujagen. Und guck dir doch an, wie es in Österreich, Italien und Frankreich, ja sogar in Dänemark aussieht, unserem Bruderland, wo alle immer so gemütlich waren.

Deshalb haben wir doch die europäische Zusammenarbeit, Siv, du musst mir glauben, dass es das Richtige ist.

Ich habe einen ironischen Kommentar auf den Lippen, so was wie »glauben tut man in der Kirche«, aber sein fast zärtlicher Tonfall lässt mich verstummen. Erneut waren wir beunruhigend laut geworden, vielleicht denken die Leute, dass der Neue aus dem Verteidigungsausschuss versucht hat, sich bei einer vom Personal einzukratzen, ich stehe steif da, kerzengerade im Rücken und wage es nicht, mich umzublicken.

Früher einmal war aus dieser nicht sonderlich hübschen Frauensperson in der Hitze der Nacht ein außerordentlich schönes, unübertroffenes Mädchen geworden, die Verkörperung des Genusses – alles war möglich.

Das war damals. Seitdem war mein Selbstvertrauen ins Wanken geraten, aus den verschiedensten Gründen.

Früher einmal habe ich diesen Mann ermuntert, Zollstock und Wasserwaage gegen Handy und Computer einzutauschen, und er wurde ein anderer. Wer spinnt schon allzeit Seide?

Vielleicht ist im Inneren dieses Anzugs und hinter dem feinen Titel noch etwas übrig von dem Mann, der mich damals zum Erblühen brachte? Was habe ich übrigens für ein Recht, mich zu Fragen der Verteidigung zu äußern, ich, die in einen ganz persönlichen Krieg verwickelt war, bei dem ich mich geweigert hatte, über eine Versöhnung auch nur zu reden?

Machs gut, sage ich leichthin, ich hoffe, du hast einen netten Abend.

So wollen wir doch wohl nicht auseinandergehen? Hast du in letzter Zeit was von Åsa gehört? Wir haben doch jede Menge zu bereden, Siv.

Ich lächele und gehe rückwärts weiter. Er unternimmt keinen Versuch mehr, sondern winkt nur tschüss. Dann schaut er sich um, nimmt sein Glas und kippt es mit einem Mal hinunter, ohne auf den Gedanken zu kommen, dass ich ihn noch immer ansehe. Dass ich sein Bild verschlinge.

Ich rede mir ein, so etwas sei normal, weil seit dem letzten Mal so viel Zeit vergangen ist.

Anna-Lena kriegt mich am Schlafittchen zu fassen, sie will, dass ich ihr helfe, blitzschnell einen Tisch umzustellen, bevor das Dinner seinen Anfang nimmt. Ich folge ihr in den Wintergarten, wo an diesem Abend eine blaue Farbskala vorherrscht, im Unterschied zum letzten Abend mit seinen orangefarbenen Tischdecken und Servietten. Einige zusätzliche Gäste machen es nötig, einen bereits fertig gedeckten Tisch ein Stück zu verrücken, um für einen weiteren Platz zu schaffen.

Wir eilen über den Tanzboden. Der klingt hohl, doch darüber denken die Gäste bestimmt nicht nach, besonders nicht, wenn die Musik spielt. Hier, sagt Anna-Lena, wirklich nett von dir, fass dort an.

Der Tisch ist für sechs Personen gedeckt und soll ein Stück auf den Tanzboden gerückt werden, wir heben ihn vorsichtig an, damit die hochstieligen Gläser nicht kippen. Ich nehme einen schwachen Geruch wahr, es riecht irgendwie unangenehm, aber nur ganz vage, und ich denke nicht weiter darüber nach, dazu ist keine Zeit, ich helfe Anna-Lena, einen zusätzlichen Tisch aufzustellen, und sie wirft eine Schutzdecke darüber, ich bin ihr dabei behilflich, auch bei der Tischdecke selbst, tausend Dank, den Rest schaffe sie allein.

Der Tanzboden ist von guter Qualität, er ist tanzfreundlich. Ich habe alle Sachen aus dem Clüversaal in dem alten Bassin da unten verstaut, dort war genügend Platz, die alten Fliesen waren seegrün, Originale aus den vierziger Jahren. Ich höre wieder den hohlen Ton, als ich über die Tanzfläche zurückgehe.

Nenad arbeitet bis neun, danach werde ich allein sein. Er sagt nichts über sein Gespräch mit Bergius' Assistentin in der Piano-Bar, und ich frage auch nichts, wir sind schließlich erwachsene Menschen. Nun müssen zusätzliche Gläser und Handtücher ins Olympiadorf geschafft werden. Doch ist das erst nötig, wenn er wieder hereinschaut. Ich sitze in Ingalills kleinem Büro und frage mich, worum es eigentlich geht, ich selbst bin nach dem Gespräch mit Jan voll damit beschäftigt, Milz, Därme, Herz und Lunge in Ordnung zu bringen.

Nenad aber will, dass ich für ihn gehen soll. Beschämt bekennt er, dass es wegen der Hunde ist, er traut sich nicht an ihnen vorbei.

Ich folge ihm hinaus. Hundeschlittensafari in der Winternacht, wie pikant. Das Gefährt ist beladen, vielleicht mit Grillkohle, Essen und Champagner, und Fackeln brennen, noch im Schnee versenkt. Die Hunde stehen in ihrem Geschirr bereit, sie knurren und bellen. Nenads Augen flackern, er hat Angst.

Das ist ganz einfach, sage ich, du musst die Stimme heben und das Kommando übernehmen. Ich gehe auf den ersten Köter zu, er scheint der Leithund zu sein, und tatsächlich verstummt er, sobald ich es befehle. Auch die anderen Hunde werden still. Ich streichle ihn, er wedelt mit dem Schwanz. Platz, sage ich und tippe leicht auf sein Hinterteil. Der Hund setzt sich. Auch einige der anderen Hunde tun es ihm nach. Siehst du, sage ich zu Nenad. Man muss nur das Kommando übernehmen und bestimmt klingen. Aber wenn du zeigst, dass du unsicher bist und Angst hast, dann funktioniert es nicht. Sie gehorchen jedem X-Beliebigen, der mit lauter Stimme spricht und Befehle erteilt. Aber sie sind auch Herdentiere und halten sich an ihren eigenen Herrn, ihren Führer. Egal wer das ist. Also lege dich auf keinen Fall mit ihm an. Geh jetzt.

Er hastet an ihnen vorbei, groß und stark, mit Muskeln, die sich wie Schiffstaue auf den Armen abzeichnen. Doch offenbar mit einer Mordsangst vor Hunden. Vielleicht hat er in seiner Heimat etwas Beängstigendes erlebt, als Kind? Vielleicht mit Wildhunden?

Ein Streifenwagen steht noch immer vor dem Entree, und in der Kongresshalle brennt Licht. Auch die Absperrung ist noch nicht beseitigt.

Nenad kehrt nach einer Weile mit einem scharfen Funkeln in den Augen zurück. Ich sage, dass er nach Hause gehen kann, und er verschwindet lautlos durch den Hinterausgang.

Der Nachtportier ist an diesem Abend ein wenig familiärer. Aus dem Wintergarten ertönt Musik, man tanzt jetzt, in der Lobby herrscht Ruhe. Er berichtet, dass eine der Fleischäxte des Küchenmeisters unter der Feuertreppe des Restaurants gefunden wurde. Die wäre sicher erst im Frühjahr wiederaufgetaucht, wenn nicht einer der Hunde hartnäckig dort herumgescharrt hätte.

Die Leute sind doch sonderbar. Ich nicke. Vieles ist sonderbar. Und wenn das Attentat gegen den Oberkommandierenden nun irgendwie mit dem Todesfall zusammenhängt, also mit dem Ableben von Bo-Erik Bergius?

Er glaubt das nicht. Sein Bruder arbeitet nämlich im Krankenhaus von Mora, und die Obduktion ist bald abgeschlossen, man hat sich nämlich beeilt, vermutlich eben wegen eines solchen Verdachts. Doch scheint es ganz klar eine Gehirnblutung zu sein.

Umso besser.

Du wirkst enttäuscht, Siv?

Nein, zum Kuckuck. Es ist ja wohl ein Glück, dass es eine Gehirnblutung und kein Mord ist, andernfalls könnte man es mit der Angst zu tun bekommen.

Angst braucht man nicht zu haben, und was den Oberkommandierenden angeht, so ist der Täter schließlich gefasst. Ich meinerseits habe bedeutend mehr Bammel davor, wenn hier oben beispielsweise die Walpurgisnacht ansteht, das letzte große Superfest, oder soll ich vielleicht lieber sagen, das letzte große Superbesäufnis?

Hoffentlich muss ich da nicht arbeiten, erwidere ich.

Darum kommst du nicht herum, Siv. Niemand kommt darum herum. Und für dich wird es am allerschlimmsten, weil du hinterher aufräumen musst.

Er lacht gutmütig, und ich finde, es ist ein ziemlich angenehmes Gefühl, hier zu stehen und quer über den Empfangstresen zu schwatzen, aber jetzt klingelt das Telefon. Er geht ran: Ich verstehe, schicke sofort jemanden hoch.

Er legt auf. Das betrifft dich. Zwei Frauen in der Vierten sind sich in die Haare geraten. Ruf hier unten an, wenn es allzu heftig wird.

Mein Herz wummert, als ich den Fahrstuhl besteige, was wird mich dort erwarten?

Sie sind schon von Weitem zu hören, irgendein Zimmernachbar muss angerufen haben. Sie krakeelen und schreien so laut, dass sie mein Klopfen übertönen. Ich stecke den Hauptschlüssel ins Schloss und gehe hinein.

Sie halten inne und starren mich beide an. Es sind Bergius' Assistentin Greta Mossberg und seine Ehefrau. Ziemlich bald erkenne ich, dass Bergius' Frau betrunken ist, und zwar gewaltig.

Ihre Augen sind rot umrändert, und sie kann nicht gerade stehen, taumelt hin und her. Was ist? Wer bist du?, lallt sie.

Ich habe erfahren, dass es hier Rabatz gibt, sage ich freiweg. Ihr stört die anderen Gäste, was ist los?

Bergius' Assistentin scheint geweint zu haben. Sie ist nicht bei Trost, sagt sie erneut schluchzend. Sie behauptet, ich hätte eine Affäre gehabt mit …

Das hast du!, wird sie von der Frau unterbrochen. Du verdammte Fotze, du Hure, du Scheiß-Nutte.

Ist ja gut, sage ich. Jetzt beruhigen wir uns. Denk daran, dass dein Mann tot ist, es gehört sich wirklich nicht, solche Beschuldigungen auszustoßen. Du hast doch Trauer.

Sie fängt an zu weinen, laut und klagend. Ja, das habe ich wirklich, ich habe Trauer, das habe ich. Ich habe meinen Mann verloren, viel zu früh. Und das ist ihre Schuld!

Hör auf!, entgegnet die Assistentin. Du musst mir glauben, es hat nichts dergleichen gegeben.

Das hat es doch, und du hast ihn auch dazu gebracht, bei den verdammten Tretminen die Augen zu verschließen.

Ich erstarre. Schon wieder diese Geschichte? Minen im Umtrieb, davon hatte ich doch schon gehört.

Ich sehe, dass die Assistentin böse wird. Jetzt reicht es, Gunborg, brüllt sie. Halt den Mund, und komm nicht mit solchen Beschuldigungen! Was du tust, ist obendrein strafbar.

Zeig mich doch an, erwidert Bergius' Frau trotzig und reckt die Nase in die Luft, wobei sie fast aus den Latschen kippt. Du hast ihn verlockt, so war es, und ihn verleitet, ich weiß es genau. Er hat es selber so gut wie zugegeben.

Hat was zugegeben?

Dass er in dich verknallt war! Also tu nicht so! Übrigens habe ich mit deinem Mann geredet. Das hättest du nicht gedacht, was?

Zieh ihn hier nicht rein, er hat nichts damit zu tun!

Doch, das hat er! Denn du hast ihn betrogen! Mit meinem Mann!

Jetzt hatte der Streit eine solch beunruhigende Lautstärke erreicht, dass ich mich gezwungen sah, Ruhe! zu brüllen. Jetzt ist wirklich Schluss mit diesem Gelärme, benehmt euch anständig, ihr stört!

Bergius' Frau heult und schluchzt. Die Assistentin schnieft und wischt sich mit den Fingern die Partie unter den Augenwimpern trocken.

Entschuldigung, sage ich. Aber wir müssen der Sache hier ein Ende bereiten. Eure Probleme lassen sich heute Nacht nicht klären, am besten geht jede von euch auf ihr Zimmer und versucht zu schlafen, morgen ist auch noch ein Tag.

Ich wohne doch hier, quiekt die Assistentin. Stimmt ja, erwidere ich und wende mich an Bergius' Frau, komm jetzt mit. Ich ziehe sie am Arm. Widerstrebend folgt sie mir.

Es zeigt sich, dass sie im obersten Geschoss wohnt, im Zimmer 513. Ich gehe mit ihr hinein, denn jetzt hat sie das heulende Elend gepackt, und sie sucht Hilfe. Wie nett du bist, sagt sie wiederholt, ich habe nur einen Kognak, ja vielleicht zwei getrunken, ich bin so traurig, so traurig.

Es war nicht sehr klug, hierherzukommen, sage ich. Die Leiche deines Mannes ist ja nicht mehr hier, es gibt nichts, wovon du dich verabschieden kannst.

Ich wollte nicht, dass sie davonkommt, antwortet sie. Er hatte ein so schlechtes Gewissen, weil er die Sache mit diesen Tretminen nicht verfolgt hat, die illegal exportiert worden waren, statt vernichtet zu werden, und ich verstehe ihn. Man muss den Regeln folgen, das muss man. Ich wollte ihr klarmachen, dass ich über ihre Rolle Bescheid wusste. Denn diese Sache lässt sich nie beweisen, das hat er selber gesagt. Material, das zerstört worden ist, existiert schließlich nicht mehr, eine wirklich wasserdichte Geschichte. Armer Bo-Erik. Sie beginnt erneut zu weinen.

Und dennoch ist er eines natürlichen Todes gestorben?, denke ich. Wirklich seltsam.

Als ich wieder auf den Korridor trete, steht eine Vertreterin von der zivilen Fahrbereitschaft draußen. Sie behauptet, die Frau von Bergius zu kennen. Wie gut, ich halte ihr bereitwillig die Tür auf.

Die Leute sind unterwegs in ihre Zimmer. Der Tanzabend ist beendet, die Nacht wartet. Die meisten Gäste sind leise und auffällig nüchtern. Vor dem Zimmer des Amerikaners kommt es zu einem gewissen Stau, mehrere Leute wollen ihn augenscheinlich zum Schlaftrunk einladen, mir bleibt keine Zeit, um den Ausgang dieses Tauziehens abzuwarten, sein professionelles Lachen folgt mir bis ins Treppenhaus.

Ich werfe einen Blick durchs Fenster, während ich auf den Fahrstuhl warte. Der Hof liegt verlassen da, die Autos ruhen unter ihren Schneemützen, der Parkplatz ist beinahe voll, das Hotel ist ausgebucht.

Und ich sehe, dass ein Auto fehlt. Entweder hat man ihm grünes Licht zur Abfahrt erteilt, oder er hat sich einfach davongemacht. Der Mann mit den tränenden Augen.

Der Portier dankt mir: Was doch alles passiert, die reinste Anarchie. Übrigens war gerade jemand hier und hat nach dir gefragt, einer der Konferenzteilnehmer.

Wo ich doch angefangen hatte, mich wie immer zu fühlen, ausgenommen diese Unruhe, diese Hintergrundsstrahlung, von der ich nicht weiß, woher sie kommt oder was sie von mir will. Jan hatte ich zu verdrängen geschafft.

Ich weiß, in welchem Zimmer er wohnt. Aber ich beabsichtige wirklich nicht, ihn dort aufzusuchen. Ganz bestimmt nicht. Ich kehre in Ingalills Büro zurück, der Hals tut mir weh und verlangt nach eiskaltem Wasser, es ist der Druck, der Druck des Weinens, der schmerzt, es ist, als würde ein großer Stein durch die Kehle hinabgepresst. Ich versuche, das Wasser im hinteren Teil des Rachens zu halten, es lindert und betäubt. Die Müdigkeit ist wohl auch daran schuld, ich hoffe, dass jetzt nichts mehr auf mich wartet.

Doch das tut es, nächtliche Verhandlungen sind in mehreren Zimmern Zugange, doch nicht von der unbekümmerteren Sorte, sondern nachdenkliche oder aufgeregte Diskussionen, sicher ausgelöst vom heutigen Attentat, und ich renne durchs Haus mit Bier und Mineralwasser, mit zusätzlichen Gläsern und Erdnüssen, und plötzlich in einem Korridor stehe ich ihm Auge in Auge gegenüber.

Er ist nicht allein. Natürlich nicht. Sie ist vielleicht eine Parteigenossin oder vom Roten Kreuz oder eine politische Expertin aus irgendeiner Verteidigungskommission, und sie sieht ihn an und lacht die ganze Zeit, ja er ist nett, richtig geistreich, wenn er diese Seite aufzieht.

Ich kann nirgendwohin fliehen, da ist nur dieser lange Korridor.

Ich drücke den Rücken durch und nicke ihm kurz zu. Hallo, sagt er. Hallo, erwidere ich. Sie wirft einen zerstreuten, leicht verwunderten Blick auf mich, und dann sagt sie etwas und fährt fort zu lachen.

Der Wäscheschlucker liegt am Ende des Korridors. Ich sollte mich dort wohl hinunterstürzen, das wäre in der Tat ein äußerst passender Abgang. Allerdings bestand dann die Gefahr, dass ich nicht tot wäre, sondern mich stattdessen in einer Anzahl Laken verhedderte, dass ich zappelte, so lange zappelte, bis ich in einer Art Turban steckte, der den ganzen Körper bedeckte, zusammengeschnürt wäre zu einem frustrierten, vertrackten, schreienden Frauenpaket. Ich kichere los, dann fange ich an zu lachen. Ich eile ins Treppenhaus und lache immer lauter. Das wäre ein Anblick.

Die Augen tränen, alles bricht auf, der Körper schüttelt sich in Konvulsionen, das wäre wirklich ein Anblick!

Die Tränen laufen in Strömen.

Bücher gibt es. Du hast dein ganzes Leben in enger Symbiose mit dem Lesen verbracht, und dann eines Tages begreifst du, dass es Bücher gibt, wo dein Leben auf nur wenige Seiten zusammengebrannt ist, dein ganzes Leben.

Die Romane davor, sie sind für dich Fenster zur Freiheit gewesen. Niemand konnte dich erreichen, wenn du gelesen hast, wenn du dich hoch in die Lüfte zwischen die Baumwipfel schwangst. Sauerstoffversorgung, das waren die Bücher für dich und zugleich Genuss. Ihr, die auf diese Weise gelesen habt, ihr erkanntet einander, allein wart ihr, und dennoch teiltet ihr dieses Erlebnis. In der glücklichen Vergangenheit hast du dem stillen Verband der Buchliebhaber angehört.

Dir ist auch irdische Liebe begegnet, geistige Liebe, körperliche Liebe, Liebe zwischen den Geschlechtern, du hast dich wiedererkannt und auch wieder nicht. Aus der Welt der Bücher.

Romane sind nicht alles. Es gibt Sonderausgaben, und es gibt auch Bildbände, nicht nur Kunstbände, sondern auch fotografische Werke, vielleicht ausgestattet mit edlem Text.

Du hattest vergessen, dass ein Buch auch Bilder enthalten kann.

Zu den Bildern, die dir in jenem Buch, das dein Leben veränderte, begegneten, hätte kein Kunstprofessor sich äußern können. Er hätte sie nicht verstanden.

Man sagt, dass Bücher Abdrücke des Lebens sind. Das hast du wahrhaftig erkannt.

Es ist keine Dichtung. Es ist keine Wirklichkeit. Es ist Unwirklichkeit, nach dieser Lektüre wirst du nie mehr dieselbe Person sein.

Zuerst hast du nur zerstreut geblättert, dann mit steigendem Puls und immer gehetzter.

Romane sind nicht alles. Suchanzeigen in Buchform, ein ganz besonderes Genre, Seite für Seite, und was ist mit mir? Mit mir? Mit mir? Nein nicht für dich, nicht für dich, nicht für dich.

Du blättertest mit immer steiferen Fingern. Die Kälte stieg von unten hoch, deine Zähne klapperten, und was ist mit mir, mit mir, mit mir? Nein. Nein. Nein!

Bis du die Seite aufschlugst.

Plötzliche Detonation, ein Zerbersten, du entkommst nicht.

Du willst nicht entkommen. Denn du willst trotz allem Gewissheit, wie schrecklich sie auch ist.

Der Schmerz ist unbeschreiblich, dein Leben ändert mit diesem Buch die Richtung.

Und was ist mit mir?

Für mich?

Ja.

Ja!

Der Pullover, er war es. Ihn erkanntest du wieder, obwohl zerfressen von Erde.

Natürlich war er es. Und all das andere auch. Du warst am Ziel.

Der Zusammenbruch, dass du nur gezittert und geweint hast und nicht verständlich reden konntest. Aber die Leute dort waren es gewohnt, du stachst nicht heraus. Gab es denn jemanden, der nicht in irgendeiner Weise psychisch geschädigt war, dort, wo du dich damals aufhieltest?

Es gibt Bücher. Suchende Seite um Seite. Dieses Buch veränderte dein Leben und lenkte deine Schritte.

Es lenkte jeden Schritt in deinem Leben nach diesem Tag.

Diese Pressekonferenzen bringen mich noch um, ständig kurzfristig anberaumt, und die Atmosphäre jedes Mal genauso verdichtet, es ist, als könnte man sie mit dem Messer schneiden. Etwas ist im Gange, und es kommt darauf an, zuerst damit im Äther zu sein oder im Netz oder auf dem Bildschirm, und wie üblich blieb mir nicht mal Zeit zum Frühstücken.

Alles sollte auch hübsch aussehen. Ich habe Blumen in flachen Vasen arrangiert, damit sie den anwesenden Journalisten wie auch dem Fernsehpublikum daheim auf dem Sofa nicht die Sicht nahmen.

Diesmal ist das Podium voll, und Namensschilder sind in aller Hast aufzustellen, angefertigt von der Konferenzhostess für die Verteidigungsministerin, die Landespolizeipräsidentin und den kommissarischen Chef der Staatspolizei. Mineralwasser und saubere Gläser werden gebraucht. Alle sollen gut sitzen und sich willkommen fühlen. Ich jage umher, aber ich jage mit Finesse und einem Lächeln auf den Lippen, doch scheint mich keiner zu bemerken.

Aufgebrachte Stimmen erklingen aus der Menge der hereinströmenden Journalisten, offenbar hat man Kollegen den Zutritt zum Hotel verwehrt unter dem Vorwand, dass hier eine Tatortermittlung stattfindet, aber mein Gott, schließlich müssten sie doch ihre Arbeit machen, das sei schließlich ein Eingriff in die Pressefreiheit, jetzt werde man denen mal zeigen, wie der Hase langläuft.

Keine gute Stimmung. Und es sollte noch schlimmer kommen.

Die Verteidigungsministerin heißt alle willkommen und packt den Stier sofort bei den Hörnern. Sie erklärt, dass man aus Rücksicht auf die Sicherheit des Landes den drastischen Beschluss gefasst habe, den möglicherweise zu erwartenden Ansturm der Medienleute zu stoppen.

Wieso das? Die Journalisten wittern sofort Stoff für die Aufmacher.

Sie möchte eine Sache bekanntgeben, die das Attentat auf den Oberkommandierenden betreffe. Und die wäre, dass er aufgrund seiner Verletzungen bedauerlicherweise vor einer guten halben Stunde verstorben ist.

Es kommt zu spürbaren Reaktionen im Raum, vereinzelt sind Fragen zu hören, aber die Meisten scheinen begriffen zu haben, dass sie noch nicht zu Ende geredet hat.

Dann sei da noch eine weitere Sache, die hier vielleicht direkt zur Sprache kommen sollte, statt später auf falschen Wegen durchzusickern. Und das sei, dass der Täter ebenfalls tot ist.

Absolute Stille tritt ein. Sie fährt fort: Was diesen letztgenannten Todesfall angeht, so findet im Augenblick eine Untersuchung statt, doch spricht fast alles dafür, dass er sich in seiner Zelle im Untersuchungsgefängnis Kronoberg, wohin man ihn gestern Abend sofort gebracht hatte, selbst das Leben genommen hat.

Aus dem Auditorium sind gedämpfte Kommentare zu hören: Die haben den Scheißkerl abgeknallt. Der durfte nicht am Leben bleiben. Der hatte zu viele Informationen. Ja, ja, jetzt liegt da mindestens ein Hund begraben.

Dann bricht der Fragesturm los. Wie konnte das in einem so gut bewachten Gefängnis wie Kronoberg passieren? Auf welche Weise hat er sich das Leben genommen? Ist er obduziert worden? Wann kam es zu dem Todesfall? So etwas sollte doch nie wieder vorkommen, hatte es schließlich beim letzten Mal geheißen, und jetzt war es erneut passiert – mit einer Schlüsselfigur – Kommentare dazu? Vielleicht Konspiration?

Die Landespolizeipräsidentin ergreift das Wort. Sie bedauert den Vorfall und gibt zu verstehen, dass der Täter seinem Leben höchstwahrscheinlich mithilfe einer mitgeschmuggelten Giftampulle ein Ende gesetzt hat, die er eventuell unter der Haut verwahrt hatte, was bei einer Leibesvisitation äußerst schwer zu entdecken sei.

Der kommissarische Chef der Staatspolizei unterstreicht mit Nachdruck, dass anberaumte Ermittlungen zwar beweisen müssten, inwieweit das Attentat die Frucht irgendeiner Konspiration sei, aber zum jetzigen Zeitpunkt wolle er nicht einmal andeuten, dass es irgendwelche Spuren in diese Richtung gebe. Der Mord ist, soweit er es beurteilen kann, das Resultat des Handelns einer einzigen Person, allerdings kann und darf man andere Szenarien nicht ausschließen, und die Sache bedürfe einer gründlichen Untersuchung.

Jetzt übernimmt die Verteidigungsministerin erneut das

Wort. Sie erinnert an das Entsetzliche, was geschehen ist, nämlich dass der Oberkommandierende verstorben ist, erst zweiundfünfzig Jahre alt. Sie bittet die anwesenden Journalisten, ein wenig an seine Angehörigen zu denken und an den großen Kummer, der sie getroffen hat. In dem Zusammenhang möchte sie auch die Aufmerksamkeit auf einen improvisierten und in aller Eile anberaumten Gottesdienst lenken, der in der Fjällkyrkan Punkt vierzehn Uhr stattfinden werde. Sie fordert alle auf, sich dorthin zu begeben und an der Gedenkfeier für den Toten teilzunehmen.

Am Ende hat sie noch eine Bekanntgabe zu machen, die manchen vielleicht verwundert. Diese ist, dass sie, zusammen mit den hier anwesenden Entscheidungsträgern und zwar nach langer und schmerzlicher Diskussion, zu dem Entschluss gekommen ist, die Landeskonferenz weiterlaufen zu lassen. Nicht aus mangelndem Respekt vor dem Toten – sondern im Gegenteil. Alle wissen ja, wenn er jetzt etwas zu diesem Punkt hätte sagen können, so hätte er es absolut befürwortet, dass wir die Konferenz zu Ende bringen, und er hätte erklärt, dass wir uns andernfalls vor den Wagen des Mörders spannen lassen, seines Mörders. Deshalb haben wir beschlossen, programmgemäß bis morgen Mittag fortzufahren, genau wie es zu Beginn geplant war.

Archäologie ist eine Wissenschaftsdisziplin, deren Aufgabe es ist, Fundstücke historischen Charakters, geschaffen von Menschenhand, freizulegen, zu identifizieren und zu deuten. Der durch Ausgrabung zugängliche Teil des Quellenmaterials nimmt ständig und lawinenartig zu, wodurch die Disziplin ein schnelles und dynamisches Entwicklungstempo erhält.

Bei einer stillgelegten Salzgrube liegt ein Depot mit den Ergebnissen der in den letzten Jahren durchgeführten Ausgrabungen. Zögere nicht, den stillen Raum und die relative Kühle zu betreten, das diskrete Personal führt dich nur zu gern herum, denn wie viel ist eine noch so gut gemachte archäologische Arbeit wert, wenn niemand an deren Resultaten teilhat.

Als eine Methode bei diesem Streben haben die Archivare begonnen, Bücher herauszugeben, dicke Bücher im eigenen Verlag und mit Unterstützung der EU, in denen die Funde präsentiert werden, Seite für Seite, zugegebenermaßen bis an die Grenze zur Monotonie.

Der Zweck des Ganzen ist jedoch edel und ausgesprochen großzügig – wer nämlich mit einem Hinweis zum Erfolg dieser riesigen Detektivarbeit beiträgt, darf bestenfalls sein Fundstück abholen und mit nach Hause nehmen. Ein im archäologischen Kontext verblüffender Deal. Teile mir deine eventuelle Wahrheit mit, und ich werde dir sagen, wer was ist.

Auf rostfreien, flachen Laden, die Schicht um Schicht übereinander geschoben sind, liegen ordentliche Päckchen mit fein säuberlich gereinigten, katalogisierten und fotografierten Fundstücken und Fragmenten. Man muss nur hingehen, wahrscheinlich brauchst du vorher nicht mal um Erlaubnis zu bitten – sage einfach, dass du vielleicht Licht in ein paar Funde bringen wirst, dann rollt man dir den roten Teppich aus – ja, benutze nur unser Depot, verbreite die Kenntnis über die Ausgrabungsresultate.

Aber hör genau hin. Denn bald wirst du der schwerkraftlosen Löcher gewahr. Der schwarzen Löcher im Dasein nach denen, die nicht mehr sind. Lautlose Atemzüge und unhörbare Seufzer. Tritt herein, tritt näher heran, zieh eine der Laden heraus, sie ist sauber und ordentlich, rostfrei und desinfiziert, die will dir nichts Böses, sie bietet dankbar ihre weißen Päckchen dar. Öffne sie vorsichtig – du berührst archäologische Funde.

Bist du enttäuscht? Historische Knochenstücke sind das hier wirklich nicht – die Zähne sind mit modernen Methoden gerichtet, dort eine Wurzelfüllung, das sieht man doch gleich. Was sind das hier für Scherze, moderne Skelette, ein Mann von fünfunddreißig?! Und in dem anderen Paket?

Das Geschenk für dich als Besucher wie eine dir hingestreckte Gabe, schau, hier gibt es Kleider, ein Hemd, eine Hose, aber in welchem Zustand. Aber so ist das bei archäologischen Funden, sie haben in der Erde gelegen, die hat getan, was sie sollte, die Sachen waren bestimmt wie neu, als sie vergraben wurden.

Und das dritte Paket – das musst du öffnen! Hier werden die wirklichen Trumpfasse geboten, und hier kann der richtige Besucher tatsächlich die Karte mit dem Namen abheben. Ja, im dritten Päckchen liegen Uhr, Brille und manchmal ein Foto, dann ist die Sache klar. Oder vielleicht ein Taschenmesser, ein Kamm, ein Zigarettenetui, schau, hier eine Halskette mit vielleicht gerade deinem Namen? Gib zu, dass du jetzt verstummst. Bist du der Glückliche, ist dein eigener Name dort eingraviert? Dann hast du den Hauptgewinn gezogen!

Es war also dein Name? Du bist dir völlig sicher? Auch die anderen Sachen stimmen genau? Dann bist du nicht umsonst hergewandert, und auch unsere archäologische Arbeit war nicht vergeblich, wir teilen deine Trauer und deine Erleichterung, dass eine weitere Frage ihre Antwort gefunden hat. Weine hier, solange du willst, denn wir selbst haben keine Tränen mehr, also bitte bleib hier, und weine eine Weile für uns.

Willst du weitergehen? Bist du noch nicht fertig? Hast du die dicken Bücher mit den Fotografien von vorn bis hinten durchgeblättert und behauptest jetzt, noch mehr sehen zu müssen?

Vielleicht ist diese Lade die passende? Nach Zahnstatus, Knochenwachstum und anderem mehr war dieser Junge erst vierzehn Jahre alt. Ja, hier ist auch ein Foto von der Fundstätte, die Hände auf dem Rücken gefesselt, der Hals vermutlich durchgetrennt – die Nackenwirbel. Ja, ja. Das andere Päckchen – das Übliche, ein paar Münzen und ein Taschentuch und hier ein Briefchen, guck an, ein kleiner Brief mit Blumen drauf. Ein Mädchen, heimlich verliebt, Schrift einer Zwölfjährigen, eine Pokémon-Karte und ein paar Süßigkeiten. Summa summarum was in den Taschen des Jungen steckte. Das dritte Paket, die Kleidung – Hose, Strümpfe und ein gestrickter hellblauer Pullover. Er ist handgestrickt, mit Raglanärmeln und Zopfmuster, die Maschen am Ausschnitt sind ein klein wenig zu fest abgenommen, sodass es vielleicht schwierig war, ihn über den Kopf zu ziehen, aber er wurde fleißig benutzt, sieh doch, wie dünn er an den Ellbogen ist, wo eine Stopfnadel schon zweimal zum Einsatz kam.

Ja. Der Pullover gehört ihm. Und er war erst vierzehn Jahre alt.

Ist man vierzehn, dann ist man kein Mann. Ist man vierzehn, dann ist einem noch kein Bart gewachsen. Ist man vierzehn, dann spielt man, man spielt noch wilde Spiele, und man versteckt sich, und man schlägt den anderen an, und wenn man selbst angeschlagen wird, dann muss man zählen: Hundert!, schreit man, und die Welt hält die Arme offen, wenn man vierzehn ist.

Ja. Wir haben schon die letzten Tränen geweint. Ja. Wir haben unsere Kehlen schon kaputt geschrien. Danke, dass du gekommen bist. Gesegnet seien deine Schreie, welche die schwerkraftlosen schwarzen Löcher füllen.

Hier ist es so still. Also lausche jetzt. Hör all die stummen Stimmen. Hier gibt es einen Chor, der unablässig singt, der fleht, bitte lass mich nicht hier. Sag, dass ich gelebt habe, dass irgendwer sich noch meiner entsinnt, und leg mich in ein Grab mit eigenem Namen, gedenke meiner mit Gebeten, sag Adieu, und erinnere dich an mich, so wie ich gewesen bin. Lass mich nicht hier liegen, sondern gib mir eine Totenfeier und meinen Namen zurück. Heb mich hervor, und bestätige mich, und weine verzweifelt angesichts dieser Fetzen, denn ich will nicht nur verschwinden, als hätte es mich nie gegeben, ich will existieren als der Tote, der einst gelebt hat. Selbst steif und starr, ohne die geringste Bewegung will ich bei euch anderen all die Gefühle wecken, und die Liebe will ich spüren, quer durch die hermetischen Module des Seins. Dass ich geliebt war und jemand mich betrauert. Ich war ein Mensch mit eigenem Namen, also bitte lass mich nicht hier.

Ja, niemand kann unberührt an diesen Gestellen entlanggehen, hätte man wie der letzte Gast von Atlantis doch nur ein Scherflein … – für die geringe Möglichkeit wollte man sorgen, dass wenigstens einige von diesen gefunden und als die Menschen beweint würden, die sie gewesen sind.

Und hast du dieses Scherflein und kannst es hergeben, so wird einer von diesen nicht vorhandenen Männern und Kindern gerettet, und ein Beben durchläuft dieses Lager gleich einem Schluchzen – seht, noch einer von uns ist gerettet für den Tod, noch einer von uns existiert erneut und hat ganz und gar nicht vergeblich gelebt, bekommt jetzt Tod und auch Leben zurück, beides hat es gegeben. Mein Leben ist mein Name.

Seufzer der Verzweiflung von all denen, die nicht gefunden wurden, trotz dna und ausländischer Archäologie-Experten, von all denen, die ihren Namen nicht zurückerhielten und ihn vielleicht nie bekommen werden, nein.

Diejenigen, die nicht einmal als Tote existieren dürfen. Die einfach verschwunden sind – nie vorhanden waren. Denen man, ausgelöscht von der Erdoberfläche, die Existenz selbst verweigert. Sie sind nicht gewesen. Sind nicht.

Damit besiegeln sie, vermitteln sie,
akzeptieren wir
letztendlich
die Absichten
der Verbrecher.

Izzadin kommt mir auf dem Korridor entgegen. Ich bekomme es mit der Angst zu tun. Er hat etwas unter dem Hemd, etwas, das es ausbeult, und sein Gesicht ist ausdruckslos, er bewegt sich wie in Trance. Mir sträuben sich die Haare, ich möchte Hals über Kopf fliehen, Selbstmordattentäter, die haben Sprengladungen unmittelbar auf den eigenen Leib geklebt, mehrere Kilos, und sie gehen direkt in den Tod mit der einzigen Hoffnung, so viele Israelis wie möglich mitzunehmen.

Aber das hier ist ein Hotelkorridor in Schweden, und er ist schließlich von dort geflohen, da brauche ich doch wohl keine Angst zu haben?

Als ich näher komme, sehe ich, dass er eine ganze Ladung trägt – von Putzzubehör. Er ist faul, sieht sich außer Stande, den ganzen Wagen mitzuziehen. Völlig aufgewühlt lächele ich ihm zu, und er wird munter, sagt lässig: Morgen.

The show must go on, und die Arbeit muss weitergehen, auch wenn uns das Dach über dem Kopf zusammenbricht. Hedy hat sich krankgemeldet, typisch. Sie, die niemals krank ist. Obendrein habe ich nicht persönlich mit ihr gesprochen und weiß also nicht, wie lange sich das hinziehen kann, laut Empfang ist sie erkältet. Eine kleine Erkältung, was ist das schon, man muss auch Fieber haben, finde ich.

Vielleicht hat sie Fieber.

Ich muss ihren Job übernehmen, dabei bin ich schon so müde, dass vor meinen Augen schwarze Pünktchen tanzen.

Izzadin geht in ein Zimmer, und ich sehe, dass er seine Last im Flur ganz einfach auf den Boden fallen lässt. Zimmer 514, das des Franzosen. Ich blicke neugierig hinein, ja doch, zerwühltes Bett, Zahnpasta im Waschbecken und die Handtücher nass auf den Badezimmerfliesen. Plötzlich fällt mir ein, was ich Dunja hatte fragen wollen, und ich betrachte die idiotisch ordentliche Zipfelknickung der Toilettenpapierkante. Wirklich sehr merkwürdig.

Frühstück fällt aus, ich muss wohl von meinem eigenen Speck leben. Aber in der Gerberei hat man jetzt Frühstückspause, also rufe ich dort an. Sie spricht mit vollem Mund, hallo?

Ich bitte sie, nach der Arbeit bei mir vorbeizugehen, die Post reinzunehmen und meine Blumen zu gießen, wenn sie es schafft.

Eigentlich will ich nur ihre Stimme hören, will mit einem normalen Menschen sprechen, zu dem ich eine normale private Beziehung habe und nicht nur eine berufliche.

Ich erzähle, dass der Oberkommandierende gestorben ist und sein Mörder, der Gift genommen hat, ebenfalls. Sie gluckst auf, und ich ahne eine Art Freude, wie furchtbar, aber ich kenne das selber, dieses Lebendigerwerden, wenn Dinge in Bewegung sind, man ist ja schlimmer als jeder Mistkerl. Sich über das Unglück anderer Leute zu freuen. Ist das nicht schrecklich, sage ich.

Schrecklich spannend, bestätigt sie. Gift, was denn für Gift? Wie hat er denn ausgesehen? Bist du einem dieser Typen begegnet?

Sie ist voller Fragen, meine liebe Mrs. Watson, aber jetzt sind wieder Dinosaurier im Anmarsch, schweres Getrampel von Slalomstiefeln oder Snowboard-Ditos, ich verspreche, Details zu berichten, wenn wir uns das nächste Mal treffen – dann komme alles auf den Tisch. So long.

Die jungen Slalomfreaks gehen genauso interessiert an mir vorbei, als wäre ich ein Sicherungskasten oder allenfalls eine Pistenmarkierung.

Ein paar ergraute Herren in Knickerbockern kehren bereits von draußen zurück, ihre fein geäderten Nasen und Wangen leuchten wie Stoppsignale. Sie schnäuzen sich unablässig und unterhalten sich lautstark über verschiedene Techniken des Wachsens, als sie den Fahrstuhl verlassen, in den ich hineinwill. Einer blickt desorientiert zu mir hin und hält dann die Tür auf, doch ohne mich anzusehen. Gentlemanlike, wie es Tradition ist, doch galt das nie für Dienstboten, deshalb bin ich jetzt auch keinen Blick wert. Ich hatte das schon öfter erlebt. Wenn man mit vollen Armen ankam, konnte einem schon mal jemand die Tür aufhalten, aber auf ganz spezielle Weise, ungefähr so, als würde man einen Hund hereinlassen, diese bedauernswerte Kreatur. Und wenn ich mit jemandem im Fahrstuhl zusammentraf, was schließlich vorkam, ein Lächeln, ja sicher. Aber nicht: Was für wunderbares Wetter wir doch heute haben, nun geht's wohl zu einem Ausflug nach der Hemfjällshütte, oder? Weil jedermann schließlich einsah, dass ein solcher Ausflug für mich kaum infrage kam.

Doch zumeist bin ich überhaupt nicht sichtbar, und man braucht seine Energie nicht an mich zu verschwenden. Trage ich nur meine Uniform und mache kein Aufheben um mich, dann kann ich so gut wie überall auftauchen, sogar wenn jemand in der Badewanne liegt: Oh Entschuldigung. Macht nichts, stellen Sie das Tablett einfach auf den Tisch. Ganz ungezwungen.

Doch kommt mir das ziemlich entgegen. Ich würde es nicht aushalten, ständig sichtbar, ein Promi zu sein, immer kritisch gemustert und beurteilt zu werden, man weiß ja selber, wie es sich zu Hause auf den Sofas anhört, besonders wenn Politikerinnen auftreten: Was hat die denn mit ihren Haaren gemacht – Komische Augenbrauen hat die – Was für einen Fummel die da bloß trägt – Oh, hat die sich liften lassen. Was diese Politiker eventuell zu sagen haben, geht spurlos an einem vorüber. Das Fernsehen füttert uns wahrhaftig mit einer Menge Mist, bei den Wirtschaftsnachrichten fällt Geld auf einen Tisch, während jemand Nasdaq sagt. Man wird behandelt wie ein Idiot.

Mor Lennart und Harskari Olof sind im Dienst, uniformiert und in der Lobby postiert. Sie grüßen erfreut und salutieren.

Was für ein Aufgebot, was soll denn jetzt passieren, wenn die Elitekräfte selbst hierher beordert werden? Im Ernst, was macht ihr hier?

Mor Lennart windet sich ein bisschen.

Ich sage, mir sei bekannt, dass der Oberkommandierende gestorben ist, es hätte eine Pressekonferenz gegeben, und ich wisse auch, dass der Mörder tot ist, dass er sich das Leben genommen hat, das käme vermutlich schon in Rundfunk und Fernsehen.

Sie wechseln einen Blick. Mehr hat man nicht gesagt?, fragt Harskari Olof.

Doch, irgendwas von einem Gedenkgottesdienst und dass die Konferenz trotz des Vorfalls weitergeht.

Aber mehr nicht?

Was denn? Erzählt mal! Was ist denn noch passiert?

Mor Lennart weist mit dem Kinn in Richtung Kongresshalle. Die Spurensicherung war die ganze Nacht zugange, sagt er. Sie ist jetzt fertig.

Und?

Sie sehen sich wieder an. Im selben Moment bricht vorn am Tresen der zweite Weltkrieg los, ein Blitzlichtgewitter entlädt sich, und Mikrofone attackieren zwei hohe Polizeibeamte, die verzweifelt versuchen, sich des Ansturms zu erwehren. Die Landespolizeipräsidentin kommt ihnen jedoch zu Hilfe, indem sie einen grandiosen Auftritt aus dem Frühstückssaal hinlegt. Sie hält ein Handy in der Hand, und mir ist, als würde es noch immer heftig qualmen. Meine Damen und Herren, sagt sie. Soweit ich verstehe, wissen Sie bereits, dass die technische Untersuchung abgeschlossen und das Resultat – zusammen mit den bisherigen Ergebnissen der Obduktion – in höchstem Maße unerwartet ausgefallen ist.

Sie ist jetzt bei dem Journalistenmob angelangt. Aber die machen doch nur ihre Arbeit, Gott, was für Vorurteile ich habe! Dort vorn ist es nun auch mucksmäuschenstill geworden, man versteht, dass sie eine Erklärung abgeben will. Die beiden Polizisten, mit denen ich zusammenstehe, nicken einander erleichtert zu. Ich warte gespannt auf das, was die Polizeipräsidentin weiter zu sagen hat.

Meine Damen und Herren. Wie Sie bereits erfahren haben, ist der Oberkommandierende heute am frühen Morgen an jenen Verletzungen gestorben, die ihm gestern bei dem Attentat in der Kongresshalle zugefügt wurden. Auch der des Attentats Verdächtige starb heute Nacht, ich brauche mich bei der Sache nicht länger aufzuhalten, also bei dem *vermutlichen* Attentäter.

Die Menschen holen tief Luft.

Denn es hat sich nämlich herausgestellt, dass der Einschusswinkel nicht stimmt. Nicht für die tötende Kugel. Die wurde von einem Platz ziemlich weit vorn im Saal abgegeben, vom Podium aus gesehen in dessen linkem Sektor. Wir rechnen damit, dass sich etwa vierzig Personen auf den infrage kommenden Plätzen befanden.

Sie verstummt. Ein Orkan bricht los.

Ich starre auf den Tumult und befinde mich wieder drüben in der Kongresshalle, es sind so viele Leute, ich sehe nur Nacken und die dunkelblauen Pullover und Jacketts, den Tumult. Der stumme Schuss, lediglich wie ein Stoß, schallgedämpft? Die Patronenhülse, ihr Klingen, als sie über den Holzfußboden rollt. Dass sich viele zwischen die Bankreihen warfen, der Abgang des Mannes, gleich einem strahlenden Gott. Ich bin auch im Saal drinnen, der Arzt, die Servietten, die zum Podium sollten, und das blutende Opfer, es war entsetzlich, unwirklich. Als ich zurück zum Ausgang ging, waren die Stuhlreihen fast leer, nur hier und da saß einer, wer saß noch dort? Winzige schwarze Punkte schwärmen vor meinen Augen, und die disharmonischen Geräusche der Lobby kehren zurück. Die Polizeipräsidentin kündigt eine weitere Pressekonferenz in einer Stunde an, auf der sie hofft, weitere Details mitteilen zu können.

Die beiden uniformierten Polizisten nicken mir zu, so steht es also. Niemand weiß, wo der Hase im Pfeffer liegt, ein Mörder läuft frei herum, Siv, und wir sind hier, um ihn festzunehmen. Harskari Olof holt eine Dose aus der Tasche und legt einen Priem ein. Ich muss lächeln. Sie sind wirklich bezaubernd: Far fint no

Siv, ingi jôllär. Ja, ich verspreche vorsichtig zu sein und keine Dummheiten zu machen.

Auch wenn das Dach über uns zusammenbricht. Die Zimmer müssen gemacht werden. Ich trotte hoch zur zweiten Etage, zugegebenermaßen nur wenig inspiriert, und ich weiß, was mich erwartet, jede Menge Arbeit, denn die Russin Valentina ist heute mein Kompagnon, und da läuft die Sache nicht gerade auf Hochtouren.

Auch ich laufe im Augenblick nicht auf Hochtouren. Die innere Ebene mal ausgenommen – Hyperdenken, ich weiß bald nicht mehr ein noch aus. Meine Gedanken sind ein Hundegespann, das sich verheddert, und je mehr ich versuche, das Durcheinander zu entwirren, desto schlimmer wird es, die Hunde beginnen übereinander herzufallen, weil sie nicht zusammenpassen, sie ziehen nicht am selben Strang. Es gibt einen Leithund. Es gibt ein Grundmotiv, und alles andere wird von diesem gelenkt? Aber in der wirklichen Welt, meiner Welt, sind die Puzzlestücke so verschieden, dass alles zum einzigen Chaos wird, gibt es wirklich keine Struktur darin, keinen Sinn?

Ich erinnere mich an damals, als ich hier Arbeit gesucht hatte. Ich war zum Arbeitsamt gegangen. Und ich war verzweifelt. Ich hatte von der großen, ständig wachsenden Industrie oben in den Bergen gehört und diskutierte die Sache mit Marianne, meiner alten Nachbarin. Sie erzählte mir von der ehrwürdigen Geschichte des Högfjällhotels, eines wirklich vornehmen, erstklassigen Hauses. Umso merkwürdiger war es, als ich dann dort anrief und gebeten wurde, am Hörer zu bleiben. Während der Wartezeit ertönte Musik, doch war das kaum Beethovens Klavierkonzert Nummer drei, sondern das wüsteste Party-Gedudel, das man sich vorstellen konnte. Offenbar war dort oben etwas geschehen. Aber was hatte das nun mit den dramatischen Ereignissen zu tun, die meine Arbeit in den vergangenen Tagen gesäumt hatten?

Wenn ich nur nicht so müde wäre. Das Durcheinander in meinem Kopf scheint undurchdringlich.

Valentina ist bereits mit vier Zimmern fertig, fantastisch. Aber die Flimmerkiste läuft im fünften, und sie sitzt im Sessel und sieht fern, so als wäre sie hier Gast. Solidarität. Anscheinend weiß sie nicht, was das ist. Auch ich könnte Ruhe gebrauchen. Wenn man sich gegenseitig hilft, gäbe es hinterher für uns beide Zeit zum Ausruhen, obendrein mit gutem Gewissen.

Guck mal, sagt sie, hier geht's um den, der ermordet wurde.

Ich schlucke das, was ich auf der Zunge hatte, hinunter und betrete das Zimmer. Bilder von der leeren Kongresshalle werden gezeigt und auch von der morgendlichen Pressekonferenz, und der Nachrichtensprecher fügt hinzu, dass der Oberkommandierende nicht von dem des Attentats Verdächtigen erschossen worden sein kann, da der Einschusswinkel nicht stimmt. Danach folgt eine historische Übersicht über die Karriere des Oberkommandierenden, wobei sich herausstellt, dass dessen kurze Amtszeit von Kontroversen, öffentlichen Streitereien und kleineren Skandalen gesäumt war – ein an und für sich vorhersehbares Szenario bei der Rolle, die er als höchster Befehlshaber einer schrumpfenden Streitmacht übernommen hatte, sagt der Sprecher. Es war ihm auch nicht gelungen, die beunruhigende Statistik in den Griff zu bekommen, die von verletzten und getöteten Wehrpflichtigen handelte, wo unter anderem ein Fall bis vor den Obersten Gerichtshof gelangt war, der den verantwortlichen Vorgesetzten jedoch freigesprochen hatte. Die Porträtaufnahme eines jungen Burschen erscheint, die des verunglückten Henrik Sjökvist, zwanzig Jahre alt.

Sjökvist.

Schöne Augen. Die Augen eines Jungen.

Ich habe eine Schwäche für Augen. Mein Gehirn läuft auf der Stelle wie eine kaputte CD, und mir ist, als hätte ich diesen jungen Mann erst kürzlich gesehen.

Aber das ist unmöglich. Er ist seit mehr als zwei Jahren tot.

Plötzlich ist Dunja an meiner Seite. Es ist, als hätte sie sich aufgespart, hätte ihre Kräfte geschont, um mir jetzt beizuspringen, mich zu unterstützen, damit ich diese letzten vierundzwanzig Stunden überstehe, bevor ich endlich nach Hause fahren und mich ausruhen kann.

Ich brauche Hilfe bei den Wäschesäcken, aber Nenad ist wie vom Erdboden verschluckt. Die Türen des Transporters stehen weit offen, es muss schnell gehen, und der Raum unter dem Wäscheschlucker ist mehr als proppenvoll.

Ihre Stärke ist verblüffend, wie hast du so werden können?

Im Fitnesscenter, Siv. Das solltest du auch probieren. Krafttraining, verstehst du, das ist der Geist der Zeit, soll ich erzählen, wie viel ich beim Bankdrücken schaffe?

Nein. Aber trotzdem danke.

Weitere Polizisten sind aus Falun eingetroffen, und außerdem wartet man auf Verstärkung aus Stockholm. Beim Parken halten die Polizeiwagen, und davon gibt es viele, keinerlei Regeln ein. Die Ermittlung hat erneut an Fahrt gewonnen, und es ist Eile geboten, die Zeit ist der beste Freund des Mörders, genau wie in den Fernsehserien. Ich schnappe zusammenhanglose Informationen auf, wenn ich am Empfang oder im Büro vorbeikomme. Überall, wo zwei Personen zusammentreffen, werden die Ereignisse debattiert. Doch trotz der außergewöhnlichen Umstände sind die Verteidigungsministerin und die Veranstalter von *Volk und Verteidigung* fest entschlossen, die Konferenz programmgemäß zu Ende zu führen. Die Kongresshalle ist wieder zur Benutzung freigegeben.

Die Erfassung der Personen, die im aktuellen Sektor ihren Platz hatten, ist in vollem Gange. Das Fernsehen filmte das Publikum kurz vor dem Schuss, weigert sich jedoch bis auf Weiteres, das Material herauszugeben. In Windeseile hat daher ein Pressefotograf ein Bild entwickelt und vergrößert, auf dem die einzelnen Personen deutlich zu unterscheiden sind, und mithilfe dieses Fotos arbeitet man die möglichen Kandidaten einen nach dem anderen ab.

Soweit ich – und Dunja – verstehen können, ist das Projekt zum Scheitern verurteilt. Der Entsprechende hatte schließlich alle Möglichkeiten, die Mordwaffe loszuwerden und seine Kleidung zu waschen, um eventuelle Spuren zu entfernen.

Bleiben nur Beobachtungen übrig, dass jemand, der neben dem Täter – oder der Täterin – gesessen hatte, auf das Geschehen aufmerksam geworden war. Aber da müssten er oder sie es doch schon beim ersten summarischen Verhör mitgeteilt haben. Das Wahrscheinlichste ist wohl, dass sich alle so auf diesen Laserpunkt und das, was der mutmaßliche Mörder sagte, konzentriert hatten, dass der Tunnelblick alle Nebeninformationen blockierte.

Die Arbeit der Polizei würde nicht leicht werden, darüber sind wir uns beide einig, als wir mit meinem vollgeladenen Küchenwagen zwischen den Einsatzwagen Zickzack fahren. Heute gibt es Toscakuchen zum Kaffee, und der Niedrigpreis bei blauen Weintrauben hat für üppig gefüllte Obstschalen gesorgt.

Ich hätte Dunja in der Kongresshalle gern als Hilfe gehabt,

aber die Zimmer waren noch nicht fertig, weil Hedy krank war, und Dunjas Arbeitsbluse war für diese Gelegenheit auch nicht gerade passend. Ich freue mich jedoch über ihr Interesse an den Ereignissen, alles geht leichter, wenn man jemanden zum Reden hat.

Sie schaut sich neugierig um. Vorn am Podium sind Vorbereitungen im Gang, Videoprojektionen flimmern auf zwei großen Bildschirmen, und jemand macht eine Tonprobe.

Die ersten Zuhörer kommen zögernd herein. Der Sicherheitsdienst ist bereits vor Ort. Alles ist ruhig und unter Kontrolle. Drüben im Hotel laufen die Verhöre in Schichten, geführt von den renommiertesten Vernehmungsbeamten des Bezirks und bald von den besten des Landes.

Einer der Sicherheitsleute tritt zu uns heran. Er lüpft die Tücher des Wagens. Dunja und ich kichern. Zeitbombe, sage ich, Entschuldigung Kalorienbombe. Er lächelt.

Aber wenn ich nun ein Messer oder eine Pistole in der Tasche gehabt hätte?, flüstere ich, als er sich entfernt hat. Oder wenn ich keine Brüste, sondern stattdessen dort zwei große Batzen Sprengstoff gehabt hätte, eine Zeitbombe wie du gesagt hast. Mit solchen Kontrollen erwischt man keine Terroristen.

Wie denn dann, Dunja, was würdest du tun, wenn du Polizistin wärst?

Sie sieht mich nachdenklich an, in ihren schönen dunklen Augen entzündet sich ein Funke. Ich würde überlegen, was sie wollen, sagt sie. Würde versuchen so zu denken wie sie. Ich würde werden wie sie. Ihre Wege würden zu meinen Wegen und ihr Pathos das meine werden. Auf diese Weise würde ich sie erwischen, ich würde sie genau dort packen, wo sie das nächste Mal zuschlagen wollen. Wo ich selbst zuschlagen würde. Wenn ich wie sie geworden wäre.

Es kommt kein Frühstücksmädel, vielleicht erlaubt es der Küchenchef nicht. Und Dunja macht Betten in der fünften Etage, ich bin allein.

Die heutigen Verhandlungen werden mit einer kurzen Gedenkrede eingeleitet, doch die ist verhalten, ich vermute infolge der dramatischen Umstände und weil eine Feierstunde in Erinnerung an den verstorbenen Oberkommandierenden bereits stattgefunden hat. Der Tagungsleiter übernimmt väterlich die Kontrolle über die Situation und verkündet lakonisch: Jetzt machen wir jedenfalls weiter, das Vorgefallene lässt sich leider nicht ungeschehen machen, was wir tief bedauern, aber wir trösten uns damit, dass das, was wir jetzt tun, in völliger Übereinstimmung mit dem Willen des Oberkommandierenden steht, was auch seine Familie bestätigt hat.

Erneut kommt die militärische Zusammenarbeit in Europa zur Sprache, und der stellvertretende Oberkommandierende hält sich lange bei diesem Thema auf. Die Rede ist ausgedruckt, und das synchrone Blättern bezeugt, dass die Zuhörer ihr folgen. Hinterher gibt es Gelegenheit, zwölf Minuten lang Fragen zu stellen.

Ein Repräsentant der Vertretung der Wehrpflichtigen fragt, ob nicht die Gefahr bestünde, dass diese Armee zur regulären Schutzpolizei wird, die einseitig der provozierenden Seite dient? Die Unruhestifter rechneten schließlich mit dem Eingreifen, das sei ein Teil ihrer Strategie: Randalieren wir nur genug, dann tauchen die schon auf, und damit ist das Ganze zu einer Verhandlungsfrage geworden. Was für uns dabei herauskommt, ist garantiert mehr als nichts, außerdem muss die Zivilbevölkerung ja geschützt – und versorgt – werden, von anderen Polizeikräften, und so können wir in der Zwischenzeit noch mehr für uns ergattern.

Die Antwort ist natürlich verneinend, und je rascher die Osterweiterung – ja die Erweiterung überhaupt – erfolgt, desto geringer wird die Gefahr eines derartigen Szenarios, wie es der Fragesteller gerade entworfen hat.

Ich erfreue mich an dem geradezu klassischen Stillleben, das mir mithilfe der Trauben gelungen ist, wie schön das doch im weichen Licht des Foyers wirkt. Große Dinge und kleine. Ich denke eine Weile über die Leute nach, die sich dort drinnen äußern, Entscheidungsträger, die meinen, eine Antwort auf alles zu besitzen, und die es wagen, die Verantwortung für anderer Leute Wohlergehen und Sicherheit zu übernehmen. Woher wissen sie, dass sie das Richtige tun? Glauben sie wirklich, dass sie so viel cleverer sind als alle anderen? Meinen sie, von Gott dazu berufen zu sein, oder wie begründen sie ihre einflussreichen Positionen? Sind sie vielleicht von anderer Art, die von uns normalen Sterblichen nicht richtig geschätzt werden kann?

Ein amerikanischer Terrorismusbekämpfer ist der nächste Redner. Der Kontrast zwischen dem, was er sagt, und der Ruhe und Sicherheit, die er ausstrahlt, ist erschreckend. Mithilfe von Videoprojektionen malt er ein Fresko von Terrorattentaten auf zwei große Leinwände, und er wirft mit Zahlen nur so um sich: soundso viele Tote, soundso viele Kilo Dynamit, soundso viele Terroristenzellen und abgewehrte Attacken. Mir klopft das Herz bis zum Hals, obwohl ich mir Mühe geben muss, um bei seinem Amerikanisch mitzukommen. Am schlimmsten ist der Terrorangriff auf das World Trade Center. Die Zuhörer sitzen mucksmäuschenstill, die Stimmung ist aufgeladen, emotional, das Szenario nicht weit weg von dem, was sich gestern hier abgespielt hat, doch grotesk vergrößert und umso vieles entsetzlicher.

Auch diesen Ausführungen folgt eine Diskussion, und danach gibt es, wie ich weiß, eine Pause. Ich stehe bereit, die notorisch Kaffeedurstigen schleichen sich in der Regel früher aus dem Saal.

Ich registriere einigen Betrieb im Foyer, aber vermute, dass er mit der verstärkten Sicherheit zusammenhängt.

Die Fragen an den Amerikaner sind zahm, nahezu unterwürfig. Ein wenig mehr Biss in den Äußerungen, wenn ich bitten darf, selbst ein ungebildetes Weib wie ich weiß schließlich, dass die usa in den achtziger Jahren Millionen von Dollar investiert haben, um in Pakistan Talibanschulen zu starten, die, wie sie damals fröhlich konstatierten, »eine Ansammlung aufgeputschter Muslime« ausbildete, für die sie gerade Verwendung hatten, nicht zuletzt in Afghanistan. Der Krieg gegen den Terrorismus gleicht außerdem mehr und mehr einem Krieg um die Weltherrschaft. Doch dazu Fragen zu stellen ist offenbar tabu.

Im Foyer herrscht immer mehr Bewegung. Ein Mann von der Organisation *Volk und Verteidigung* rennt nach draußen. Ein anderer ruft in einer Ecke jemanden auf dem Handy an, während neben ihm die hochgewachsene Frau mit dem Seidentuch ungeduldig von einem Fuß auf den anderen tritt. Ein Sicherheitsbeamter kommt herein und eilt zu einem anderen.

Die Pause beginnt. Ich bekomme alle Hände voll zu tun. Ich höre das Gemurmel: Sie sind es doch, die uns schützen sollen. Ja, es ist höchste Zeit, dass wir uns unter das rechte Dach begeben. Wer nicht für sie ist, ist gegen sie. Wir müssen unser Engagement für die Streitkräfte der EU verstärken. Nach der Pause soll Bisseau über diesen Punkt reden. Das wird interessant. Er ist noch nicht gekommen, sagt man. Keiner hat ihn bisher gesehen. Nein, sie suchen wohl nach ihm. Ja, ja, es ist nicht so einfach, auf die Leute aufzupassen bei so viel Polizei. Da hast du wirklich recht, ha, ha.

Sie suchen nach dem Franzosen, jetzt schon wieder. Ja, nun sehe ich die nervösen Blicke, begreife, warum Männer umherrennen, anrufen, wieder zurückkommen.

Aber die Kaffeepause geht unwiderruflich zu Ende. Ich fege mit der Hand die Reste zusammen und vermeide es, mit dem Geschirr zu klappern. Der Tagungsleiter drückt die Hoffnung aus, dass sich alle erfrischt und inspiriert fühlen zum neuen Kräftemessen und zu neuen Gesichtspunkten zum Thema Europäische Verteidigung.

Und der nächste Redner ist – oder besser gesagt, sollte sein – François Bisseau, General, mit reichen Erfahrungen aus den großen Konfliktzonen Europas. Allerdings gibt es hierbei eine Kleinigkeit, nämlich die, dass er nicht hier ist! Jedenfalls nicht in eigener Person. Wir haben keinen blassen Schimmer, wo er sich hinbegeben hat, vielleicht auf Elch-Safari, oder er hat eine ruhige Skitour durch die wilde Natur vorgezogen, wer weiß. Jedenfalls ist er nicht hier. Wir bitten vielmals um Entschuldigung im Namen unseres lieben François Bisseaus und versichern, dass wir ihm die Ohren lang ziehen werden, sobald sich Gelegenheit dazu bietet. Beim vorliegenden Programmpunkt gibt es also, ob ihr es nun glaubt oder nicht, einen Ausfall. Und das, meine lieben Anwesenden, hat zur Folge, dass wir nun urplötzlich Zeit zur Verfügung haben! Eine Sensation in diesem Zusammenhang, muss ich schon sagen. Wir haben damit zusätzlich die Möglichkeit, Fragen an bestimmte Betroffene zu stellen und zu diskutieren, und davon könnt ihr ja nie genug bekommen, so viel habe ich begriffen.

Die Zuhörer lächeln, und einige applaudieren spontan. Im Handumdrehen wird eine improvisierte Diskussionsrunde eröffnet. Ich sammle diskret mein Sack und Pack zusammen, schaue nach, ob die Wasserautomaten gefüllt sind, und bringe das etwas zerrupfte Traubenarrangement auf Vordermann. Dann ziehe ich mit meinem Wagen los.

Ich verspüre Unruhe, starke Unruhe, sie ist diffus und drängend, und ich will die Kongresshalle so schnell wie möglich verlassen.

Der Empfang bestätigt erneut, dass der Mann eingecheckt und schon zwei Nächte im Hotel übernachtet hat, das weißt du ja wohl am besten, Siv, ihr macht doch dort sauber. Übrigens ist ja auch das Gepäck vor Ort, und gestern Abend bekam er ein belegtes Brot und ein Bier aufs Zimmer, steht hier im Computer unter Zimmerservice.

Wer hat es denn hochgebracht, wart ihr das?

Mal sehen, weißt du das noch, Lisa?

Ich glaube, es war dieser Große, der so stark wirkt.

Nenad?

Ja, der war es, Nenad, aus irgendeinem Teil des ehemaligen Jugoslawien, stimmt's? Du hast doch gestern Abend auch gearbeitet, hat er nichts davon gesagt?

Im selben Augenblick kommt die Direktorin, sie ist entnervt und aufgebracht darüber, dass das Hotelpersonal sich anscheinend nicht besser um die Gäste kümmert, als dass sie einfach verschwinden können!

Ein Stahlkappentritt gegen das Schienbein, wir haben schlechte Karten, sowohl die Mädchen an der Rezeption als auch ich. Wir gehen zum Gegenangriff über. Was soll man eigentlich von der Begrüßung ausländischer Gäste durch die Konferenzleitung halten, wenn ihn offenbar nicht mal jemand willkommen geheißen hat? Vielleicht fühlte er sich vernachlässigt und hat auf die ganze Veranstaltung gepfiffen, da es ja keinen zu interessieren schien? Ja, und wenn nun das Hotel die Gäste willkommen heißen soll, dann können ja wohl nicht wir von der Rezeption oder irgendeine Hausdame lächelnd auf der Treppe stehen, sondern dann muss es ja wohl mindestens die Hotelchefin persönlich sein?

Sie antwortet nicht. Und gibt uns damit recht.

Er ist auf seinem Zimmer gewesen, bezeuge ich, und das Gepäck befindet sich ebenfalls dort. Aber wie ist er hierher gelangt, frage ich dann, jemand muss sich doch um den Transport vom Flugplatz gekümmert haben?

Die Direktorin erzählt, sie sei telefonisch mit der Taxifirma in Kontakt gewesen, ja, soeben sei es ihr sogar gelungen, den entsprechenden Fahrer an den Apparat zu bekommen. Er habe in diesem Augenblick einen Krankentransport von Älvdalen nach Falun. Dieser Fahrer berichtete, dass er, wie verabredet, am betreffenden Abend vor dem kleinen Terminal des Flugplatzes von Mora gewartet hatte. Nach einer Weile war ein Franzose zu ihm gekommen – dass er Franzose war, hatte er am Akzent gehört, obwohl der Mann englisch sprach. Der Franzose hatte gesagt, es hätte sich eine andere Fahrgelegenheit ergeben. Er wirkte frohgestimmt. Just send the bill, hatte er ihn aufgefordert und war dann über den Parkplatz verschwunden. Der Fahrer hatte den Eindruck, dass der Gast von jemandem abgeholt worden war, vielleicht war es jemand, den er kannte, weil er so froh wirkte. All diese Angaben werde die Direktorin der Konferenzleitung und auch der Polizei mitteilen, nur damit wir Bescheid wüssten. Soweit sie sehen könne, scheint es logisch, dass ihn jemand von *Volk und Verteidigung* persönlich abgeholt hat, als besondere Aufmerksamkeit, damit er nicht mit einem unpersönlichen Taxi kommen musste.

Allerdings sagt man dort, dass sie es nicht getan haben, fährt sie fort. Niemand scheint etwas zu wissen.

Dunja ist mit ihren Zimmern in der fünften Etage gerade fertig geworden. Wie sah es in Zimmer 514 aus?

Sie runzelt die Stirn, sie weiß es nicht mehr, da war doch wohl nichts Besonderes?

Aber du hast dort geputzt?

Ja klar, Betten gemacht, Handtücher ausgetauscht und so weiter. Oh, jetzt erinnert sie sich – der Franzose, stimmt's?

Sie begleitet mich den Korridor hinunter. Ich schließe auf, und wir gehen ins Zimmer. Es riecht frisch gelüftet. Das Pralinenpapier ist weggeräumt, aber ein paar weitere Stücke fehlen in der vip-Schachtel. Die Flasche Champagner ist weg. Ich frage danach. Dunja überlegt. Die lag im Papierkorb, erwidert sie dann, leer. Wenn ich mich recht entsinne.

Ich gehe ins Badezimmer. Seine Toilettenartikel sind auf dem Spiegelbord aufgereiht. Ein Necessaire steht auf dem Waschbeckentisch. Alles ist sauber und ordentlich. Beim letzten Mal, als ich hier reingeschaut hatte, war der Fußboden nass, die Handtücher waren es ebenfalls, und das Bett war nicht gemacht, sage ich.

Ach ja? Da waren wir wohl noch nicht dazu gekommen.

Aber das Toilettenpapier war gefaltet.

Was?

Es ist wahr. Das Toilettenpapier war gefaltet. Obwohl er hier geschlafen hat.

Das passiert wohl einfach so.

Wie meinst du das?

Ich meine nur, jemand von uns kann aus irgendeinem Grund

hier drinnen gewesen sein und hat es da gefaltet. Man macht das doch völlig routinemäßig, aus alter Gewohnheit. Wenn ich es mir genau überlege, kann ich es sogar selber gewesen sein. Ja, das war ich, wenn ich genau nachdenke, aus einer idiotischen, zerstreuten Ornungsmanie heraus, als sie nach ihm gefragt hatten. Ich komme manchmal auf solche Ideen. Auch zu Hause, da spüle ich das Geschirr, bevor ich den Tisch abgeräumt habe, und dergleichen, das geht wie von selbst, während man an andere Dinge denkt.

Ich gebe mich zufrieden, es ist ja bloß eine Bagatelle, nichts um das man sich kümmern müsste, es hatte mich nur gewundert.

Es ist offensichtlich, dass Mor Lennart und Harskari Olof die Aufgabe haben, den Eingang zu bewachen und vielleicht ein bisschen Respekt einzuflößen. Wisst ihr, dass ein Franzose verschwunden ist, sage ich. Sie wissen es nicht. Doch jetzt gehe es um den, der den Oberkommandierenden erschossen hat. Ich habe wohl nichts gesehen oder gehört? Sie würden natürlich nur ganz inoffiziell fragen, ich müsste ja all meine Angaben beim Verhör machen. Aber es könnte ja Dinge geben, an die ich nicht gedacht hatte. Also sollte ich noch mal überlegen.

Ein Franzose ist verschwunden, wiederhole ich.

Der Täter?, schlägt Mor Lennart vor.

Daran hatte ich nicht gedacht. Obwohl …? Diese Möglichkeit zieht sofort eine ganze Batterie an Fragen nach sich, und mein armes Gehirn ist bereits überhitzt, ich verkrafte es nicht, und außerdem habe ich ja mit der Sache nichts zu tun. Teilt das euren Vorgesetzten mit, empfehle ich. Jetzt brauche ich was zum Frühstücken.

Sie schauen auf ihre Armbanduhr und lachen, vermutlich sind sie selbst schon beim Nachmittagskaffee angelangt.

Es kann ja auch umgekehrt sein, fällt mir ein. Also dass er nicht Täter, sondern Opfer ist, dass ihn jemand beiseitegeräumt hat.

Und warum?, fragt Mor Lennart.

Keine Ahnung. Jemand hat ihn weggelockt, vielleicht eine Frau mit Gezwinker und Gewinke?

Dann schon lieber ein Mann, meint Harskari Olof. Eine Frau, was kann die schon tun? Nein, in dem Fall muss es ein Mann sein, der genug Kraft und Aggressivität besitzt, um ein solches Gewaltverbrechen zu begehen. Vergiss nicht, dass der Franzose ein Militär ist, er dürfte sich verteidigen können.

Ich nicke. Ein Mann, ja, das ist wohl am wahrscheinlichsten. Ihre Vorgesetzten würden sie bestimmt bald informieren. Die Polizei musste ja jetzt an diesem Verschwinden arbeiten.

Wenn es überhaupt ein Verschwinden ist, unterstrich Harskari Olof.

Ich nicke. Erst gestern Abend hat er ein belegtes Brot und Bier aufs Zimmer bekommen. Vielleicht macht er sich nur einen Jux, oder er ist nach Hause abgehauen. Aber das Gepäck ist ja noch hier.

Im selben Augenblick kommt Nenad wie eine lebendige Recyclingstation durch die Lobby marschiert, überall Eimer und Büchsen. Wohin willst du denn, frage ich. In den Wintergarten, antwortet er, man beschwert sich über schlechten Geruch.

Björn ist der Einzige im ganzen Personalspeisesaal.

Es gibt noch ein paar Reste. Ich nehme mir davon und setze mich zu ihm, wir haben ja nichts gegeneinander. Er lächelt nicht.

Aber fragt, wie es steht. Ich sage, dass es echt beschissen ist, aber er weiß ja wohl darüber Bescheid? Der Oberkommandierende ist tot und der Täter auch, allerdings ist der es ja nicht gewesen, und nun ist dieser Bisseau verschwunden!

Sie hätten einen Leibwächter für ihn haben müssen, meint Björn, als ich erzähle, was ich weiß. Zwar hat er ein gutes Renommee in Verteidigungsfragen, aber es gibt andere Dinge, wo er vielleicht nicht so gut dasteht.

Und dann berichtet Björn von der Stadt in Bosnien, in die mehrere tausend Muslime geflohen waren. Die Stadt wurde jahrelang belagert, die Umstände waren miserabel, und die Menschen hungerten. Eines Tages begab sich Bisseau dorthin, um sich über die Verhältnisse zu informieren. Aber als er wieder abfahren wollte, nahmen ihn die Flüchtlinge als Geisel, sie legten sich vor das Panzerfahrzeug, mit dem er unterwegs war, und weigerten sich aufzustehen. Bisseau steckte fest und konnte nicht mehr raus. Die Flüchtlinge wussten, dass er ihre einzige Chance war, dass die Medien jetzt die Augen auf sie und ihre Lage richteten, und vielleicht konnte die Anwesenheit von Bisseau sie retten.

Er war General, von der uno berufen, und er sprach im Namen der uno. Nach vierundzwanzig Stunden als Geisel hielt er eine salbungsvolle Rede, wo er den Flüchtlingen beteuerte, dass man sie unter Schutz stellte, dass sie keine Angst zu haben brauchten. Ein holländisches Bataillon würde ihnen zu Hilfe kommen, was auch geschah. Bisseau wurde aus seiner Geiselrolle entlassen, die Flüchtlinge in der kleinen, überbevölkerten Stadt glaubten ihm. Er bekam sicheres Geleit zurück in die Freiheit.

Aber als die Feinde angriffen, hatten die Holländer keine Chance. Ihr Rückzug ging rasch, und die Flüchtlinge folgten ihnen. Am Ende waren alle auf einem winzigen Gebiet eingeschlossen. Die Holländer durften die Enklave verlassen. Danach begann das Foltern, das Vergewaltigen und Morden. Tausende wurden Opfer der Kugeln, oder sie wurden mit Messern und Bajonetten niedergemetzelt. Viele flohen, und viele gingen an den Strapazen zu Grunde. Ich erinnere mich nicht so genau, sagt Björn, es ist sicher zehn Jahre her, aber damals stand eine ganze Menge darüber in den Zeitungen. Also es ist nicht alles Gold, was bei den Generalssternen glänzt, und dieses Ereignis ist ganz gewiss etwas, was der verehrte Franzose am liebsten vergessen will, selbst wenn er danach mit Ehrungen und Medaillen überhäuft wurde.

Aber was ist denn los, Siv? Du siehst ja total krank aus, fühlst du dich schlecht?

Seine Unruhe und Fürsorge sind echt.

Ich schlucke den Bissen hinunter, der in meinem Mund zum Monster aufgequollen ist. Mir geht es wirklich nicht gut.

Danke für die Gesellschaft, sage ich und stehe auf. Er erhebt sich ebenfalls. Brauchst du Hilfe?

Ich schüttele den Kopf, obwohl ich mich danach sehne, meiner Schwäche nachzugeben. Wozu braucht man denn Männer, wenn nicht dazu, getröstet und beschützt zu werden, auch wenn ihre Stärke nur eine Illusion ist? Ich sollte mich in seine Arme werfen.

Aber dann sehe ich die Werkzeuge – Kneifzange, Schraubenzieher und dieses Messinstrument –, alles in seinen Brusttaschen. Nein, vielen Dank. Keine Umarmungen mehr, ich bin zu jung, um das Augenlicht zu verlieren.

Er ist noch im Wintergarten. Er sieht mich nicht. Er liegt auf den Knien und rubbelt den Teppichboden gleich neben dem Tanzboden. Er ist vollkommen allein im Raum, und die Nachmittagssonne, die schräg durch die ungeputzten Scheiben fällt, legt ein schmutzig gelbes Filter über das Bild. Er reibt und reibt, und sein Gehirn, das, was sich darin bewegt, ruft mir zu, sendet einen unhörbaren Schrei – Ereignisse und Bilder, die ich nicht kenne. Nein, ich kenne ihn nicht, und ich weiß absolut nicht, was er denkt, oder was er erlebt und getan hat.

Oh, Entschuldigung, habe ich dich erschreckt?, sage ich, als er zusammenfährt, ich wollte nur wissen, ob du gestern Abend etwas nach Zimmer fünfhundertvierzehn gebracht hast?

Ja sicher. Bier und ein Brot, du warst beschäftigt, und die vom Empfang haben mich gebeten, war das nicht okay?

Doch, doch, ich wollte nur wissen, wie stand es mit dem Mann, also dem Gast?

Gut.

Aha. Sehr schön. Was Besonderes war da nicht?

Nein, er war Ski fahren gewesen, konnte ich sehen, überall lagen verschwitzte und nasse Sachen herum, er selbst war in der Dusche, die Zimmertür war nur angelehnt, also begriff ich, dass ich das Tablett einfach reinstellen sollte.

Hat er nichts gesagt?

Kann mich nicht erinnern. Ich rief jedenfalls: Bitte sehr. Das weiß ich noch genau, und er war guter Laune. Ja, so war es, er hat gepfiffen.

Gepfiffen? Was denn?

Carmen, die Torero-Arie. Nenad pfeift demonstrativ ein paar Takte.

Ach so die. Stierkampf und Blut, Männer, die unschuldige Tiere quälen.

Ich mag diese Melodie, wirklich.

Nenad kniet auf dem Teppichboden, er bearbeitet irgendeine

Art Fleck. Ich finde, dass der muffige Geruch fast verschwunden ist, er wird von dem starken Reinigungsmittel übertönt. Der Tanzboden hallt, als ich wieder gehe.

Diesen Extraraum im ehemaligen Bassin kennt Nenad bestimmt. Als ich die Weihnachtssachen aus dem Clüversaal verstaute, hatte sich dort nichts befunden, jedenfalls hatte ich nichts gesehen. Aber das Bassin ist groß, und es gibt keine Beleuchtung.

Das Unbekannte erschreckt. Ich werfe einen letzten Blick auf Nenad, er reibt an dem Fleck, reibt und reibt. Leise schließe ich die Tür hinter mir.

Ich bin nicht die Erste bei der Fünfhundertvierzehn. Die Tür steht halboffen, und ich sehe zwei Polizisten in Zivil dort drinnen. Ich eile vorbei.

Der Wäscheschlucker. Jetzt geschlossen. Damals offen. Unerklärlich offen. Und Nenad so stark, auffällig stark – die Wäschesäcke. Ich blicke den Korridor hinunter zum Zimmer und dann zu der Luke, dazu hätte man nur eine halbe Minute gebraucht, man hätte den Versuch wagen können. Vielleicht sogar in etwas eingewickelt? In Bettwäsche natürlich.

Ich habe Angst. Doch sind mir jetzt gute Gründe bekannt. Björn gab mir das letzte Puzzlestück – dass Nenad ein traumatisches Motiv haben könnte, Bisseau auszulöschen.

Ich verfluche meine Nachlässigkeit, dass ich die Außenpolitik so wenig verfolgt habe, von dem, was Björn erzählte, ist mir selbst überhaupt nichts in Erinnerung. Aber plötzlich wirkt es naheliegend und wichtig.

Sie stehen noch immer in der Lobby. Ich habe eine Idee, sage ich. Aber ich will sie nur mit euch besprechen, ist das okay?

Es gibt Busreisen.

Du weißt, dass es Busreisen gibt, für Leute, die zum Beispiel Flugangst haben. Es gibt Busreisen bis hinunter zum Mittelmeer, und sie sind keineswegs so unbequem, wie man glaubt, denn die Sitze sind breit und bequem, und die Busse sind mit Toiletten und Cafeteria ausgestattet, und eine Reiseleiterin kümmert sich darum, dass es dir gut geht. Außerdem ist die Stimmung in diesen Bussen immer prächtig, und teuer ist es auch nicht, nein, wirklich viel billiger als eine Charterreise im Flieger. Auch die geringste Putzfrau kann sich eine solche Busreise zusammensparen, und hinterher sagen einige, dass die Gemeinschaft an Bord des Busses, wo man sich wie eine einzige große Familie fühlte, das Schönste an der ganzen Tour war.

Es gibt natürlich auch kürzere Busreisen, ganz im Zeichen des Vergnügens, zum Beispiel in die Großstadt, Theaterkarte und Hotel im Preis inbegriffen. Auch diese Reisen sind angenehm und bequem, die Reiseleiterin ist freundlich und fragt, ob du was brauchst, und du fühlst dich wirklich nicht wie die Cousine vom Lande, nein, du bist hier König, wenn die Geschäftsleute die Luxushotels über das Wochenende verlassen, übernehmen solche wie du diese Häuser in Stockholm und Göteborg.

Aber es gibt auch Busreisen ganz anderer Art, zum Beispiel die eintönigen Fahrten zur und von der Arbeit, meist kannst du sitzen, aber es kommt auch vor, dass du stehen musst, das ist unangenehm und trist. Busreisen, ja, daran ist wirklich nichts Besonderes. Du hättest nie darüber nachgedacht. Wenn nicht …

Du hast an einer ungewöhnlichen Busreise teilgenommen, im Sommer 2001. Neunzig Busse, einige davon ausgediente Stockholmbusse. Ja, neunzig Busse waren es, und ihr wart viele, die Luft war stickig. Eure Reise wurde bewacht, von Freunden – und Feinden. Ihr habt eng gesessen, und es war furchtbar heiß. Durch die Fenster habt ihr die Städte gesehen, durch die ihr gefahren seid, und eure uniformierten Freunde. Auch die zivilen Feinde, wie sie euch hassten, man konnte es an ihren Augen ablesen, sie standen an den Straßen und folgten eurer Fahrt mit den Blicken.

Das Ziel damals war ein einfacher Marmorkubus, ein Denkmal. Nur ein Gegenstand.

Als ihr dort ankamt, konntest auch du die Tränen nicht zurückhalten. Der weiße einfache Kubus mit seinem kurzen Text. Eine Frau fiel in Ohnmacht, eine andere erbrach sich. Alle habt ihr geweint, untröstlich. Eure Beschützer konnten nur zusehen.

Aber die entscheidende Busreise war viel schlimmer gewesen. Allerdings weißt du nicht, ob du damals überhaupt geweint hast. Du erinnerst dich nur an das Gedränge. Und die Gerüche. An eine Frau, die ihr kleines Baby aus dem Fenster hielt, damit es nicht zerquetscht wurde. So hielt sie das Kind, stundenlang. Eine alte Frau starb, eingeklemmt zwischen euch anderen, doch niemand kümmerte sich darum, denn es gab Dinge, die sehr viel schlimmer waren. Du hast die Männer gesehen, entlang der Straße, ihre Leichen. Und jene, die man wegtrieb. Du kannst dich nicht erinnern, dass du geweint hast.

Aber im Sommer 2001, da hast du so geweint, dass die Augen zuschwollen. Dennoch konnten keine Tränen dein überhitztes Inneres kühlen, nein, die Tränen machten die brennende Qual nur noch schlimmer. Und all die Frauen um dich herum, die ebenso herzzerreißend weinten wie du. Dass ihr so viele wart. Das wurde dir durch diese Busreise klar, dass ihr viele wart, dass es nicht nur aus Versehen geschehen war, sondern höchst systematisch. Der Hass, dem man dich ausgesetzt hatte, war so groß. Er wollte euch alle auslöschen. Obgleich ihr einander nicht einmal kanntet.

Dunja und ich bringen die Piano-Bar in Ordnung, nach dem Abendessen soll es irgendein Konzert geben. Statt Tanz.

Das Telefon an meiner Hüfte surrt. Entschuldige Siv, ich kann es einfach nicht lassen, dich anzurufen, du kommst doch wohl morgen nach Hause? Ich dachte, jetzt bin ich an der Reihe, ich meine mit einer Einladung zum Essen – Elchburger, wenn es recht ist?

Ich freue mich, mache eine Pause. Das klingt gut. Es wird herrlich, wieder nach Hause zu kommen, wenn du nur wüsstest, Maja!

Ja, ich weiß schon, und ich habe wirklich begriffen, dass du dich mitten im Zentrum der Ereignisse befindest, ist das nicht aufreibend?

Ich habe keine Zeit, mich aufreiben zu lassen. Aber es ist grässlich, ich wünschte, dass du hier wärst, Maja, dann würden wir beide unsere klugen Köpfe zusammenstecken und nachdenken, das wäre nötig. So wie es jetzt steht, weiß ich überhaupt nichts mehr.

Wir werden unsere Köpfe zusammenstecken, Siv, ich verspreche es. Wer hat deiner Meinung nach den Oberkommandierenden ermordet, wenn es nun nicht dieser Verrückte war, der im Fernsehen gezeigt wurde?

Keine Ahnung. Aber es verschwinden auch Leute, ein hoher französischer Militär hat sich in Luft aufgelöst, ich erzähle es dir später. Und diese ganzen ausländischen Reinigungskräfte hier, was weiß man eigentlich von ihnen? Sie sind unergründlich wie die Sphinx, also einige von ihnen. Aber sie können einem auch leidtun. Und die meisten arbeiten gut. O Maja, das alles ist so schwer, und eigentlich habe ich mit dieser ganzen Scheiße ja nichts zu tun, ich kann es nur absolut nicht lassen, meine Nase da reinzustecken.

Und dann sitzt du in der Patsche?

Und musst den Schwanz einziehen, genau. Ungebildet bin ich außerdem und habe kaum Ahnung von dem, was in der Welt passiert, ich habe Pullover gestrickt, statt die Nachrichten über das Ausland zu verfolgen, und wenn es um Beschlüsse zur Verteidigung ging, habe ich ausgeschaltet oder den Sender gewechselt. Viel zu wenig gelesen habe ich außerdem.

Ich finde, du hast viel gelesen, verglichen mit mir. Ich schaffe es nie, entweder bin ich zu müde, oder da ist was im Haushalt zu tun. Und wenn man endlich ein Stündchen Zeit hat, dann will man doch wirklich nichts von Krieg und Elend hören, besonders wo man nichts dagegen tun kann. Nein, man will es sich ein bisschen gemütlich machen, was Lustiges sehen, was einen aufmuntert. Das braucht man, weiß Gott, nach acht Stunden voller glitschiger Häute.

Na ja, ganz so schlimm ist die Sache wohl nicht?

Okay. Aber sie sind glitschig gewesen, bevor sie zu mir kommen. Wenn ich sie in die Maschine schiebe, sind sie allerdings weich und trocken, das stimmt. Wie einen die Erinnerung doch täuschen kann, Siv, da hast du mich kalt erwischt. Ich meine nur, wenn man müde ist und der Kopf einem wie ein vollgestopfter Müllbeutel vorkommt, dann hat man keine Kraft. Im Übrigen hat man mich so erzogen, dass es für mich Faulenzen ist, wenn ich daliege und lese, während sich die Wäscheberge türmen.

Pfeif auf die Wäscheberge, ich fühle mich jedenfalls wie ein neuer Mensch, wenn ich nur mit dir reden kann, Maja. Ich habe gesagt, dass es hier oben nicht aufreibend ist, aber das stimmt nicht. Jetzt, wo ich mit dir spreche, spüre ich, wie stressig das alles ist. Ich kann keine Minute abschalten. Maja, ich bereue es fast, dass ich diese Hausdamenvertretung übernommen habe. Wenn du wüsstest, wie sehr ich mich nach Hause sehne – o Hilfe, ich muss aufhören, jetzt kommt Björn.

Ist das er, der Unwiderstehliche?

Ja. Ich meine, nein, das, was du gesagt hast, ist er nicht. Nicht mehr. Machs gut und tschüss.

Tschüss Siv, pass auf dich auf.

Zu meiner Enttäuschung, oder eher Erleichterung, wendet er sich an Dunja, die gerade zu mir gekommen ist. Brauchst du den Schneeskooter noch, Dunja?, fragt er.

Sie schüttelt den Kopf. Ging das mit den Schildern in Ordnung?, will sie dann wissen. Ja doch, erwidert er, alle waren total zufrieden.

Dunja hat für uns einen Lawinenwarntext ins Deutsche, Englische und Französische übersetzt, erklärt er mir, am nordöstlichen Hang des Hundfjället haben wir jetzt Stufe vier, ich bin mit rumgefahren und habe geholfen, diese Schilder aufzustellen. Es gibt so viele Deppen, bestimmt auch in anderen Sprachen, aber jetzt können sie jedenfalls nicht behaupten, dass sie nichts gewusst hätten, wenn es für sie zum Teufel geht. Man kann nicht mehr als warnen und darauf hoffen, dass die Leute keine kompletten Idioten sind. Und du fährst bald nach Hause?, fügt er hinzu.

Sie nickt. Ich höre in einer Woche auf, erklärt sie mir. Ich habe versprochen, zur Schule zurückzukommen, bevor das Halbjahr zu Ende ist.

Aha. Welche Neuigkeit.

Ich fühle mich gekränkt, weil sie mir nichts gesagt hatte. Weil Björn es zuerst erfahren hat.

Aber war das denn so komisch? Überhaupt nicht, wenn man es genau bedachte. Ich hatte so viel zu tun, dass meine Freundschaft mit Dunja darunter litt. Und Björn ist schließlich weder blind noch taub, sie ist schön und auch nett. Natürlich sind die beiden richtig gute Bekannte geworden. Ich habe keinen Grund zur Eifersucht. Leckerbissen waren ja doch nichts für mich, so hatte ich es selber beschlossen.

Verdammt, wie kompliziert doch alles wird, sobald es um das Private geht.

Björn entfernt sich, und Dunja und ich bleiben allein. Wie schade, sage ich. Kannst du es dir nicht noch mal überlegen, musst du vorzeitig aufhören?

Ich bin nicht so viel zum Skifahren gekommen, wie ich erwartet hatte, antwortet sie. Es war meist Arbeit. Ich habe meine Liftkarte nicht so ausnutzen können, wie ich gehofft hatte, Günter sagt dasselbe.

Ja, aber er bleibt jedenfalls bis zum Saisonschluss, kannst du das denn nicht auch, Dunja?

Sie lächelt und umarmt mich. Nimm es nicht persönlich, sagt sie, ich sehne mich auch nach meinen Kindern, diesen stressigen, großfressigen Vorort-Rabauken, ich tue es tatsächlich.

Solltest du nicht lieber eigene haben?

Doch. Aber jetzt ist es nun mal nicht so.

Bist du darüber traurig?

Wie sagst du doch immer, Siv, ja so war es: Traurig ist nur der Vorname. Genauso ist es.

Verzweifelt ist der Nachname, denke ich im Stillen.

Die frisch renovierte, ausgebaute Piano-Bar umzuräumen ist ein Leichtes, und bald haben wir eine Art Bühne vorn an den großen Panoramafenstern geschaffen, eingerahmt von großen Topfblumen und mit Kandelabern auf dem Flügel. Stühle und kleine Tische sind im Halbkreis angeordnet. Wenn man doch das Endergebnis genießen könnte!

Dunja sagt tschüss und geht nach Hause. Ich finde eine zurückgelassene Abendzeitung, auf die ich mich sensationslüstern stürze. Genau. Stoff der Frontseite, ich befinde mich wirklich im Zentrum der Ereignisse, Fortsetzung auf Seite sieben, acht, dazu die Doppelseite in der Mitte. Und dabei ist der Tod des Oberkommandierenden und dieses Nicht-Täters noch nicht einmal berücksichtigt worden, die morgige Zeitung verspricht demnach noch schlimmere Sensationen. Die stürmische Karriere des Oberkommandierenden kommt wieder zur Sprache, aber ich habe nur Augen für ein Gesicht. Im Vordergrund wieder dieser junge Wehrpflichtige. Aber diesmal hält jemand das Foto, ein Porträt, gerahmt und hinter Glas in der Hand. Und derjenige, der es der Kamera hinstreckt, befindet sich im Hintergrund und bleibt ziemlich unscharf, aber trotzdem erkenne ich ihn sofort wieder. Den Mann mit den tränenden Augen!

Mor Lennart und Harskari Olof sind abgelöst worden.

Die Mädels am Empfang können nicht begreifen, warum ich auf der Stelle den Namen von gerade ausgezogenen Gästen aus dem Olympiadorf brauche, aber sie sind so nett und helfen mir.

Sjöström. Ja, Johan Sjöström. So ähnlich wie Sjökvist, schlecht im Lügen obendrein. Das ist er. Ich lese den ganzen Artikel noch einmal gründlich. Natürlich ist er das. Aber das weiß die Polizei bestimmt längst, sie haben alle verhört, die in dem betreffenden Sektor saßen, und man musste sich schließlich ausweisen.

Nach einigem Hin und Her darf ich mit dem verantwortlichen Polizeikommissar sprechen, der in einem der kleineren Konferenzzimmer sitzt.

Er ist freundlich, aber auch ein bisschen herablassend, merke ich. Er fordert mich nicht auf, Platz zu nehmen, sondern hört sich bloß mein Puzzle an, das ich selber zusammengesetzt habe. Dann blättert er in seinem Computer. Sjöström ja, ihn haben wir hier gehabt.

Aber er heißt doch nicht Sjöström, er heißt Sjökvist, sehen Sie hier. Ich halte ihm den Zeitungsartikel hin.

Ich sehe, wie er den Text nachdenklich überfliegt. Darf ich den behalten, fragt er dann. Ich werde ein paar Worte mit dem Kollegen wechseln, der das Verhör geführt hat. Vielen Dank für Ihre Information, es ist gut, wenn Sie hier die Augen offen halten.

Dann habe ich zu gehen. Ich habe zu gehen, ich Siv Kalle Blomkvist habe zu gehen, verdammt auch. Ich fühle mich abgefertigt und nicht ernst genommen. Aber ich habe ihn doch sofort wiedererkannt. Das hätten die doch auch tun müssen. Oder verfolgen sie die Diskussionen zu Gegenwartsproblemen nicht und lesen nicht mal normale Abendzeitungen?

Wir sind unsichtbar. Eine standardisierte Entschädigung wurde ausbezahlt, aber keine Person übernahm persönlich die Verantwortung für das, was geschehen war. Wir hatten einen gesunden, starken, wohlgeratenen jungen Mann geliefert, und zurück bekamen wir einen toten Körper.

Niemand wollte mit uns reden, niemand wollte es auf sich nehmen, uns zu besuchen. So ließ man die Sache bleiben. Oder vielleicht war es noch schlimmer, dass man einfach nicht daran dachte, niemand in der ganzen großen Organisation war der Ansicht, es gehörte auf seinen Tisch. Dieses Stillschweigen war eine zusätzliche Tortur, um uns so richtig in die Schranken zu verweisen.

Ich bin mitschuldig, ich weiß es jetzt. Ich habe die Welt miterschaffen, der wir Henrik überließen. Ich habe ihn ermuntert, die Wehrpflicht zu machen und ein richtiger Mann zu werden. Stattdessen wurde er zu unserem toten Sohn.

Was ist ein Mann? Ich schäme mich, als ich einsehe, dass der

Männerbegriff, mit dem ich all die Jahre gelebt habe, nichts anderes ist als Feigheit, Unterordnung und Verrat an den Lebenden. Er bedeutet Mitläufertum mit destruktiven Kräften statt Rebellion – was die Aufgabe eines richtigen Mannes sein müsste. Dass was den Mann wirklich ausmacht, so viel begreife ich jetzt, ist der Mut, seine innersten Gedanken in die Tat umzusetzen, auch wenn das den Traditionen widerspricht. Ein richtiger Mann lehnt es ab, ohne Nachdenken zu gehorchen und sich in die Hierarchie einzufügen. Ein richtiger Mann gibt seiner Empfindsamkeit nach und lässt sich von diesem Gefühl leiten. Die meisten Männer haben die eigene Sexualität und Aggressivität voll unter Kontrolle, aber das allein reicht nicht, um ein richtiger Mann zu sein. Ein richtiger Mann wertet alle Menschen gleich und gehorcht daher niemals unreflektiert, und bis dahin haben die Meisten noch einen weiten Weg.

Mein Leben hat jeden Sinn verloren, und ich kann seiner Mutter nicht mehr in die Augen schauen, weil ich mich so schäme.

Ich war ein Teil all dessen, ich war Mitschöpfer, mitschuldig, und vielleicht war sie es auch, die nicht lauter protestierte, die mich machen ließ. Jetzt zahle ich es zurück, mit gleicher Münze, Auge um Auge, Zahn um Zahn, und damit bleiben wir nicht länger unsichtbar.

Den Regeln und dem Gesetz zu folgen half nicht, jetzt spreche ich in ihrer eigenen Sprache.

Der letzte Abend der Konferenz wirkt irgendwie fade, so als wäre sämtlichen Akteuren die Luft ausgegangen, und nach der schönen Musik zieht sich jeder in seine eigenen vier Wände zurück. Kein Zimmerservice ist nötig, und in der Bar hängen nur ein paar bekümmerte Seelen herum. Seltsamerweise sind sowohl der Amerikaner als auch die Verteidigungsministerin geblieben, man könnte doch meinen, sie hätten keine Zeit dafür. Ich komme auf den Gedanken, dass sie sich die Zeit nehmen. Weil das Unerklärliche und Erschreckende sie lockt. Sie sitzen an einem Tisch und reden, ihre Leibwächter sitzen ein Stück weg, alles ist ruhig. Ich kann mich schon gegen elf in die Praktikantenunterkunft: zurückziehen.

Ich nehme die Abkürzung durch den Keller, um nicht in die Kälte rauszumüssen. Die Luft dort unten ist wie üblich muffig und die Beleuchtung unzureichend, ich komme am Geschirrlager vorüber, am Trockenlager, dem großen Kühlraum, dem abgeschalteten Kühlraum, dem kleinen und dem großen Tiefkühlraum, dem Heizungskeller, der Waschküche und dem Warenaufzug und gelange schließlich in die Werkstatt der Haustechniker, von der eine Tür ins Freie führt, von dort sind es nur noch ein paar Meter bis zu meiner Unterkunft. Ich springe durch den Schnee und schlüpfe in den dunklen Korridor, der nur von den grünen Schildern der Notausgänge erleuchtet wird. Ich schere mich nicht darum, Licht zu machen, sondern taste mich zu meinem Zimmer vor.

Das Licht vom Hang wirft einen mondlichtähnlichen Schein herein, ich sehe, dass jemand im oberen Bett liegt und ziehe mich im Dunkeln leise aus, lege das Telefon auf einen Stuhl in die Nähe meiner Schlafstatt, damit ich auf jeden Fall wach werde, wenn der Nachtportier mich weckt.

Die kalte Bettwäsche lässt mich schaudern. Ich sinke aufs Kissen und denke, jetzt sollte ich alles zusammenfassen, Bilanz ziehen und außerdem den morgigen Tag planen, damit mich im Schlaf nichts beunruhigt. Stattdessen lässt mich die Müdigkeit rührselig werden. Ich spüre, wie die Sentimentalität mein Herz mit einem Satz erreicht, und die anonyme Praktikantin über mir bestätigt die Sachlage mit einem tiefen Seufzer.

Beschütze, verteidige und bewahre all diese jungen Menschen, die sich hierher bewerben für ein heißes Backpacker-Leben, aber nur ihrer eigenen Unsicherheit begegnen, bewahre all ihre Träume und ihr zielloses Lieben. Bewahre auch das uralte unergründliche Fjell samt dem Hotel mit seinen Finessen, dem Glamour, der Wärme in den Bungalows, dem Essen und den weichen Betten, ja bewahre auch die Betrunkenen und die Gedankenlosen, genau wie die Klugen, die Alten und die kleinen Bergbirken, die unter einem funkelnden Sternenhimmel ihrer Zeit harren. Bewahre all das so, wie es ist, lass es auch weiterexistieren. Bis zum letzten Atemzug will ich es verteidigen, es bewahren, es schützen, sodass es in Frieden weiterbesteht. Aber das Wort »bewahre« ist nichts anderes als fromme Rhetorik, das Wort »verteidige« hingegen reale Politik.

Ich sinke, träume, es ist so viel passiert, dass unterhalb des Bewusstseins Chaos herrscht und Wirklichkeit und Fantasie nur durch einen dünnen Film getrennt zu sein scheinen. Ist der Russe noch da? Ich sehe Hedys weiße Haut drinnen in seiner Sauna, während Jelena und Valentina auf dem Korridor stehen und lachen. Sie rufen etwas auf Russisch durch die geschlossene Tür und lachen immer mehr, was ist im Gange?

Als ich aufwache, ist es dunkler, sind die Scheinwerfer am Hang erloschen? Mein Leib wirkt schwer wie Blei. Ich friere, liege ausgestreckt, steif und stumm. Alles ist völlig still. Ich sollte aufstehen, sollte nachsehen, wie spät es ist, eine Decke holen. Aber ich bin unfähig, mich zu rühren. Die Stille dröhnt an meinen Trommelfellen. Nur vage erkenne ich die Konturen des Zimmers. Ich höre meine Zimmergenossin nicht atmen. Sie schläft lautlos. Ich sehe die Silhouette ihres herabhängenden Armes, ein derber Unterarm, eine kräftige Hand. Sie bewegt sich nicht, schläft wie tot. Ich fühle mich eingesperrt mit diesem fremden Menschen, in diesem kalten Zimmer, dieser lautlosen Welt. Haben wir Stromausfall, weil Licht und Wärme verschwunden, die Ventilatoren verstummt sind? Hat das Dasein eine Pause eingelegt, hat es, während ich schlief, ein Loch ins Sein geschnitten? Ich räuspere mich geräuschvoll, ja, ich höre mich, und so räuspere ich mich noch einmal. Aber meine Zimmergenossin rührt sich nicht.

Ich bekomme Lust, diese Hand anzufassen, die lebendige Hand eines anderen Menschen, ich will sehen, wie sie sich bewegt. Ich huste. Keine Bewegung. Ich strecke meine eigene Hand aus, um die andere zu berühren. Sie ist eiskalt, etwas feucht, ich reiße meine Hand zurück.

Es kribbelt in den Haarwurzeln. Meine Lungen wirken wie zusammengepresst. Ich fange an zu schlottern.

Da sehe ich etwas an der Wand neben mir glitzern, an der Innenwand. Feuchtigkeit rinnt, Wassertropfen laufen die Wand hinunter, sie kommen von oben, Wasser und Eis vom oberen Bett. Es ist total still. Niemand atmet. Die Hand hängt tot wie zuvor, die kräftige, eiskalte Hand. Der Körper dort über mir, die Kälte.

Der vierte und letzte Tag der Landeskonferenz dämmert herauf, und er bekommt einen fliegenden Start. Ich wache vom Telefon auf, es ist Viertel nach fünf, ich muss mich beeilen.

Bin ich allein im Zimmer? Ich schalte die Deckenlampe ein und schaue zum oberen Bett, ja, es ist leer.

Ich schüttele es ab – das Unbehagen und was es sonst noch war.

Frischgeduscht und bereit für den Tag gehe ich durch die Lobby. Der Polizist, der die Nacht über Dienst hatte, sieht ein wenig mitgenommen aus, aber der Nachtportier wirkt munter wie ein Fisch im Wasser und gibt mir sofort die Computerlisten mit dem Anstehenden. Ich überfliege sie, dachte ich es mir doch, Endreinigungen noch und noch, und ich kann nicht die ganze Zeit mithelfen, weil die Verhandlungen in der Kongresshalle bereits um Viertel nach acht beginnen und bis zum Mittagessen andauern, ich soll auch heute wieder für Kaffee und Kuchen sorgen. Und natürlich für Obst. Ich werde all das vorbereiten und mich dennoch darum kümmern können, dass im Hotel alles läuft.

Plötzlich fährt ein großer Schneeskooter direkt beim Eingang vor, er hupt ausdauernd, als wollte er aus purer Bosheit das ganze Hotel wecken. Der Polizist gerät in Bewegung, und auch der Portier begibt sich nach draußen.

Ein großer Skooter mit Fahrer und Hund, einem Elchhund, eine Menge safrangelber Stöcke, zum Bündel zusammengenommen, aber irgendetwas stimmt ganz und gar nicht, ich sehe es an den Bewegungen, die Männer sind in heller Aufregung. Der Polizist und der Portier heben etwas vom Gepäckträger und bemühen sich, es ins Haus zu wuchten. Zugleich höre ich Sirenen in der Ferne.

Sie legen ihn auf ein Sofa in der Lobby. Er ist voller Schnee und nur mit Anzug, Hemd und Schlips bekleidet. An den Füßen trägt er Halbschuhe. Der Skooterfahrer kommt herein, sein Schnurrbart ist bereift, und er flucht unablässig: Wie zum Teufel und Verdammter Mist und So eine Scheiße.

Ich komme nicht dahinter, was er sagt, ahne aber, dass er unter Schock steht. Der Hund drückt sich an sein Bein, und er tätschelt ihn unaufhörlich, er sucht Unterstützung bei dem Hund. Die Sirenen kommen näher.

Ich hab ihn in einer Schneewehe gefunden, richtiger gesagt, Kim hat ihn gefunden. Verdammte Scheiße. Dieser dämliche Stockholmer. Natürlich volltrunken und vom Weg abgekommen. Glaubt ihr, dass er lebt, ich konnte ihn ja nicht dort liegen lassen, falls – er lebt doch wohl?

Aber er ist natürlich tot, denke ich. Sonst wäre er nicht so steif. Auch der Hund benimmt sich komisch, bemerke ich, er will weg, aber sein Herrchen tätschelt und tätschelt ihn, ohne sich dessen selbst bewusst zu sein.

Der Mann hat dünnes, dunkles Haar, ist um die fünfzig, vielleicht auch um die sechzig, hat nichts auf dem Kopf, der Schlips ist gelockert und das Hemd am Hals aufgeknöpft, es liegt ein wenig Schnee in der Halsgrube, Schnee, der nicht schmilzt. Auch keine Handschuhe. Die Hände sind glatt, sie sind kräftig. Erkenne ich sie wieder? Ich habe in der Nacht von ihnen geträumt! Ich gerate ins Wanken.

Verdammter Stockholmer, wiederholt der Skooterfahrer schluchzend. Hat auch versucht, sich auszuziehen, genau wie sie es tun, wenn sie erfrieren …

Die Sirenen sind jetzt ganz nahe, der Skooterfahrer muss den Notdienst übers Handy alarmiert haben. Der Polizist sieht in den Taschen nach, aber findet nur eine halb geleerte Whiskyflasche. Was habe ich gesagt, schnieft der Skooterfahrer.

Wir müssen so schnell wie möglich seine Identität feststellen, erklärt der Polizeibeamte.

Er sagt es sicher nur der Form halber. Aber er denkt bestimmt genau dasselbe wie ich.

Dass es der Franzose sein muss.

Der Generalarzt taucht im selben Augenblick wie die Sanitäter auf. Seine Kleidung lässt einiges zu wünschen übrig, offenbar hat man ihn aus dem Bett geholt, aber das tut seiner Autorität keinen Abbruch. Die Sanitäter warten geduldig, während er sich einen Überblick verschafft. Es war vielleicht nicht gerade klug, ihn dort wegzuholen, sagt er mit einem Blick auf die Polizisten, die sich eingefunden haben.

Um den Skooterfahrer hat sich jemand gekümmert, er ist nicht mehr hier, um sich zu verteidigen.

Der Mann ist schon eine Weile tot, wie lange lässt sich nicht sagen, er scheint tiefgefroren zu sein. Kann sehr gut am Suff liegen, ja, wo sind seine Jacke und die anderen Sachen? Vermutlich liegen sie irgendwo draußen im Schnee, er hat sie selbst ausgezogen. Scheint ganz ruhig abgelaufen zu sein, kein Verbrechen, soweit ich es beurteilen kann, keine Verletzungen, sondern ein vollkommen sinnloser Todesfall, wie üblich hier oben, nicht wahr?

Er wendet sich an den Polizeikommissar, der bestätigend nickt, mindestens einer pro Saison, das stimmt.

Wie sinnlos.

Tja, dann bleibt nur noch die Obduktion, fasst der Generalarzt zusammen, das heißt, wenn er aufgetaut ist, das dauert wohl eine Weile. Es kann ja wohl nicht dieser französische General sein, der gestern nicht aufgetaucht ist? Der über die friedenserhaltenden Maßnahmen berichten sollte?

Der Polizeikommissar erwidert, dass die Identität noch nicht festgestellt ist, aber ja, er könnte es sein.

Die ersten Journalisten betreten das Haus im selben Augenblick, als die Trage hinausgebracht wird. Rasch stellt man einen Scheinwerfer auf, und der Polizeikommissar gibt eine erste Erklärung vor der Fernsehkamera ab: Ja, eine Person ist erfroren aufgefunden worden, nein, wir wissen nicht, wer es ist, wir warten das Gutachten des Gerichtsmediziners ab, ja, weil sich der Todesfall im Kielwasser der dramatischen Vorkommnisse ereignet hat, die es in den letzten Tagen hier gegeben hat, aber nein, im Augenblick sehen wir keinen Zusammenhang zwischen diesen, lediglich einen tragischen Unfall.

Die Turbulenz hinten an meinem Personaltresen ist groß, der Gang zum Wintergarten ist schwarz vor Leuten, alle wollen wissen, was los ist. Ich berichte mit ein paar kurzen Worten über das Vorgefallene. Dann verteile ich die Aufgaben, die Papierkörbe quellen über, die Fußböden senden geradezu Hilferufe aus, die Toiletten sollen nach Apfelblüten riechen und nach nichts anderem, dieses Hotel hat zu glänzen, selbst wenn das Dach über uns zusammenbricht, also ab geht die Post!

Ich bin barsch und kein bisschen anbiedernd, und das dämpft die Aufregung, merke ich, die Leute machen sich an ihre Arbeit. Selbst wenn das Dach über uns zusammenbricht, der alltägliche Trott als Rettungsleine, wenn alles andere ins Wanken gerät.

Dass bei dem Fund kein normales Erfrieren infolge von Alkohol und schlechtem Ortssinn angenommen wird, bestätigt die Bildung einer Art Koordinationszentrale in einem der Konferenzsäle. Alle wissen, dass der Tote der französische General ist. Mehrere von denen, die die Leiche gesehen haben, einschließlich mir selbst, können auch die Ähnlichkeit mit dem herumgezeigten Foto bestätigen. Er ist es.

Hohe Potentaten sind geweckt worden und haben sich sofort in die Konferenzetage begeben. Die Frühstückmädels bringen Tabletts nach oben, ich begegne ihnen auf der Treppe, sie sind gestresst, weil sie zu wenige sind, denn das hier komme völlig ungeplant, weshalb sage man ihnen nie etwas rechtzeitig?

Ich lasse mich auf keinerlei Erklärung ein, sondern greife mir ein Tablett, und das entsprechende Mädel macht dankbar kehrt, um sofort mit dem verspäteten Eindecken des Frühstückssaals fortzufahren.

Der Tote ist Ausländer, nahezu vom selben Rang wie ein Diplomat, die französischen Streitkräfte müssen informiert, die Familie kontaktiert werden, hier steht in der Tat einiges an Prestige auf dem Spiel. Denn: Wie konnte so etwas geschehen?

Die fast tonlose Frage steht im Raum, wo ich das Tablett auf einen Tisch neben all die anderen Dinge schiebe, die man hochgebracht hat.

Die Verteidigungsministerin, die diese unangenehme Frage mit leiser Stimme gestellt hat, sitzt adrett und kerzengerade auf einem Stuhl. Ihr Blick geht von einer Person zur anderen, als spielten sie das Spiel »Versteinert«.

Die Landespolizeipräsidentin hält ein Brot mit Ei vor den Mund, sie hat gerade einen Bissen genommen, der stellvertretende Oberkommandierende hat das Handy erhoben, der stattlichen Seidentuch-Frau von *Volk und Verteidigung* ist der Kaffee auf die Untertasse geschwappt, und sie flucht wortlos, drei andere Männer, vermutlich Polizisten, stehen wie ertappt da, mit Juice, einer Tasse Kaffee und belegten Broten in den Händen, Krümel auf dem Schlips.

Ja, wie konnte das passieren? Die arme Seidentuchfrau stellt die klappernde Tasse hin und wischt sich die Finger an einer Serviette ab. Was sollten wir machen, beginnt sie, er ist nicht an sein Handy gegangen, aber wir wussten, dass er gelandet war, er war doch eine erwachsene Person, wir dachten, er würde schon noch auftauchen, glaubten, er sei bereits hier, wir hätten ihn nur verfehlt, was soll ich sagen? Warum hat ihn übrigens kein Sicherheitsbeamter abgeholt?

Wir haben diese Frage diskutiert, antwortet einer der Männer, aber da er mit einem Linienflugzeug flog und seine Ankunft nur wenigen bekannt war, kamen wir zu dem Schluss, dass kein Bedarf bestand. Im Übrigen war er selber völlig dagegen, überwacht zu werden. Wir haben getan, was wir für richtig hielten.

Wer hat ihn abgeholt?

Ich erfahre die Antwort nicht, weil ich den Raum verlasse. Aber ich stelle mir dieselbe Frage, soweit ich mich erinnerte, hatte der Fahrer doch gesagt, dass der Franzose von einem Bekannten abgeholt worden war?

Ich halte alle Gefühle zurück, presse sie hinunter in ihre verschließbaren Fächer und drücke den Deckel darauf. Alles ist in einen verwirrenden Dunst gehüllt, ich sehe kaum die Hand vor Augen. Die Hand, ja, der verdammte Albtraum, jetzt ist anscheinend ein Vorhängeschloss aufgesprungen, aber ich darf nicht nachgeben, muss das, was aus meinem Inneren nach oben will, zurückhalten.

Die ganze Zeit über habe ich auch Jan nicht mehr gesehen, und heute wird er abreisen.

Das geht mich doch wohl nichts an. Nein, das ebenfalls nicht.

Am Empfang erfahre ich, dass der Tagungsbeginn auf neun Uhr verschoben wurde, da um acht eine Pressekonferenz stattfindet. Die Lobby ist bereits derart voller Leute, dass sie eher an einen Nachtclub erinnert. Izzadin kreuzt auf seiner Poliermaschine durch den Raum, es ist doch noch so früh, die Gäste müssen das verstehen. Er wirkt amüsiert, hält an, als er mich erblickt. Bei diesem Andrang hier müssen wir die Prozedur nach dem Mittagessen wiederholen, sage ich. Er nickt.

Nenad ist mit der Herrentoilette beschäftigt. Er hört mich nicht. Ich betrachte ihn eine Zeit lang, während er die Waschbecken säubert. Den breiten Rücken, die starken Arme, die hochgewachsene Statur, heute braucht man so starke Kerle nicht mehr, er hätte vor fünfzig Jahren leben und Holzfäller oder etwas Ähnliches sein sollen. Dieser Körper musste arbeiten, um sich wohl zu fühlen, Kraft und Mangel an Nutzung derselben kann unkontrollierte Aggressivität aufstauen, denke ich.

Du hast ihn nicht besonders gemocht, was?, frage ich.

Mensch Siv, hast du mich erschreckt! Wen habe ich nicht besonders gemocht?

Den Franzosen. Den sie jetzt gefunden haben. Er war ja in Bosnien gewesen. Wenn ich mich recht entsinne, hast du doch gewusst, wer er ist.

Ja. Er ist dort gewesen. Und er war nicht gerade ein Star, es ist ein Skandal, dass man ihn hierher eingeladen hat, finde ich, Schweden sollte sich zu gut für so was sein. Dass er nach dieser Sache eine Menge Medaillen und Sterne gekriegt hat, ist keine Entschuldigung. Aber jetzt ist er ja tot.

Das ist er.

Traurig für seine Familie.

Findest du?

Na, das ist doch klar, findest du das etwa nicht?

Natürlich Nenad, selbstverständlich finde ich das.

Ich gehe weiter. Obwohl ich nicht gerade über maßlos große Körperkräfte verfüge, gab es offenbar auch bei mir eine aufgestaute Aggressivität; mein Herz wummert, die Wangen glühen.

Bei den Damen drinnen feudelt Dunja den Boden, meine Stimmung wird etwas besser. Auch sie scheint guter Laune zu sein, ja, alle Reinigungskräfte wirken heute aufgemuntert, das ist doch völlig verrückt, brauchen wir Dramatik um jeden Preis, um zu spüren, dass wir leben? Wir sind wohl nicht anders als diese Affen, die ich mal in einer Natursendung gesehen habe. Ständig öffneten sie eine Luke, weil manchmal dort draußen etwas passierte. Die Affen hungerten in einem solchen Maße nach Sensationen, dass sie vergaßen zu essen und sich zu paaren, wenn nur etwas richtig Spannendes hinter der geöffneten Lukentür vor sich ging.

Ich bin auf dem Weg zum Clüversaal, sage ich, dort soll es eine Pressekonferenz geben, ich wollte nur mal zu dir reinschauen.

Mit mir ist alles okay, erwidert sie, ich bin eine kleine graue Maus, die in den großen Zusammenhängen nicht sichtbar ist, ich putze nur.

Nun ja, ich finde nicht gerade, dass du wie eine kleine Maus aussiehst, aber natürlich ist man froh, dass man sich um dieses Durcheinander nicht zu kümmern braucht, schön, dass es bald vorbei ist, jedenfalls für uns hier.

Sie stimmt mir zu, richtet sich auf und verzieht das Gesicht.

Tut dir was weh?

Ach was, das ist eine alte Sache, hat nichts mit dem hier zu tun.

Sie macht ein paar breitbeinige Schritte über den Boden, und ich erinnere mich an meinen alten Symphysenriss, der war der Grund, weshalb wir uns nicht noch mehr Kinder angeschafft hatten, es wäre beim nächsten Mal noch schlimmer geworden. Ich bin genauso gelaufen, auch heute noch kann mir das passieren.

Aber Dunja hat keine Kinder. Sind es die Bandscheiben?, frage ich. Vielleicht, antwortet sie, ich muss Sport treiben, muss das Muskelkorsett in Schuss halten, sonst bekomme ich Schmerzen.

Mor Lennart und Harskari Olof haben wieder in der Lobby Dienst. Und was sagt ihr jetzt?, frage ich. Sie schauen sich an. Wir wissen es nicht, antwortet Olof, wir müssen das gerichtsmedizinische Gutachten abwarten. Aber sicher ist die Sache auffällig, da hast du völlig recht. Dass er tot ist, also. Aber er scheint ja von selber erfroren zu sein, im Suff. Ehrlich gesagt, glauben wir nicht, dass dieser Jugoslawe was damit zu tun hat.

Take it easy, Siv, sagt Mor Lennart und tätschelt mir die Schulter, du begreifst ja wohl, dass die Polizeiführung zwei und zwei zusammenzählen kann, das ist schließlich ihr Job, und unser.

Ich bin mir da nicht so sicher, entgegne ich. Wenn die Sache nicht so makaber wäre, könnten wir ja eine Wette abschließen, ob der Jugoslawe dahintersteckt oder nicht.

Sie lächeln: A du när penningär då?

Was für eine Frechheit. Ob ich überhaupt Geld hätte?

A ân penningär då ligg ân vär sjölvan ân vill sa öjsn då ân låg dâi dikenä. Also: Wenn man Geld hat, dann, verdammt noch mal, liegt man, wo immer man will, sagte der Bauer, als er im Graben lag.

Ich kann mir das Lachen nicht verkneifen.

Mit leichteren Schritten gehe ich hoch zur Piano-Bar und in die Konferenzabteilung. Die Koordinationszentrale scheint aufgelöst zu sein, und ich rufe bei den Frühstückmädels an, damit sie das Geschirr abholen.

In einem anderen Konferenzraum ist der Fernseher eingeschaltet, die Morgennachrichten laufen. Ein paar Herren stehen im Halbkreis und schauen auf den Bildschirm. Auch ich blicke verstohlen hinüber, ich habe ja beobachtet, wie das Fernsehen zu früher Stunde Interviews gemacht hat, und will sehen, ob sie gezeigt werden.

Die Polizei teilt mit, dass jetzt ein Durchbruch erzielt wurde in Bezug darauf, wer bei der laufenden Landeskonferenz von *Volk und Verteidigung* den Todesschuss auf den OK abgegeben hat.

Umschaltung zum Högfjällshotel: Ja, nun stehen wir also hier, und vor nur wenigen Stunden ist ein hoher militärischer Ratgeber aus dem Ausland erfroren in einer Schneewehe aufgefunden worden, ein Stück nördlich vom Hotelgelände, also ganz in der Nähe. Aus Rücksicht auf seine Angehörigen, die man noch nicht hat unterrichten können, lässt sich seine Identität nicht preisgeben. Alles spricht jedoch dafür, dass unglückliche Umstände diesen Todesfall verursacht haben. Jetzt aber befindet sich der Leiter der Polizeidienststelle von Sälen, Sven Lagerkvist, hier bei mir, der bestätigen kann, dass hinsichtlich des OK-Mords ein Durchbruch erzielt wurde. Und dass der Verdächtige bereits in Haft ist. Dem ist doch so?

Ja, er wurde gestern spätabends eingeliefert, und ich kann sagen, die Festnahme erfolgte ohne jede Dramatik.

Und der Festgenommene ist bereits von früher her bekannt?

Nun ja, nein, er ist nicht bekannt im Zusammenhang mit irgendwelchen Verbrechen, absolut nicht, aber was diese Sache hier angeht, scheint der Zusammenhang dennoch ziemlich klar zu sein, wenn ich jetzt mal vorgreifen darf, was man ja eigentlich nicht tun soll. Aber er hat gestanden und alles, die Mordwaffe ist ebenfalls gesichert. Und vor allem, das Motiv ist klar.

Es war aufgrund eines gestrigen Zeitungsartikels, dass sich eins zum anderen fügte?

Ja. Oder richtiger gesagt, nein. Wir wussten natürlich, dass er sich in dem aktuellen Teil des Saals befunden hatte, aber erst im Zusammenhang mit diesem Artikel konnte er vollständig identifiziert werden, er hatte nämlich unter falschem Namen operiert. Doch jetzt ist die Sache gelöst.

Dank der erfolgreichen Fahndung?

Kann man wohl sagen, ja.

Dann bedanke ich mich vielmals. Zurück ins Studio.

Ich bedanke mich ebenfalls vielmals, denke ich, als ich die Tür zum Clüversaal öffne, danke, dass ich mithelfen durfte, danke, dass ich von Nutzen sein darf, ja und auch danke dafür, dass ich unentbehrlich sein darf auf dem Fachgebiet Schuften und Schinden, und verteufelt vielen Dank dafür, dass ich überhaupt hier sein darf, ich sollte vielleicht sogar dafür bezahlen, ja, nehmt nicht nur die Ehre in Beschlag, sondern auch gleich die Handtasche, die Brieftasche und den Wagen, ich kann ja nach Hause laufen, denkt nicht an mich, ich bin so froh darüber, nicht zu existieren, und im Übrigen ist ja fast alles von dem, was ich tue, ohnehin lächerlich.

Ich schiebe Tische krachend zusammen und stoße Stühle herum, gebe dem Papierkorb einen Tritt, sodass der Inhalt auskippt, und ich suche nach etwas, das ich zerdeppern kann, finde nur einen Plastikbecher und zerquetsche ihn zwischen den Händen, kaum ein Knistern ist zu hören.

Wie pathetisch ich doch bin, wirklich lächerlich. Was spielt es für eine Rolle, warum sollte man mir besondere Anerkennung aussprechen, bloß weil sie Sjökvist nun gefunden haben, sie hätten ihn bestimmt ohnehin gefasst, eher früher als später. Ich überschätze meine eigene Bedeutung. Aber sicher kommt die Festnahme sehr gelegen und genau nach meinem Besuch dort oben gestern Abend, als ich mit dem Kommissar über meine Beobachtungen geredet hatte.

Ich finde einen weiteren Becher, den ich zerquetschen kann. Wenn er wenigstens aus Porzellan gewesen wäre, jetzt verletze ich mich nur an den scharfen Plastikkanten, ich kann nicht einmal mit Grandezza wütend sein, alles ist so dürftig, wenn ich sterbe, geschieht das bestimmt nur mit einem Piepser, nein Sterben ist zu großartig, ich werde nicht sterben, sondern einfach verschwinden, und niemand wird es überhaupt merken. Übrigens können die ihren Raum für die Pressekonferenz selber herrichten, ich bin viel zu naiv gewesen. Gibt es keine Papierkörbe mehr, die ich umkippen kann? Oder was wäre, wenn ich etwas richtig Beschissenes an die Tafel schreiben würde – fuck off. Nein, da verläuft die Grenze. Ich bin nicht mehr dreizehn.

Ich höre die Stimmen von Dunja und Izzadin aus der Wäschekammer, es klingt anheimelnd. Ich bin auch nicht mehr so aufgebracht. Dunja steht mit dem Rücken zur Tür, ich stelle meinen Wäschesack ab und verschnaufe. Es hat gut getan zuzupacken, ich habe in den Zimmern der ersten Etage, wo die Leute ausgecheckt hatten, die Bezüge von den Betten gerissen.

Izzadin zieht Dunja auf: Ich habe euch sehr wohl gesehen, und jung war er auch, bist du wählerisch, besteht das Problem darin?

Ich sag doch, das bin ich nicht gewesen, du musst dich geirrt haben, du sagst doch selber, dass es spät war und du nur kurz aufgewacht bist. Du hast geträumt, solltest dir wirklich ein Mädel zulegen, das dich auf der Matratze halten kann, wenn du wieder schlafwandelst.

Und besoffen wart ihr auch. Und habt geknutscht, ich dachte, ich spinne, du, die doch immer so ordentlich ist, also los, Dunja, gib schon zu, dass du das gewesen bist, dann vergessen wir das Ganze.

Also ehrlich gesagt, Izzadin, ich glaube wirklich, du hast Probleme, wenn du so was erzählst. Außerdem erinnerst du dich ja nicht mal, an welchem Abend es gewesen ist, also spielt das überhaupt irgendeine Rolle?

Nee. Ich dachte nur …

Dachtest was? Egal, was du da geglaubt hast, glaub es ruhig weiter. Aber ich bin nicht so eine. Verstanden?

Ja sicher. Wir sind ja in Schweden. Ich habe verstanden.

Du hast nichts verstanden, und du hast Probleme, und jetzt gehe ich, ach, hallo Siv, hast du eine Pressekonferenz gegeben?

Pressekonferenz?! Hast du Pressekonferenz gesagt? Dir werde ich was von wegen Pressekonferenz!

Pass auf Dunja, sie will dich mit dem Schlüsselbund verprügeln.

Es tut gut, lachen zu können, zum zweiten Mal an diesem Tag.

Trotz der gerade erst beendeten morgendlichen Pressekonferenz ist das Medienaufgebot am letzten Tag der Landeskonferenz geradezu unglaublich. Die Kongresshalle ist rappelvoll, und ich rufe in der Küche an und bitte, dass man mir von allem Nachschub bringt.

Auch heute sind keine Frühstückmädels zu sehen. Im Übrigen scheint die Kaffeepause an diesem Vormittag kein wesentlicher Programmpunkt zu sein, die Atmosphäre ist aufgeheizt, die Luft knisternd vor Erwartungen, und ich ertappe mich selbst dabei, Stolz zu empfinden! Was für Mechanismen wirken hier eigentlich, die Perversionen der Sensationsgier?

Die Gedenkreden sind jedenfalls schon Routine geworden. Die Verteidigungsministerin äußert ein paar schöne, leicht verhaltene Worte über den verunglückten französischen Gast, die ganze Regierung bedauere mit ihr dessen tragischen Tod. Sie ruft zu einer Schweigeminute auf. Alle erheben sich.

Danach ist alles wie gewöhnlich und auch wieder nicht. Die Leute husten, nehmen Platz, Fernsehkameras werden geschwenkt.

Referenten und Diskussionsredner tun so, als seien sie sich der medialen Aufmerksamkeit nicht bewusst. Die abschließenden Beiträge behandeln die Rolle Schwedens in einem veränderten Europa sowie die Sicherheitsdoktrin von 2002, die entsprechend der meisten Redner bereits veraltet war, als sie abgefasst wurde, und die deshalb durch eine neue ersetzt werden muss, bei der Schweden aufs Ganze gehen und von der altertümlichen Blockfreiheit und Neutralität zur militärischen Zusammenarbeit mit anderen EU-Ländern und den usa wechseln muss, weil die kraftlose uno nicht länger in der Lage ist, ihre Beschlüsse durchzusetzen. Ich finde, das alles klingt absurd, aber man ist ja nur ein Fliegendreck, diese Dinge sollte ich denen überlassen, die sich besser darauf verstehen. Deren Beruf es ist zu verstehen und Verantwortung zu übernehmen.

Jan würde wütend werden, wenn er meine Gedanken hören könnte.

Er sitzt ganz vorn, wenn ich mich in einen speziellen Winkel stelle, kann ich seinen Nacken sehen.

Dann ist Pause.

Ich kann ihn nirgendwo erblicken.

Die Leute reden ununterbrochen und scheinen nicht zu merken, was sie in sich hineinstopfen, schade um den leckeren, frisch gebackenen Toscakuchen. Die Lotta-Chefin erzählt ihrem Gegenüber, dass man François Bisseaus Frau am Telefon gesprochen habe. Es heißt, sie habe die Absicht, noch am selben Tag nach Schweden zu kommen. Es gibt auch einen Sohn, den man nicht hatte erreichen können, offenbar befindet er sich irgendwo auf Reisen, man stelle sich vor, eine solche Nachricht zu bekommen, wenn man im Urlaub ist. Ja, diese armen Menschen.

Nach der Pause beginnt die Diskussion. Sie wird lebhaft, alle wollen zeigen, was sie können, und bei dem verbalen Schlagabtausch zischen die Worte wie Projektile über die Köpfe des entzückten Auditoriums.

Geschenke werden verteilt. Der Vorsitzende von *Volk und Verteidigung* dankt den Mitstreitern. Die Landeskonferenz wird für beendet erklärt. Und dann geht es zum Mittagessen.

Ich räume zusammen. Die Kongresshalle leert sich allmählich. Die verschiedenen Organisationen packen ihre Materialien ein. Ich sehne mich nach dem verspäteten Frühstück.

Er kommt von hinten wie beim letzten Mal. Er lächelt. Ich lächle zurück, ganz förmlich. Dann räume ich weiter. Du hast alle Hände voll zu tun, sagt er.

Hast du das nicht?, frage ich. Der Reichstag und all das.

Sicher, erwidert er. Es ist ziemlich viel. Allerdings ist die Sache nicht ganz so, wie ich sie mir vorgestellt hatte. Aber ich habe mir den Job ja nicht selbst an Land gezogen, ich bin schließlich gewählt worden. Vom Volk gewählt, Siv. Ich habe deine Interessen zu vertreten.

Dann tu's doch, zische ich, unnötig giftig. Was soll dieses ganze Gerede, usa hier, usa da, heißt das, wir sollen keine eigene Verteidigung mehr haben und nicht mehr neutral bleiben, he? Hast du nicht gesagt, du sitzt im Verteidigungsausschuss?

Er seufzt. Das ist kompliziert, beginnt er, ich aber schalte ab und wische stattdessen den Tisch weiter sauber.

Ich habe getan, was ich konnte, fährt er fort, aber ich bin doch neu, da gibt es so vieles, mit dem ich mich erst vertraut machen muss. Und der kalte Krieg ist doch nun mal zu Ende. Schweden kann bei den anderen Ländern nicht weiter den Trittbrettfahrer spielen. Was die Sicherheitsarbeit angeht, müssen auch wir unsere Verantwortung übernehmen. Und selbst wenn man eine abweichende Meinung vertritt, muss man doch den demokratisch gefassten Beschlüssen folgen, auch du hättest da nicht mehr tun können, Siv.

Ich kann nichts darauf antworten. Deshalb fahre ich fort, den bereits abgewischten Tisch mit Inbrunst weiter zu wienern. Ich weiß nicht, was los ist. Fühle mich irgendwie wütend. Oder traurig. Oder habe Angst. Nein keine Angst, ganz im Gegenteil. Ich fühle mich furchtlos, geborgen, und ich will nicht, dass er geht, aber zugleich würde ich ihm am liebsten die Augen auskratzen, ich wische und wische, und ich weiß nicht, was mit mir ist, aber das, was mit mir ist, ist es sehr. Ich kann die in mir brodelnden Gefühle nicht deuten.

Ihr habt uns betrogen, sage ich. Damals, als du mich dazu gebracht hast, für die EU zu stimmen. Du hast gesagt, dass es nichts Militärisches ist.

Was heißt ihr? Wovon redest du? Ich war doch zu der Zeit noch Tischler.

Aber bereits im Begriff zu gehen.

Du bist gegangen, Siv, nicht ich.

Du weißt, was ich meine. Und ihr habt uns betrogen.

Du willst kein Gespräch, Siv, du willst mir nur Vorwürfe machen. Ich habe den Job als Gewerkschaftsfunktionär unter anderem deshalb übernommen, weil du es so wolltest! Ich bin heute kein anderer als damals. Kannst du behaupten, ich sei jemals hochnäsig oder arrogant gewesen? Ich bin immer noch dieselbe Person. Und darüber solltest du dich freuen. Oder findest du, im Reichstag sollten Leute sitzen, in denen du dich nicht wiedererkennst?

Geh jetzt, sage ich. Bitte geh jetzt, ich hab so viel zu tun.

Er zögert, ich wische. Ich blicke auf die Platte hinunter, obwohl ich weiß, dass er wartet, aber ich schaue nicht auf.

Und er geht.

Ich wische es weg, ein paar Tropfen nur, keiner sieht sie. Das geht vorüber. Das Telefon surrt.

Es ist Ingalill. Bist du erkältet, Siv?

Nein, nein, ich bin froh. Froh, dass es bald vorbei ist.

Ja, bald seid ihr sie alle los. Und du bist ganz fantastisch gewesen, Siv, du bist stärker, als ich gedacht hatte. Ich schäme mich für das, was ich jetzt sagen werde, aber ich sage es trotzdem, dann liegt es bei dir, was du darauf antwortest. Kannst du den morgigen Tag auch noch übernehmen? Wenn du es tust, verspreche ich, dass du bis zum nächsten Donnerstag freinehmen kannst.

Klar, Ingalill, du weißt, woran du mit mir bist.

Ist das sicher?

So sicher, wie ich hier stehe. Ein Tag mehr oder weniger spielt keine Rolle. Ich mache es, Ingalill.

Sie legt auf, unendlich dankbar. Ja, das hoffe ich wirklich. Aber es stimmt auch, dass die Sache okay ist. Ich werde schließlich am Nachmittag nach Hause fahren und die Nacht in meinem eigenen Bett verbringen, und der morgige Tag läuft dann ganz routinemäßig. Außerdem mache ich mich auf diese Weise unersetzlich, man muss pfiffig sein.

Ich hatte mir gedacht, dass es nach meinem Brunch mit Vollgas durch Korridore und Zimmer gehen würde. Doch stellt sich heraus, dass der Abflug der Chartermaschine und daher auch die Abfahrt des Busses vom Hotel auf später verschoben wurde und damit auch das Auschecken der Gäste, was nur im Schneckentempo erfolgt. Ihr Mittagessen zieht sich außerdem in die Länge, während Dunja und ich wartend herumlungern. Eine Beschwerde bei der Rezeption bringt nichts. Die Gäste seien gebeten worden, vor elf auszuchecken, aber wenn man meckere, könne das einen unprofessionellen Eindruck hinterlassen und die Stimmung verderben, habe die Chefin des Hauses entschieden. Das Hotel wolle die Konferenz im nächsten Jahr schließlich gern wieder ausrichten, hat sie gesagt, könnt ihr bitte ein Stück zur Seite gehen, da kommen Gäste.

Zwei Männer umarmen sich lachend und schulterklopfend, es ist der Graumelierte, Greta Mossbergs vermutlicher heimlicher Galan. Und der Russe? Ja, tatsächlich.

Dann checken sie aus. Dunja weiß somit, was sie zu tun hat. Ich selbst gehe zum zweiten Stock und den Konferenzräumen hoch, doch treffe ich auf halber Strecke den Küchenchef, und er ist wütend. Nicht gerade wütend auf mich, sondern ganz allgemein wegen der Unordnung und der schlechten Reinigung.

Was? Wo denn? Was meinst du? Haben wir schlecht geputzt – wo?

Ach, eigentlich hat das nichts mit dir und deiner Putzkolonne zu tun, Siv, die Köche machen ja die Küche selber sauber und waschen auch alles ab, das ist es nicht. Aber man kriegt es so satt, dass die Dinge nie ihre Ordnung haben. Jetzt war ich runtergegangen, um ein paar Forellen für das morgige Mittagessen zu holen, sie schmecken besser, wenn sie langsam auftauen, und du weißt, wie das mit den Praktikanten ist, ich dachte, ich hole sie lieber selber, dann sind sie alle von derselben Größe. Ich nehme also den Schlüssel vom Haken und gehe runter in den Gefrierraum, und was finde ich da? Einen verdammten großen Dreckhaufen, um es deutlich zu sagen, weiß der Himmel, wie er dahingekommen ist, eine Menge Zeitungen und solcher Mist. Ich war so wütend, dass ich sofort wieder umgekehrt bin, ohne Forellen. Ich ändere die Speisekarte, morgen gibt es dann eben Rinderfilet. Wer ist denn für den Gefrierraum zuständig? Soll etwa ich den putzen? Ist das meine Sache? Verdammt, was für miese Mitarbeiter man doch hat, die nicht mal hinter sich aufräumen können, was auch immer sie da gemacht haben.

Er ist cholerisch, ganz klar, gestresst, denn jetzt ist ja auch Mittagszeit, aber ich mag ihn, er nimmt nie ein Blatt vor den Mund und ist tüchtig bei allem, was er tut.

Und das bin ich auch.

Ich übernehme die Sache. Her mit dem Schlüssel.

Bestimmt?

Ist nur 'ne Kleinigkeit. Ich habe ja doch nichts zu tun, die Gäste trödeln beim Auschecken.

Er verschwindet dankbar in der Küchenregion, und ich gehe in den Keller hinunter.

Es ist still dort unten im Dunkeln, verglichen mit dem Stimmengewirr oben im Hotel, und auch kühler. Ich hätte vielleicht eine Jacke anziehen sollen.

Das Schloss schließt ein bisschen schwer, aber am Ende geht es auf. Der Schalter befindet sich an der Außenseite, sehe ich. Also mache ich Licht, bevor ich hineingehe.

Die Kälte wallt mir wie Rauch entgegen. Hier heißt es sich beeilen.

Aber die Füße werden sofort von umherliegenden Zeitungen behindert. Ich beuge mich hinab und sammle sie auf Es sind sowohl Lokalblätter als auch Landeszeitungen, und sie sind allesamt ein paar Tage alt. Sie sind wahllos aufgeschlagen, und ich beschließe, sie ordentlich zusammenzulegen, damit sie sich leichter bündeln lassen, als ich plötzlich stutze.

Ich lasse mich auf die Knie fallen.

Denn die aufgeschlagenen Artikel handeln alle von derselben Sache. Dem Bootsunglück.

Diesem Schlauchbootunglück am Hang: in welchem Alter der Verunglückte war, Details über sein Aussehen, etwas über die Obduktion, die Hinweise darauf gegeben hatte, dass seine Zähne nicht in Schweden gemacht worden waren, dass vielleicht der ganze Mann aus einem anderen Land kam.

Und diese Informationen sind unterstrichen.

Und am Rand der Zeitungen steht etwas in einer anderen Sprache. Und ich komme auf die Idee, dass es sich um Übersetzungen handelt. Übersetzungen der Stellen, die im schwedischen Text unterstrichen sind.

Aber ganz unten auf einer Seite sind ein paar Zeilen in einem ganz anderen Artikel unterstrichen, und das gleich doppelt.

Und obwohl ich den Inhalt der Worte nicht begreife, packt mich Entsetzen. Meine Zähne klappern vor Kälte.

Die Oberfläche ist nur eine Haut, nur eine Kalebasse, Kräfte umschließend, die im Begriff sind hervorzubrechen, um die Welt gewaltsam heimzusuchen.

Teil III

Sobald ich wieder hinauf ans Licht komme, verfliegt das schaurige Gefühl. Ich sehe auf das Bündel Zeitungen in meinen Armen, ein bisschen feucht, ein bisschen zerknittert, was soll ich mit ihnen machen, nur ein Haufen Plunder, ein paar Blätter, in denen jemand herumgeschmiert hat. Wie üblich habe ich überreagiert. Plunder. Zeitungen, die jemand in den Kühlraum geschmissen hat, aus Versehen oder aus Faulheit, keine Sache, um die man sich weiter kümmern muss. Ich stopfe das Bündel in einen Müllsack vor dem Umkleideraum.

Nach einer Weile gehe ich zurück und reiße eine der Seiten heraus. Falte sie zusammen und stecke sie in die Tasche.

Eine fremde Sprache, ein paar Zeichen, gekritzelt auf einen Zeitungsrand, na und. In dieser Region hat sogar die einheimische Polizei, zumindest Teile von ihr, eine andere Muttersprache als das Hochschwedische.

Diese Sprache, die nicht schriftlich existierende Mundart der Bewohner, stirbt jetzt in immer rascherem Tempo aus, sodass sie am Ende nur noch wenige hundert Leute verstehen. Begriffe sterben ebenfalls aus, Nuancen, die man sich nie mehr ins Gedächtnis rufen wird, da sie zu einer Zeit geschaffen wurden, als die Menschen noch nach Worten hungerten, um das Schwindel erregende Dasein festzuhalten, das ihnen ständig das Mark aus den Knochen sog.

Eines Tages kommunizieren wir vielleicht nur mit Bildern, und die Wörter sind ausgestorben. Ein Bild sagt mehr als tausend Worte, an dem Tag, wo wir keine Geduld und Zeit mehr aufbringen, um uns hinzusetzen und zu reden oder um zu lesen. Die Bilder werden an jenem Tag wie unsichtbare Projektile zwischen den mit Mikrochips ausgestatteten Menschenhirnen hin und her sausen. Die Kommunikation jenes Tages wird unserer heutigen dreieinhalbstündigen Charterreise in den Süden entsprechen, verglichen mit den dreieinhalb Monaten, die man vor ein paar hundert Jahren benötigte, um zu Fuß dorthin zu gelangen. Sie werden über uns und unsere saumselige Kommunikation lächeln, darüber, dass es eine Woche dauern konnte, ein Buch zu lesen, wenn dieselbe Geschichte in Bildern dann nur noch ein paar Minuten für die Vermittlung braucht. Und vielleicht sogar größeres Vergnügen bereitet. Darüber ist uns heute nichts bekannt.

Sprache, das können auch Spuren im Schnee sein, hier bin ich entlanggelaufen – der Fuchs, dort lief das Schneehuhn, hier sind wir uns begegnet, und rate, wer den Kürzeren zog?

Feinste Dramatik in einem einzigen Bild.

Und ist die Musik nicht eine Sprache, die so viel effektiver ist als das gesprochene Wort? Sie muss nicht übersetzt werden, in fünf Erdteilen kann dasselbe Musikstück dieselben Gefühle wecken – eine weltumspannende Woge der Erkenntnis, ganz ohne Worte.

Um bestimmte Sprachen genießen zu können, muss man im Stande sein, über andere hinauszukommen. Ich erinnere mich an einen Konzertbesuch in der Kirche, als ich einen älteren Herrn in einem großen Buch blättern sah. Es war eine Partitur, er folgte dem Text, dem Noten-Text. Sein Genuss war noch erhöht, wir befanden uns in verschiedenen Universen.

Ein paar hingekritzelte fremde Wörter auf einem Zeitungsrand sind wirklich nichts, worüber man sich aufregen muss, wo es auf der Welt doch mehr als genug an Musik und Mysterien gibt.

Aber dennoch, wie war das an jenem Morgen, als man den jungen Burschen am Hang fand, war Nenad da nicht krank? Doch, es war genau der Tag, an dem er sich die Schulter verletzt hatte. Soweit ich mich erinnere, sagte Ingalill, er sei gestürzt.

Die Schulter verletzt? Ja, er war an jenem Morgen nicht zur Arbeit erschienen, so war es.

Er kann es gewesen sein, der zum Beispiel im Personalspeisesaal gesessen und das hier gekritzelt hat, und dann waren die Zeitungen im Kühlraum gelandet, vielleicht weil jemand etwas einpacken wollte oder so.

Oder sollten sie dort gefunden werden? Von irgendjemandem? Jemandem, der kein Schwedisch konnte, sondern der den Text – über diesen Burschen – übersetzt bekommen musste?

Ich habe mich an Nenad festgebissen. Das hier bedeutet nichts, nur ein paar alte Zeitungen, ein bisschen Gekritzel, und außerdem habe ich mit der Sache nichts zu tun, sie geht mich überhaupt nichts an.

Ich haste um die Ecke auf dem Weg zur Lobby und renne ihm fast in die Arme, in die von Jan, in die Arme meines früheren Mannes: Wohin ich denn wolle?

Warum er im Weg stehe?

Ich habe nach dir gesucht, sagt er. Glaubst du nicht, es sollte so sein, dass wir uns hier treffen? Das kann doch kein Zufall sein, dass wir am selben Ort gelandet sind, so großzügig ist das Schicksal nicht.

Was höre ich da, bist du abergläubisch geworden, Jan? Also auf die unterschiedlichsten Weisen verändert?

Ich kenne dich, Siv, mich täuschst du nicht, egal wie boshaft du dich zu geben versuchst. Ist es nicht wirklich fantastisch, dass wir wieder zusammengeführt wurden? Ich möchte mit dir reden.

Leg nur los.

Nicht so. Können wir uns nicht irgendwo hinsetzen?

Ich arbeite hier, Jan, ich kann mich nicht hinsetzen. Aber setz du dich nur, geh hoch in die Piano-Bar, und trink eine Tasse Kaffee.

Er seufzt. Der Bus geht in einer Stunde, sagt er. Wer weiß, wann wir uns das nächste Mal wiedersehen, wenn überhaupt. Ich verstehe nicht, warum wir wie Todfeinde leben müssen, Siv, wir haben doch das halbe Leben miteinander verbracht?

Ich empfinde keine Feindschaft, ganz und gar nicht. Ich empfinde nichts für dich.

Ich glaube, du irrst dich.

Glaube, was du willst.

Ich glaube, du bist genauso traurig wie ich, weil es so gekommen ist.

Traurig? Ich? Du überschätzt deine Bedeutung, Jan, sorry, eine typisch männliche Eigenschaft. Ich bin nicht traurig, ich bin froh.

Er sieht mich forschend an. Ich fixiere seine Augenbrauen. Er nickt. Na dann. Dann habe ich wohl Unrecht. Wir, die einmal alles geteilt haben.

Das war damals. Das war, bevor du dich entschlossen hast, dass das Gras auf der anderen Seite grüner war. Und das ist es ja wohl auch, oder?

Sie ist tot, Siv.

Ich rede nicht von ihr. Du weißt, was ich meine.

Ach ja. Und was willst du, dass ich tun soll?

Du kannst alles tun, was du willst. Es geht mich nichts an.

Ich spüre, dass ich ihn zur Weißglut bringe. Und wirklich macht er auf dem Absatz kehrt und geht zurück in die Lobby.

Der Scheißkerl.

Es war natürlich verkehrt von mir, damals, dass ich so vorbehaltlos liebte. Es ist das Los der Frau – und Mutter –, vergöttert zu werden, um danach vom Thron gestürzt und verlassen zu werden. Wenn sie ihre Erziehungsarbeit richtig und auf selbstlose Weise erledigt hat, kann sich das Kind, ohne etwas schuldig zu sein, in den freien Raum hinausschwingen und nur kurzzeitig zurückkehren, dann, wenn es ihm gerade behagt. Aber wenn man als Frau auch in einer Liebesbeziehung so anspruchslos agiert und nichts an Aufmerksamkeit verlangt, um keine Schuldgefühle aufkommen zu lassen, ist das katastrophal, und jeder Respekt geht verloren. Man musste die Dinge in die richtigen Fächer sortieren: Selbstlosigkeit in Bezug auf die Kinder, Würde und Respekt, wenn es um die ebenbürtige Liebe ging. Als Liebespartner Aufmerksamkeit und Engagement erwarten, als Mutter überhaupt nichts erwarten.

Ich hatte versagt. War zu weich gewesen. Ich hatte uns kaputtgeliebt. Der einzige Grund dafür, dass Jan jetzt ein wenig

Interesse an mir zeigt, ist seine Annahme, dass ich mich geändert habe, weil ich mich heute so reserviert verhalte.

Aber ich habe mich nicht geändert. Ich bin noch immer genauso weich, und in einer Liebesbeziehung würde ich erneut alle Kanäle weit öffnen, es strömen lassen und nicht die kleinste Ecke für mich zurückbehalten, ich würde alles geben.

Es gibt niemanden, der von einer Frau so viel haben will, am wenigsten Jan.

Ich sehe ihn nicht mehr, dort sind so viele Leute. Ich will ihn nicht sehen. Er ist jetzt lange hier in meiner Nähe gewesen, und wozu habe ich sie genutzt, diese Zeit? Sie verrinnt.

Ein Polizeibeamter erscheint in meinem Blickfeld. Es ist Mor Lennart. Was ist denn mit dir los, Siv, du stehst ja da, als würde man dir keinen roten Heller zahlen.

Was heißt roten Heller? Ich arbeite doch aus purem Idealismus.

Na also, das ist schon besser, behalt dieses Lächeln, und geh zur kleinen Konferenz hoch, dort ist ein Kommissar, der mit dir reden will.

Soll ich verhört werden?

Nein, nein, nur eine Befragung informationshalber, können wir vielleicht sagen, weil du während der ganzen Konferenz Dienst hattest, möglicherweise hast du was gesehen, was dir selbst nicht klar ist und was von Bedeutung sein kann.

Als ich den Konferenzraum betrete, ist mir aus irgendeinem Grund so, als würde man mich verdächtigen, ich fühle mich schuldig. Zwei Polizeibeamte in Zivil erwarten mich, sie sitzen beiderseits eines Tisches, und etwas an der Situation gibt mir vom ersten Augenblick an das Gefühl, dass man mir nicht über den

Weg traut. Das provoziert mich, und ich folge nur zögernd der Aufforderung, auf einem dafür vorgesehenen Stuhl Platz zu nehmen.

Ich erkenne diese Polizisten nicht wieder. Sie stellen sich vor, aber die Namen sagen mir nichts. Ich frage, warum sie mit mir reden wollen. Sie antworten, ihnen sei klar geworden, dass ich während der ganzen Konferenz Dienst gehabt hatte, und da ich obendrein die Hauptverantwortliche für die Reinigung und ein paar andere Servicefunktionen gewesen sei, hielten sie es für interessant, meine eventuellen Beobachtungen zu erfahren.

Ich sage, dass ich gerade aus dem Keller komme, ich sei unten in dem großen Gefrierraum gewesen, und darin hätte ich eine Menge alter Zeitungen gefunden, die alle von dem tödlichen Unfall handelten, den es vor gut einer Woche hier gegeben hatte, und das sei noch nicht alles.

Ich ziehe die herausgerissene Zeitungsseite aus der Tasche. Schauen Sie hier, jemand hat den schwedischen Text in eine andere Sprache übersetzt.

Sie tauschen einen Blick miteinander.

Nun sind wir ja nicht gerade an diesem Unfall interessiert.

Ich verstehe schon, sage ich. Es geht um den Mord an dem Oberkommandierenden, oder? Nebenbei bemerkt war ich es, von der der Tipp, wer der Mörder ist, gekommen ist. Er hat übrigens geweint, falls Sie das nicht wissen, er hat die ganze Zeit geweint, doch nach dem Schuss war er ruhig.

Erneut wechseln sie einen Blick, diese verdammten Idioten, glauben sie etwa, ich sehe das nicht?

Dieser Mord ist im Großen und Ganzen aufgeklärt, genau wie Sie es darstellen.

Okay, ich weiß schon, es geht um den Erfrorenen, den Franzosen. Ich wünschte, ich könnte Ihnen helfen, aber da habe ich nichts. Wahrscheinlich ist es ein Unfall, genau wie man sagt.

Das ist es wohl, ja. Aber jetzt würden wir gern etwas mehr über diese Nacht erfahren, in der Bo-Erik Bergius gestorben ist.

Er hat doch einen Gehirnschlag erlitten, erwidere ich verwundert.

Sie hatten Dienst, nicht wahr? Der Nachtportier sagt, da sei einiges an Zimmerservice gewesen, das Sie erledigt haben, stimmt das? Also Sie nicken, okay, dann erinnern Sie sich vielleicht, dass Bergius gegen drei Uhr unten anrief, aber dass der Nachtportier nicht verstand, was er wollte, und deshalb Sie nach oben schickte?

Einen Moment, warum soll ich darauf antworten?

Wieso, ist Ihnen das irgendwie unliebsam?

Ja, allerdings. Meiner Ansicht nach unterliege ich in gewisser Weise der Geheimhaltung. Was die Gäste angeht, höre und sehe ich auch rein private Dinge, und ich weiß nicht, ob ich so große Lust verspüre, solche Dinge weiterzutragen, also zu anderen.

Wir sind keine anderen. Wir sind die Polizei.

Und das hier ist ein Verhör, oder?

Nein. Aber … Jetzt werden wir Ihnen etwas erzählen, von dem *wir* nicht wünschen, dass Sie es weitertragen. Nur, damit Sie den Ernst der Stunde begreifen und dass es hier nicht darum geht, sich wegen des Renommees der Gäste so zu haben. Nämlich, dass Bo-Erik Bergius ganz und gar nicht an einer Gehirnblutung gestorben ist. Wir haben das endgültige Obduktionsergebnis vorliegen, und da ist nichts von einer Gehirnblutung zu sehen. Er starb einfach so, trotzdem.

Ach so? Dann war es wohl ein Herzinfarkt?

Nein. Auch das nicht. Er starb einfach, habe ich gesagt, hörte auf zu leben. Obwohl er keineswegs in so schlechter Verfassung war, wie man hätte denken können. Er hätte nicht sterben müssen. Aber hat es trotzdem getan. Jetzt fragen wir Sie, was ist passiert, als Sie an die Tür geklopft haben, zum Nachtportier hatten Sie gesagt, es war falscher Alarm, was meinten Sie damit?

Ich erzähle die ganze Sache. Erst berichte ich von den orgiastischen Geräuschen, die an mein Ohr gedrungen waren, gerade als ich anklopfen wollte, und die mich kehrtmachen und weggehen ließen. Dann erzähle ich von dem Streit, den ich zuvor gehört hatte. Ich sage auch, dass ich die Sache gegenüber Greta Mossberg bereits erwähnt habe, aber dass sie abstreitet, noch dort gewesen zu sein, als ich das zweite Mal gekommen bin.

Sie hat ein Alibi, sagt der eine Beamte. Aha, denke ich, der Graumelierte also. Soweit er nicht selber verwickelt ist.

Sie stritten über Minen, sage ich. Ich glaube Tretminen, und Greta Mossberg wollte, dass er aufhören sollte, darin herumzustochern oder so was. Ich hatte den Eindruck, dass er etwas wusste, von dem sie wollte, dass es vertuscht wird. Ich hörte es nur zufällig, als ich auf dem Flur vorbeiging, die Tür war nämlich nicht richtig geschlossen.

Wir würden keinen Augenblick vermuten, dass Sie absichtlich gelauscht haben.

Ja, das hoffe ich wirklich. Glauben Sie, dass man ihn ermordet hat?

Wir ermitteln hier im Zusammenhang mit einem Gewaltdelikt, ja. Es gibt einige Hinweise darauf, dass ihn jemand umgebracht haben könnte. Sie waren doch dabei, als er gefunden wurde. Unsere Kollegen erwähnten eine Tube Gleitmittel?

Ja, ich habe sie gesehen, die wurde ausgerechnet im Trockenschrank gefunden.

Gut. Wir glauben nämlich, dass dieser Trockenschrank unter Strom stand.

Die dramatische Miene, die er aufsetzt, macht mich wütend, und zugleich hätte ich fast losgeprustet – typisch männliche Wichtigtuerei, der Wunsch, seine Autorität hervorzukehren und Eindruck zu machen.

Das hatte ich mir schon längst zusammengereimt, sage ich still. Dann wissen Sie vielleicht auch, dass am Sicherheitskasten manipuliert worden war.

Ihm entgleisen die Züge ein wenig, das freut mich, aber dann nickt er. Ja, die Sicherheitsfunktion war zumindest bei einer Gelegenheit außer Kraft gesetzt, vermutlich mithilfe eines Nagels, wir haben bereits mit dem Techniker gesprochen, der für die Stromversorgung zuständig ist.

Björn.

Ich schlucke. Aber ich sage nicht, was ich auf der Zunge habe. Dass Björn eine Beziehung zu Bergius hatte, die darauf hinauslief, dass er ihn verabscheute.

Was Sie gehört haben, sagt der eine Beamte, kann sehr wohl der Kampf des Opfers gewesen sein, als die Hochspannung die normalen Impulse des Körpers außer Gefecht setzte.

Sein Blick ist nicht mehr ganz so schicksalsträchtig, und ich nicke blasiert, denn auch das hatte ich mir schon vor einer Ewigkeit ausgerechnet.

Der Generalarzt, sagte ich. Er hat doch darauf gewettet, dass es eine Gehirnblutung ist.

Ja, bestätigte der eine Polizist mit einem Nicken, aber jetzt verteidigt er sich damit, dass es eine Gehirnblutung hätte sein müssen, die Symptome sind exakt dieselben, es fehlt sozusagen nur die Blutung selbst. Aber die Hauptsicherung ist durchgebrannt, ja, das ist richtig. Was auch passieren kann, wenn dem Betreffenden zweihundertzwanzig Volt durch den Körper gejagt werden.

Diese Minen, sage ich. Wenn das Motiv nun irgendwie damit zusammenhängt, kann es dann nicht einen Zusammenhang mit dem toten Franzosen geben? Ich meine, er war doch an verschiedenen Krisenherden tätig, vielleicht hat er diese Minen für irgendeine militärische Gruppe erworben, was weiß denn ich, aber vielleicht ist er deshalb gestorben?

Er ist erfroren, erwidert der eine mild. Das meint man zwar nicht, wenn man von einem natürlichen Tod spricht, aber er ist wirklich nicht umgebracht worden. Da gibt es keinen Zusammenhang. Er stand unter Alkoholeinfluss, es war ein Unfall.

Ich schäme mich, wie üblich war meine Fantasie mit mir durchgegangen. Und ich hatte mich blamiert. Jedenfalls kann einem seine Familie leidtun, sage ich, um den Reinfall abzuschwächen.

Ja, wirklich, der zweite Beamte nickt. Traurig für die Frau, besonders, wo man den Sohn nicht erreichen konnte, es scheint immer mehr, als sei er verschwunden. Nanu, was ist denn jetzt, was haben Sie denn?

Ich war aufgesprungen, kann nicht sitzen bleiben, ich denke sofort an den Burschen vom Hang, wenn er das nun ist, wenn das nun François Bisseaus Sohn war!

Dann setze ich mich wieder hin, denn ich will nicht noch einmal als Idiotin dastehen. Ständig rede ich sofort und denke erst hinterher, damit musste es ein Ende haben.

Was ist denn, Siv, ist Ihnen ein Gedanke gekommen?

Nein, nein, es ist nichts. Nur traurig für die Mutter, wenn der

Junge verschwunden ist, jetzt wo man den Mann erfroren aufgefunden hat, das kann nicht leicht für sie sein.

Das Verhör, das keins ist, wird beendet, weil ich nicht glaube, noch sonderlich viel Brennstoff für ihr Feuer liefern zu können. Ich fühle mich niedergeschlagen, ja traurig, weil ich Angst habe, dass Björn etwas mit Bergius' Tod zu tun haben könnte, und das will ich nicht. Ich will, dass er unschuldig ist. Aber es gibt sicher andere, die verborgene Motive haben, und die Polizei scheint ja auch tatsächlich der Minenspur zu folgen, sie wissen außerdem bestimmt viel mehr darüber als ich.

Als ich wieder in die Lobby komme, ist die Dämmerung bereits angebrochen. Die meisten Leute sind weg, und Izzadin fährt auf seiner Maschine durch die Halle. Vor den Glasdrehtüren steht der Bus, der die Charterreisenden zum Flugplatz von Mora bringen soll, ich sehe, dass der Fahrer einen weiteren Koffer in das bereits vollgestopfte Gepäckfach zwängt.

Einige Reisende sind noch im Raum.

Er ist einer von ihnen.

Er bemerkt mich. Ich bleibe mitten in der Bewegung stehen.

Der Fahrer lässt den Motor an.

Geh doch, geh doch, geh doch! Bevor ich etwas tue.

Die Zeit läuft. Er wird den Bus verpassen.

Jetzt begibt er sich zum Ausgang. Aber ohne den Blick von mir zu lösen. Fass mich an.

Ob ich?

Nein, das wäre Wahnsinn.

Er verschwindet durch die Tür nach draußen. Und ich höre das saugende Geräusch, als sich die Bustür schließt.

Meine Beine befördern mich blitzschnell zur Glaswand, ich

presse das Gesicht dagegen, aber ich kann die Menschen im Bus nicht erkennen, sehe nur die schwarzen Scheiben. Jetzt kommt das Fahrzeug langsam ins Rollen, ich höre bis hier hinein, wie der Schnee unter den Rädern knirscht.

Und dann, als der Bus auf die Fahrbahn biegt, bemerke ich sein Gesicht im Neonlicht der Piano-Bar, und sein Blick sucht den meinen. Es sind *Vom Winde verweht* und *Waterloo Bridge* und der Teufel und seine Großmutter, die sich aus meinen Augen pressen, sodass ich ihn nicht mehr sehen kann, diesen Bus, es schmerzt, und ich bin eine sentimentale Ziege, es wäre ja doch nicht gegangen mit seinem vornehmen Job und ich auf einer ganz anderen Eisscholle, das hätte nie funktioniert, und übrigens war es bestimmt nicht das, worüber er hatte reden wollen.

Tief im Inneren aber weiß ich Bescheid. Ich kenne ihn. Doch er soll nie mehr eine Chance bekommen. Denn ich bin froh, dass ich nicht zu Grunde gegangen bin. Liebe ist kein Teenachmittag. Sondern Kampf auf Leben und Tod. Hätte er mich angefasst, hätte ich es nie geschafft. Danke lieber Jan, dass du es nicht getan, mich nicht angefasst hast, damit wäre ich nie klargekommen, dann hätte ich wieder dir gehört, wie nahe dran das doch gewesen ist.

Loslassen! Was soll das! Zwei fremde Hände haben meine Schultern umfasst und drehen mich um, und ich bin dicht davor zuzuschlagen – Björn?

O entschuldige Siv, ich wollte dich nicht erschrecken. Er sieht mich mit Wärme an und reißt die Hände aus Spaß zurück, so als hätte er sich verbrannt. Entschuldige, wie gesagt, ich wollte dich nur überraschen, dir eine Freude machen.

Er zieht etwas aus seinen inhaltsreichen Brusttaschen, ein Kuvert. Hält es mir hin und öffnet es ein Stück. Zwei Busbillets, Siv, plus Hotel und Theaterkarten, guck mal! Wäre das nicht etwas, jetzt fürs Wochenende? Ingalill sagt, das ist okay, du hast es verdient, wir haben ihren Segen, sagt sie. Und was sagst du?

Es geht nicht. Nein, es geht absolut nicht, Maja will sich am Wochenende mein Auto ausleihen.

Na und, das spielt doch wohl keine Rolle. Willst du denn nicht?

Wie kannst du nur einfach mit zwei Karten ankommen, ich kapiere überhaupt nichts.

Keine Sorge. Es geht nicht um so was. Ich finde nur, es wäre schön, das hier zusammen mit dir zu unternehmen. Mit zwei Einzelzimmern natürlich, du glaubst doch wohl nicht, dass ich so ein Trampel bin. Wäre das nicht schön, wo du nun frei hast und so?

Ich kann nicht Björn, nicht jetzt. Wenn du vor einer Woche gekommen wärst, hätte ich es Spitze gefunden. Aber nicht jetzt, nein, ich stehe es einfach nicht durch, es geht nicht. Begreifst du nicht! Muss ich es erklären! Ich will nicht, so einfach ist die Sache. Du hättest früher kommen müssen, jetzt ist es zu spät. Es ist zu spät, sage ich.

Aber trotzdem vielen Dank.

Endlich ohne Arbeit, endlich frei. Ich presche durchs Tal, und wo es Geschwindigkeitsbegrenzungen gibt, ist mir, als würde das Auto stillstehen, ich will umgehend nach Hause, zu einem normalen gewöhnlichen Leben, in dem ich mich auskenne, das Hoteldasein hängt mir zum Halse heraus.

An der östlichen Abzweigung in Richtung Evertsberg, Älvdalen habe ich den Bus erreicht, gerade als er abbiegt.

Ich bin wie taub, fühle nichts. Das ist nur ein Bus mit Stockholmer Passagieren, nichts anderes als die Touristenbusse irgendwo in Afrika, es ist nicht viel, was die dort drin begreifen, obwohl sie selber glauben, über die Situation, wenn es um beklagenswerte Gegenden und Volksgruppen geht, genau Bescheid zu wissen. Sie wissen überhaupt nichts.

Ich brauche fünfzig Minuten, um nach Hause zu kommen. Im Hauptort Grönland ist alles wie immer, ein paar Tretschlitten vor dem Konsum, die Fußgängerzone verlassen, einige Autos stehen verloren auf dem Parkplatz, ein Dorf versucht Stadt zu spielen, nur wer noch nie die Grenzen der Gemeinde verlassen hat, fällt darauf herein. Wäre das Selbstbewusstsein größer gewesen, hätte die Entwicklung in eine andere Richtung gehen können, damals, als die neu angelegte Eisenbahn die Kuhherden zum letzten Mal die Dorfstraße hinuntertrieb. Dann würde der Ort heute nicht diesen trostlosen Eindruck machen, allen anderen zentralen Ortschaften zum Verwechseln ähnlich. Die Industrialisierung war durch den Flecken gedonnert und hatte nur Trümmer zurückgelassen, nach einer solchen Maßregelung fällt es schwer, die eigenen Gesichtszüge neu zu ordnen.

Heutzutage geht der Atem der Gegend ruhig, sehr ruhig. Zu ruhig meinen viele, besonders die Jüngeren, hier sei ja nichts los, doch ja: die Tanzmusikwoche, die Mittsommerwoche und die Woche der Elchjagd. Da kann es sogar schwierig werden, einen Parkplatz in Grönland zu finden – Parkplatzprobleme, wow! Die restliche Zeit überlebt man mit Auktionen, Geburtstagsfeiern zum Fünfzigsten, Schneeskooterfahren, Sport und jeder Menge Fernsehen. Die jungen Leute surfen, saufen oder tun beides. Die Erwachsenen arbeiten sich zu Tode oder überhaupt nicht. In beiden Fällen ist der psychische Zustand schlecht. Heute darf man ja über die Psyche sprechen, das war noch vor wenigen Jahren nicht möglich. Im Ausnahmefall können sogar Männer über die Psyche reden. Doch lieber unterhalten sie sich über verschiedene Qualitäten von Kardanaufhängungen und Schotter. Warum können wir nicht glücklich sein? Warum diese ständige Unzufriedenheit, Müdigkeit, Angst, und warum fühlt man sich die ganze Zeit ungeliebt? Das Glück scheint wie der magnetische Nordpol zu sein, von dem behauptet wird, es gebe ihn, doch wenn man sich endlich dorthin durchgekämpft hat, befindet er sich immer anderswo.

Nach einem kurzen Rundgang durchs Haus, um festzustellen, dass alles beim Alten ist, fahre ich zu Maja. Sie ist gerade von der Arbeit gekommen, und ich lasse mich auf die Küchenbank fallen und verschnaufe. Endlich! Die Konferenz ist vorbei, und ich habe sie durchgestanden, habe es geschafft! Verdammt was für lästige Intrigen, ganz zu schweigen von Todesfällen und sogar Mord.

Sie hat einige Zeitungen aufgehoben, und ich blättere darin und lese von dem Drama, das ich selber aus nächster Nähe miterlebt habe, mir ist, als hätte ich es im Kino gesehen.

Und trotzdem hast du noch nicht das Schlimmste gehört, Maja, nämlich dass mein Ex-Mann dort aufgetaucht ist.

Maja unterbricht ihre Abendbrotvorbereitungen, kommt zu mir und setzt sich neben mich auf die Küchenbank. Was sagst du da, ist Jan dort gewesen?

Ich berichte von seinem neuen Posten und über die wenigen Male, die wir im Hotel aufeinandergetroffen sind. Und ich weine ein bisschen. Ich werde wütend über dieses Weinen, aber die Tränen lassen sich nicht unterdrücken. Maja legt mir den Arm um die Schultern, sie sagt nichts. Ich spüre, dass sie versteht, sie versteht ohne Worte, und auch ich bin ohne Worte, ausgenommen jeder Menge Flüche. Maja flucht aus Sympathie mit, verdammte

Kerle, ich verstehe nicht, wozu man die eigentlich braucht, außer, um das Auto zu reparieren.

Und um Gläserdeckel aufzumachen.

Okay, dann auch Gläserdeckel, obwohl das auch mit einem feuchten Handtuch funktioniert.

Wir einigen uns, dass das männliche Geschlecht überflüssig ist. Maja unterstreicht die Sache mit solcher Heftigkeit, dass ich nicht wage, den kleinen Einwand vorzubringen, dass sie das Leben trotz allem ein wenig vergoldeten. In Majas Vorstellungswelt scheint ein männerloses Dasein keine Katastrophe zu sein.

Vielleicht sollte man sie wegen des Genusses haben?, flüstere ich verstohlen.

Ach, da ist belgische Schokolade wirklich leckerer.

Maja schlägt man nicht mit Worten. Im Übrigen ist sie im Augenblick völlig uninteressiert an Männern, sogar als Diskussionsthema. Hingegen wünscht sie einen Bericht von den Schaurigkeiten der letzten Tage im Högfjällshotel, also erzähle ich lang und breit, während Maja brummelnd zuhört wie eine echte Mrs. Watson.

Der Mord am Oberkommandierenden ist rasch abgehandelt. Ich berichte von meinen blitzschnellen Schlüssen, als ich das Gesicht des weinenden Mannes in der Zeitung entdeckte, und wir stellen wieder einmal fest, dass wir verkannte Genies sind. Diese Ermittler dort trügen die Nase zu hoch, man musste sie stattdessen tief am Boden haben, erst dann entdeckte man das Eine oder Andere.

Die neue Wende im Bergius-Fall kitzelt die Fantasie. Ich gebe ihr eine Beschreibung von seiner Assistentin, Greta Mossberg, und Maja konstatiert, dass da natürlich ein Hund begraben liegt, ja vermutlich ein ganzer Zwinger voll, wenn man all die Dinge bedachte: die Vorwürfe, die seine Frau erhob, den von mir belauschten Streit zwischen Bergius und Greta Mossberg über die Minen sowie Björns schlechte Erfahrungen mit Bergius als Vorgesetztem.

Und bei Nenad, sage ich. Irgendwas ist auch mit Nenad, obwohl ich keine direkte Verbindung zwischen ihm und Bergius herstellen kann. Aber er kennt sich mit Strom aus. Und falls diese Minen an irgendein Land auf dem Balkan verkauft werden sollten, könnte er sicher auch ein Motiv haben.

In diesem Fall hätte ja wohl auch Dunja ein Motiv, sagt Maja, sie kommt doch auch von dort.

Ich höre sehr wohl die Spitze in ihrer sanften Bemerkung, aber erwidere nichts, da ich bei Maja eine gewisse Eifersucht vermute, weil ich oft mit Wärme von Dunja gesprochen habe. Welche Motive sollte Dunja im Übrigen haben? Sie ist nicht wie die anderen Flüchtlinge, die mit noch immer blutenden Wunden aus jenem Dasein leben, das sie gerade verlassen haben. Dunja wohnt schließlich schon seit vielen Jahren in Schweden und hat sich akklimatisieren können. Eventuelle Traumata im Zusammenhang mit ihrer Flucht haben sich gelegt, und sie ist wie wir. Aber das sage ich nicht laut, um Majas Irritation nicht noch zu verstärken.

Stattdessen komme ich mit der Theorie einer internen Abrechnung, dass Bergius von irgendeinem konkurrierenden Polizeioberen beseitigt wurde, schließlich scheinen Machtkämpfe ja eine beliebte Beschäftigung in hierarchisch gegliederten Organisationen zu sein. Oder die Ehefrau war's, warum nicht die Ehefrau, vielleicht ist sie so wütend über das geworden, was sie für einen Seitensprung hielt, dass sie der Sache ein für alle Mal einen Riegel vorschieben wollte. Also hat sie Nenad mit seinen

Strom-Kenntnissen gedungen, um das Ganze in die Tat umzusetzen.

Keine von uns glaubt an eine solche Theorie. Zum einen hätte sie in diesem Fall ihre Rivalin, Greta Mossberg, umbringen müssen, und zum anderen ist Bergius' Frau keine Mörderin, sie ist nicht der Typ, es ist ganz einfach unglaubwürdig, dass ein gefühlsmäßig so labiler Mensch derart kalt handeln kann. Und drittens, wie hätte sie Nenad so gut kennen lernen sollen, um mit ihm mir nichts dir nichts einen Mord auszuhandeln.

Aber was wusste man schon.

Jedenfalls sind wir jetzt wieder das wunderbare Gespann, das Probleme am laufenden Band löste, und eins, zwei, drei hat Maja mittels Elchhackfleisch und Presskartoffeln sowie einem frischen Salat ein weitaus dringenderes Problem gelöst. Dankbar setze ich mich zu Tisch.

Beschämt fällt mir auf, dass sich unser Gespräch bisher ausschließlich um mich und meine Erlebnisse gedreht hatte. Ich frage, ob sie den Wagen noch immer ausleihen wolle. Ihr Gesicht hellt sich auf: schrecklich gern, ja. Viktoria geht es sehr viel besser, ich darf sie mit aus der Einrichtung nehmen. Vielleicht erlaubt man mir sogar bald, sie übers Wochenende nach Hause zu bringen.

Sie strahlt, und ich kann nur ahnen, wie schlecht es der Tochter gegangen sein muss, wenn eine zeitweilige Lockerung der Zwänge in der Behandlung Maja so froh machen konnte. Diese armen Menschen.

Ich weiß nicht, wie ich das Gespräch weiterführen soll, ich denke an diese Tochter, die ich nie gesehen habe, und an Greger, ihren Scheißkerl von Vater, der sie in den schützenden Nebel der Geisteskrankheit trieb, und plötzlich fällt mir der Zeitungsartikel ein, den ich im Personalspeisesaal entdeckt hatte, in dem berichtet worden war, dass sich Greger auf die Philippinen abgesetzt hatte.

Du Maja, ich habe in der Zeitung gelesen, dass Greger ans Sozialamt geschrieben hat, sogar bis von den … Sie unterbricht mich mitten im Satz. Ich will kein Wort über dieses Scheusal hören, Siv, nicht ein Wort, hörst du, bitte könntest du wohl so verdammt nett sein und die Sache respektieren!

Natürlich, entschuldige.

Gut. Dann würde ich gern wissen, ob wir nicht ins Kino gehen wollen? Es ist so lange her seit dem letzten Mal.

Sie zeigt auf die Filmannonce im lokalen Anzeigeblatt, und ihr Atem geht heftig.

Ein spannender Film, klar gehen wir ins Kino, Maja, beruhige dich.

Ich bin ruhig, ganz unglaublich ruhig. Erzähle noch mehr von der Konferenz!

Wir zwei sitzen im Saal, also fällt die Vorstellung nicht aus. Wir müssen mehr ins Kino gehen, Siv, guck doch, wie es hier aussieht, das ist doch unmöglich, stell dir vor, es macht zu!

Ich nicke nachdenklich. Der Zahn der Zeit hat dem alten Kino stark zugesetzt, aber es sollte weiterexistieren. Die Einrichtung ist außerdem so unmodern, dass sie mit etwas Aufpolierung Kultstatus erlangen könnte. Hier organisierten sich 1938 die Arbeiter der Region, als endlich eine Sektion der Schuh- und Lederarbeitergewerkschaft in der Gemeinde gegründet wurde. Damals waren über tausend Personen versammelt, und der Platz vor dem Kino war schwarz vor Leuten, man musste draußen Lautsprecher anbringen, damit alle den Erörterungen folgen konnten. Doch das

Kino ist noch älter. Hier hatte man Stummfilme gezeigt, begleitet von Musik auf dem Klavier. Das Kino ist ein Teil der Geschichte dieser Gegend.

Wir haben in einem fort geredet, und jetzt bekommt das Gespräch neuen Schwung, denn unsere verschiedene Einstellung zur Landesverteidigung lässt uns keine Ruhe. Wir wollen zu einer Einigung kommen, aber es scheint nicht zu gehen, die Frage setzt uns zu.

Es ist entschieden zu teuer, findet Maja, die spielen doch nur. Wenn es tatsächlich knallt, muss man sich einfach selber verteidigen, so sehe ich das. Außerdem hat Schweden seit mehreren hundert Jahren keinen Krieg mehr gehabt, und übrigens wo gibt es denn heute einen potenziellen Feind?

Das kann ich nicht beantworten, aber wenn es um das Preisschild geht, so kann man sich schließlich fragen, wie viel Freiheit und Demokratie kosten dürfen. Manche Werte sind unschätzbar, meine liebe Mrs. Maja, das ist wie mit der Gesundheit, ist man gesund, hat man tausend Wünsche, aber als Kranker hat man nur noch einen einzigen. An dem Tag, an dem es zu spät ist, sind wir sicher bereit, egal, was es kostet, zu bezahlen, um unser Land und unsere Freiheit zu verteidigen.

Aber Maja ist auf diesem Ohr taub. Die sind nicht so wie wir, meint sie und hat die Offiziere und das Armeehauptquartier im Blick. Guck dich doch in der Welt um, an Waffen und Geld gibt es wahrhaftig genug, und was hilft das? Frauen, Alte und Kinder müssen den Preis bezahlen. Dieses Geschmuse mit der Landesverteidigung steht dir übrigens überhaupt nicht, Siv. Die ganze Sache ist doch eine Idee der Männer. Sie streiten und machen. Wir gehören nicht zu dieser Kultur.

Ach nicht?

Nein, Siv, das tun wir wirklich nicht, hast du dich auf dem Schulhof geprügelt? Ich jedenfalls nicht. Hast du deine körperlichen Kräfte mit jemandem gemessen? Ich habe das nie getan. Warst du gezwungen, deinen Mut oder richtiger deinen fehlenden Mut zu beweisen, und hast dafür Spott geerntet? Ich nie. Uns hat man tatsächlich nie in eine konforme Hierarchie gezwungen, wo es Hauptführer, Unterführer und deren Assistenten gab, und Hand aufs Herz – haben wir da was verpasst?

Ich bin verblüfft, wie wortreich sie bei diesem ausgefallenen Thema argumentiert, und frage: Und zu welcher Kultur gehören wir dann?

Die ist individualistischer, glaube ich. Bei denen geht es mehr ums Rudel. Bei uns heißt es mehr zwei und zwei. Ja, so ist es. Wir trainieren miteinander für die Zweisamkeit mit ihnen! Das ist wirklich total beschissen. Denn die Zweisamkeit ist absolut nicht genug für sie, sie müssen einer Gruppe angehören, wo sie in einer Hierarchie als Männer bestätigt werden – von Männern. Unsere Liebe ödet sie auf die Dauer an. Und wir unsererseits vermissen die bedingungslose Liebe, die wir unter Freundinnen erleben, wir vermissen das Verständnis für uns selber und unsere eigenen Bedürfnisse. Sowohl Männer als auch Frauen sind infolge der Geschlechterdiskriminierung am Ende enttäuscht.

Du übertreibst, Maja, so schlimm ist es ja wohl nicht mehr?

Nein, da kannst du recht haben, es hat sich ein bisschen gelockert, aber auf welche Weise? Kleine Mädchen, die sich prügeln, wollen wir das denn? Ist das Abreagieren gesund, nur weil Jungs sich so verhalten? Ich jedenfalls finde es krank.

Es muss ja wohl das Ziel sein, dass jeder Mensch er selbst sein kann, aggressiv und empfindsam, tough und weich, großzügig und anspruchsvoll?

Sicher, aber vergiss nicht ihre körperliche Überlegenheit, ihre kühle Strategie und nicht zuletzt ihre gegenseitige Unterstützung, ihre Netzwerke, die wirklich funktionieren im Unterschied zu unseren, die in erster Linie Fischernetzen gleichen, in denen wir hängen bleiben, sodass wir nicht weiterkommen.

Du widersprichst dir selber, Maja, eben hast du noch gesagt, dass wir so lieb und reizend zueinander sind in unserer Freundinnenkultur.

Das stimmt ja auch. Wir helfen einander, das Ganze zu ertragen. Aber wir helfen einander nicht weiterzukommen.

Müssen wir denn weiterkommen?

Wenn man die Voraussetzungen dafür hat, kann es Pflicht sein, alles andere ist Vergeudung von Naturressourcen.

Weshalb sitzen wir beide dann nicht in Parlament und Aufsichtsräten?

Sie lacht. Weil diejenigen, die bereits dort sitzen, zu untalentiert sind, um unser Potential zu entdecken. Vor allem weil sie überhaupt nie in unsere Nähe kommen. Als ich von Naturressourcen sprach, meinte ich auch gesunde Selbstkritik, Siv. Kannst du bei diesen Burschen irgendeine Selbstkritik erkennen?

Du weichst vom Thema ab, Maja. Und ich frage mich, was du für Alternativen siehst? Wenn nun beide Geschlechter gleich wären, wie schön wäre das denn? Leidenschaft entsteht durch Unterschiede, man bemerkt einen fremden Kontinent und will ihn entdecken.

Pah, Leidenschaft beruht nur auf Biologie und sexuellen Signalen, ich habe nicht gedacht, dass du so leicht zu manipulieren bist. Vieles ist ja mit bloßem Auge zu erkennen, beispielsweise, dass wir kleiner sind, reine Genetik, noch vom Höhlenstadium, als die Männchen miteinander kämpften, während wir leicht und gewandt sein mussten, um mit unseren Jungen in die Bäume flüchten zu können. Aber die Männer kämpfen nicht nur miteinander, sie benutzen auch ihre körperliche Überlegenheit, um uns zu beherrschen. Was dazu führt, dass sie den Menschen in der Frau nie zu fassen bekommen. Sie können so viel beherrschen, wie sie wollen, und sogar Gewalt anwenden, aber die Liebe der Frauen bekommen sie nicht und nur selten deren tiefe animalische Begierde, weil Angst der Tod der Lust ist. Du weißt, was die Schriftstellerin Moa Martinson gesagt hat: Man kann einer Blume keine runterhauen, damit sie besser duftet. Nein, so läuft das nicht, und das ist das unfassbare Dilemma und die Tragödie des Mannes.

Ach so, für uns trifft das also nicht zu?

Doch sicher. Aber wir sind ziemlich machtlos. Der Mann hingegen kann schließlich wählen, und er wählt regelmäßig falsch, wenn man das große Ganze betrachtet. Zu Hause haben einige von uns ja gewiss ihre Lieblinge, die sie um den kleinen Finger wickeln.

Glaubst du nicht, dass es das auch auf globaler Ebene gibt?

Du meinst oben in der Führung? Nein Siv, das bezweifle ich wirklich. Sicher gibt es auch da Frauen, aber nur solche, die dort hinpassen, die werden als Spiegel benutzt, damit man sein eigenes Bild bestätigt bekommt, an anderen Frauen sind die nicht interessiert.

Ihre Wangen haben Farbe bekommen. Ich merke, dass sie viel über diese Fragen nachgedacht hat, und in mir hat sie offenbar eine ebenbürtige Gesprächspartnerin.

Ich finde, sie führt gute Argumente an. Du solltest Politikerin werden, sage ich, und sie lacht, nimmt mich nicht ernst.

Aber die Männer, die sie hier schildert, erkenne ich nicht wieder, und irgendeiner Gewalt war ich nie ausgesetzt.

Niels natürlich ausgenommen. Er war so einer, das stimmt. Ich hatte es nicht gemerkt, hatte mich auf die Sache eingelassen und war Teil derselben geworden. Ich fand ihn cool. In Wirklichkeit hielt er sich für bedeutend besser als alle anderen, und als ich auf seinen Paradewagen nicht aufsteigen wollte, versuchte er mich zu vernichten.

Aber Niels war kein normaler Mann, er war pervers. Es gibt auch perverse Frauen.

Es genügt, wenn es ein paar von dieser Sorte gibt, denn die übernehmen unweigerlich das Kommando und verderben den anderen alles, denjenigen, die Machtkampf und Gewalt genauso verabscheuen wie Revierstreitigkeiten und Riesengewinne um der Zahlen selbst willen. Es sind immer die Extremen, die das Rennen machen, sagt sie, als könnte sie meine Gedanken lesen.

Deshalb brauchen wir eine Landesverteidigung, erwidere ich.

Es wird dunkel, und der Film läuft an. Die Reklame ist wegrationalisiert, wir landen direkt in der spannenden Handlung und vergessen bald Zeit und Raum.

Nach ungefähr zwanzig Minuten verdichtet sich die Dramatik gefährlich, und die Schatten auf der Leinwand verdichten sich ebenfalls, es sieht schaurig aus.

Zunächst glauben wir, dass es sich um eine neue Horrorfilmtechnik handelt, um eine künstlerische Novität, doch als auch die Untertitel von den schwarzen Schatten überdeckt werden, schwant uns nichts Gutes, und kurz darauf sind über uns aus dem Vorführraum eine Menge Flüche zu hören. Dann reißt der Film, und es wird stockfinster. Und still.

Nach ein paar Minuten geht das Licht im Saal an, und der Kartenverkäufer, zugleich Vorführer und zugleich Kinobesitzer, kommt an die Rangbalustrade. Er ist zweiundachtzig Jahre alt, sieht aber keinen Tag älter als sechzig aus, Horror und Gewalt haben ihn in Form gehalten. Seine Mitteilung läuft darauf hinaus, dass sich leider ein paar Dohlen in den Ventilationsschacht und den Projektor selbst eingenistet haben. Sie sind jetzt tot, die Dohlen also, verbrannt, aber der Film lässt sich heute Abend nicht weiterzeigen, überall liegen Federn, er bitte vielmals um Entschuldigung, das Geld erhielten wir natürlich zurück.

Wir biegen uns vor Lachen, als wir ins Auto steigen. Jetzt fahren wir zurück zu mir und machen uns einen Tee, schlägt Maja vor. Aber ich spüre, dass ich kein Feministengequassel mehr ertragen würde, und außerdem ist es lange her, dass ich allein gewesen bin.

Ich bringe Maja nach Hause. Wir kommen überein, dass sie das Auto am Freitag abholen und es bis Sonntagabend behalten soll, damit sie ganz nach Belieben nach Säter fahren kann, vielleicht schafft sie es sogar, die Tochter am Wochenende zweimal zu besuchen, falls sich Viktoria gut genug fühlt.

Ich habe vergessen, die Hoflampe einzuschalten. Als ich das Auto abgestellt habe, wird es dunkel, sehr dunkel. Der Himmel ist bedeckt, sodass auch die Sterne kein Licht geben. Der Schnee leuchtet schwach, man kann die Konturen des Schuppens und des Hauses erahnen. Ich stehe im zerfließenden Dunkel, und es ist, als würde ich nicht existieren.

Langsam taste ich mich zur Vortreppe hin und stecke den Schlüssel ins Schloss.

Nicht mal eine Katze habe ich mehr, die mich begrüßt. Das

Haus ist leer und still. Aber die Wärme im Inneren umfängt mich, und als ich ein paar Lampen eingeschaltet habe, tue ich mir nicht mehr so leid.

Ich sollte sofort ins Bett gehen, so müde wie ich bin, morgen ist schließlich auch noch ein Tag, aber natürlich lande ich vor dem Fernseher, wo ich immer tiefer in den Sessel sinke.

Ich sehe die Nachrichten. Die Dramen, die sich erst kürzlich hier im Fjell abgespielt haben, sind keine Neuigkeit mehr, und ich warte vergebens.

Warte worauf? Das da ist doch nicht mehr mein Problem.

Aber nach der normalen Logik müsste es einen Zusammenhang zwischen dem Mord am Oberkommandierenden und dem an Bergius geben, denke ich. Doch was das für ein Zusammenhang ist, kann ich nicht herausfinden, weil ich keinen Zugang zu dem Material habe, das den Schlüssel für das Rätsel birgt. Die Polizei aber hat ihn ganz sicher.

Dennoch ist da etwas, das mir keine Ruhe lässt.

Ich weiß, was es ist. Es ist der junge Bursche, der am Hang gestorben ist, wovon diese Zeitungsartikel berichtet hatten. Und dass sie übersetzt worden waren, vielleicht ins Französische?

Und dass der Sohn des französischen Generals Bisseau verschwunden ist. Das kann kein Zufall sein. Ich kann kein Französisch, aber ich glaube, dass es genau diese Sprache war.

Ich glaube, dass der Junge am Hang Bisseaus Sohn war. Und dass diese Tatsache indirekt zu dem Tod des Franzosen geführt hat. Dass er sich ganz einfach das Leben genommen hat, er verkraftete es nicht weiterzuleben, als er begriff, dass sein Sohn verunglückt war, er flößte sich jede Menge Whisky ein und setzte sich dann ganz bewusst in den Schnee, um zu sterben.

Aber wer hatte ihm in dem Fall die Artikel gezeigt und sie

sogar für ihn übersetzt? Der Betreffende musste dann ja auch gewusst haben, dass es sich um seinen Sohn handelte.

Ich halte mich für so clever, aber sobald ich auf eine Idee gekommen bin, ergeben sich jede Menge neuer Fragen.

Ich wache mitten im Wetterbericht auf, es wird Schnee geben.

Ich schalte den Fernseher aus und gelange irgendwie ins Bett. Ein paar Sekunden liege ich wach, die Stille ist so intensiv, dass man sie fast greifen kann. Dann schlummere ich ein und schlafe wie tot, aber ich träume. Wie üblich träume ich: Jemand jagt mich durch den Hotelkeller, dessen Gang sehr viel länger ist und sehr viel dunkler als in Wirklichkeit, und am Ende holt man mich bei der Waschküche ein, und dort werde ich eingeschlossen und kann nicht raus, Wasser strömt aus einer Leitung, das Eiswasser steigt, hier drinnen eingeschlossen wird man mich ertränken. So träume ich, und ich weiß, dass ich träume. Dennoch ist es nicht weniger schrecklich.

Erfrierungen gab es viele, als ihr über die Berge geflohen seid, aber man musste einfach immer weiter, musste sich um jeden Preis auf den Beinen halten, durfte sich nicht hinsetzen, nicht einschlafen. Ihr wart Fremde füreinander, aber ihr seid gemeinsam geflohen, und eure Solidarität war zerbrechlich. Ihr hattet nichts. Ihr konntet einander nicht helfen. Ein Säugling wurde mit Tee und etwas Brot und Zucker gefüttert. Er starb. Hinterher gab der Mann seiner Frau die Schuld, weil sie keine Milch gehabt hatte. An allem gab man ihr die Schuld. Man hatte euch aller Würde beraubt, und ihr wurdet genauso brutal wie eure Feinde.

In einem kleinen Bergdorf bekamt ihr ein Dach über den Kopf. Ihr nahmt euch das Dach über dem Kopf, die dort wohnten, hatten keine andere Wahl. Ihr wart erschöpft und schlieft, als die Soldaten kamen. Sie säuberten das Dorf von der anderen Seite her. Ihr hörtet, wie sie näher und näher kamen, sie durchsuchten Haus für Haus. Ihr verteiltet euch, gabt vor, im Dorf zu wohnen.

Die spröde Kette zerbrach bei einem Kind. Ein Kind, das gesehen hatte, wie seine Nachbarn erschossen wurden, glaubt an den Gewehrlauf, wenn man ihm den an die Schläfe presst, es weiß, die Aussage eines Gewehrs ist absolut wahrhaftig, ein Gewehr kann nicht lügen.

Wenige schafften die Flucht weiter hinaus in die Wildnis und Kälte.

Die Männer wurden weggebracht, man sagt, sie wurden getötet. Einige wurden zu Verrätern, andere prügelte man kurz und klein, aber sie schwiegen dennoch. Glücklich diejenigen, die nie gezwungen waren, auf der Waage der Peiniger gewogen zu werden.

Die Vergewaltigten schwiegen, sie krochen nur davon und verbargen ihr Gesicht. Alle schwiegen. Es gab nichts zu sagen. Ihr glaubtet, das ist das Ende.

Du siehst es wie im Film. Er lässt sich nicht abstellen. Die Erniedrigung nimmt nie ein Ende. Obwohl sie verloren haben, gewinnen sie. Sie gewinnen jeden Tag und jede Nacht, ja jede Stunde, in der dieser Film wieder und wieder vor dir abläuft.

Du kannst den Verstand verlieren. Oder dir das Leben nehmen.

Oder weiterleben und dich in dein Schicksal fügen, denn der Tod ist ja eines Tages gegeben. Dann darfst du deine Frau und dein Kind wiedersehen.

Eine Woche später fege ich das Auto erneut um halb fünf in der Frühe ab. Die freien Tage, wo sind sie geblieben? Aber seltsamerweise sehne ich mich nach dem Job, und ich möchte möglichst zeitig los, denn in der Nacht ist massenweise Schnee gefallen, und auf dem Kahlfjell wird vor Sturm gewarnt.

Ich hatte den Weg nur oberflächlich freigeschippt, damit ich zur Landstraße gelangen konnte, aber die hatte der Schneepflug noch nicht erreicht, die Fahrspuren bildeten tiefe Gräben, und jedes entgegenkommende Auto würde großen Kraftaufwand erfordern, damit man die Herrschaft über den Wagen nicht verlor. Ich konnte nur hoffen, dass die anderen Fahrer auch so vorsichtig waren wie ich.

Der Verkehr ist glücklicherweise fast null, und als die Wärme sich im Inneren ausgbreitete, ist das Dasein entschieden erträglich. Der Nachtsprecher wirkt genauso schlierig wie die Fahrbahn, aber er spielt gute Musik. Ich bin wieder unterwegs. Ich mag diese Fahrten nach Norden, hoch zu dem schweren, uralten

Fjell. Fahrt nur auf uns, flüstern die Berge, unsere Zeit wird kommen. Macht, was ihr wollt, mit uns, eure Zeit ist ja nur kurz. Wir bleiben immer hier, lädiert, aber kaum derangiert, denn niemand kann eine noch schlafende kommende Zeit erschüttern.

Mitten vor Kläppen gibt es ohne jede Vorwarnung plötzlich Blitzeis. Ich schlittere über die Straße, lasse die Bremse los, als das Gehirn eingreift, und manövriere den Wagen zurück auf die richtige Fahrbahnseite. Was für ein Glück, dass es keinen Gegenverkehr gab! Der Puls hämmert, die Muskeln schmerzen vom Adrenalinschock.

Bleiche Sterne verkünden, dass das Wetter umgeschlagen ist. Die Höhen sind in einen minutiös gestrickten Tannenpelz gehüllt, Schönheit liegt in der perfekten Harmonie, ich biege in den Kreisverkehr vor dem Dorf Sälen ein, und dann geht es aufwärts, an McDonald's vorbei und den Skiausleihen, den Waffelbuden und Nachtklubs. Bald erscheint das weiße Licht über der schimmernden Kuppe des Storfjället, ich bin am Ziel. Voller Erwartung schließe ich den Motorwärmer an und begebe mich zu dem engen Gang vor dem Wintergarten, wo wir uns wie jeden Morgen versammeln.

Ich bin fast die Erste, aber bald ist der Gang voller Leute, und Ingalill ist zur Stelle und wirkt wie immer. Mit einem Lächeln heißt sie mich wieder hier willkommen, und dann verteilt sie die Arbeit in null Komma nichts.

Eine neue Putzkraft ist aufgetaucht, jung, blond, ich beschließe, dass sie aus Russland kommt, bis ich sie reden höre, da begreife ich, dass sie Schwedin ist. Ich wechsle ein paar Worte mit ihr, bevor wir uns über die Räume verteilen. Es stellt sich heraus, dass sie hier gearbeitet hat, seit ich in meine freie Woche gegangen bin, sie war inzwischen schon überall, in den verschiedenen

Etagen, den Apartments, dem Olympiadorf und auf dem Storfjället. Sie erzählt, dass sie früher in Åre gearbeitet hat und dass sie begeisterte Skiläuferin ist. Sie heißt Margaretha Ek und scheint nett zu sein.

Nach und nach begrüße ich die alte Truppe. Meine kurze Abwesenheit hat meinen Blick geklärt, und ich sehe, wie ausgepumpt sie sind. Es ist irgendetwas in ihren Augen, ich sehe Resignation und Müdigkeit, alte Enttäuschungen und neue. Izzadin, Muhammad, die Russinnen, Hedy und auch die normalerweise so schwungvolle Bea, sie ducken sich unter ihrem Schicksal. Mein altes Mitleid wallt auf. Viele kränkende Dinge habe ich in der Hitze der Arbeit gedacht, und ich bin froh, dass sie nicht Gedanken lesen können, nie im Leben würde ich aus meinem Land fliehen, wenn es nicht absolut notwendig wäre, keiner versetzt sich freiwillig in eine Situation wie die ihre und ohne Kontakt zu Eltern, Freunden und vielleicht sogar Kindern.

Die Dramatik der Landeskonferenz ist wie weggeblasen, jetzt herrscht wieder grauer Alltag. Zwar würden bald weitere Konferenzen folgen, doch keine von diesem Rang und mit diesem Medienaufgebot. Vor dem Frühstück reinige ich die Konferenzabteilung und erlebe in der Erinnerung erneut die getimten Pressekonferenzen sowie die Verhöre durch die Polizei, die keine Verhöre waren.

Plötzlich frage ich mich, wo Nenad ist. Ich hatte ihn bei der morgendlichen Zusammenkunft nicht gesehen. Vielleicht war er wieder krank?

Meine Gedanken über ihn, all diese Verdächtigungen, waren es nur Hirngespinste?

Putzen ist unübertroffen, wenn es um intellektuelle Aktivitäten geht. Ich räume und reibe, fege und wische, und die Gedanken werden Teil meiner körperlichen Arbeit. Ist es erlaubt, hier etwas zu verändern? Wenn man die Tafel an die gegenüberliegende Wand rückt und alle Stühle eine Vierteldrehung umstellt, wird doch die Beleuchtung eine ganz andere, und das Zimmer wirkt wie neu, hat eine veränderte Perspektive. Ich musste mich nach Nenad erkundigen, hatte er eine Geldsumme erhalten und war einfach abgehauen, oder was ist passiert?

Nach dem Frühstück darf ich glücklicherweise mit Dunja arbeiten. Sie ist fröhlich und munter wie immer, und wie geschmiert geht es Zimmer für Zimmer durch den Korridor. Manchmal machen wir eine Minipause und wechseln ein paar Worte. Ich berichte, dass meine Zeit knapp ist, am Nachmittag habe ich einen Termin beim tüv, sie sagt, das sei kein Problem, sie werde mich unterstützen. Sie erzählt, dass sie eine ganze Menge Ski gefahren ist, Langlauf und auch am Hang. Ja, du bist ja eine gute Freundin der Pistenpfleger, sage ich, die präparieren das Gelände wohl so, wie du es haben willst. Und die Schneeskooter des Hotels darfst du ja auch ausleihen?

Das ist lange her, erwidert sie leichthin. Aber ich muss die Gelegenheit zum Fahren nutzen, wo ich doch bald aufhöre.

Daran will ich nicht denken, das wird richtig trostlos. Der Versuch, sie zum Bleiben zu überreden, scheint sinnlos zu sein. Komm später zurück, schlage ich ihr vor, zum Sommer hin. Du kannst bei mir wohnen, wir können im Wald Beeren pflücken?

Sie verzieht das Gesicht. Zu schlecht bezahlt, stellt sie fest. Sie hat natürlich recht.

Nur zum Spaß, schlage ich vor. Aber sie schüttelt den Kopf, ich fühle mich im Wald nicht wohl, ich bin ein ausgeprägter Stadtmensch.

Der Wald ist doch wie eine heilende Umarmung, ein lebendiger Freund, dort kann man wirklich ausspannen und neue Kräfte sammeln.

Für mich ist es umgekehrt, antwortet sie. Der Wald ist dunkel, er verstellt die Sicht. Er kann gefährlich sein, man weiß nie, was sich im Gebüsch verbirgt. Und er ist unbarmherzig, auch wenn du noch so viel weinst, es hilft nichts, wenn du dich verirrt hast. Du kannst dort im Wald zu Tode gequält werden und sterben, aber die Bäume neigen sich genauso behaglich wie zuvor, die Natur kennt keine Gnade.

Wie verschieden man die Dinge doch sehen kann. Aber natürlich kommt es nicht von ungefähr, dass sie in Tensta wohnt.

Ich blicke hinaus zum Fjell, auf das der Mensch Rastazöpfe gesetzt hat, einen Lift nach dem anderen, aber dem Berg scheint die Beeinträchtigung nichts auszumachen. Er wartet auf eine andere Zeit, wo die Bänder ihren Griff lösen. Irgendwann legt er erneut sein dünnes Flechtengewand an, dessen Wachstum ein paar My im Jahr beträgt. An einem unbegreiflichen künftigen Tag wird er dort noch immer stehen, mit oder ohne kleine Liliputwesen, die ihm über die zottigen Schultern krabbeln.

Dunja singt in einem Zimmer. Sie singt sehr schön, aber ich kenne weder Text noch Melodie. Es klingt geradezu professionell. Ich habe erfahren, an welchem Tag sie abfahren wird. Ich kapiere nicht, warum sie nicht bis zum Saisonende bleibt. Hinterher lädt das Hotel doch zu einem opulenten Personalfest ein, ich werde sie an dem Abend vermissen.

Ansonsten ist sie aufgeblüht, das kann ich sehen. Ihr schon immer schönes Gesicht strahlt, sie ist glücklich. Glücklich worüber? Weil sie nach Hause fahren kann?

Wegen Björn natürlich, ich Idiotin. Ich habe ihn beim Frühstück getroffen, diesen attraktiven Mann, der jetzt nicht mal mehr mit mir scherzen will. Sie möchte mich nicht kränken, aber die Karten, bestimmt hat er doch Dunja mit auf den Theatertrip genommen? Ich habe nicht gefragt, und ich gedenke es nicht zu tun. Good luck, Dunja. Ich bin doch wohl nicht neidisch? Ich mag sie doch alle beide. Und ich habe die Sache ja abgelehnt. Das habe ich doch wirklich.

Ich schließe den Wäscheschlucker auf und werfe einen Arm voll Bezüge und Laken hinunter. Ich höre sie mit einem dumpfen Laut landen.

Jetzt bemerke ich, dass Dunja in einer fremden Sprache singt, die Wörter klingen seltsam aus ihrem normalerweise rein schwedischen Mund. Ich gehe zu ihr hinein. Nenad, sage ich. Hast du ihn gesehen?

Oh, weißt du es denn nicht, erwidert sie leichthin. Er sitzt bei der Polizei. Sie glauben, er hat mit dem Mord an diesem Sicherheitschef zu tun. Es heißt, man wird einen Haftbefehl gegen ihn erlassen.

Was sollte Nenad für ein Motiv haben, um so etwas zu tun?

Ihn zum Schweigen zu bringen. Damit ein Minentransport aus Schweden ungestört abgehen kann.

Und was hältst du davon?

Ich finde es natürlich entsetzlich. Als würde es da unten nicht schon genug Waffen geben.

Glaubst du denn, dass er es war?

Sie sieht mich an. Nenad, sagt sie. Nenad ist mir doch egal. Die schwedische Polizei ist effektiv. Finden sie genug belastendes Material, dann ist er vermutlich schuldig. Ich habe schließlich keine besondere Beziehung zu Nenad, und wenn er es getan hat, dann muss er für die Folgen einstehen.

Gehört ihr verschiedenen Volksgruppen an?

Sie nickt. Aber das hat nichts mit der Sache zu tun, fügt sie hinzu. Wir haben nur nichts gemeinsam, so ist es.

Du weißt, dass der Bursche, der sich hier am Hang totgefahren hat, der Sohn des erfrorenen Generals war?

Ja, ich habe es gehört. Schrecklich.

Glaubst du, dass Nenad auch damit zu tun haben kann?

Ich weiß es nicht. Glaubst du das denn?

Er war nicht hier am Morgen nach diesem tödlichen Unfall am Hang. Ich weiß noch, dass Ingalill sagte, er habe sich an der Schulter verletzt.

Aha. Tja. Was weiß man schon. Die Polizei hat das bestimmt im Griff.

Er kann ja auch dafür ein Motiv haben, Bisseau war doch auf dem Balkan. Komisch, dass du ihn nicht kennst?

Doch, ich weiß von ihm, auch, dass er dort gewesen ist, aber ich habe wirklich keine Erinnerung an ihn. Aber Nenad kann die sehr wohl haben.

Sie scheint uninteressiert, schrubbt unablässig am Waschbecken herum, während wir reden.

Selbst wenn dieser Bisseau ein Dreckskerl war, so ist das mit seinem Sohn doch furchtbar. Ich nehme an, er hat von der Sache erfahren und sich deshalb das Leben genommen.

Glaubst du?, erwidert sie. War es denn nicht einfach ein Unfall? Das sagen doch jedenfalls alle.

Ein solches Zusammentreffen kann kein Zufall sein.

Nein, du hast wohl wie gewöhnlich recht, Siv, aber jetzt muss ich hier wirklich Staub saugen.

Ja, der Fußboden sieht ziemlich mistig aus. Und sie ist wohl abgehärtet. Jemand hat mal gesagt, dass die halbe Bevölkerung im ehemaligen Jugoslawien kriegsgeschädigt ist, genau wie die gesamte Bevölkerung im Nahen Osten, mit Ausnahme einiger leider gemobbter junger Leute, Juden und Araber, die sich in Jugendlagern zusammenfinden. Minen mussten sich jedenfalls leicht verkaufen lassen, auf welchem Markt auch immer.

Dunja lächelt mir zu, dann fängt sie mit dem Staubsaugen an. Sie pfeift dabei, es klingt imposant. Ich erkenne die Melodie wieder, es ist Carmen – die Torero-Arie.

Heute ist Wechseltag in den Bungalows, und die Autoschlangen sind endlos. Ich nehme die Straße westlich vom Fluss, obwohl sie kurvenreicher ist, ich komme trotzdem schneller voran.

Vor der Kirche von Transtrand bleibe ich in einer Alkoholkontrolle stecken. Ja, guck an, Sivi, jetzt wollen wir mal sehen, wie viel du gebechert hast.

Ich puste.

Es sind Mor Lennart und Harskari Olof. Clever sich hier auf der Westseite hinzustellen, ist ja klar, dass man als Alkoholsünder hier langfährt.

Sie lächeln über mein Kompliment und bestätigen, dass auf dieser Seite die merkwürdigsten Typen anzutreffen sind.

Ich kommentiere diese Liebenswürdigkeit nicht, sondern frage stattdessen nach dem Jugoslawen, nach Nenad, haben sie ihn eingebuchtet?

Leider, meine Schöne, solche Fragen dürfen wir nicht beantworten. Wir können es mit anderen Worten weder bestätigen noch dementieren, antworten sie todernst, als wären sie von der Regierung.

Ich hatte eher gedacht, er hätte etwas mit dem Verschwinden dieses Bisseaus zu tun, sage ich nachdenklich. Aber dann, als man diesen Mann erfroren aufgefunden hat, wusste ich überhaupt nicht mehr, was ich glauben sollte.

Sie beugen sich beide zu meinem geöffneten Fenster. Weißt du, dass dieser junge Bursche …

Der vom Hang, ja, ich weiß, dass er der Sohn von Bisseau war. Und Nenad hatte durchaus ein Motiv. Außerdem ist er kräftig, die Luke des Wäscheschluckers stand offen, er kann ihn dort reingeworfen und dann spät nachts weggeschafft haben. Und übrigens war es doch Nenad, der Bisseau an einem Abend Bier und ein belegtes Brot hochgebracht hat, was vielleicht überhaupt nicht stimmte, es kann eine Finte gewesen sein.

Hat er ihn gesehen?

Nein, nicht gesehen, aber …

Was ist denn, Siv, warum guckst du denn so komisch?

Ich habe es eilig, soll das Auto durchsehen lassen. Aufgepasst, ich muss los.

Sie wirken enttäuscht, als ich einen Blitzstart hinlege. Ja, ich muss los. Sobald ich die beiden im Rückspiegel verschwinden sehe, verstoße ich gegen alle Geschwindigkeitsbeschränkungen, ich schleudere durch die Kurven, und die Autofahrt nimmt meine ganze Konzentration in Anspruch.

Das ist gut. Das brauche ich. Das Blut fließt am Bug des Stiers hinunter. Ich brauche diese Rallyefahrt, ich muss mich von meinen Horrorvorstellungen ablenken, irgendwas stimmt entschieden nicht, oder in meinem Kopf läuft etwas total schief. Die Trompeten schmettern, und die Tribünen sind voller Leute.

Oder es ist diese Hintergrundstrahlung, diese Angst in der Tiefe, und dass ich kaum noch weiß, wie es ist, entspannt, ruhig und harmonisch zu sein. Diese Angst, die sich in Rastlosigkeit und Unzufriedenheit äußert, in der ständigen Jagd nach konkreten Resultaten und darin, dass ich die Steine nicht einfach liegen lassen kann, warum muss ich sie ständig umdrehen? Noch eine

Banderilla wird in den blutigen Nacken gestoßen. Wenn ich nun schon Dinge höre und sehe, warum kann ich es nicht einfach dabei belassen, warum dieses nervöse Daraufherumkauen und Analysieren, ich sollte mich irgendwie in Behandlung begeben.

Als ich mit der Selbstbeschimpfung fertig bin, begreife ich, etwas milder gestimmt, dass dieses ständige Beben im Dasein und dass ich meine Ruhe nicht wiederfinden kann wirklich ihre guten Gründe haben. Ich war gezwungen gewesen, dieses und jenes zu lernen, und das hatte seinen Preis. Dort stand das leere Haus von Nils als sichtbare Erinnerung an das Böse, das mich fast mitgerissen hatte, ich war hyperempfindlich geworden wie ein Seismograf.

Ich bin irgendeiner Sache auf der Spur, obwohl ich es nicht will.

Ich muss mit Maja reden. Und muss denken. Eventuell auch schlafen und träumen, manche Probleme pflegen sich während der blind dahinjagenden Stunden der Nacht zu lösen.

Ich komme rechtzeitig bei der Einfahrt zum tüv an, muss aber dennoch warten. Im Radio läuft Operettenmusik, typisch, ich schluchze auf und wechsle den Sender. Meine Hände zittern.

Eine verteidigungspolitische Diskussion, besten Dank, das passt ja perfekt. Ich will das Ganze gerade ausschalten, als die Verteidigungsministerin die bevorstehende Ausbildung holländischer Offiziere erwähnt, die auf schwedischem Territorium stattfinden soll, allein schon diese Tatsache beweise schließlich wie keine andere, dass wir heute in Europa ausgehend von einer echten militärischen Zusammenarbeit agieren, predigt sie.

Ich schalte das Radio aus. Ich habe diesen Rummel um die Verteidigung satt, ich glaube sogar bald, dass Schweden überhaupt keine eigene Verteidigung besitzt, nur noch eine europäische, und vielleicht hat Maja recht – wenn es knallt, müssen wir uns, so gut es geht, selber verteidigen, heute ist das Kapital international, und da gibt es kein Interesse mehr an einer einheimischen Verteidigung. Außerdem sind die Schlachten der vergangenen Zeiten jetzt Geschichte, heutzutage öffnet eine Person in irgendeiner Großstadt einfach einen Behälter mit Sporen, und dann ist das Märchen dieser Stadt zu Ende. Die Kriege waren kalt – Strategie und Taktik, aber Hass ist heiß, dessen Schneidflamme dringt durch Brandmauern und Kernwaffenschirme. Ja, beim Menschen selbst weiß man nie, woran man ist. Ich mache das Auto sauber, Apfelgriebsche, ausgekaute Kaugummis und altes Laub. Die Zahlen auf dem Display stehen still. Ich sehe, dass man dort drinnen mit einem lkw beschäftigt ist, irgendetwas stimmt mit ihm wohl nicht.

Ein Personenwagen kommt hinter mir herauf. Ich schaue automatisch in den Rückspiegel, dann drehe ich mich rasch um und schaue noch einmal. Er winkt. Björn winkt mir zu. Er muss anscheinend auch zur Durchsicht. Er lächelt und wirkt fröhlich. Kein Wunder auch, er ist schließlich nicht allein.

Auf dem Beifahrersitz neben ihm sehe ich meine neue Arbeitskollegin, die blonde Margaretha Ek.

Mir fällt alles, was ich aufgesammelt habe, aus den Händen. Die beiden wundern sich vielleicht, warum ich verschwinde, ich hoffe, er glaubt nicht, dass ich heule. Denn das tue ich schließlich nicht, ich sammle nur diesen Müll wieder ein, der mir auf den Boden gefallen ist.

Ich öffne das Handschuhfach, um nach etwas zu suchen, worin ich das alles verstauen konnte. Ich finde Eispapier vom letzten Sommer, wie die Zeit vergeht. Und ich finde einen Parkschein.

Irgendwas ist damit, er sieht nicht genauso aus wie ein normaler Parkschein, und jetzt bemerke ich, dass er das auch nicht ist. Es ist ein norwegischer. Er ist im Nachbarland ausgedruckt. Auf einem Parkplatz am Flughafen Gardermoen? Er ist nicht älter als fünf Tage.

Ja, er war erst vierzehn Jahre alt. Er war dein Sohn. Ein Kind war er, kaum Flaum auf seiner weichen Wange, er hatte eine Altstimme, nicht die eines Mannes, nein, er war erst vierzehn, er dachte und fühlte wie ein Kind, nur mit der Größe war etwas geschehen. Ansonsten war er äußerst kindlich, völlig naiv, er glaubte an euch, seine geliebten Eltern, und wie schlimm es auch kommen konnte, so vertraute er euch blind und lebte wie in einem Kokon, wo einem nichts Böses geschehen kann, wenn man ein behütetes, geliebtes Kind ist. Man spielt ja nur. Die Großen kümmern sich um alle schwierigen Fragen, und bald kommt der Frieden, alles wird gut. Nein, erwachsene Gedanken und Gefühle kann niemand von einem Kind erwarten, das noch wilde Spiele spielt und erst vierzehn Jahre alt ist.

Ihr wart alle drei abgemagert nach der langen Belagerung. Ihr habt mit all den anderen Tausenden in Zelten auf der Hauptstraße gewohnt und nichts besessen. Die Hilfssendungen kamen nachts, sie wurden vom Himmel abgeworfen, und es galt, als Erster zur Stelle zu sein. Eine Frau war unter eine solche Proviantbox geraten und natürlich gestorben, aber dein Mann ging trotzdem das Risiko ein. Und ihr habt überlebt.

Als der Franzose kam, warst du überglücklich, die Welt bemerkte euch. Aber als er losfahren wollte, habt ihr ihn alle zurückgehalten. Ihr legtet euch vor seinen Panzerwagen und habt die Kinder hinbestellt, denn ihr wusstet, wenn er fuhr, nahm er euer Leben mit, ihr würdet sterben, sollten die Scheinwerfer der Welt eure so schicksalsträchtige, gefährdete Position nicht mehr ins Licht rücken.

Aber der General reagierte mit Milde, er war nicht aufgebracht. Er sagte, er verstehe euch und dass weit weg von hier Verhandlungen mit den Führenden stattfänden, ihr könntet nur hoffen.

Nach einem Tag hielt er jene Rede, aufgrund derer ihr ihn fahren ließet. Die Weltgemeinschaft halte ihre Hände über euch, das war seine einfühlsame, langersehnte Verkündigung. Man werde euch nicht im Stich lassen und von jetzt an würdet ihr unter Schutz stehen, ihr brauchtet euch keine Sorgen zu machen. Alles käme in Ordnung.

Es gab das Gute. Also habt ihr ihn abfahren lassen, um zu zeigen, dass auch ihr nur das Beste wolltet.

Und die Soldaten kamen. Die euch beschützen sollten. Sie bauten ihre Schutzwälle und sagten, sie seien neutral.

Ihr habt nicht verstanden, wie sie neutral sein konnten. Selbst dann, wenn die Hölle losbrach? Aber es zeigte sich, dass das wunderbar ging. Der Feind schonte sie und schoss direkt auf euch. Aber sie zogen sich dennoch von ihren Verschanzungen zurück, denn das Schießen setzte ihnen hart zu, und es war ja nicht ihr Krieg, sie waren schließlich neutral. Sie zogen sich zurück, und ihr gingt mit. Ihr gingt mit bis zu ihrem Camp, und ihr habt den Zaun umgestürzt und seid dort hineingegangen, ihr suchtet Schutz bei diesen ängstlichen Niederländern, denn ihr hattet nichts zu verlieren, ihr hattet all eure Waffen abgegeben. Ihr habt Schutz gesucht für euer Leben und hattet eure Hoffnungen auf diese Fremden gesetzt. Aber es war nicht ihr Krieg, und der Feind ging ruhig zu Werke, was sie anbelangte.

Euch aber hat er in verschiedene Baracken getrieben. Ihr wurdet herausgeholt, durchgezählt, und die Männer wurden von ihren Familien getrennt und an einen besonderen Ort geführt.

Du dachtest, das muss ein Irrtum sein, er war doch noch ein Kind, aber jener, der auf ihn wies, war unerbittlich, dein Sohn musste aufstehen und mitkommen. Du hast dagesessen, bleich und lahm vor Schreck, du konntest nicht glauben, dass es wahr ist.

Du hast ihn auf dem Boden sitzend gefunden, in enger Gemeinschaft mit Männern, alle verängstigt durch Hiebe und Schläge. Als er dich erblickte, stand er auf, und im selben Moment griff ein Soldat zum Messer und schnitt deinem Sohn die Kehle durch, sodass das Blut hervorquoll, du warfst dich auf ihn, und der Soldat sagte, jetzt sollst du Hure die Gelegenheit nutzen, dein eigenes warmes Blut zu schmecken. Du trankst sein Blut, er starb.

Was ist eine Vergewaltigung gegen so etwas. Nichts. Deines Körpers rein physisch bewältigte Schmerzen.

Danach im Bus, noch beschmutzt, verletzt, blutig, im Bus sahst du, wie die anderen fortgeführt wurden, dein Mann irgendwo mittendrin, sie starben, auch das Baby, dass jene so lange sie nur konnte in den Armen hielt. Und die Alte dort, sie starb.

Und danach der Peitschenschlag des Lebens, du wolltest nicht existieren, dich nicht erinnern.

Erinnere dich. Diese vielen Tode, niemand war ein Held, als ihr einfach gehen konntet und alles kaputtging.

Alles ging kaputt, alles ging kaputt, alles ging damals kaputt für dich.

Der Lautstärkeregler ist voll aufgedreht, und Maja lacht fröhlich, du hältst wirklich die Augen auf, sagt sie. Viktoria hat ihn von einer Schwester im Krankenhaus bekommen. Sie ist manchmal wie ein Kind, ist in der Entwicklung wohl ein bisschen zurückgeblieben. Sammelt alles Mögliche, ich habe sie im Auto mit diesem Schein herumfummeln sehen. Aber jetzt geht es ihr viel besser, zum Wochenende darf ich sie holen. Ich bin glücklich. Kannst du dir bestimmt vorstellen. Zum ersten Mal seit vielen Jahren.

Sie tanzt in der Küche herum, die stimmungsvolle Musik reißt sie mit, und ich sehe, dass es stimmt. Maja ist wirklich glücklich. Weil ihr Kind auf dem Weg der Besserung ist, weil sie die Tochter für ein paar Tage mit nach Hause nehmen kann.

Auch ich bekomme gute Laune, der Nebel lichtet sich. Ich denke, dass ich heute Abend wieder bei Åsa anrufen werde. Während meiner freien Tag habe ich mich jeden Abend bei ihr gemeldet, aber es schien sie nicht zu stören. Das ist Glück, eine große gesunde Tochter zu haben, die eine erwachsene Frau ist und trotzdem immer diese Tochter, die man wie verrückt liebt, egal was passiert, ich verstehe Maja vollkommen.

Nach einer Weile stellt sie den CD-Player ab. Wir setzen uns, jeder mit einem Kaffee in der Hand. Und das Auto kam durch? Wie gut – Glückwunsch. Und alles andere?

Ich will nicht daran denken. Erneut bricht Dunkelheit über mich herein.

Mein Gott, hilf mir, Maja, ich habe einen schrecklichen Verdacht. Wenn es denn möglich ist, es kann doch nicht wahr sein. Es ist entsetzlich, einfach entsetzlich.

Raus mit der Sprache, Siv, mach schon.

Carmen. Kennst du die Torero-Arie?

Nee. Was ist damit?

Die ist so gewaltig, wie eine richtige Kriegsfanfare. Dunja hat sie heute gepfiffen.

Und? Jetzt red schon, Siv!

Es ist so verworren, ich sehe da noch nicht ganz klar, aber du weißt, der französische General, der verschwunden war?

Und der erfroren ist, ja.

Stell dir vor, ich glaube, Dunja hat was damit zu tun.

Glaubst du? Wie denn das? Hattest du nicht diesen Nenad im Verdacht?

Doch, und gegen ihn wird Haftbefehl erlassen. Er kann es vielleicht sein. Aber sie auch. Oder nur sie, ich weiß überhaupt nichts mehr.

Erzähle!

Er war doch verschwunden. Aber er hatte im Hotel eingecheckt, und seine Sachen befanden sich im Zimmer. Und Dunja hatte ihn gesehen. Wenn ich darüber nachdenke, war sie die Einzige, jedenfalls so viel ich weiß, die ihn gesehen hatte. Eines

Abends bestellte er Bier und ein Brot aufs Zimmer. Aber die Tür war nur angelehnt, er selbst stand in der Dusche. Und pfiff – die Torero-Arie.

Hast du mit ihm geredet?

Nicht ich habe das Tablett hochgebracht. Es war tatsächlich Nenad.

Meinst du, das bedeutet, die beiden stecken unter einer Decke?

Keine Ahnung. Aber warum sollte er sich so was ausdenken? Er sagte, er hätte den Franzosen nicht gesehen, hätte nur gehört, wie er duschte. Und pfiff.

Also jetzt verdächtigst du Dunja? Weswegen? Er ist doch nicht ermordet worden.

Wird gesagt, ja.

Du hast noch mehr auf dem Herzen?

Ja. Die Zeitungen. Du erinnerst dich, die ich im Keller gefunden habe. Dann stellte sich ja heraus, dass der am Hang gestorbene Bursche sein Sohn gewesen ist. Es muss einen Zusammenhang geben!

Willst du nicht zur Polizei gehen?

Sie lachen mich vielleicht nur aus. Ich komme lieber zu dir.

Ein Glück, dass ich Maja als Sicherheitsventil habe, denn das Unbehagen hält mich weiter gepackt, ich kann es nicht loswerden. Immer noch streifen Polizisten durchs Hotel, und ich höre ein Gerücht, dass so genannte destruierte Tretminen bei Neonazis gefunden wurden, jemand hat das in einer Zeitung gelesen. Bergius' Frau ist in eine Heilanstalt gekommen, ja, die Umstände beim Tod ihres Gatten, die Beerdigung und all das andere haben an ihrem bereits brüchigen Nervenkostüm gezerrt, vielleicht war sie auch alkohol- oder tablettensüchtig oder beides. Ich verspüre keine Arbeitsfreude, alles ist so belastend. Am liebsten würde ich mich ins erstbeste Zimmer setzen, den Staubsauger und dann den Fernseher einschalten und einfach abhängen. Mit einem Mal haben die Russinnen meine volle Sympathie. Alles ist so trist, und man würde der ganzen Scheiße am liebsten entkommen. Muhammads trauriger Blick, ich spiegele mich darin und fühle, dass ich schreien könnte. Aus mir herausschreien, was in mir bebt und nagt. Vor dem Haus stehen die Hunde in ihrem Geschirr und warten auf prominente Gäste von einer Autofirma. Und sie winseln und bellen, beginnen aufeinander loszugehen. Nicht mal bei ihnen funktioniert jetzt die normale Ordnung. Ein Hundeführer taucht auf und züchtigt sie, sie gehorchen einigermaßen, aber die Disharmonie ist bis in mein anonymes Hotelzimmer zu spüren, wo der Teppich voller zertretener Chips ist, niemand wird merken, was ich hier getan habe, nur dann, wenn ich es nicht tue. Dieser Job ist wirklich unglaublich öde.

Der Fernseher darf laufen. Auch ich gestatte mir jetzt diesen Unfug. Es nimmt ein wenig den Druck, und ich bin nicht mehr nur eine Servicefunktion, sondern auch ein ganz normaler Fernsehzuschauer, der sogar mitten am Tag guckt. Nützlich kann es außerdem sein, die Nachrichten zum Beispiel, sogar aus unserer Region.

Ein Mann, etwa fünfundvierzig Jahre alt, ist in der Nacht zum Montag gleich westlich von Rörbäcksnäs tot aufgefunden worden. Über seine Identität besteht noch keine volle Klarheit, und auch in Bezug auf die übrigen Umstände wahrt die Polizei Verschwiegenheit. Ja und dann kommen wir also zum Wetter. Es wird milder werden und windiger, von Westen zieht ein Niederschlagsgebiet heran. Damit verabschieden wir uns hier von Gävle

Dala und hoffen, Sie um siebzehn Uhr fünfzehn erneut begrüßen zu dürfen. Einen schönen Nachmittag.

Ich habe keine Ahnung, wie die Ermittlungen stehen, ich weiß nicht, wie weit die Polizei gekommen ist, ob sie überhaupt etwas weiß. Ich bin froh, ihnen meine Überlegungen nicht mitgeteilt zu haben. Eine gepfiffene Melodie ist, gelinde gesagt, ein etwas schwaches Indiz. Außerdem ist Dunja wie immer, wirkt sogar glücklich. Das widerspricht jeder gesunden Psychologie. Ich sollte wohl froh darüber sein, dass Nenad jetzt verhaftet ist, es muss einen Zusammenhang zwischen den Geschäften mit den Tretminen und dem Mord an Bergius sowie dem französischen General geben, den Nenad so tief verabscheut hat, und auch dazu, dass der Sohn des Generals tot ist.

Die Gedankenarbeit lässt die Zeit verfliegen, und meine Zimmer sind plötzlich fertig. Ich begebe mich hinunter zu Ingalill.

Bisher hat sie noch nichts gesagt, aber mir eilt es nicht. Als sie zurückgekommen war, hatte sie mir inständig gedankt, und es gab, soweit ich wusste, nichts auszusetzen an meinem Einspringen, das obendrein weit über das normale Arbeitsmaß hinausgegangen war, wie sie deutlich unterstrich. Also kann ich wohl beruhigt sein.

Sie sitzt in ihrem kleinen Büro, vor sich auf der Schreibtischunterlage die Saharawüste und die ganze Welt. Die Arbeit läuft heute gut, sagt sie.

Auf meine unausgesprochene Frage scheine ich auch heute keine Antwort zu erhalten. Stattdessen erzählt sie, dass es zwar spät passiere, aber jetzt endlich sei das Hotel aufgewacht und auf die brillante Idee gekommen, eine Sicherheitskontrolle des Personals vorzunehmen, nicht zuletzt im Hinblick auf zukünftige Verteidigungskonferenzen und vielleicht auch andere Konferenzen hohen Niveaus. Die Initiative sei ursprünglich von der Polizei gekommen, und jetzt habe sie in ihrer Eigenschaft als Chef unserer Truppe tatsächlich die Listen erhalten. Eine ziemlich interessante Lektüre, die sicher auch die Grundlage für zukünftige Aufenthaltsgenehmigungen bildete – also ob sie ausgestellt würden oder nicht.

Haben sie auch mich unter die Lupe genommen?

Alle. Auch sie selber. Es sei angenehm zu sehen, dass die Leute nicht lügen, mit Ausnahme von ein paar Kleinigkeiten.

Zum Beispiel?

Tja, etwa was den Familienstand angeht.

Ach ja?

Ja. Hast du denn gewusst, dass Dunja verheiratet gewesen ist?

Ist sie das? Das hat sie nicht erzählt. Aber vielleicht ist das ja der Grund, weshalb Männer sie so wenig interessieren, einfach schlechte Erfahrungen. Ich kann so was wirklich ziemlich gut verstehen.

Sie hat auch einen Sohn, geboren einundachtzig.

Dunja hat keine Kinder.

Doch, das hat sie. Und Nenad hat zwei, wusstest du das auch nicht? Und jetzt habe ich genug geklatscht. Du darfst nichts davon erwähnen. Das muss unter uns bleiben.

Ich habe den Hof und den Weg freigeschippt, die Waschmaschine angeworfen und dann geduscht. Nach meinen freien Tagen ist hier noch alles sauber, und ich habe ein paar Weidenzweige reingeholt, um zu sehen, ob ich sie zum Grünen bringen kann, obwohl wir erst Februar haben.

Irgendwo habe ich gelesen: Man entscheidet sich für seine eigenen Gedanken. Das bedeutet, man hat die Verantwortung dafür, wie man sich fühlt. Also habe ich seit mehreren Stunden positiv gedacht, und bald ist es so weit, ich werde ein paar wenige kleine Beschlüsse fassen, die das mentale Joch von meinen Schultern nehmen sollen. Direktheit, das funktioniert in der Regel. Und Mut, normalerweise kommt es gut an, wenn man nicht lange drumherum redet.

Im Herd prasselt ein Feuer, und ich habe mir eine große Tasse Kakao gemacht, der Geruch beruhigt, ich habe mich aufgewärmt und fühle mich sicher.

Ich wähle die Nummer, ohne das große Zittern zu kriegen. Hallo Björn, ich hoffe, ich störe nicht, wollte dich nur etwas fragen. Vielleicht weißt du noch, dass du mir von dieser belagerten Stadt erzählt hast, wo François Bisseau früher mal gewesen ist. Ich habe nicht so genau zugehört, kannst du mir die Sache vielleicht noch mal erzählen? Hat er sich damals irgendwie daneben benommen?

Ich höre, dass Björn überrascht und leicht aus der Fassung gebracht ist, aber er erzählt brav, woran er sich erinnert, natürlich kann man sagen, dass er die Leute damals hereingelegt hat, schließlich hatte er doch versprochen, sie zu beschützen, deshalb ließen sie ihn wegfahren, danach wurden sie selber vertrieben und massakriert, und das Schlimmste von allem ist wohl, dass er Orden und Medaillen dafür erhalten hat, statt bestraft zu werden.

Ich lausche andächtig.

Warum willst du das alles wissen, Siv?

Nenad war empört darüber, dass Schweden Bisseau eingeladen hatte, sage ich.

Vielleicht ist er dort gewesen oder hat das Drama aus der Nähe verfolgt, dann kann man ja verstehen, dass ihn das nicht kalt ließ, antwortet Björn. Übrigens, wie lief es denn mit dem Auto?

Gut. Und bei dir?

Zweimal sehr gut.

War ja Glück. Da brauchtet ihr nicht mit dem Bus nach Hause zu fahren, du und Margaretha.

Ja, das wäre wohl nicht besonders angekommen, sie hatte so viel einzukaufen und mich deshalb gefragt, ob ich sie mitnehmen könne.

Ach so. Sie wirkt nett.

Ja, sie ist nett. Und du bist es auch. Weißt du noch, dass du versprochen hast, mir einen Fisch, den ich gefangen habe, zuzubereiten, falls ich eines Abends vorbeikomme?

Ich bin baff. Kann nicht reagieren.

Es wird völlig still. Ist er nicht ganz dicht, was will er eigentlich?

Ich zögere zu lange. Er verabschiedet sich leise und legt auf, ohne eine Antwort erhalten zu haben.

Was war das denn? Ein kleines Fischchen macht einen Sprung in mir, ein fröhliches Fischchen. Warum habe ich nichts gesagt? Er konnte vorher auflegen.

Aber ich habe noch ein Telefonat zu führen. Mit einer Freundin, einer wirklichen Freundin, die ich nicht hintergehen will.

Sie klingt verwundert, es war nicht so oft vorgekommen, dass ich bei ihr angerufen habe, wir waren meist nur auf der Arbeit zusammen, aber ich habe sie auch zu Hause besucht und weiß, wie es dort aussieht, Topfpflanzen und Ziergegenstände, sie ist ein häuslicher Typ, der den Alltag ernst nimmt. Ich höre den Korbstuhl knarren, als sie sich setzt.

Ich sage, dass es mir rein psychisch nicht gut geht, dass ich immer unruhiger werde nach dem, was während dieser Landeskonferenz passiert ist, und dass ich sie dazu einige Dinge fragen müsste.

Natürlich, Siv, wenn ich dir damit helfen kann. Worüber machst du dir denn Gedanken?

Ich glaube, dass ich es hören werde, wenn sie beteiligt ist, wenn sie lügt. Also nehme ich Anlauf.

Sie sitzt völlig still und lauscht, ich höre ihren Atem. Das war viel auf einmal, sagt sie dann. Wie ich höre, glaubst du, dass ich keine ganz reine Weste habe?

Ich will es nur wissen, Dunja, und ich bin doch völlig ehrlich zu dir. Verzeih, wenn ich dich gekränkt habe, aber wir sind doch immer Freundinnen gewesen, ich muss Licht in diese Angelegenheit bringen, muss klar sehen.

Du glaubst also, das, was du hier beschrieben hast, sei ich gewesen – das, was du da andeutest?

Ich weiß nicht, was ich glauben soll. So vieles ist merkwürdig, Dinge, die du nicht erzählt hast, Dunja. Das mit deinem Kind zum Beispiel.

Sie verstummt.

Ich weiß es einfach, sage ich weiter, ein Kind, geboren einundachtzig.

Er ist tot.

Oh. Entschuldige. Was ist passiert?

Das ist eine lange Geschichte. Ach Siv, es wäre schön, einfach davon zu erzählen, alles herauszulassen. Aber ich will es nicht am Telefon tun.

Ich verstehe. Ich kann zu dir kommen, morgen, wir haben ja frei?

Deswegen musst du doch nicht extra fahren, wir können den Tag darauf nehmen, wenn du Dienst hast.

Das macht nichts. Ich komme morgen, um acht, ist das okay?

Das hört sich früh an. Wir haben doch frei, komm etwas später.

In Ordnung, um neun. Ich bringe ein bisschen Hefegebäck mit.

Ich habe es nicht leicht gehabt, Siv, aber es ist absolut nicht so, wie du glaubst. Ich werde alles erzählen, ich weiß, du wirst es verstehen.

Als ich aufgelegt habe, fühle ich die Schamesröte auf meinen Wangen glühen. Wenn sie mich nach dieser Sache nicht hasst, kann ich mir gratulieren. Dunja ist schuldlos, davon bin ich ziemlich überzeugt. Sie will mich treffen, um mir in die Augen zu sehen, will nachschauen, ob ich es mit meinen versteckten Beschuldigungen ernst meine.

Ich versuche, das Unbehagen abzuschütteln, ich habe sie schließlich angerufen, weil ich ehrlich sein wollte und weil ich angefangen hatte, positiv zu denken. Wie schief die Dinge doch laufen konnten.

Schließlich ziehe ich mich an und fahre zu Maja, um nicht allein bleiben zu müssen.

Sie freut sich, aber ich entdecke, dass nicht nur ich der Grund für ihr strahlendes Gesicht bin. Von einem Küchenstuhl erhebt sich nämlich eine junge Frau – Viktoria! Unsicher auf den Beinen wie ein neugeborenes Rehkitz kommt das Mädchen auf mich zu und gibt mir die Hand. Sie ist hübsch. Hat etwas Fremdes, Herausgeputztes an sich, und Majas Blick ist voller Zärtlichkeit.

Wir setzen uns um den Küchentisch. Ich verstehe, dass Maja positiv von mir gesprochen hat, denn Viktoria lächelt und bemüht sich, Kontakt aufzunehmen, obwohl ich merke, wie ungewohnt das für sie ist. Maja erzählt, dass Viktoria heute ganz allein mit dem Schienenbus nach Hause gekommen ist und dass sie übers Wochenende bleibt. Die Ärzte seien erstaunt über ihre schnelle Gesundung, Viktoria komme jetzt fast ohne Tabletten aus.

Es ist, als wäre eine Nebelwand verschwunden, bestätigt Viktoria. Jetzt kann ich Farben sehen und Gerüche spüren, und ich kann lange, komplizierte Gedanken denken, ohne den Faden zu verlieren. Ich habe keine Angstattacken mehr.

Sie ist wirklich hübsch und erstaunlich offen. Ich sehe, dass sie die Augenbrauen gezupft und die Haare mit Gel oder Spray behandelt hat. Sie trägt ein enges T-Shirt und Jeans, wie es Jugendliche tun, und sie ist sehr dünn, wirkt federleicht neben Majas robuster Molligkeit, doch wer hier die Stärkste ist, kann ich gleich entdecken, als Viktoria vor meinen staunenden Augen ein widerspenstiges Gurkenglas mit ihren schmalen kleinen Händen öffnet. Da siehst du, sagt Maja. Hier werden keine Männer gebraucht, Viktoria ist zwar mager, aber sie ist stark wie ein Bär, und sie darf mit mir in der Gerberei arbeiten, hat man dort gesagt, sie hat da vor ein paar Jahren einen Sommerjob gehabt, und der Chef hat sie nicht vergessen.

Es ist ein seltsames Gefühl, mit einer Person bei Tee und Broten am Tisch zu sitzen, deren Krankheit jetzt ohne Scham benannt wird, während die eigentliche Ursache dafür noch immer tabu ist. Maja zählt diverse Psychopharmaka auf, mit denen man die Tochter im Laufe der Jahre behandelt hat, und es ist, als wären es irgendwelche Anstellungen und als wäre das Leiden jetzt vorbei. Wie kann sie sich da so sicher sein? Als Viktoria die Hand nach der Butter ausstreckt, sehe ich Narben, Male an ihrem Handgelenk. Wenn ich in Majas Haut stecken würde, hätte ich es bei Weitem nicht gewagt, so optimistisch zu sein.

Ich erzähle Maja, dass ich nicht mehr daran glaube, dass

Dunja etwas mit Bisseaus Erfrierungstod zu tun habe, zu vieles spreche dagegen. Jetzt, wo ich ihr offen von meinen Beobachtungen berichtet habe, erscheinen mir meine Gedanken wirklich ziemlich unsinnig, sage ich. Und irgendein revidierter Obduktionsbericht im Falle Bisseau ist auch nicht aufgetaucht, er ist wirklich erfroren. Hingegen gibt es starke Indizien dafür, dass Nenad etwas mit Bergius' Tod zu tun hat, Elektriker und all das, was er ist, aber Dunja ist in die Geschichte nicht verwickelt. Die Torero-Arie kann reiner Zufall sein, vielleicht hatte Nenad gehört, wie Dunja sie pfiff, und dann sagte er das einfach, als ich ihn fragte, was Bisseau an jenem Abend gepfiffen hat, als er ihm Bier und ein belegtes Brot hochbrachte.

Plötzlich klingelt es an der Tür. Maja nickt Viktoria aufmunternd zu, die aufsteht und in den Korridor hinauswackelt.

Aber sie kommt sofort wieder zurück, weiß im Gesicht und mit aufgerissenen Augen, und dann hastet sie ins Bad und schließt sich ein.

In der Zwischenzeit ist Maja in den Flur hinausgestürzt, und jetzt höre ich laute Stimmen. Ich lehne mich verstohlen auf meinem Stuhl zurück und sehe flüchtig eine alte Frau, die Maja anscheinend nicht hereinlassen will. Warum bist du hergekommen, höre ich Maja wiederholen, geh wieder, hier hast du nichts zu suchen, willst du vielleicht meine Schränke durchwühlen? Hier ist nichts, sage ich!

Was soll ich denn denken?, ruft die Alte. Er hat doch an Bosse gemailt, dass er letzten Freitag oder so kommt. Und dort ist er auch nicht mehr, das haben wir kontrolliert. Ich dachte, ihr habt euch vielleicht versöhnt?

Geh jetzt, brüllt Maja. Ich weiß nicht, wovon du redest.

Ant du gymmt an då, dai tsällarn hänn pi nö romm?

Nein habe ich gesagt! Im Keller versteckt, was glaubst du wohl, und so viele Zimmer habe ich nicht. Du hast Viktoria erschreckt, die gerade noch so krank war, und das verzeihe ich dir nicht. Geh.

Tärhända gym ân säg bärô fö polisam?

Ich habe gesagt, geh! Wenn er sich vor der Polizei versteckt, dann jedenfalls nicht hier! Maja ist unerbittlich und schlägt der beunruhigten Frau die Tür vor der Nase zu.

Sie klopft vorsichtig an die Badtür. Komm jetzt wieder raus, sie ist weg.

Sie weinen lange, die Arme umeinander geschlungen.

Ich verstehe nichts.

Vielleicht sollte ich jetzt auch verschwinden? Ich stehe zögernd auf und ziehe die Jacke an.

Sie nickt mir über die Schulter der Tochter zu. Komm lieber ein andermal, flüstert sie, wir haben es im Moment ein bisschen stressig.

Wie üblich bin ich viel zu zeitig unterwegs. Das frühe Morgenlicht wirft Sonnenreflexe in meinen Rückspiegel, aber trotz der klaren Luft ist es mild. Ich werde schon vor acht auf dem Fjell sein. Ich werde wohl ins Hotel gehen und mich dort eine Weile hinsetzen, denn wir haben schließlich neun Uhr gesagt, vielleicht wird sie sauer, wenn ich zu früh komme.

Der südwärts führende Verkehr ist dicht, die Straße ist schmal, und ich muss auf der Hut sein, was schade ist. Denn das Tal zeigt sich von einer neuen und äußerst bestrickenden Seite. In dem schräg fallenden Morgenlicht glitzern Kristalle in dem ganzen Spektrum der Farben, die Schneedecke ist rosa, und die Schatten sind blau, die Rauchsäulen der Häuser ragen kerzengerade wie flauschige Pfeifenreiniger in den Himmel, der türkisfarben schimmert, es wird ein wunderbarer Wintertag werden, und ich habe frei. Euphorie erfasst mich. Weiß ist die Welt, das Leben mir gefällt! Ich schalte das Radio ein, ich will Musik hören. Falscher Sender, Berichterstattung mit Interviews direkt vom Flughafen in

Arlanda, wo gerade eine Reihe ausländischer Offiziere gelandet ist: Excuse me, I'm from the Swedish Broadcasting Corporation and I would like to ask You some questions about Your peacekeeping operations in Bosnia ten years ago …

Ich schalte ab.

Als ich aufs Fjell hinaufkomme, verschwindet die Sonne hinter dichtem Schneenebel, entgegenkommende Autos tauchen aus dem Weiß auf und sind ebenso plötzlich verschwunden, es ist, als würde alles in Milch baden.

Bei der Einfahrt zum Högjällshotel steht ein Bus, die Direktverbindung nach Stockholm, genau hier pflegt er die Leute abzuholen. Viele wollen mit – Skier und Gepäck, ich lege den ersten Gang ein und schleiche vorbei, falls jemand vor dem Bus auftauchen sollte, man kann ja nie wissen.

Sie entdeckt mich im selben Augenblick wie ich sie. Sie scheint nicht zu begreifen, dass ich sie bemerkt habe, denn ich sehe, dass sie schnell hinter ein paar jungen Männern abtaucht und dann genauso schnell im Bus verschwindet.

Mir ist, als würden sämtliche Sicherungen durchbrennen. Mein Herz rast, ich schere vor dem Bus ein, halte am Bordstein. Das Gehirn verweigert noch immer seinen Dienst, was ist das, was soll das heißen, was bedeutet das? Ich steige aus dem Auto und renne zurück zum Bus, steige rasch ein, und ganz hinten entdecke ich ihren schwarzen Haarschopf, der zwischen den Sitzen verschwindet, das kann doch nicht möglich sein.

Aber es ist so. Es ist sie. Warum versteckst du dich, Dunja, was ist denn los? Wolltest du abhauen?

Sie starrt mich an, außer sich vor Angst. Ich sehe, dass sie nicht antworten kann.

Ihr fällt keine gute Erklärung ein.

Sie hatte die Absicht abzufahren, bevor ich gekommen war. Sie wollte absolut nicht mit mir reden, mir absolut keine Erklärung geben, vielleicht weil sie keine Erklärung hat, stattdessen hat sie es mächtig eilig, gerade heute nach Stockholm zu kommen.

Sie steht auf, sie will etwas sagen. Die anderen Fahrgäste schauen zu uns herüber, fragen sich, was los ist.

Der Bus startet plötzlich, ich drehe mich um und sehe den Fahrer am Steuer sitzen, die letzten Fahrgäste sind eingestiegen. Warten Sie, rufe ich, ich will nicht mit. Beeilung, antwortet er, wir müssen den Fahrplan einhalten.

Mach jetzt, zische ich ihr zu, raus mit der Sprache, was meinst du damit, Dunja? Was soll das hier bedeuten?

Ihre Augen füllen sich mit Tränen. Frag nicht so viel, bittet sie. Lass mich einfach fahren. Was du nicht weißt, macht dich nicht heiß. Sie haben mein Kind getötet, Siv, indirekt haben sie mein Kind getötet, ich muss sie treffen, die Holländer, ich will, dass sie erfahren, was sie mir angetan haben.

Ihre Worte sind mehr, als ich hören will. Ich bekomme es mit der Angst zu tun. Die Holländer? Von denen sie im Radio berichtet haben – sie hat irgendetwas vor!

Steig aus, Dunja, sage ich. Komm mit mir mit, du kannst jetzt nicht fahren, wir müssen erst reden. Du darfst nicht einfach so abhauen.

Ich muss fahren, sagt sie laut, du hast kein Recht, mich zu hindern!

Du hast kein Recht, mich zum Narren zu halten! Was habe ich dir eigentlich getan, warum behandelst du mich so? Wäre ich nicht so früh erschienen, wärst du bei meiner Ankunft schon weg gewesen. Und du hattest auch nicht vor wiederzukommen, oder?

Wolltest mich hier wie eine Idiotin stehen lassen mit meinen blöden selbstgebackenen Hefestücken – ich bin dir also scheißegal.

Du begreifst nichts! Lass mich in Ruhe, ich muss fahren. Es tut mir leid, wenn ich dich zum Narren gehalten habe, aber du warst so verdammt neugierig.

Was wird denn nun, ruft der Fahrer, ich fahre jetzt.

Sie steigt aus!, schreit Dunja. Das tue ich überhaupt nicht!, schreie ich. Sie ist es, die raus muss, sie will abhauen.

Ich will überhaupt nicht abhauen, mit dem Hotel ist alles geregelt, ruft Dunja, hören Sie nicht auf sie, sie muss aussteigen!

Ich steige nicht ohne dich aus, brülle ich, denn jetzt bin ich wütend, und ich habe auch Angst, ich muss es verhindern, was immer sie wegen dieser Militärausbildung in Stockholm vorhat.

Der Fahrer steht auf und kommt zu uns nach hinten. Was soll das nun werden?, fragt er. Wir steigen aus, sage ich. Nein, sagt sie, ich fahre mit.

Wir machen es so, sagt er. Hier haben Sie das Geld für die Karte zurück, okay? Dann steigen Sie beide aus, und dann können Sie einen späteren Bus nehmen, eiliger scheint es ja nicht zu sein, wenn Sie Zeit für dieses ewige Hin und Her haben. Nein, schreit Dunja, ich muss nach Stockholm!

Sorry, sagt er, von Leuten, die Theater machen, habe ich die Nase voll, in unseren Bussen hat es ruhig und ordentlich zuzugehen – Sie verjagen uns die Kunden. Also raus jetzt!

Er ist groß. Er tritt zwischen die Sitze und scheucht uns an sich vorbei.

Wir können nur gehorchen. Er geht mit uns nach draußen und klappt das Gepäckfach auf – welches ist Ihr Koffer? Stumm weist sie mit dem Finger darauf, er zieht ihn vor, schließt die

Klappe, deutet einen Gruß an und steigt wieder ein, die Tür schließt sich, und der Bus schwenkt auf die Fahrbahn.

Als sie sich zu mir umdreht, sehe ich, dass sie wütend ist. Aber ich bin es auch. Wie konntest du nur!

Du begreifst nichts! Du hättest mich fahren lassen sollen, was spielt das für eine Rolle für dich!

Dunja, wir wollten doch Kaffee trinken! Und reden! Aber das war wohl alles nur gelogen?

Sie beruhigt sich. Okay, wir werden Kaffee trinken. Und uns aussprechen. Ich bin jetzt aufgebracht, aber das geht vorbei. Du musst mir verzeihen, Siv, das hier hat nichts mit dir zu tun, ich wollte dich nicht verletzen. Ich wollte dich nur nicht treffen, weil ich fürchtete, dich traurig zu machen. Aber es ist vielleicht am besten, wenn du alles erfährst. Hast du das Hefegebäck mitgebracht, wie du sagtest? Wir könnten einen Abstecher auf den Berg hinauf machen und uns eine Grube in den Schnee graben, jetzt, wo die Sonne hervorgekommen ist?

Ohne Internet wäre es unmöglich gewesen. Du bist kein Übermensch und keine Dämonin. Nur dank der neuen Technik hast du sie gefunden.

Anfangs wusstest du nicht einmal, dass er einen Sohn hatte, noch viel weniger, dass er im gleichen Jahr geboren war wie dein eigener.

Das war natürlich ein Zeichen. Es war kein Zufall, dass sein Sohn damals genauso alt war wie deiner.

Die Schuld sollte Münze für Münze, Leben für Leben abbezahlt werden, so musste es sein.

Du bist ihm aus der Ferne gefolgt, im Netz. Lange Zeit hast du wie ein Raubfisch weit draußen im Meer gelegen und auf die Strömung, den Wind gewartet.

Über die Datenbank der Universität, bei der er sich eingeschrieben hatte, hast du mit dem Sohn Kontakt bekommen.

Zunächst wusstest du nicht einmal, was du mit dieser sich anbahnenden Romanze machen solltest, bei der ihr Vertraulichkeiten immer tiefer gehender Art ausgetauscht habt. Du hieltest dich möglichst dicht an die Wahrheit, hast nur dein Alter ein wenig nach unten korrigiert, er fand es spannend mit einer erwachsenen Frau. Du schriebst, dass du in Stockholm Französisch studierst, dass der Kontakt zu ihm von großem Nutzen für dein Vorankommen sei, und er erzählte bereitwillig von seinem Leben, seinen Träumen. Du schriebst ziemlich wenig von dir selber, dafür umso mehr über ihn, du fragtest, schmeicheltest – es kam dir darauf an, möglichst dicht an ihn heranzukommen.

Als du von der Verteidigungskonferenz in Sälen gelesen hast, kamen die Ereignisse plötzlich ins Rollen. Die Konferenz war ein weiteres Zeichen, du musstest nur die Hand ausstrecken – und sie füllen! Du hast um eine Auszeit von der Schule angesucht, und dann hast du den Hoteljob angenommen.

Und du hast an François Bisseau geschrieben, dass du ein Interview mit ihm machen wolltest, wenn er nach Schweden kam. Hast ihm ein Foto von dir geschickt und behauptet, es sei eine Bildbyline aus der Zeitung, für die du arbeitest.

Das Ganze war unverschämt einfach, als würde man einem Kind die Bonbons stibitzen. Er fand es außerordentlich interessant, dir seine Erfahrungen mitzuteilen, und sah dem Interview erwartungsvoll entgegen. Du hast vor dem Computer laut gelacht.

Seinem Sohn erzähltest du von dem fantastischen Winterabenteuer, in dem du jetzt gelandet warst, das du aber leider allein genießen musstest, was wirklich traurig war.

Er wollte natürlich kommen, das ließe sich tatsächlich machen, schrieb er, da er eine Zeit lang frei habe, um büffeln zu können. Du hast so getan, als würdest du nur zögernd einwilligen und nur wenn er versprach, äußerst diskret zu sein, ihr müsstet vorsichtig sein, du schobst es auf deine Eltern. Das klang zuverlässig, eine dreißigjährige Frau, die Rücksicht auf ihre Eltern nehmen musste. Er versprach hoch und heilig, niemand würde davon erfahren.

Es war ein attraktiver junger Mann, der da mit glänzenden Augen und breitem Lächeln eintraf. Und er schien nicht enttäuscht, als er dich dort in der Dunkelheit im Schnee stehen sah, wo der Bus ihn nach der Fahrt von Mora absetzte.

Du hast die ganze Zeit an deinen Sohn gedacht, so konntest du die Sache überstehen. Als ihr lachend Platz genommen und du Champagner eingegossen hattest, dachtest du an ihn, und als der junge Mann deine Hand, deinen Arm, deine Schultern umfasste, dachtest du an ihn und seinen blauen Pullover, den du ihm gestrickt und den du gefunden und dessen Maschen du viel zu fest abgenommen hattest. Du hast gelächelt und dich von ihm küssen lassen, und als er auf die Toilette ging, hast du seinen Champagner mit Schnaps versetzt, während du dein eigenes Glas ausgegossen hast, sodass er glaubte, du hättest es ausgetrunken. Und nach einer Weile, nach weiteren Küssen, die seinen Hals rot aufflammen ließen, gabst du vor, fröhlich betrunken zu sein, komm, hast du ihn gebeten und an ihm gezerrt wie ein Kind. Ich will dir so gern etwas zeigen, wir müssen nach draußen gehen, du musst sehen, wo du gelandet bist, den wundervollen Hang und das Tempo, du musst es fühlen, wirklich fühlen, verstehst du, und vielleicht könnten wir, ja, warum eigentlich nicht. Du hast dich zweifelnd gegeben, was das rein praktisch Erotische anbelangte, wie es durchzuführen war, doch er war sofort mit von der Partie. Du hast ihn angestachelt, als ihr vom Hotel zur Liftstation geglitten seid, hast ihn angefasst und an deinen Sohn gedacht, das was von ihm übrig geblieben war, damals auf dieser Lade dort im Lager.

Ja, du warst trunken, auf andere Weise als er, ihr habt gelacht und seid den ganzen langen Hang hinaufgestiegen, den ganzen Berg hinauf, du hast ihn auf Messers Schneide gehalten, hast ihn auf die Folter gespannt, du musstest ihn ganz nach oben kriegen, denn obwohl es spät war, hattest du Angst, dass euch jemand sieht, du hast ihn beschworen und angetrieben: Vielleicht schaffst du das ja nicht? Du hast mit dem ultimativen Orgasmus auf der Fahrt den Berg hinunter gelockt, er war wie Wachs in deinen Händen, und endlich habt ihr zwischen Himmel und Erde gestanden, unter dem gewaltigen Sternengewimmel, und du hast die Waffe vorgeholt, die du aus der Küche entwendet und dann versteckt hattest. Er merkte nichts, er legte sich hin, du solltest euch anschieben, ihr würdet den Berg hinuntersausen. Du hast ihm den Hieb mit Präzision versetzt, ihm blieb wohl kaum Zeit zu begreifen, was passierte, du wolltest ihn nicht erschrecken, nur töten, wolltest nur dieses Ereignis schaffen, das später den Stoß versetzen sollte. Ins Gehirn seines Vaters. Und direkt in sein Herz. Du hast seinen Schädel gespalten, zweifellos, sein Mund füllte sich, wie du noch weißt, mit Blut.

Du hast das Schlauchboot vorsichtig nach unten gezogen, es war schwer, es zurückzuhalten, bis du so weit gekommen warst, dass die Fahrt in Richtung Fundament glaubwürdig erschien. Der Rest aber war einfach, ein bisschen Blut verschmieren, ihn zur Hälfte auskippen, das Bild arrangieren und deine Spuren in der Nähe verwischen. Doch ein Stück weiter weg bist du dann schnell zur anderen Seite gerannt, bist unten bedeutend weiter südlich herausgekommen, in dieser Nacht hast du kein Auge zugetan und bist am Morgen nur eine Winzigkeit zu spät zur Arbeit erschienen.

Es war so einfach, dass du Angst bekommen hast. Sie glaubten diesem Szenario uneingeschränkt, und die Ermittlung erfolgte wirklich im Schnelldurchgang, noch am selben Tag war sie abgeschlossen. Es war so einfach, dass du Angst bekommen hast.

Was François Bisseau anging, war deshalb Genauigkeit und Gründlichkeit das Wichtigste von allem, der Hass durfte sich erst hinterher melden.

Vorsichtiges Schnüffeln im Netz, wie er hierher reisen würde, deine fürsorglichen Ratschläge. Und die Überraschung auf dem Flugplatz, wie froh es ihn machte, wie begeistert er war, als er sagte, du seist schöner als auf dem gesandten Bild. Das Taxi schickte er weg, du bist das Tal hinaufgefahren, und ihr habt über dieses und jenes geredet, habt im Apartment gesessen, und du hast Whisky angeboten, dein Gehirn arbeitete unter Hochdruck.

Dein Instinkt hatte dir gesagt, dass du dich bei allem zurückhalten musstest und nicht zu sehen sein solltest, sondern für Unsicherheit bezüglich der Zeitpunkte und allem Übrigen sorgen musstest, um möglichst noch einmal einen ganz natürlichen Tod hinzubekommen. Am selben Abend wusstest du selber noch nichts über den Ablauf, nicht, wie du es machen würdest.

Du hattest versucht, dich über den Empfang informiert zu halten, wo man die Leute platzierte, in welchen Zimmern sie wohnen würden, du hattest die Vierhundertacht vorbereitet, aber dann ging es schief.

Bo-Erik Bergius musste es mit dem Leben bezahlen, weil du dich im Zimmer geirrt hattest, entsetzlich. Zu spät hast du eingesehen, dass François Bisseau stattdessen in der Fünfhundertvierzehn wohnen würde, Eile war geboten.

Eine Eingebung hatte dich am Tag zuvor den Gettoblaster im Gefrierraum voll aufdrehen lassen. Du hattest getestet, ob man etwas hören konnte, falls jemand dort drinnen schrie. Und es war schalldicht, äußerst wenig war nach draußen gedrungen. Du wusstest, dass du damit eine Alternative zur Verfügung hattest. Und das war ein Glück, als das Durcheinander mit den Zimmern losging.

Du hast gesagt, ihr würdet zur Bar eine Abkürzung durch den Keller nehmen, er trug nur seinen Anzug, und er war ungeheuer froh und ungeheuer lüstern, und er liebte dieses von dir improvisierte Frivole, alles war so klar.

Er wollte dir nur zu gern in dunkle Gänge folgen, wo es eng war und schwierig, sich einander nicht zu berühren. Dann hast du aufgeschlossen, er bekam einen Stoß, einen äußerst heftigen Stoß, und du warfst die Zeitungen hinterher und hast wieder abgeschlossen. Von draußen hast du Licht gemacht. Es war so still. Dann hörte man schwach ein entsetzliches Brüllen, doch nur äußerst schwach.

Er hatte es gelesen!

Du hast das Licht ausgemacht. Hast die Zeit gestoppt, das Eintreffen des Todes berechnet, hast am Regler gedreht, auf minus vierzig Grad ließ der Thermostat sich herunterdrehen.

Er checkte spät ein und sehr diskret oder richtiger, sein Gepäck, du hast es über die Feuertreppe hochgetragen, und niemand hat dich gesehen. In einem unbewachten Moment am Empfangscomputer, erst am Tag darauf, niemand bemerkte es, alles war voller Leute, hast du verstohlen die Tasten bedient, im Computer aufgeräumt, wie man zu sagen pflegte, hast die fertigen

Zimmer eingegeben und zugleich sein Einchecken auf den Abend zuvor datiert. Es war so einfach.

Du hast für Unordnung im Zimmer gesorgt, das Bett, die Sachen und das Bad, du hast an alles gedacht, wenigstens an fast alles.

Spät in der Nacht bist du in den Keller zum Gefrierraum zurückgekehrt. Du hast das Licht angemacht und aufgeschlossen.

Alles war erledigt. Der Schock hatte den Prozess beschleunigt, seine Augen! Du hast versucht sie zu schließen, aber er war viel zu starr.

Die Gummiräder des Karrens waren geräuschlos, und draußen an der Laderampe hattest du den Schneeskooter abgestellt. Es war sehr dunkel, und alle schliefen. Du bist mit deinem eiskalten Passagier losgefahren, voller Triumph. Er hatte all die Jahre in deinem Kopf gespukt, jetzt endlich hattest du die Geschichte zu Ende erzählt, die damals begann, als er sein Wort brach.

Du bist weit gefahren und hast ihn in einer Schneewehe begraben. Du hast gehofft, dass ihn niemand vor dem Frühling findet.

Du hast nicht an die Hunde gedacht.

Aber alles läuft dennoch wie geplant, und jetzt nähert sich der dritte Akt deiner persönlichen Vendetta. Alles wird in Ordnung kommen. Wenn du mit denen abgerechnet hast, die euch verteidigen sollten, aber euch im Stich ließen und keinen einzigen Schuss abgaben, sondern sich zurückzogen, weinten und jammerten, statt sich als die Soldaten zu verhalten, die sie zu sein vorgaben. Wäre nur einer von ihnen auf seinem Posten gefallen und hätte sich nicht zurückgezogen, dann hättet ihr leben dürfen, denn mehr wäre nicht nötig gewesen, damit die Weltgemeinschaft hätte Farbe bekennen und ihr Wort halten müssen.

In der Erde musstet ihr nach euren Männern und Kindern suchen, und es waren mehrere Tausend. Archäologen leerten ihre Taschen, und was sie fanden, legten sie auf eine Platte. Sie gaben dicke Kataloge heraus. So hast du die Deinen gefunden, durch diese spezielle, ungemein bedrückende Lektüre.

Übrig geblieben war der Halsschmuck mit deinem eingravierten Namen, den dein Mann Tag für Tag getragen hatte, von der Verlobung bis zu seinem Tod.

Und der Pullover, den du für deinen Sohn gestrickt hattest, der blaue. Als du ihn in der Lade liegen sahst, da barst das Letzte in dir, alles zerbrach in Stücke, alles zerbrach in Stücke, alles zerbrach in Stücke in dir.

Der Schneenebel hat sich gelichtet, und die Sonne ist durchgebrochen, strahlendes Weiß überall.

Meine Erfahrungen mit Schneeskooterfahrten sind nicht die besten, aber Dunja gelingt es, mich zu überreden. Sie bietet mir an, selbst zu fahren, falls ich ihren Fähigkeiten nicht traue. Warum sollten wir den schönen Wintertag nicht nutzen, außerdem hatte sie die Schlüssel zu ihrem Apartment abgegeben.

Nach leichtem Zögern gehe ich auf ihren Vorschlag ein, im Personalspeisesaal oder in irgendeinem Café zu sitzen lockt nicht, ich will sie ohne Druck und Stress reden hören und ohne die Möglichkeit, in die Gespräche anderer auszuweichen.

Sie weiß, wo die Schlüssel aufbewahrt werden. Keine Angst, sagt sie, ich kenne den Verwaltungschef, er mag mich.

Wo sind die Leute denn alle?

Sie fangen nicht vor neun an.

Wenn ich mir auch nur die geringste Sorge gemacht hatte,

so wurde diese Lügen gestraft. Dunja fährt ruhig und sicher. Ich lasse ihre Taille los, sitze trotzdem ungefährdet.

Wir folgen einem Skooterweg. Parallel dazu verläuft eine Skispur, auf der einige Rentner, die Zeit dafür haben, gemütlich dahingleiten. Sie haben Rucksäcke mit Rentierfellen umgeschnallt. Sie beabsichtigen, diesen fantastischen glitzernden Tag bis zum Abend auf dem Fjell auszukosten.

Östra Kalven, schreit Dunja nach einer Weile über die Schulter und zeigt auf den Berg.

Aber sie fährt nicht in diese Richtung, sondern folgt dem Skooterweg im Tal nach Norden.

Bald ist keine Menschenseele mehr zu sehen. Das Sonnenlicht sickert zwischen den Bäumen hindurch, deren Schatten blaue Weltkarten auf das funkelnde Bett der Schneekristalle zeichnen.

Wir fahren lange, ohne zu sprechen. Es geht schnell. Unebenheiten in der Spur rauben uns zuweilen den Atem. Das Motorengeräusch füllt das unbehagliche Schweigen zwischen uns aus. Ein paar lange Haarsträhnen, die unter Dunjas Helm hervorgeglitten waren, peitschen mir ins Gesicht. Es geht aufwärts.

Plötzlich öffnet sich die Landschaft, und wir sind oberhalb der Baumgrenze. Die Sonne beleuchtet das Fjell auf die betörendste Weise. Vor dem weißen Hintergrund zeichnen sich die aufstrebenden kleinen Hände der Fjellbirken ab, die unzählige Schneebausche graziös zwischen ihren mageren Ästen halten. Die windgekrümmten Kiefern sind auf der Nordseite von hartgepacktem Schnee skulptiert. Der Himmel ist rosaviolett, und die Schatten sind blau. Die Natur ist Kälte und Schönheit ganz ohne Absicht, für niemanden wird diese Ewigkeitssymphonie gespielt. Wenn sie doch all den Schmerz lindern würde, den sich die Menschheit unter ihrem dünnen Mantel der Zivilisation zufügt.

Hundfjället, ruft Dunja über die Schulter.

Eine gute Wahl. Der ganze Südhang glitzert im Sonnenschein, wir können uns überall eingraben.

Wenn ich zurückschaue, begegnet meinen Blicken eine immer fantastischere Aussicht. Von urbanem Jetset-Leben nirgendwo eine Spur, nur Wälder, Fjell und offener Himmel.

Die Aluminiumspaten klingen auf dem hartgepackten Schnee. Wir graben uns eine Bank tief in einer Grube, und darauf rollen wir isolierende Thermomatten aus.

Als wir uns setzen, spüren wir die Sonne, dass sie tatsächlich wärmt. Zum ersten Mal in diesem Jahr wärmt die Sonne unsere blasse Haut.

Als ich hergekommen bin, begriff ich nicht, was ihr da macht, sagt sie. Ich war der Meinung, dass man im Schatten bleiben muss. Aber nach dem ersten Winter hatten all die nach oben gewandten Gesichter nichts Lächerliches mehr für mich. Die Sonne hätte euer Gott werden müssen, heutzutage ist sie es jedenfalls.

Wir sitzen schweigend da. Schließen die Augen. Dunja summt. Dann beginnt sie zu singen. Sie übersetzt den Text:

So süß wie Honig und beglückendes Jubelgetön
ist die Rache, die Rache, sie reinigt so schön.

Ein kalter Windstoß und eine Kaskade glitzernder Eiskristalle fährt hinunter in unsere schützende Grube. Unaufgefordert beginnt sie zu erzählen.

Und ich steige hinab in eine Welt, die ich anfangs sehr gut wiedererkenne. Auch ich habe geliebt. Auch ich habe ein Kind geboren. Auch ich war dem unergründlichen Blick des winzigen

Wesens begegnet, der wie aus einem anderen Universum kam, auch ich hatte mein Kind aufwachsen sehen, hatte erlebt, wie es zu sprechen, die Wirklichkeit zu erfassen begann mit Händen und mit Worten, mit der Seele, mit seinen Fragen. Ich gehe mit der Erzählung mit, die meine eigene ist, Liebe, ja auch Streitigkeiten, die nichts anderes waren als Liebe zwischen den Gatten, Kampf um Geld und die wunderbaren Kleinigkeiten des Alltags. Doch dann schwenkt ihre Geschichte, und ich will nicht mehr darin sein.

Als die ausländischen Archäologen ihr helfen, die Überreste des Mannes und des Sohnes zu finden, damit sie ein anständiges Begräbnis erhalten, da weine ich, doch sie ist gefasst, obwohl sie sagt, dass sie diese Bilder nicht loslassen.

Wir verstummen. Die Sonne wärmt. Das Schwere steht noch bevor. Ich habe das Motiv erfahren und weiß, warum es geschah.

Statt weiterzuerzählen, fängt sie an von Schwedens Verteidigungspolitik zu reden und wie sie dieselbe sieht. Es sind schwer verdauliche Argumente, die meiner Ansicht, wozu man unsere Landesverteidigung nutzen sollte, völlig zuwiderlaufen. Sie klagt an. Ihr habt alle gewusst, was vor sich ging. Ihr habt alle gewusst, wessen Frauen und Kinder man aus ihren Häusern vertrieb und dann in verschiedene Enklaven zusammenpferchte, wo das Wasser kaum ausreichte und man ohne Betäubung operierte. Ihr wusstet es. Und ihr hattet Waffen und die uno. Keiner war bereit, sich zwischen sie und uns zu stellen, um unser Leben zu kämpfen. Doch ich verurteile euch nicht, obwohl ich jedes Recht dazu hätte. Ihr habt trotz allem tausend Mann geschickt, und obwohl es zu wenige waren und sie zu spät kamen, so war das jedenfalls besser als bei vielen anderen. Ich fordere auch keine Rache an euch für eure Laschheit hier in Schweden oder in anderen Ländern. Denn es gibt Personen hinter allem, und es gibt Einzelne, die wirklich schon den Finger am Abzug hatten und die unser Schicksal hätten wenden können, Bisseau war der Wichtigste, er hat uns Hoffnung eingeflößt. Er ließ uns im Stich, und er wusste, was er tat.

Dann erzählt sie von seinem Tod im Gefrierraum, und sie erzählt auch, dass sie seinen Sohn erschlagen hat.

Und die ganze Zeit scheint die Sonne, und wir halten ihr unsere geschlossenen Augen entgegen. Meine Wangen sind jetzt starr von salzigen Tränen, aber ihre Stimme klingt ruhig.

Du musst zur Polizei gehen, flüstere ich.

Ja. Jetzt, wo du es weißt, muss ich es wohl. Aber ich fühle keine Reue, ich fühle nichts. Heute kamen diese holländischen Offiziere nach Schweden. Jetzt werden sie nie erfahren, was sie mir angetan haben.

Sie wissen es trotzdem, Dunja, ich bin sicher. Ihre Augen erinnern sich und ihre Herzen, sie haben es schon bereut, sie haben doch gesehen, was sie gesehen haben, aber es war nicht ihr Krieg, das musst du verstehen. Wenn Russland Schweden überfallen würde, dann würdest du doch auch nicht an der Grenze stehen und bitten, hereingelassen zu werden, um für unsere Sache zu sterben.

Das ist absolut nicht dasselbe.

Es ist genau dasselbe, Dunja.

Wenn ich zu einer Weltgemeinschaft gehörte, die für den Frieden eintritt, dann würde ich es tun, antwortet sie schließlich.

Du würdest nicht für uns sterben, sage ich. Und deinen Sohn, wenn er noch am Leben gewesen wäre, ihn würdest du nie in ein gottverlassenes Nest weit im Norden fahren lassen, um vielleicht in einem Krieg zu fallen, dessen Ursachen ihr nicht einmal begreift.

Wir kommen nicht weiter. Die Diskussion ist reine Theorie.

Aber aus ihrer Meinung war bereits grausame Praxis geworden.

Du musst zur Polizei gehen, wiederhole ich. Das werde ich, antwortet sie. Deshalb habe ich dir doch alles erzählt, weil ich begriffen habe, dass ich nicht weiterkomme, dass alles zu Ende ist.

Ich sollte mit dieser Antwort zufrieden sein.

Aber darin klingt ein fremdes Vibrato. Als wären wir zu einem anderen Schluss gekommen, einem ganz anderen. Als hätte sie alles erzählt, weil sie etwas tun will, vielleicht gegen sich selbst?

Es gibt mildernde Umstände, sage ich. Das hier ist nicht das Ende von allem. Wenn du gestehst und deine Strafe annimmst, dann gibt es etwas, auch danach, auch für dich, Dunja.

Du verstehst mich also?

Nein. Aber ich verstehe, dass du Hilfe brauchst.

Mir klappern hinter geschlossenen Lippen die Zähne, mir ist übel. Ich wage nicht sie anzusehen, wage nicht, sie in meine Augen blicken, sie mein Entsetzen über ihre Taten erkennen zu lassen, dass diese schöne Frau … Es ist zu viel.

Wollen wir fahren, Siv?

Ja.

Schweigend packen wir zusammen und machen uns mit dem Schneeskooter auf den Weg. Sie fährt zur Spitze des Hundfjället hoch.

Wir erreichen den sorgfältig aufgestapelten Steinhaufen auf dem Gipfel. Es ist windig, Wirbelwinde schleudern Schneekristalle zum Himmel, tanzen mit ihnen.

Der Schneenebel kommt ohne Vorwarnung. Plötzlich ist alles

milchig und die Sicht so begrenzt, dass wir mit Mühe die nächste Gabelungsmarkierung erkennen. Dunja muss das Tempo drosseln. Die Welt badet in Weiß, aus dem grotesk verbogene Kiefern urplötzlich auftauchen und genauso rasch verschwinden. Ohne Wegmarkierungen würden wir uns verfahren.

Nach ein paar Kilometern taucht ein Skifahrer aus dem Weißen auf und dann ein weiterer, ich bemerke den Gesichtsausdruck des einen – Verärgerung. Wir sind Naturvandalen.

Und dann sind überall Leute, und im Nebel wird das Wenderad eines Skilifts sichtbar, eines mit vier Sesseln. Dunja nimmt noch mehr Gas weg, und ein großes Gebäude erscheint.

Das Restaurant Tranan, ruft sie mir über die Schulter zu, als sie vor dem Eingang hält, ich lade dich zu etwas Gutem ein.

Ich will gerade absteigen, als ich registriere, dass sie sitzen bleibt, die Hand am Gas. Ich behalte das Körpergewicht auf dem Fuß, der noch auf dem Trittbrett des Skooters steht, und tue so, als würde ich absteigen.

Da fährt sie mit einem Blitzstart los. Ich bin auf der Hut und werfe mich um ihre Taille. Sie fährt in rasendem Tempo am Restaurant vorbei und versucht, mich hinunterzustoßen.

Ich sehe Plastikbänder und Lawinenwarnschilder, Stufe vier, ich schreie, aber es hilft nichts. Ich versuche uns vom Skooter zu reißen, aber sie ist stark, sie sitzt fest, gibt Vollgas und fährt direkt durch die Plastikabsperrung! Ich sollte abspringen, aber ich kann sie doch da nicht in die Tiefe stürzen lassen, ich muss an die Steuerung kommen und das Fahrzeug zum Halten bringen, sie versucht mich unablässig hinunterzustoßen, sie ist stark. Hier ist es furchtbar steil, der Berg fällt in blauen Schatten ab, hier ist die Stelle, vor der alle warnen, und Stufe vier auf der Skala, das wechselnde Wetter Tag für Tag.

Eine Militärübung mit Panzergranaten? Gewitter mitten im Winter? Ein Erdbeben und Dröhnen, dunkle Klappe vor den Augen, Druck auf den Ohren das Tempo

hastig wird sie mir aus den Armen gerissen eine Riesenfaust katapultiert mich mit eiskalter Brutalität Schwindel

heftiger Stoß gegen den Körper, Tosen. Es schlägt mich. Die Luft wird mir ausgeprügelt

das Leben soll ich hier verlassen in schlimmerem Schmerz

als bei der Geburt

Dunkelheit barmherzig

weich.

Sie folgt der Skispur in den Wald, das Sonnenlicht schimmert zwischen den Bäumen, es ist kalt und sehr still. Sie befindet sich nördlich von ihrem Haus, aber Valborg lebt noch. Es ist viele Jahre her, und Jan steckt tief in Tarifverhandlungen, sodass Åsa und sie ganz allein hier hochgefahren sind, um die alte Tante Valborg zu besuchen.

Jetzt sieht sie Åsa vor sich in der Spur, und die Tochter ist erst vier Jahre alt. Sie dreht sich zu Siv um, wie Fotoblitze sind Blicke und Lächeln, die sie tauschen.

Langsam fahren sie immer weiter, und Åsa ist entzückt über das Vergnügen, so dahingleiten zu können. Sie werfen sich gegenseitig warme, lächelnde Blicke zu: Guck mal, Mama, was ich kann und oje! Ich plumpste hin, tat mir nicht weh, landete auf dem Hintern. Das Schönste vom Schönen ist ein Kind, das vor dir in der Spur fährt, ständig blitzt dir sein schönes Lächeln entgegen, und die Augen sehen dich an und achten darauf, dass du unablässig zurücksiehst und nicht nach etwas anderem schaust, sondern deinen Blick dort verankerst, sodass du bereit bist, dem ihren jedes Mal zu begegnen, wenn sie sich umschaut.

Du weißt, dass es damals so geschah, vor achtzehn Jahren, eine Bagatelle nur, kaum ein Ereignis, das es wert war zu erzählen, als Jan euch dann abends anrief. Zu dieser Zeit hast du nichts gemerkt, es war so selbstverständlich. Das mit Åsa und dir war wie Luft und Wasser. Du wusstest damals nicht, dass es das Paradies war, was du da erlebtest.

Alles ist so eng.

Um die Brust ein Schraubstock.

Es ist furchtbar eng und so schwer

Luft zu holen

ich friere entsetzlich

ich würde mich bewegen wollen, wenn es nur nicht so eng wäre, so schwierig, Luft zu holen.

Überall ist Schnee! Ich liege in Schnee gepackt, kann mich nicht rühren, nur eine Hand, mein Gott, die Lawine, sie ist abgegangen. Schwer liegt er auf meinem Körper, all dieser Schnee.

Doch ich lebe. Ich lebe noch, aber wie lange. Jetzt kommt die Panik, ich schreie, nein, die Luft, ruhig jetzt

Luft

Es dreht sich, ich fahre Karussell

schneller, immer schneller, bis ich mich übergeben will, ich tue es. Alles landet vor meinem Gesicht und der Geruch, ich werde erstickt werden hier im Schnee von meinem eigenen Erbrochenen, alles ist kalt auf der nackten Haut.

Schreien geht nicht. Wenn Dunja davongekommen ist, vielleicht dass sie …? Aber sie wurde mit mir hinuntergerissen.

Ich will zurück ins Dunkle, in die Träume, ich war in etwas Schönem gewesen, es war Glück. Ich hoffe, es geht schnell, über die Grenze zu treten, ich wurde nicht sehr alt, der Sauerstoff wird ausgehen in diesem harten Schnee, zu sterben ist leicht, es ist das Leben, was schwer ist, also lass mich wieder ins barmherzige Dunkel der Bewusstlosigkeit stürzen.

Da fühle ich einen Stoß und dann noch einen, eine Lanze sticht zu, ein Dolch? Und dann höre ich es. Gebell und Gejaule, Schreie und Rufe, und ich höre Kläffen und rhythmisches Schaben.

Seine scharfen Krallen kratzen auf meiner Brust, und die behutsamen Hände des Hundeführers legen mein Gesicht frei. Die Zunge des Hundes. Willkommen in der Welt mit einem ekligen Schmatz, der Hundeführer jubelt, wir haben sie gefunden, und sie lebt, blinzelt! Und der zweite Schmatz des Hundes, grässlich, er freut sich, bellt und wedelt irgendwo mit dem Schwanz. Nun helft mir schon hoch, verdammt, hier kann ich nicht liegen bleiben.

Sie graben mich aus.

Aber bevor sie mich auf eine Trage legen, bekomme ich diesen großen struppigen Kopf zu fassen. Und ich umarme ihn und fühle ein wortloses Verständnis für meine starken Gefühle.

Danke, dass du gehorchst und Dinge erledigst. Danke, dass du immer loyal bist und nie den Beschluss dessen, der dich führt, anzweifelst, danke, dass du schnell gewesen bist und deinen feinen Spürsinn benutzt und nicht aufgegeben hast, bis die Aufgabe erfüllt und ich gefunden war.

Sie tragen mich weg. Andere gehen mit langen Stöcken noch immer in einer Reihe, sie suchen, der Hund arbeitet weiter. Ich weiß, was das bedeutet.

Als ich auf die Landstraße hinuntergebracht worden bin und ein Krankenwagen mich zum nächsten Krankenhaus schaffen soll, stehen plötzlich Mor Lennart und Harskari Olof in voller

Montur vor mir und blicken auf die Trage hinunter, als trauten sie ihren Augen nicht.

Schließlich bekommt Mor Lennart den Mund auf: Va du pi att du skull stärtsi däg? Mös du? E ä tövlut, bändut ô âttâvut?

Warst du am Ersticken? Hast du Probleme? Fühlst du dich elend und angegriffen?

I vatt halvdels gränu då int är kônn kvick är, antworte ich. Es hat mich ein bisschen geärgert, dass ihr euch nicht beeilen konntet.

Kurz bevor ich das Bewusstsein verliere, höre ich ihre verblüfften Kommentare: Kânn e slikkä da bôrtômännisstsâ talö mâlungsmål? Kann so eine Auswärtige Malungdialekt reden?

Ja I väl då rene rålôs! Ja, da bin ich wirklich sprachlos!

Guten Morgen, ihr holden Düfte nach Urin und altem Bier!

Die Herrentoilette macht mir wieder den Hof. Nach drei Wochen bin ich zurück im Trott, und der fühlt sich nicht schlecht an. Selbst wenn der Himmel einstürzt, das Putzen muss erledigt werden. Es genügt, den Geruch zu verspüren, um zu wissen, woran ich mit mir bin, und Lungen, Leber, Prostata – wenn ich eine besessen hätte – nehmen wieder ihren richtigen Platz ein.

Sie wäre vielleicht mit dem Leben davongekommen, wenn sie nicht unter den Skooter geraten wäre, der war ihr wie ein Wagenheber auf den Kopf gefallen, das war der Grund, weshalb sie starb.

Es kam so, wie sie es gewollt hatte. Sie glaubte nicht, dass es noch ein Leben für sie gab. Hinter dieser schönen Palisade war alles kaputt, und sie wollte nicht mehr leben.

Ich habe alles erzählt, was ich wusste, und als die Polizeibeamten die Sache geklärt hatten, sagten sie nur, ich hätte wirklich Glück gehabt.

Sie sagten danke. Und dafür darf man sich wohl bedanken. Alles löste sich am Ende. Nenad ist freigelassen und reingewaschen, ich habe um Verzeihung gebeten. Ich weiß nicht, ob es geholfen hat, er sah traurig aus. Und Muhammad hat von seiner Flucht erzählt, wie entsetzlich, und ich hatte geglaubt … Auch ihn sollte ich um Verzeihung bitten, doch da ging es ja nur um meine Gedanken, meine Vorurteile, die niemand gehört hatte, ein Gedanke ist ja keine Handlung, dennoch aber schäme ich mich.

Bea hat die Aufenthaltserlaubnis erhalten, zum ersten Mal habe ich diese Person fröhlich gesehen. Sie zieht in Kürze zu Landsleuten in Stockholm, aber es gibt genügend Asylbewerber, die ihren Platz übernehmen wollen.

Hoffentlich steht meine eigene Stelle auch bald zur Verfügung.

Und als hätte man meine Gedanken gelesen, werde ich nach dem Frühstück zur Direktorin gerufen. Eine Sekretärin erscheint eigens bei mir unten und bittet mich mitzukommen.

Das Licht von Sonne und Schnee flutet durchs Fenster und malt breite Goldstreifen auf ihren Schreibtisch. Ich soll Platz nehmen. Ein paar weitere Leute befinden sich in dem Raum, der groß und repräsentativ ist, wie es sich für ein Direktionszimmer gehört, mit weichen Teppichen und einem schönen Gemälde an der Wand.

Ja, Ingalill sei nicht länger hier im Haus, deshalb habe man mich hergebeten.

Ich lächle. Ich weiß, dass sie seit einer Woche fort ist. Sie konnte nicht mehr, ich weiß, dass sie mit Christer weggefahren ist, um zu versuchen, ihre Ehe zu retten. Ein Pendlerleben zehrt an den Kräften. Sie gibt jetzt der Familie den Vorrang.

Und hier sitze ich. Was nun?

Ja, es sei schließlich so, dass eine Hausdame stets im Hotel anwesend sein muss. Man braucht jemanden, der sich um die Dinge kümmert und auf Details achtet, die großen und bedeutenden und auch die kleinen, ja alles, was die besondere Note des Hauses ausmacht, aufgrund derer die Gäste gern wiederkommen. Und da Ingalill nun weg ist und ich ein paar Tage lang, wo es wirklich darauf ankam, ihre Vertreterin war, möchte die Direktorin mich fragen, ob ich ein bisschen mit dem, was ich dabei gelernt hatte, zur Verfügung stehen könnte. Um jetzt am Anfang ein wenig zu helfen?

Ja, die Sache sei die, das habe sie wohl vergessen zu erwähnen, dass die neue Hausdame schon unter uns weilt. Es sei wirklich wunderbar, dass es ihr gefalle und sie gern bleiben möchte, es sei so viel einfacher, mit jemandem zu arbeiten, den man kenne. Ja, es handle sich um ihre Nichte, aber das habe ja nichts weiter zu bedeuten. Und nun habe Margaretha die Sache ausprobiert, und die Direktorin selbst habe sich zurückgehalten und sie machen lassen. Schließlich habe man sich jedoch geeinigt, also die Direktorin und ihre junge Nichte, was die Stelle anbetreffe.

Ich sehe sie. Sie sitzt auf einem Stuhl und wirkt ganz ruhig und fröhlich. Eine normale Putzfrau, die aus Åre kommt?

Da hatte ich mich wohl verhört.

Aber die problemlos geäußerte Frage steht weiter im Raum. Ob ich sie jetzt am Anfang ein wenig bei den Putzlisten und dem sonstigen Ablauf unterstützen könnte? Das käme wirklich sehr gelegen. Im Übrigen wollten sie noch sagen, dass sie meine Diskretion zu schätzen wüssten, ja in Bezug auf einige bedauerliche Vorfälle, die sich während der wichtigsten Konferenz des Jahres ereignet hatten. Und auch sonst. Wie ich weiß, sei das Hotel großzügig, was meine Abwesenheit im Zusammenhang mit diesem Lawinenunglück betreffe. Wie gesagt, wirklich vorbildlich diese Diskretion, das wisse man zu schätzen, also würde es für mich keinerlei finanzielle Einbußen geben. Das alles sei entsetzlich gewesen, aber jetzt schauten wir wieder nach vorn.

Und Margaretha Ek strahlt wie die Sonne.

Was antworte ich? Was sage ich jetzt?

Im nächsten Moment renne ich Hals über Kopf die Treppen hinunter, blind vor Tränen.

Ich stoße mit dem Gesicht direkt ins gesamte Werkzeugarsenal einer gewissen Person.

Björn. Unterwegs nach oben. Hallo Sivi, was ist denn los, du weinst ja? Was ist passiert?

Ich stammle, sie ist es, Margaretha Ek, die meine Stelle bekommen hat.

Er nickt. Ja. So ist es. Mittlerweile sind wir ja so was wie ein Paar. Du hast mir schließlich nie eine Chance gegeben. Ich habe gedacht, du bist nicht interessiert, aber jetzt weinst du?

Scher dich zum Teufel – sind denn alle verrückt geworden? Ich stürze davon, nehme die Feuertreppe zurück nach oben und stopfe die Arbeitsbluse in den erstbesten Sack, reiße mir die Schürze vom Leib und werfe mir meine eigenen Sachen über, raffe zusammen, was mir gehört, und haste weg, die Schminke zerlaufen, ich erblicke mich in einem Spiegel, sehe aus wie ein Waschbär, es ist zum Kotzen, dass ich in meiner Verzweiflung nicht mal gut aussehen kann.

Alles ist Scheiße. Und Scheißjobs sind das Einzige, was ich gehabt habe. In der Gerberei war der Scheißdreck wenigstens sauber – oder in gewisser Weise konsequent – und nicht dreckig und beschissen durch Menschen wie in der Sauna oder den Toiletten eines vornehmen Hotels.

Was ist mein Leben eigentlich? Warum lebe ich? Meine Tochter ist mein Ein und Alles, aber sie wohnt weit weg von hier, und sie braucht mich nicht. Und diejenige, die meine beste Freundin gewesen ist, hat sich von mir entfernt. Sie lebt jetzt in Symbiose mit Viktoria, ihrer Tochter. Deren Beziehung ist enger, als die meine zu Åsa je gewesen ist. Auf der ganzen Welt bin bestimmt ich die Person, die am meisten versagt hat. Und kein Kerl natürlich weit und breit, trotz der heißen Sehnsucht. Das Einzige, was ich wirklich wunderbar kann, ist diejenigen zu verschrecken, die ich vielleicht hätte haben können, und jede Nähe zu verderben.

Aber das Telefon klingelt jedenfalls, es ist Maja. Hast du ein bisschen Geld, das du mir leihen kannst?

Klar doch, worin besteht das Problem?

Es ist für die Miete, es fehlen ein paar Tausend Kronen, kannst du sie entbehren, bis ich den nächsten Lohn bekomme?

Natürlich.

Aber insgeheim bin ich doch erstaunt. Ich weiß schließlich, dass sie seit mehreren Jahren spart, um sich allmählich das ersehnte Auto kaufen zu können. Wo ist das ganze Geld geblieben? Welche großen Ausgaben haben plötzlich alles von ihrem Konto verschlungen? Oder hat sie die Summe nur festgelegt in irgendeinem blöden Fonds?

Was machst du so, Siv?

Ich sitze hier nur rum und finde das Leben beschissen, falls du es wissen willst.

Dann komm doch her. Wenn du willst, kannst du eine wunderbare Pirogge kosten, die Viktoria gemacht hat.

Okay, nur zu gern. Ich fahre am Geldautomaten vorbei, dann kannst du das Geld sofort haben.

Danke, das wäre schon gut. Wie gesagt, du bekommst es in einem Monat zurück, ich bin im Moment nur ein bisschen klamm.

Ach so.

Dämmerung hat sich über den Hauptort Grönland in der Gemeinde Malung gesenkt. Die Geschäfte sind geschlossen, und der Markt liegt verlassen da. Ich hebe das Geld ab und denke, dass man schließlich immer eine Bank ausrauben könne. Hier liegen ja mehrere in unmittelbarer Nähe und die Bewachung, wie stand es eigentlich an Donnerstagen damit, wenn die Filialen um fünf Uhr schlossen? Die Polizei machte doch schon um drei zu. Das Neueste, habe ich gelesen, sind überraschende Überfälle auf dem Land. Wir hier draußen an der Peripherie sind ein bisschen träge, ein bisschen blind, und wenn wir überhaupt abschließen, dann liegt der Schlüssel unterm Abtreter, über der Tür, im Blumentopf, unter der Veranda, im Stiefel, unterm Holzpantoffel oder auf dem Vogelbrett, garantiert leicht zu finden.

Ist man so naiv und gutgläubig wie wir, ist man wirklich selber schuld. Ich beschuldige auch niemand anderen. Manchmal darf man nicht über den jeweiligen Tag hinaussehen. Manchmal nicht über die jeweilige Stunde. Viele leben so. Sie sind Helden im Verborgenen.

Ich beneide die beiden um ihre Nähe und dass es die übliche Diskrepanz zwischen Mutter und Tochter bei ihnen nicht zu geben scheint, dieses Sichstützen und Zusammenprallen zugleich. Sie stecken einfach in diesem Kokon, in diesem Gespinst aus Liebe und Verständnis.

Ich mache mir auch Gedanken über die alte Frau, Gregers Mutter. Und über Greger, was aus all dem geworden ist. Aber nach der dramatischen Lawinengeschichte war ich noch nicht im Stande gewesen, danach zu fragen. Und außerdem. Warum kann ich die Taburegeln bestimmter Menschen, schwere Wunden, die heilen müssen, nicht respektieren, ich habe nichts mit der Sache zu tun.

Du warst ja selbst beteiligt. Also warst du nichts Besseres wert. Du hast gelacht und gespielt wie immer, und es gab keine Verletzungen, keine äußeren, überhaupt keine. Du wurdest nicht verletzt, und du hast schließlich mitgemacht, obwohl du ein Kind warst. Von jenem ersten Mal an, wo du den Vorfall verschwiegen hast, hast du es akzeptiert, und du hast akzeptiert, dass die Sache falsch war, du selbst warst also beteiligt, in gewisser Weise. Auch Gewalt war nicht nötig, die wurde nie gebraucht, du warst so lieb, es war so einfach, ein paar Geheimnisse musste man doch haben, das war doch nicht schlimm.

Die Eiterbeule wuchs, du wurdest älter, es bedurfte all deiner Energie, um dem gewachsen zu sein, du warst gefangen in deiner eigenen Selbstverachtung, weil du all die Jahre nichts gesagt hattest.

Bis du es nicht mehr geschafft hast. Die Eiterbeule platzte, und der Dreck überspülte dich, ertränkte dich, und du wolltest sterben.

Und die ganze Zeit ging es nur um dich und deine Fehler, dein Versagen, deine miserablen Eigenschaften und wenn du bloß nicht und immer so weiter. Und das, obwohl du damals nur dieses Kind warst.

Dich hätte es überhaupt nicht geben sollen, denn die Ursache aller Irrtümer, aller Fehler warst allein du, und das hast du geglaubt, natürlich.

Bis jetzt. Als der Absender all dieser Botschaften, denen du immer geglaubt hattest, so deutlich erkennbar wurde. Er war sterblich – und die Wahrheiten, mit denen er dich ständig erstickt hatte, waren vielleicht nicht wahr, waren es vielleicht nie gewesen. Um dich hatte er sich nie gekümmert, du warst ein Mittel, nie das Ziel an sich, das Blut war dünner als jedes Wasser. All diese schwere Schuld, die auf dir gelastet und dir fast das Rückgrat gebrochen hatte, sie war nicht deine, überhaupt nicht deine.

Du warst erwachsen geworden. Hast dein eigenes Bild gesehen von diesem Mädchen und was es hatte ertragen müssen, was es nie bekommen hatte so wie andere. Und du hast begriffen, um all deine inneren Dämonen zerschmettern zu können, musstest du die Quelle vernichten.

Zum ersten Mal würdest du dich verteidigen, zum ersten Mal würde das Grinsen in diesem Dämonengesicht erlöschen, und verwundert würde er konstatieren, dass deine beklagenswerte, jämmerliche Gestalt dennoch zu widerstehen vermochte. Und mehr als das. Dass sie um ihr Leben kämpfen, zum Schlag ausholen konnte. Wer gab dem Dämon das Recht, auf deiner jungen Seele herumzutrampeln und sie zu verstümmeln, bevor sie noch hatte erblühen können?

Viktoria ist nicht zu Hause, als ich komme. Sie ist unterwegs mit Freunden.

Mit Freunden!?

Aber die Pirogge, die sie gemacht hat, ist superb, knusprig und inhaltsvoll, gefüllt mit Lachs, Eiern und cremigem Dillreis. Wir sitzen vor dem eingeschalteten Fernseher und essen, Maja und ich, und wir trinken kannenweise Tee dazu. Ich gebe ihr das Geld, sie steckt es ein.

Wo hast du denn dein Sparkapital gelassen?

Ach, das ist draufgegangen … Unkosten.

Ich frage nicht weiter. Unaufgefordert erzähle ich stattdessen von meinem Fiasko. Meiner Blauäugigkeit und dass ich die Stelle nicht bekommen habe.

Sie streckt die Hand aus und drückt meinen Arm. Sie sagt nichts. Ihr wortloses Mitgefühl tröstet. Ich schluchze auf.

Plötzlich rennen auf dem Bildschirm Leute um ihr Leben! Ein Staatsstreich in Russland. Warum haben wir nicht verfolgt, was passierte! Ein blutiger Bürgerkrieg im Anzug, der Regierungschef tot, auch der Armeechef und andere Chefs, alle Schlüsselpositionen sind jetzt unbesetzt, große Werte stehen auf dem Spiel, ein Machtkampf um Einfluss bei Öl und Stahl, die Zivilbevölkerung flieht aus den Städten, wo die Lebensmittelläden bald total geleert sind. Alles ist so schnell gegangen. Flüchtlingsmassen drücken gegen die Grenzen der baltischen Staaten, und eine Fähre, die von Sankt Petersburg abgeht, ist gekapert worden, mein Gott?!

Siebentausend Personen an Bord, sie ist total überfüllt, und sie hat Kurs genommen auf Nynäshamn trotz des absoluten Verbots, schwedische Gewässer zu befahren. Regierungsvertreter führen Verhandlungen mit den Entführern des Schiffes. Weitere Flüchtlinge warten in Sankt Petersburg, die Entführer nehmen fünftausend Dollar von jedem Passagier, und möglicherweise legen noch mehr Fähren ab. Schon in zehn Stunden kann man das erste Schiff hier erwarten, wenn es niemandem gelingt, dessen Fahrt zu stoppen. Die Marine macht mobil, aber die Entführer sind fest entschlossen, die Operation durchzuführen, und niemand kann versprechen, dass sie nicht in wenigen Tagen mit den nächsten siebentausend Flüchtlingen zurück sind. An Bord herrschen miserable Zustände, da selbst Stehplätze kaum vorhanden sind, aber die Menschen sind bereit, alles nur Erdenkliche durchzustehen, um dem Töten zu entkommen, das dem Vernehmen nach bereits erschreckende Ausmaße angenommen hat, denn der Terror gegen die Zivilbevölkerung ist der Würgegriff, der nebst Überrumpelung, Chaos und Schrecken dem Feind rasch die Initiative entwinden soll.

Was passiert da? Warum haben wir nichts gehört? Maja und ich starren einander an. Gibt es jetzt Krieg?

Eine erste Stellungnahme des Ministers für Einwandererfragen – sie haben kein Recht, hier zu sein, man wird sie zurückschicken, es kann sich schließlich um gigantische Menschenmengen handeln, und nichts besagt, dass darunter nicht auch Infiltranten sind, unter diesen Umständen können wir die Sicherheit hier in Schweden einfach nicht garantieren.

Ja aber, gilt für sie denn nicht der Flüchtlingsstatus?, will der Reporter wissen.

Es übersteigt unsere Möglichkeiten, erwidert der Minister, es ist nicht durchführbar, unser kleines Land kann diese Menschenmengen nicht schlucken, das Ausmaß ist ja noch völlig unübersehbar, es kann unermesslich werden, auf jeden Fall müssen die Leute im Ursprungsland um die Aufenthaltserlaubnis ansuchen.

Ja aber dort werden sie vielleicht getötet?

Leider kann ich im Augenblick keine andere Auskunft geben, wie schon gesagt, wir befinden uns in Verhandlungen, ein nationaler Führungskrisenstab ist gebildet worden, und alles verfügbare militärische Personal ist ins Gebiet von Nynäshamn abkommandiert, um Ordnung in das Chaos zu bringen, das unweigerlich ausbrechen wird, falls die Flüchtlinge an Land gehen. Und es ist zweifelhaft, ob wir es ihnen verweigern können mit Frauen und Kindern an Bord ohne Nahrung oder Zugang zu sanitären Einrichtungen, falls es uns nicht gelingt, das Schiff zum Umkehren zu bewegen, solange es noch auf hoher See ist.

Haben Sie denn die Möglichkeit, die Leute zu hindern? Wie denn? Mit Waffengewalt?

Nein, nein. Wenn die Angaben über die Verhältnisse an Bord der Wahrheit entsprechen, wird es, wie gesagt, schwer werden.

Maja und ich sitzen wie versteinert und starren in das künstliche Licht des Fernsehschirms, auf dem eine schockierende Nachricht die andere ablöst, nachdem die Gewalt auf der anderen Seite der Ostsee explodiert war. Meine lächerlichen kleinen Probleme, was sind sie im Vergleich dazu?

Es ist dunkel im Zimmer, nur das kalte Licht des Bildschirms beleuchtet unsere Gesichter. Wir sehen uns nicht länger an, wir starren beide auf den Fernseher, wo ein neues Blatt in unserer Geschichte gewendet wird, ein Wechsel, mit dem keiner gerechnet hat.

Das Geld ist für ein Ticket für Greger draufgegangen, sagt sie plötzlich laut. Ich habe dafür gesorgt, dass er von dort wegkommen konnte, wo er das doch wollte.

Sie starrt weiter direkt vor sich hin. Das Fernsehlicht verrät nicht das geringste Mienenspiel, und obwohl sie gemerkt haben muss, dass ich mich zu ihr umgedreht habe, sieht sie mich nicht an.

Er musste mit einem normalen Flug kommen, also wurde es teuer, erklärt sie. Jetzt weißt du also Bescheid.

Ich sinke zurück gegen die Stuhllehne. Fragen stauen sich in meinem Kopf.

Wir haben ihn am Flughafen Gardermoen in Empfang genommen, fährt sie fort. Aber dann ist er verschwunden. Er wollte wohl trotz allem nicht in den Knast, die Strafe war ja mächtig aufgestockt worden.

Am Ende bekomme ich eine Frage heraus: Und seine Mutter? Als sie hier nach ihm gefragt hat, warum hast du nichts gesagt?

Er wollte nicht, dass es jemand erfuhr, dass er nach Hause gekommen war, erklärt Maja ruhig. Ich hoffe also, dass du nichts sagst. Aber jetzt weißt du es. Du weißt alles. Und zwar, weil du meine beste Freundin bist, Siv.

Und warum, Maja? wiederhole ich.

Wegen Viktoria, damit sie gesund wird und alles hinter sich

lassen kann, damit ihre Wunden heilen. Deshalb habe ich ihm geholfen, nach Hause zu kommen.

Sie haben sich also ausgesprochen?

Sie haben geredet. Und es geklärt, ja. Alles ist geklärt. Er hat erfahren, was er getan hat, und hat die Konsequenzen angenommen, er wird uns nie mehr belästigen. Was dem Gefängnis nicht gelungen ist, haben wir beide geschafft. Er hat es einsehen müssen. Wir lassen das alles jetzt hinter uns.

Auf dem Bildschirm zeigt man Archivbilder von den turbulenten Ereignissen der vergangenen Tage in Russland. Privatpersonen schreien direkt in die Kamera, eine Frau weint. Finnlands gefährdete Lage wird mit historischen Rückblicken kommentiert. Schwedens Minister halten Krisensitzungen.

Ich stehe auf, ich sehne mich nach meinem Zuhause. Maja tut nichts, um mich zurückzuhalten. Sie bleibt vor dem Fernseher sitzen, als ich Jacke und Stiefel anziehe, und sie sagt kaum tschüss, als ich leise die Wohnungstür schließe.

Es passiert zwar viel, trotzdem aber bin ich verwundert, dass sie es kaum zu merken scheint, ob ich da bin oder ob ich gehe.

Als ich zu Hause angekommen bin, hat die Fähre mit den Flüchtlingen noch keinen Hafen angelaufen, aber ein weiteres Schiff ist mit ebenso vielen Menschen unterwegs. Schweden ist total überrumpelt.

In Nynäshamn haben die Landwehr und das Rote Kreuz alle verfügbaren Ressourcen zusammengezogen, sowohl personeller als auch materieller Art, und Polizei und Militär machen mobil. Plötzlich wird der Nachrichtenfluss durch die Mitteilung über einen anderen äußerst ernsten Zwischenfall unterbrochen.

Ein Reporter steht an einer windigen Straßensperre am

schwedischen Ende der Öresundbrücke, die Brücke selbst ist abgesperrt, denn vor knapp einer halben Stunde hat ein Zug auf halber Strecke über dem Sund angehalten, und an Bord des Zuges befindet sich Atommüll, wegen dem es bereits eine Menge Zoff gegeben hatte, der Transport sollte völlig diskret geschehen, aber daraus wurde nichts, nachdem der Lokführer mitgeteilt hatte, er wage nicht weiterzufahren, da die Brücke angeblich vermint sei.

Im selben Augenblick kommt es direkt in der Sendung zu einer heftigen Detonation, und der Reporter wirft sich genau wie der Kameramann zu Boden.

Einige Zeit herrscht Verwirrung, aber dann kommt das Bild zurück, und mündliche Berichte unter anderem per Handy von einem Schiff nördlich der Brücke informieren darüber, dass sie gesprengt worden ist. Nicht weit von der schwedischen Ausfahrt ist ein Loch hineingerissen. Dort gibt es keine Brücke mehr, nur noch leeren Raum, der Zug mit dem Atommüll ist jedoch unbeschädigt.

Eine weitere Explosion ist zu hören, schwächer. Große Verwirrung, große Panik jetzt.

Die Brücke ist auch direkt vor Dänemark gesprengt worden.

Ein Hubschrauber ist schon in der Luft. Nach einer Weile sendet er seine unbestreitbaren Bilder.

Mitten zwischen den Ländern, auf dem, was keine Brücke mehr, sondern nur noch eine Installation auf ein paar Fundamenten ist, steht der Zug mit dem Atommüll. Schwebend zwischen Himmel und Meer, zwischen dem übrigen Europa und Schweden, und jetzt kommt die Nachricht, dass die Fähre aus Sankt Petersburg allen Ausweichregeln trotzt und auf Aufforderungen zur Umkehr nicht reagiert, jetzt ist sie schon vom Hafen aus sichtbar, und die Frauen und Kinder – wir werden es diesen Menschenmassen wohl nicht verweigern können, an Land zu kommen.

Das Telefon klingelt. Automatisch hebe ich den Hörer ab. Am anderen Ende höre ich Marianne, meine alte Nachbarin. Was für ein Glück, dass du zu Hause bist, sagt sie, die Zeit ist aus den Fugen.

Ja, antworte ich und unterdrücke meine Übelkeit.

Wir haben es in letzter Zeit ja nicht geschafft, uns oft zu sehen, Siv, und ich freue mich wirklich für dich, dass du so viel zu tun hast, dass du Arbeit hast und eine so gute Freundin von Maja, dieser armen Person, geworden bist. Aber jetzt ist was Schreckliches passiert.

Ja, antworte ich von Neuem. Ich halte den Hörer dicht ans Ohr gedrückt, er gibt irgendwie Sicherheit, dieser Telefonhörer, und auch diese alte, bestens bekannte Stimme.

Du weißt ja von der Sache mit Greger, ihrem Mann, und der Tochter, das war doch so furchtbar, fährt Marianne fort. Und dass er dann geflohen ist, ausgerechnet auf die Philippinen, sich sozusagen verdrückt hat. Aber jetzt, du das ist wirklich verrückt, da haben sie ihn gefunden, nicht weit vom Zollgebäude hinter Rörbäcksnäs. Ja, also das, was von ihm übrig ist, denn er ist tot, verstehst du, erst jetzt ist es ihnen gelungen, die Leiche zu identifizieren und herauszufinden, dass er das ist. Es ist tatsächlich er.

Ich sinke in die Tiefe. Schwer wie ein Stein.

Aber ich habe noch immer Marianne im Ohr. Bist du sicher?, flüstere ich.

Ja, ich kenne seine Mutter, sie hat den Bescheid heute erhalten. Ist das nicht merkwürdig?

Sie ist ja wohl traurig?, frage ich, um Zeit zu gewinnen. Denn ich will nichts wissen, will den rasenden Zug nicht aufhalten.

Traurig – verzweifelt natürlich. Aber wie konnte er zurück in Schweden sein, ohne sich bei ihr gemeldet zu haben? Denn wie sie behauptet, hat er das nicht getan. Wenn ich ihn nur hätte treffen können, sagt sie unablässig weinend.

Ich weiß nicht, was ich antworten soll, denn ich weiß nicht, was ich glauben soll. Ich will nicht glauben, will nicht wissen, ich will mich in die Sache nicht einmischen. Dennoch frage ich: Weiß man, wie er gestorben ist?

Ich hoffe inständig, dass er betrunken war und erfroren ist. Oder dass er überfahren wurde. Oder sogar, dass er sich das Leben genommen hat.

Aber Marianne erwidert unbarmherzig: Er wurde erschlagen. Jemand hat ihm mit einem harten stumpfen Gegenstand auf den Kopf geschlagen, mit einem Axtrücken oder Wagenheber. Mehrere Schläge, bis er starb. Und es gab Verletzungen an seinen Handgelenken, er war gefesselt und hat gekämpft. Ist das nicht furchtbar, Siv, er wurde ermordet. Greger wurde ermordet hier in unserer eigenen Gemeinde, wohin soll das nur führen?

Er war doch ein Schwein.

Sicher, aber deshalb muss er ja nicht ermordet werden, Siv, so hast du es doch nicht gemeint? Wer das wohl gemacht hat? Vermutlich jemand, der über das, was der seinem Mädel angetan hat, gewaltig empört gewesen ist, die Leute waren ja unglaublich entrüstet, damals, als das herauskam.

Ich beende das Gespräch ziemlich abrupt, indem ich Marianne auffordere fernzusehen, dort passierten noch viel schlimmere Dinge.

Ich denke an Maja, meine beste Freundin, und ihre Tochter Viktoria. Die Verzweiflung nimmt im selben Maße zu wie meine Erkenntnis. Das Schlimmste aber ist, dass ich nichts von Maja gewusst habe. Ich kannte ihr Innerstes nicht. Unsere ganze Freundschaft war pure Einbildung.

Das Telefon klingelt. Es ist Åsa. Sie hat Angst, was passiert da, Mama, was ist, wenn es nun Krieg gibt!

Ihre Unruhe lässt mich ruhig und erneut erwachsen werden. Und während ich mit ihr rede, übernimmt der Elternverstand das Kommando über mein ganzes Denken, sodass ich diese düsteren Ereignisse wieder ordnen kann.

Obwohl es spät ist, fahre ich zurück zu Maja. Sie zeigt kein Erstaunen, als sie die Tür öffnet, sondern lässt mich einfach herein. Der Fernseher läuft, und die Ankunft der Flüchtlinge ist in vollem Gange. Erwachsene weinen, und Kinder blicken verschreckt direkt in die Kamera, aber die Maßnahmen von Staat und Gesellschaft sind überraschend energisch, und allen Flüchtlingen wird auf irgendeine Weise ein Dach über dem Kopf beschafft.

Viktoria starrt auf den Bildschirm. Ich war auch ein Flüchtling, sagt sie, ohne mich anzusehen.

Ja, man hatte sie gezwungen, in die Psychose zu fliehen.

Es ist wichtig, sich seine Kriege auszusuchen, sage ich. Es hat keinen Sinn, einen Wahnsinn gegen einen anderen auszutauschen, eine Diktatur gegen eine weitere.

Viktoria ist jetzt gesund, betont Maja.

Ich begreife, dass die Nacht lang werden wird. Denn sie wirkt zweifellos gesund. Will ich sie wieder krank machen?

Aber wenn nicht ich mit ihnen rede, wer dann?

Als der Morgen dämmert, sind wir ein Stück vorangekommen.

Harskari Olof ist gerade dabei, die Eingangstür zum Polizeirevier aufzuschließen. Sein Gesicht hellt sich auf, als er uns erblickt:

No, väl I då brått, a er dzott nana hänn e är bärô hissi te råk mäg? Jetzt erschreckt ihr mich aber, habt ihr was gemacht, oder seid ihr nur wild darauf, mich zu treffen?

Können wir uns einen Moment hinsetzen und reden?

Ôj då, han e ä no på fäl, kann ve ta ä hjer i lanôn? Oje, was ist los, können wir es hier im Foyer besprechen?

Sicher. Wir nehmen in der Sitzecke Platz, und ich erzähle in kurzen Zügen, worum es geht. Maja und Viktoria bestätigen meine Worte durch ihr Schweigen.

Wir sind vor Müdigkeit grau im Gesicht, er starrt uns an und wirkt plötzlich geschockt. Sagt kein Wort.

Dann steht er auf und öffnet die Klappe des Empfangstischs. Köm jåt, sagt er, kommt her. Wir folgen ihm nach hinten, und plötzlich tauchen eine Reihe Polizisten aus dem Nichts auf, und jede von uns wird in ein Vernehmungszimmer geführt.

Eine Stunde später kann ich das Polizeirevier verlassen. Maja und Viktoria bleiben zurück, ich darf mich nicht einmal von ihnen verabschieden.

Die ersten Journalisten stehen bereits im Foyer. Ich mache auf dem Absatz kehrt und verlasse das Haus durch eine Hintertür.

Es ist noch kalt draußen, und durch die Ausdünstungen der Gerberei riecht die Luft faulig, aber ich ziehe sie in tiefen Zügen ein – ich bin draußen, ich bin frei! Eine alte Dame schiebt einen Tretschlitten vor sich her, als gäbe es keine anderen Sorgen auf der Welt als zwei Liter Milch und eine Tüte Zucker.

Ruhig fahre ich aus dem jetzt vollen Parkplatz rückwärts hinaus.

Die Strahlen der hellen Spätwintersonne erleuchten meinen kleinen Hof. Als ich aus dem Auto steige, begrüßt mich ein Trommelwirbel wie eine Fanfare – der erste Specht des Jahres!

Ich werde das hier packen. Andere müssen viel härter kämpfen als ich. Man hat keine Wahl.

Dennoch ist die Freiheit alles.